台湾研究

社团、思潮、媒体：台湾文学的发展脉络

张羽 主编

九州出版社 JIUZHOUPRESS | 全国百佳图书出版单位

图书在版编目（CIP）数据

社团、思潮、媒体：台湾文学的发展脉络 / 张羽主编. -- 北京：九州出版社，2011. 9

ISBN 978-7-5108-1134-0

Ⅰ. ①社… Ⅱ. ①张… Ⅲ. ①台湾文学—文学史—文集 Ⅳ. ①I209.958-53

中国版本图书馆 CIP 数据核字(2011)第 182909 号

社团、思潮、媒体：台湾文学的发展脉络

作　　者	张　羽　主编
出版发行	九州出版社
出 版 人	徐尚定
地　　址	北京市西城区阜外大街甲 35 号(100037)
发行电话	(010)68992190/2/3/5/6
网　　址	www. jiuzhoupress. com
电子信箱	jiuzhou@ jiuzhoupress. com
印　　刷	三河市东方印刷有限公司
开　　本	720 毫米×1020 毫米　16 开
印　　张	17
字　　数	248 千字
版　　次	2011 年 10 月第 1 版
印　　次	2011 年 10 月第 1 次印刷
书　　号	ISBN 978-7-5108-1134-0
定　　价	48.00 元

目　录

清領時期台灣書院教育的儒學思想

吳進安*

壹、前言

台灣在近代史上是從一個蠻荒化外之地，歷經列強攘奪數易人手，直至清康熙二十二年（1683 年）才正式納入中國版圖。明鄭時期有陳永華的文教措施初試啼聲，清朝二百多年的統治，漢文化隨著移民而進入台灣，文治教化之功才漸漸顯著。不管是明鄭時期或是清朝治理時期，居於生活與文化的核心因素，即是儒家思想；換言之，儒家思想是台灣社會的價值系統，它支配著生活、倫理、教育、風俗習慣等種種文化層面，雖然在明鄭與清朝統治時期之學風有異取舍不同②，但仍然是孔門儒學的道統及傳承。

儒家由孔子發其端，諸子繼其餘緒，由一私家之學而至西漢武帝時獲得獨尊地位而成唯一之欽定學派，扮演了文治教化的功能，這種教化功能的傳播是透過兩種管道，一是少數的知識份子對儒學的詮釋與開創，以維繫儒學慧命於不墜；另一則是將儒學義理世俗化於人民百姓，成為世俗生活的常規。因此讀書人傳統上即被賦予「士不可不弘毅，任重而道遠」的道德使

---

* 吳進安：台湾雲林科技大學漢學資料整理研究教授。

② 潘朝陽認為明鄭之儒學是具有孔孟春秋學之大義，可謂具有富抗拒精神之南明儒家，而清朝統治時期則是朱子學及閩學傳統。見潘朝陽：《康熙時代台灣社會區域及儒家思想》，第二屆台灣儒學國際學術研討會論文集，台灣成功大學中文系出版，1999。

命。自儒家取得知識傳播的主導權後，影響所及即是對儒學傳統的使命繼承與發揚，進而透過科舉考試制度及書院教育將儒學義理傳至民間，所以知識份子乃背負著儒學與儒教的雙重任務。

書院自宋明以來即為儒學傳播的重鎮，歷史上傳為佳話的首推朱熹修竣白鹿洞書院，訂立書院的教規與學規，此即是爾後書院「校訓」的基本典範。儒家何其有幸成為顯學，孔孟之道垂諸後世，慧命之學得以成為俗世社會之價值理據；但何其不幸的是儒學成為御用之學，失去孟子所謂「大丈夫」與「浩然正氣」之志節，而淪為科舉考試之教本，莘莘學子為求功名利祿，不復知明倫之意義與聖賢之道，大道隱晦而不明，倖進之徒則居廟堂之上，「士」之使命淪為記誦辭章而已，價值判斷之依據唯以功利是尚。故賢者憂。在此情形下，如何力挽狂瀾，繫儒學哲理於不墜，是為迫切的問題。近代新儒家之巨擘熊十力對書院以更貼近於哲理的表達方式，道出其中的意涵：

書院性質扼重在哲學思想與文史等方面之研究。吾國年來談教育者，多注重科學與技術，而輕視文哲，此實未免偏見。……至於推顯至隱，窮萬物之本，澈萬化之原，綜貫散殊，而冥極大全者，則非科學所能及。……哲學，畢竟是一切學問之歸墟。……若無哲學，則知不冥其極，理不究其至，學不由其統，奚其可哉。……哲學者，所以研窮宇宙人生根本問題，能啟發吾人高深的理想。須知高深的理想，即是道德。從澈悟方面言之，則曰理想；從其冥契真理，在現實生活中而無所淪溺言之，則曰道德。……吾人必真有哲學的陶養，有高遠深微的理想；會萬有而識其源，窮萬變而得其則。極天下之至繁至雜，而不憚於求通也；極天下之至幽至玄，而不厭於研幾也，極天下之至常至變，而不倦於審量也。智深以沈，思睿曰聖；不囿於膚淺，不墮於卑近。以知養恬，其神凝而不亂，故其生活力日益充實而不自知，孟子所謂養浩然之氣者也。①

---

① 熊十力：<復性書院開講示諸生>，《十力語要・卷二》，（臺北：明文書局）1989，頁229－257。

熊十力先生在《復性書院開講示諸生》一文以證書院教育之宗旨，唯以培育浩然正氣之生命氣象而不隨波逐流之士，這是書院教育的終極關懷，亦即是儒門學問認知與實踐之始，此種精神不因政治扞格而變異。這樣的結果正體現孟子所說：「人人親其親，長其長，而天下平。」① 的道德內化與實踐的過程。若吾人再從朱熹於白鹿洞書院學規所揭示：「父子有親，君臣有義，夫婦有別，長幼有序，朋友有信。……右五教之目，……學者學此而已。」②可觀朱熹對於明人倫是非常重視，並以為學規。

貳、台灣書院的濫觴與發展

清朝江日昇在其所著《台灣外記》一書中，談到台灣書院之創立，推溯到明鄭時期的陳永華③對鄭經所說的一段擲地有聲的建言，方有「全台首學」之舉。

昔成湯以百里而王，文王以七十里而興，豈關地方廣闊？實在國君好賢，能求人才以相佐理耳。今台灣沃野數千里，遠濱海外，且其俗醇；使國君能舉賢以助理，則十年生長，十年教養，十年成聚，三十年真可與中原相甲乙。何愁偈促稀少哉？今既足食，則當教之。使逸居無教，何異禽獸？須擇地建立聖廟，設學校，以收人材。庶國有賢士，邦本自固，而世運日昌矣。④

① 《孟子・離婁上》。

② 朱熹：〈白鹿洞書院揭示〉，《朱子大全》，四部備要文集/卷七十四（台北：中華書局）1981。

③ 陳永華，字復甫，福建同安人。有睿智，深知安邦定國的道理，明亡時，棄文從武，加入反清陣營，鄭成功父子都對他十分尊敬，並且加以重用，鄭經並請他出任相當於宰相的諮議參軍職務，事無大小都要先行請教才付諸實行，並令其擔當起經營台灣的重責大任。陳永華建設台灣，親往各地教軍屯田，儲備糧食；教民煮糖晒鹽，以利民生；教所燒磚，改善民居；同時劃定行政區域，勵行里甲互保，使民眾安居樂業。在人民生活物資已不虞匱乏之際，陳永華又建議鄭經興建台灣首座孔廟，獎勵教化，同時規劃一套完整的教育制度來培育，拔擢人才。

④ 江日昇：《台灣外記》，台灣文獻史料叢刊，（台北：大通書局）未刊年份，頁236。

鄭氏採納其說，而在台南置聖廟並設明倫堂，開展台灣儒學教育與傳播之學風。雖然這是官方建立的學校機構，但從陳永華剴切之言的涵義來說，其設立書院的根本精神與儒家思想與目標是一致的。陳昭瑛對陳永華在儒學傳播上的貢獻有深入的介紹，並以實踐南明實學精神稱之。①

康熙二十五年（1688 年）第一任台廈道周昌在〈詳請開科考試文〉中言：「本道自履任後，竊見偽進生員猶勤藜火，後秀子弟亦樂絃誦。」② 可見明鄭時期對儒學的重視與提倡，已獲得具體效果。除此之外，尚有對原住民教化的記錄，如康熙三十九年（1700 年）蒞台的郁永河在其《裨海紀遊》之記錄亦可看到明鄭時期教育的成果。③

潘朝陽教授以「抗拒與復振之儒學」④ 稱明鄭時期的儒學思想，若從孤臣孽子的心情來看明鄭時期的儒學學風確屬適當，尤其是陳永華所言的聖王典故，無論成湯、文王皆是以仁義之師，高舉文化復興的大旗，抗拒夷狄之亂，拯斯民於水火之中。不以一時偏安海隅而放棄重振華夏文明，透過立聖廟，設學校，儒家精神得以流傳，留下一盞不熄之薪火。這種儒家文化的慧命薪傳，同樣地延續至日據時期。連橫所著《台灣通史》的史觀及對各種歷史發展的價值判斷上，亦表現出此種「抗拒與復振」的精神，正也說明儒者除實踐孔子之「君子」為道德人格理型外，亦實踐孟子所說的「大丈夫」浩然正氣的器識與胸襟。連雅堂的《台灣通史・藝文志》即曰：

> 鄭氏之時，太僕志卿沈光文始以詩鳴。一時避亂之士，眷懷故國，憑弔河山，抒寫唱酬，語多激楚，君子傷焉。連橫曰：吾聞延平郡王入臺之後，頗事吟咏。中遭兵燹，稿失不傳。其傳者北征之檄，報父之書，激昂悲壯，

---

① 陳昭瑛：〈儒學在台灣的移植與發展〉，《台灣儒學》，（台北：正中書局）2000，頁 1－48。

② 高拱乾：《台灣府志》，台灣文獻叢刊第 65 種，（台北：台灣省文獻會）1960，頁 235。

③ 郁永河記錄友人顧君之言：「新港、嘉溜灣、歐王、麻豆，於偽鄭時為四大社，令其子弟能就鄉塾讀書者，蠲其徭役，以漸化之。」見郁永河：《裨海紀遊》，台灣文獻叢刊第 44 種，（台北：台灣省文獻會）1960，頁 17。

④ 潘朝陽：〈抗拒與復振的台灣儒學傳統〉，《明清台灣儒學論》，（台北：台灣學生書局）2001，頁 157－215。

熱血滿腔，讀之猶為起舞，此則宇宙之文也。經立，清人來講，書移往來，曲稱其體；信乎幕府之多士也。在昔春秋之際，鄭為小國，聘問贈答，不失乎禮，齊、楚、秦、晉莫敢侵凌。①

連雅堂稱明鄭時期之文章為「宇宙之文」，可謂推崇至高。以明鄭遺老孤臣孽子之心，秉春秋之筆之志節為價值判斷之理據，雖然明朝已遭異族荼毒，但期待存留一絲一縷文化命脈於海外，其意義乃是面對華夏文明的衰敗與危機，而有待於台島之士的淬勵奮發。陳昭瑛認為明鄭文學除了充滿悲憤抗爭的意識外，亦寓有「不歸之思」及「發現臺灣的熱忱」兩項特質。② 這即是「王氣中原盡，衣冠海外留」的遺民悲情，亦可說是知識份子面對時局動盪的心情與抉擇。因此宋明儒學發展之高峰——陽明心學在台島幾無跡可尋，設聖廟與明倫堂，重振理學之風走向經世致用之學，此與心學流弊則有其關聯性。

參、儒學教育之宗旨

清朝統治台灣之後，儒學教化之風並未隨明鄭之滅亡而趨於寂滅。在科舉考試之制度下，學子對功名之熱衷有增而無減，加上官方有意、有計畫的提倡而有儒學大興。透過學校教育與民間的提倡，官方儒學與民間儒學並起，官學則有中央的國子監，地方則有府、州、縣、廳等，這些統稱為「儒學」。經由這套教育的機制，使得儒生有了按部就班、循序漸進的求學與仕進管道。綜觀清朝在台灣統治的時期，儒學傳播的教育單位名稱頗多不一致，如儒學、社學、義學、義塾、蒙塾、家塾、私塾等不同名號，而這其中屬於初級啟蒙的教育並且是地方性質的則有社學、義學、蒙塾、家塾、私塾等單位，而儒學（府、州、縣、廳）是屬於較高級的教育，建有孔廟，以作

① 連橫：《台灣通史・藝文志》，（台北：黎明文化公司）2001，頁743。

② 陳昭瑛：〈台灣詩史三階段的特色〉，《台灣文學與本土化運動》，（台北：正中書局）1996，頁5。

為教育的場所。由此可看出清領時期台灣教育事業是呈現蓬勃發展，氣象一新的景象，對於儒家在知識的啟蒙、為學與做人的薰陶等方面，可說是影響深遠。

此一時期影響台灣儒學學風發展的首推「臥碑文」之頒行，此文於順治九年（1652 年）頒行於中國大陸各省、府、州、縣之儒學明倫堂，台灣在康熙二十二年（1683 年）納入清朝版圖之後亦不例外，文中規定：

> 生員之志，當學為忠臣、清官，書史所載忠清事蹟，務須互相講究。……軍民一切利病，不許生員上書陳言；如有一言建白，以違制論，黜革治罪。生員不許糾黨多人，立盟結社，把持官府，武斷鄉曲。所作文學，不許妄行刊刻。違者聽提調官治罪。①

從「臥碑文」的內容來看，近於是鉗制讀書人的思想與言論，包括不許生員上書以陳治國之方，亦不許刊刻文字散佈思想 ，於是在鉗口結舌之下，儒學教育已非原來之目的，而是統治者治國導群倫而為順民的手段；加上文字獄盛行，知識份子僅能從科舉的路上尋找功名而已。在這樣的背景之下，儒學活活潑潑的生命智慧，轉而以科考功名之形式出現，成為知識份子縉身改變命運的唯一管道，原始儒家「風聲雨聲讀書聲，聲聲入耳；家事國事天下事，事事關心」的使命感與熱誠頓成冰炭，趨之若鶩於科舉之途也就不足為奇。因此主其事者上如能做好文教振興的工作，即有治績的事實。這些振興文教的作為如下，在外在的形式上：包括文廟、學宮、考棚、書院、文昌祠、塾舍等建物的創建與重修，學田經費的籌撥，亦有建立教師、學生的考核評校與獎勵，學額的爭取，教育與考試等學政問題的興革等實質的變易。而社學、義學是深入窮鄉僻壤的教育場所，所占數量最多，亦可見地方對文教事業的殷切期盼。治台的官員，皆認為社學、義學教育與地方的風俗教化密切相關。但如何化民成俗以收立竿見影之效？只有立學校以達化民成俗才是唯一的方法，此種立學校以化民成俗的觀念，即是受到中唐以來書院思想

---

① 劉良璧：《重修台灣府志》，（台北：台灣省文獻會）1977，頁 1。

影響之下的一個傳統，范咸《重修台灣府志》指出：

自三代以來，化民成俗，莫不以學為先。我國家菁莪造士，聲教覃敷；薄海人文，蒸蒸蔚起。臺雖外島，作育數十年，沐浴涵濡，駸駸乎海東鄒魯矣。……而且番社有學，文身者亦習絃歌，豈特在野之俊秀有德、有造已哉！志學校。①

化民成俗以學為先，透過各級教育來傳遞儒門思想與規範而達治理百姓。因此清代教育單位的設立，上有中央太學，下有地方府、縣、州、廳學，鄉里的社學、義學，就形式上來說皆是基於教化與育才的雙重目的而作。清代在台灣，除重建文廟外，歷任治台官員，在台灣各地設立儒學、書院、鄉學（義學、社學與民學）等，但由於儒學（府、縣、州、廳之儒學）設置較晚，或根本未設，在無法滿足人民求知需求之情形下，各地的鄉學、包括義學、社學與民學則隨之而起，但所授內容較為簡略，有如初等啟蒙教育，因此介於官學與鄉學之間的學院一躍而為地儒學教育之重鎮，此中最具代表性者乃崇文書院，在移風易俗傳播中華文化的成效有顯著的效果。康熙四十一年的《訓飭士子文》開頭即言：

國家建立學校，原以興行孝化、作育人材，典至渥也。②

台灣社學、義學的普遍設立，對於平民百姓的教化功能居功厥偉，如藍鼎元③在康熙六十年（1721年）〈覆制軍臺疆經理書〉即提到儒學教化是治台的急務：

---

① 范咸：《重修台灣府志》，卷八，學校，序言。

② 《大清會典事例》卷三百八十九，頁10228。

③ 藍鼎元，字玉霖；漳州漳浦人。鼎元少孤獨學，泛濫諸子百家。康熙六十年，台灣亂，總督覺羅滿保檄南澳總兵藍廷珍統師赴之，廷珍，鼎元從兄也，要鼎元與俱，佐庭珍招降，綏番黎、撫流民；經營歲餘而舉郡平。見陳壽棋：《藍鼎元傳・碑傳選集》，台灣歷史文獻叢刊，（台北：台灣省文獻會）1994，頁448－452。

興學校、重師儒、自郡邑以至鄉村，多設義學，延有品行者為師；朔望宣講聖諭十六條，多方開導，家喻戶曉。以「孝弟忠信禮義廉恥」八字轉移士習民風，斯又今日之急務也。①

藍鼎元亦提出「多設義學，振興教化。集諸生講明正學，使知讀書立品，共勉為忠教禮讓之士。」② 藍鼎元可說是清初治台主張者中最具慧眼者，關切台灣的政治家。黃秀政《論藍鼎元的積極治台主張》稱：「因藍鼎元的積極主張治台，有功於台灣早期的開發，有助於中華文化在台灣的擴大綿延，可謂前無古人。」③ 在歷任的各級治台官吏中，除官學外，小至窮鄉僻壤皆有設立義學，獎掖後進並照顧貧寒子弟，透過對經典的閱讀與實踐，明白義理移風易俗，是他們治績的表徵。因此官方設立初級學校，除為培養人才外，教化百姓也是官方設學的宗旨。學校本來就有教化的功能，透過教育來化民成俗，達到風俗善良與社會安定，這是為政的目標。

清朝在儒學教育上，分成初級的教育系統，所謂「設學校以興教化」，如社學、義學之建立，此外尚有府、縣、廳設立之儒學等，但本質上與原始儒家所強調的精神與旨趣已相去甚遠；換言之，授儒學大義僅是手段，達成統治才是目的，利用儒學義理訂出社會規範而要百姓遵守。透過官方學校教育灌輸的這套思想，與古典儒家所標榜的一套自我生命開發實踐的價值系統（*value system*），所謂「己立立人，己達達人」，基本上已有差異，古典儒家可說是孔子因應個人生命的自我實現之要求而創建，其本質與風貌，李杜以「傳講」與「競存」稱之。④ 而儒學於漢代與君主政制之結合，而表現其在君主政制中的文治教化與典範性的功能與效用，當非孔孟儒學之本意，源於歷史的偶然，這種情形也就一直延續到清代，因此文教性與典範性成為儒教的最大功用，也就形成了統治者手中「不可替代性」的工具。這個影響力是

---

① 丁曰健：《治台必告錄》，卷一，鹿洲文集。

② 藍鼎元：〈經理台灣疏〉，《平台紀略》，卷三，附錄。

③ 黃秀政：〈論藍鼎元的積極治台主張〉，《台灣史研究》，（台北：學生書局）1995，頁20。

④ 李杜：《以儒學為主導的中國文化的過去與未來》，哲學與文化月刊第廿七卷第七期，2000，頁609－624。

巨大的，從各種學制的教化過程中，儒學思想已被轉化，甚至是簡化而成有利於統治者的信念與教條，而要求放諸四海皆準，這已非古典儒家所講求的價值系統的開發與完成，儒學的「教條化」乃成為無可逃避的事實。

肆、書院教育中的儒學思想

書院之制度從唐朝開元年間開始，《新唐書》已有相關資料的記載，其原義指的是官方修書與藏書之所。但至唐末因戰事紛亂，原來的學校廢弛，民間時人為應教化之所需，建書院以傳儒家義理，而有別於官方之學。

一、書院的性質

依據陳昭瑛研究清朝時期書院的發展情形，他認為：

> 府縣儒學之外，官辦或私辦的書院規模小，靈活性大，所以相當普遍，二百年間至少設了四十五所。書院按等級不得祭孔，多祭宋儒與文昌，然其兼重教學與祭祀則與府縣儒學相同。書院之下，尚有分佈各村落與原住民部落的小型學校，稱社為社學、義學或義塾。（書院若非官塾，有時也稱為義學。）①

由此可知書院除不得祭孔外，主要的教育工作則是教授漢文與儒學初級典籍，可以說是傳播儒學思想的前哨，也是透過經典傳誦以把握儒家微言大義，而清朝普遍流行尊孔崇朱的風氣，因此書院所傳授的學問，以及對儒門聖賢的祭祀，基本上是不能碰觸清朝的忌諱，而且又必須與它的文教性與規範性要能相互契合。台灣的第一家書院為施琅所創立，名稱為「西定坊書院」，但其性質則屬義學，而非私人講學的書院。而有計畫的興建書院則始自崇文書院（康熙四十三年，1704 年），繼之而有海東書院（康熙五十九年，1720 年）、明志書院（乾隆二十八年，1763 年）、引心書院（嘉慶十五年，1810 年）等，台灣的書院即有官立、官民合辦及紳民私辦三種類型，

---

① 陳昭瑛：〈儒學在台灣的移植與發展〉，《台灣儒學》，（台北：正中書局）2000，頁 14。

但皆需接受官署的查核。根據黃秀政的統計，清代台灣書院共計有四十五所①，在這些書院中已具有全部或部份官方的性質，亦有少數是由地方仕紳捐資建立，但仍受主政者管轄，這樣的書院教育在講授經典內容及大要上與官辦的府儒學並無不同。

二、書院學規的儒學意涵

清代書院是籠照在尊崇朱子的氛圍與背景之下，基本上是承襲宋代書院所揭示的內涵，它所依據仍然是儒家的文以載道、斯文在茲的精神，即使後來書院成為準備科舉考試的場所，但儒學教化的功能繼續存在，在為學與做人諸方面，而有書院的學規，學規的內容即成為一種價值規範與要求。這些內容可追溯至朱子在《白鹿洞書院揭示》的教育內涵②，其條目如下：

五教之目：父子有親，君臣有義，夫婦有別，長幼有序，朋友有信。
為學之序：博學之，審問之，慎思之，明辨之，篤行之。
修身之要：言忠信，行篤敬。懲忿窒欲，遷善改過。
處事之要：正其誼不謀其利，明其道不計其功。
接物之要：己所不欲，勿施於人。行有不得，反求諸己。

黃秀政研究台灣書院之發展過程③，本研究依其資料整理如下表，可以讓吾人清楚地把握學規內容之變遷。

序號	書院	訂規者	年代	學規內容大綱
1	海東書院 （設於台灣府治）	分巡台灣道 劉良璧	乾隆五年 （1740）	一、明大義 二、端學則 三、務實學 四、崇經史 五、正文體 六、慎交友

① 黃秀政：〈清代台灣的書院〉，《台灣史研究》，（台北：學生書局）1995，頁108。
② 朱熹：〈白鹿洞書院揭示〉，《朱子大全》，四部備要卷七十四（台北：中華書局）1981。
③ 黃秀政：〈清代台灣的書院〉，《台灣史研究》，（台北：學生書局）1995，頁118－119。

续表

序號	書院	訂規者	年代	學規內容大綱
2	海東書院（設於台灣府治）	分巡台灣道覺羅四明	乾隆二十四年（1759）	一、 端士習 二、重師友 三、立課程 四、 敦實行 五、看書理 六、正文體 七、崇詩學 八、習舉業
3	文石書院（設於澎湖廳治）	澎湖通判胡建偉	乾隆三十一年（1766）	一、重人倫 二、端志向 三、辨理欲 四、勵躬行 五、尊師友 六、定課程 七、讀經史 八、正文體
4	白沙書院（設於彰化縣治）	彰化知縣楊桂森	嘉慶十六年（1811）	一、讀書以力行為先 二、讀書以立品為重 三、讀書以成務為急 四、讀八比文 五、讀賦 六、讀詩 七、作全篇以上者之學規 八、作起講或半篇學規 九、六、七歲未作文者之學規
5	仰山書院（景仰宋儒楊龜山而取名為仰山書院，設於噶瑪蘭廳治）※	開蘭知府楊廷理	嘉慶十七年（1812）	一、 敦實行 二、看書理 三、正文體 四、崇詩學（錄自覺羅四明勘定海東書院學規） 一、讀書以立品為重 二、讀書以成務為急（錄自楊桂森白沙書院學規）
6	文石書院（設於澎湖廳治）	書院主講林豪續擬	光緒年間	一、經義不可不明 二、史學不可不通 三、文選不可不讀 四、性理不可不講 五、 制義不可無本 六、試帖不可無法 七、書法不可不習 八、禮法不可不守

※筆者另行補上。

上述六個較具代表性書院學規之內容，其中以劉良璧及後來的覺羅四明二人為海東書院，以及胡建偉為文石學院所訂的學規之內容較契合儒家精神與哲理，本文即以海東書院前後之學規加以探討之。首先是劉良璧所訂的學規其文如下：

一、明大義：聖賢立教，不外綱常；而君臣之義，為達道之首，所以扶持宇宙為尤重。

二、端學則：程、董二先生云：「凡學於此者，必嚴朔望之儀、謹晨昏之令，居處必恭、步立必正。……」此白鹿書院教條與鼇峰書院學規並刊，工夫最為切近。

三、務實學：古之大儒，明體達用，成己成物。……

四、崇經史：《六經》為學問根源，士不通經，則不明理；而史以記事，歷代興衰、治亂之術，……罔不備載。……舍經史而不務，雖誦時文千百篇，不足濟事。

五、正文體：……我朝文運昌明，名公巨篇，汗牛充棟；或兼收博採，或獨宗一家，雖各隨風氣為轉移，理必程、朱，法則先正，不能易也。

六、慎交遊：讀書之士，敬業樂群，原以講究《詩》、《書》，切磋有益。……①

為貫徹清朝統治的意志，亦在「理必程朱」的前提下，劉良璧首揭君臣之義，並且稱之為「大義」，此條目不僅符合五倫之本義，並且對於受到明鄭治理而心中尚存光復之心的台人來說，無異是讓他們明白君臣關係之確定，治者與受治者的對應關係。君臣關係之建立，確定了五倫之教的首要目標，那就是儒者所應遵行的古訓，不容有貳心。若以朱子之言論來說，明人倫之教即是確立儒者言行合一的首要工作，道是行於君臣、父子、兄弟、夫婦、朋友之間，所以要能綱紀人倫，建立人極，不可一日而偏廢，此部分契合朱子理學的內容；另一方面又符合統治者主觀的時期。其次是要「務實學」，實學乃是宋明心學（虛學）之相對，清朝書院主張要明體達用，「六經」才是學問根源，士不通經則不明理，主事者認為孔孟儒學絕非要去發展出一套純粹理論與玄思的形上系統，而成高不可攀的學問，卻無以落實於人倫日用；而是要人明辨是非，明確地掌握宇宙生生變易創造之理，而開展個人與家國之事業。

---

① 余文儀：《續修台灣府志》台灣文獻叢刊第121種，（台北：台灣省文獻會）1962，頁335－356。

在以朱子為宗之原則下[1]，從學規所言的「明體達用」告誡學子為學與做人之道理，吾人認為學院學規主張的「端志向、辨理欲」，他們的立論都有必要從朱子的話去理解「明體達用」之概念；換言之即要從朱子的解釋中去體會把握，朱子曰：「卦爻陰陽，皆形而下者，其理則道也。」[2] 這個「道」本是一個「價值的層級」，是指引人的方向，以及所應遵守奉行的原理原則。人號稱萬物之靈，其理安在？即在於人懂得生命價值之理，把握內在的生命精神，走出人生的大道。因此從「生生之理」下開人倫日用之方，心有所本，本立而道生，由仁生義，由義生禮，攝禮歸義，攝義歸仁。明體便是把握其道與理，之後便要達其所用。何謂「用」？亦即是孔子所言「君子不器」，君子之「用」指的是人不可劃地自限故步自封，器識偏狹而小器，要培養君子的器識與胸襟，它是依循天理（天道），走入道德實踐之途，故君子上達，小人下達。能明體達用方能稱之為君子，此概念仍然是依循孔子的教誨——文質彬彬而稱君子而來。

書院學規的教訓即是要求讀書人要做到上達成為君子，而不是下達淪為小人，能上達才能敬以直內及義以方外，也才能辨義利、識大體，否則即成小人以利為尚，終日競逐區區小利，卻忘記大義之理。乾隆二十六年（1761年）重新修訂海東書院學規的覺羅四明[3]，他提出八條目與儒學內涵相稱的學規[4]，規定如下：

一、端士習；　二、重師友；　三、立課程；　四、敦實行；
五、看書理；　六、正文體；　七、崇詩學；　八、習舉業。

---

① 按朱子學正式傳入台灣一地，可以康熙五十二年（1713）台廈道陳璸（1656－1718）興建朱文公祠為證。

② 宋程頤、朱熹撰：《易程傳·易本義》，（台北：河洛圖書出版社）1974，頁603。

③ 覺羅四明於乾隆二十六年（1761）任台灣道兼提督學政，再修訂「海東書院學規」對於學規內容有較為接近於儒家注重義理及人倫日用之說。

④ 餘文儀：《續修台灣府志》，台灣文獻叢刊第121種，（台北：台灣省文獻會）1962，頁356－360。

若以海東書院前後學規加以檢視，顯然覺羅四明所訂的學規，在精神上更能契合儒家精神，已超越劉良璧之胸襟與視野，首先是開宗明義要讀書人正人心端士習，由自我鍛鍊及自我要求開始，並且重視師友之間的學習互動，所謂「吾日三省吾身」是「正人心與端士習」的起步，講求實踐不尚空談，由經書以把握聖賢道理，最後才是習舉業，這是一套由內而外，先講求正心誠意的工夫，把握格物致知之法，進而實踐治國天下平之過程。覺羅四明亦以朱子之理來說明舉業與義理之學並不相悖，其立論如下：

今人分舉業與理義之學為兩段事，謂舉業有妨於義理之學；此說非也。蓋舉業代聖賢立言，必心和氣平，見解宏通；自綱常名教以及細微曲折之理，萬有畢備。然後隨題抒寫，汩汩然來。此正留心理義之學者，乃可因之以發其指趣。朱子曰：「使孔子在今日，也須應舉。」正此意也。①

覺羅四明之論已漸有導入宋明理學以朱子閩學之正軌，尤其是他提醒學子舉業與理義二者本是相輔為用，若能在慎獨及惕厲自省工夫方面講求，亦不失聖賢之教，舉業即是代聖賢立言，因此為學與做人必要有其本。綜觀舉業與義理之間的競論雖有不同的論點，但是有一明確的事實，即是清代台灣書院的儒學教育逐漸重視舉業帖括，課生徒以制藝章句已漸成主流。如澎湖〈文石書院碑記〉云：「蓋自胡公設立書院始……季考月課，循循善誘，終如期初，丙戌、丁亥（按乾隆三十一、二年）科歲兩試，入泮者六，備卷者四，從此而奪巍科、登顯示，人文鵲起、甲等蟬聯，皆我公樂育之功也。」②此外對於學區內之生徒，允許其參加該書院每月舉行一次的官課與師課，成績優良者且可獲得書院獎賞的膏火等。舉業而成當時台灣社會的一種主流價值取向，致使各書院對於生童之應舉皆有設立鼓勵獎賞之制度，儒學的研究

① 餘文儀：《續修台灣府志》，台灣文獻叢刊第121種，（台北：台灣省文獻會）1962，頁356－360。

② 文石書院創建者胡健偉，名健，字健偉，號勉亭，廣東三水人，學者稱勉亭先生。乾隆三十年（1765）任澎湖通判，翌年到任。在任期間，勤民愛士，勇於興利除弊，念澎湖之士獨學而無師，故創書院。

在實質層面的義理探討相對貧乏，而應舉葉反而成士子競逐的目標。

伍、結語

清領台共二百一十二年（1683—1895 年）因有著前期明鄭儒學的基礎，儒家思想的播種與札根也就建立，而書院的確扮演了承先啟後、繼往開來的傳承角色。在這段期間朱子學成為影響台灣儒學與教育理念的重要關鍵因素。由於科舉功名之故，固然使得儒學教化走向科考，原始活活潑潑的生命意義探討不是主流之追尋，原始儒家所欲彰顯的由人的整體性生命之需求而外顯的價值，包括人的道德義、文學藝術義、終極關懷義、政治生活義種種的需求漸漸褪色，只剩下在經書中探求的科考形式，雖不無遺憾；但我們仍然發現如陳璸、鄧傳安①等閩學的代表人物挺身而出，發揮傳統知識份子之理念，為儒家在台留下慧命，開拓儒學價值義，導正科考功名觀念，亦是值得留意。如鄧傳安即提出如下針貶之言，亦令人深省：

> 方今天下入仕，以讀書得科第為正途。鄉會試糊名易書，衡文者暗中摸索以示至公；即使因文見道，僅能考其道藝，無由知其德行，此所以名實不相應，而競乞靈於冥漠也。苟念赫然在上之神，憑依在德，信而有徵，則歲時之薦馨，一若夙夜之勵志；庠序之敬業，一若門內之修行。上以實求，下以實應，人所仰服，即神所默佑，士習自不懈而及於古。②

中國文化中的儒家思想，雖有著因歷史時代環境不同而發展出相異的價

---

① 鄧傳安江西浮梁人，道光元年（1821）任台灣北路理番同知兼鹿港海防，道光四年（1824），再回陞台灣府知府兼學政，有感鹿港文風鼎盛，學生卻無專心就學的場地，於是率八郊共同倡建書院。三年後，書院落成，命名為「文開」，這就是為了紀念明末大儒沈光文，沈光文字「文開」，於荷蘭時期來台灣，教導漢移民讀書識字，被譽為台灣漢文學之祖。文開書院建成之後，延聘進士蔡德芳等名儒執教，同時蒐購三十餘萬冊藏書供學子閱讀，書院制度漸趨完備，使鹿港文教步入更輝煌的時期。從道光至光緒年間，共出了六名進士、九名舉人及百餘民秀才，是鹿港最引以為傲的事。

② 周璽：《彰化縣志》，台灣文獻叢刊第 156 種，（台北：台灣省文獻會）1962，頁 462。

值理趣與關切主題，亦有因個人秉賦器識不同而有不同的認知與理解，但皆不失其在思想中尋求精進與創發突破，可謂「哲學的突破」（philosophical breakthrough）。宋明理學對儒家而言是一個哲學的突破，而清領時期的台灣儒學，一方面是繼承閩學之傳，發揚朱子學說微言大義，亦是一種哲學的突破，尤其是藍鼎元、蔡世遠二人為閩學健將，將閩學發揚光大，再如陳璸、鄧傳安、覺羅四明與胡健偉等知識份子對應於科舉功名之反省，反溯到道德倫理的修己安人之實踐意義，敬學而好仁等理念的提倡猶如暮鼓晨鐘。對於此一時期的台灣儒學而言，他們雖未能針對時弊提出較佳的創造性詮釋以指點迷津，但經由先哲們鍥而不捨的努力，也豐富了台灣儒學的內涵與視野。

“东方逻辑”和台湾现代性接受的多源性

——以日据时期台厦场域为实例的文学观察

朱双一*

一、从“现代”到“本土”：东方的逻辑

宏观地看，百余年来的台湾社会文化乃至文学，出现了数度由接受“现代”到回归“本土”的螺旋型循环往复的过程。以新文学为例，20世纪20年代至30年代前期，无论是张我军发起的“新旧文学之争”，或是赖和、杨逵、杨守愚、朱点人等的启蒙主题或是左翼色彩的创作，乃至提倡超现实主义的“风车诗社”，都具有较明显的追求和接受“现代”的取向。然而从30年代开始至40年代，台湾作家们不仅发起“乡土文学”、“台湾话文”运动，同时对殖民者为台湾带来“现代化”论调的怀疑日深并加以揭露和批判（吕赫若《牛车》、朱点人《秋信》、杨逵《模范村》、蔡秋桐《理想乡》、陈虚谷《无处伸冤》等可为代表），而在战争期“皇民化”加剧的背景下，张文环、吕赫若、吴浊流等转向闽、客传统习俗和旧家族家庭生活的描写，一些民间习俗不再是封建迷信的表征而是代表着固有民族身份和传统文化的坚持，勾画出台湾文学从“现代”到“本土”的一次明显的回归轨迹。

台湾文坛在60年代至70年代，演出了由“现代”回归“本土”的另一

---

* 朱双一：厦门大学台湾研究院、台湾研究中心教授。

轮更完整和典型的过程。取代现代主义而成70年代文坛主流的“乡土文学”，其文化上具有民族主义性质，创作方法上则表现为现实主义。从台湾文学的这两次回归过程，我们可以发现“本土化”其实具有两个层次，一是基于民族和文化传统的认同，如日据时期是为了对抗殖民者及其“皇民化”而力求保存传统民俗；70年代乡土文学高潮某种意义上也是“保钓”运动所激发的；至于洛夫为从“禅”、“性灵”中找到超现实主义在中国传统艺术精神中“古已有之”的证据而欣喜，不无现代派诗人的传统归宗的意味。第二层含义则进一步发展到现代性的反思。人们发现“西方（包含日本）”及其所标榜的“现代”未必就是幸福的标的，工业文明、经济发展、科技成就未必能带来真正的民众福祉。除了日据时期台湾作家的深刻认识外，七八十年代陈映真等对“殖民经济”、跨国公司和资本主义世界体系为害的认知，对大众消费文化的反思，以及台湾文坛从对环境污染的批评而回归中国传统生态理念，都可说是台湾文坛“本土化”的深入发展。

如果我们将眼光转向大陆文坛，可以发现类似的过程也曾发生过。如五四时期曾将西方数百年出现的文学思潮（各种“主义”）如放电影般过了一遍，而在有着众多“租界”、资本主义都市基本成型的二三十年代的上海，也曾发展了颇为可观的现代主义文学（如穆时英等的新感觉派、戴望舒等的现代派诗）。然而1937年“七・七”抗战军兴，救亡文学也就成为压倒一切的主流。与70年代台湾乡土文学相似，救亡文学也具有民族主义的精神内核，以及与时代、社会紧密相连的现实主义文学特质。

以前曾有一个长期让我百思不得其解的问题。从古典主义而至浪漫主义，再到现实主义，最后才是各式各样的现代主义流派乃至“后现代”，这是西方文学发展的轨迹。而60年代的台湾文坛曾发展了中国文学史上规模最大、发展最充分的现代主义运动，但到了70年代却骤然转向，成为现实主义文学的天下，这与西方文学思潮发展的次序正好是反逆的。我曾将此当作一个颇为奇怪的现象加以关注。其实，只要跳出惯常的“西方中心”的思维定势，改用一种新的理论视角加以观照，这一现象并不难解释。这就是“西方的逻辑”和“东方的逻辑”之别。西方文学的发展轨迹，其实是与西方文明、西方社会的发展轨迹相吻合的。甫从中世纪走出的西欧社会崇尚理性，强调道德，艺术上以古希腊罗马为典范，尊崇宫廷贵族语言，于是古典主义盛行。随着资产阶级的上升及其个性解放要求的加强，侧重从主观内心出发，抒发对理想世界热烈追求的浪漫主义应运而生。到了 19 世纪，资本主义发展过程中的某些弊端日益显露，真实客观地再现社会现实特别是勇敢揭示其阴暗面，立足于为社会边缘贫困小人物代言的现实主义大行其道。现代主义的产生则缘于资本主义已发展到“烂熟”阶段，文艺复兴以来人们追求的科学、理性、民主、自由等价值开始受到质疑和反思，种种腐化败德现象日益浮现，人们陷入信仰破灭、内心孤寂和人际关系疏离之中，20 世纪后更笼罩于世界大战和核子的阴影之下。20 世纪下半叶以来，有些国家步入后工业文明阶段，后现代主义也就随之出现。可以看到，古典主义、浪漫主义、现实主义、现代主义和“后现代”的依次展开，完全对应于西方社会的发展过程，体现了西方文学发展的必然逻辑。

然而，“东方”却有着与“西方”完全不同的处境和社会发展脉络，其文学发展也就必然遵循着自己的“东方的逻辑”。“西方”在“二战”结束前大多是殖民宗主国，在战后则仍处于资本主义世界体系的中心，属于发达国家之列；而“东方”在战前大多是被霸占、受欺凌的殖民地或半殖民地，战后也仍处于世界体系的边缘，属于欠发达国家、地区，它们没有西方雄厚的资本、较高的社会发展水平，也没有西方世界从文艺复兴以来资本主义由上升而趋于“烂熟”、出现种种严重弊端的历史过程，这正是陈映真在指证台湾现代主义文学的“亚流”性格时所说的：台湾尚缺乏产生现代主义文学的客观基础。① 因此，“东方”的文学发展逻辑与“西方”不同其实是理所当然的，如果与“西方”完全雷同，反倒是奇怪的。这里试对“东方的逻辑”阐述如下：

首先，凡是人都会有追求“摩登”（现代）和文明、希望过上富足美好

---

① 陈映真：《现代主义底再开发》。不过笔者以为陈氏忽略了这一点：20 世纪60 年代的台湾固然尚属农业社会，没有产生现代主义的必然客观基础，但由于战乱、漂泊、文化的虚位等原因，台湾作家也可能产生与现代西方人相似的心理状态，从而促发现代主义的产生。

生活的愿望。当西方（日本）殖民者以“现代”、“文明”的拥有者自诩，宣称能通过“文明的义战”获得殖民地，并将殖民地建成“幸福的乐园”（福泽谕吉语），这对殖民地子民无疑具有一定的迷惑性；甚且只要殖民地子民（或欠发达地区民众）有机会前往殖民宗主国或发达国家时，他们都会被该地的整齐的街道、便利的交通等较高的文明状况所吸引。如果殖民统治者采取某些怀柔政策，对殖民地高层人士加以笼络，给予机会，他们当中某些人也会欣然接受，甚至知恩图报。此外，殖民宗主国的一般民众有别于统治者，只要他们与殖民地民众平和相待，双方也会建立良好的关系。由于崇尚“现代”、追求和平幸福生活的心理乃植根于深刻的人性，这种被吸引现象本无可厚非。

然而，人同时也是社会动物，因此就会有民族感情、国家认同等社会意识。台湾民众大多其先祖从闽粤移民而来，与中国大陆民众一样，因长期受儒家思想影响，慎终追远的情怀，对于民族、国家的忠义精神也就格外的强烈。异族统治即使能真的带来现代化的幸福生活，也未必能获得饱含固有民族情感和民族意识的殖民地子民的认同。而这就埋下了本土化的根苗。

当殖民地子民感受、发现“殖民现代性”的真相时，其抵殖民的本土化就进入更为理性的、非仅是情绪化的层次。殖民者向殖民地输入“现代”，其实带有强烈的“殖民”掠夺和奴役的目的，殖民地子民在享受“现代”所带来的“好处”时，同时也需吞下被殖民的苦果。当人们认识到此，甚且进一步认识到自己固有“文明”、“文化”其实也并非全然落后的，甚至早已包含了某些“现代”的成分时，“本土化”也就是顺理成章的趋向了。这就是从“现代”向“本土”回归的“东方的逻辑”。吕赫若《牛车》中公路的修通带给牛车夫的是失业、饥饿和监禁；张文环《夜猿》中的主角在街市（代表着“现代”）难以立足，于是回到祖传的山林中，过起由春节、上元、清明、中元、冬节等编织而成的充满传统文化气息的日子，呈示着“本土化”是如何悄然地进行着。而在20世纪70年代台湾经济起飞、社会快速奔向“现代”的背景下，却兴起了以“新殖民主义”批判为重要焦点之一的强劲的本土化运动，同样说明了殖民现代性与本土性的深层纠葛。

我在上述想要说明的是与殖民现代性相辅相成的本土性的必然存在和成长。其实，台湾与一般的东方殖民地有着一个重要的区别，即它不是整个国家、民族的被殖民，而是还存在着一个“祖国”，尽管“祖国”当时也处于“半殖民地”的状态下。按照后殖民主义理论的说法，一般殖民地被占领后，其历史和文化顿时化为空白，这种情况在台湾表现得并不典型，其原因或许就在台湾还有“祖国”的存在。而这“祖国”，正是台湾固有的文明输入来源。台湾人作为开发海岛蛮荒之地的移民，中国大陆历来是其心目中的“文明中心”，他们从祖国大陆携来文明，其后代也仍不断地从父祖之乡接收文明成分，包括农耕技术、儒家观念制度等。以往我们只注意到台湾从殖民宗主国日本接收了“文明”，却忽略了大陆是台湾的另一个历史更长久，且由于语言的相通、血缘的关联、民族的同一而更为方便、更为主要的文明输入来源，而且这种“习惯”——历史的惯性——并不会那么快就消失和转变。进一步言，台湾接收“现代”、“文明”，除了殖民宗主国，其实还有“祖国”一途，且从祖国接收“现代”，还能满足其民族情感以及避免“殖民现代性”的为害，当台湾人意识到此，必然会加以权衡和选择。台湾新文学运动的兴起，就是台湾从祖国而不是从日本接收现代性的明显例子——张我军批评火力的焦点之一，正是一些旧诗人接受日本殖民者的笼络而沉迷于文字游戏甚至极尽阿谀奉承之能事的行径。或者说，台湾存在着日本和祖国两个现代文明的接收源①，在许多情况下，选择从“祖国”接收“现代”更为有利而无害。这正是台湾在接受现代性问题上的特殊性之所在。

二、厦门（大陆）作为台湾现代文明的重要接收源

如上述，台湾将大陆当作其“文明”的主要接收源，由来已久，即使标

---

① 严格地说，台湾的现代性接收是多源的而非仅是双源的，但直接从西洋接收的，其分量毕竟难以与从日本和祖国接收的相比，所以这里只以“双源”论之。

榜将给台湾带来现代文明的日本殖民统治，也无法阻止这种强大的惯性。在这种视角下，“厦门”就凸显出来了，因厦门历来就是由大陆往台湾的移民的主要出发地，因此也历来是台湾向祖国接收文明的重要窗口之一。1920年前后，许多台湾青年前往日本留学，差不多同时，前来厦门就学的台湾青年也不在少数。这即是台湾的现代性接受双源性的体现。即使仅就“现代”文明而言，这种由厦门输往台湾的“渠道”，也早在日据之前就已开启，且比起日本“渠道”，对台湾同胞更具吸引力。这一点，似乎连日本殖民者也颇为明白。早期的台湾总督即极为重视且努力经营所谓“对岸”政策，除了在长期目标上将福建作为扩张其“南支”、南洋势力的据点和跳板外，同时在近期动机上，希望基于福建与台湾的固有密切联系，起到收拢人心的作用。台湾第四任“总督”儿玉源太郎就曾在1899年6月发表的《有关统治台湾过去及将来之备忘录》中明确写道：对台湾岛民的统治，欲收十全的效果，不能只着重于岛内的镇压及民心的收揽，必须留意对岸之福建省，尤其是厦门的民心；察其民心之归向，再将其反射于台湾岛之安定政策上，如此方能达到统治之目的。① 又认为：台湾本岛缺乏天然良港，但如将眼光放大，且依照帝国（日本）占领本岛之原意而经略，自可发现东亚有数之良港——厦门港——附属于本岛，并且几百年来已为台湾岛民所利用。② 在具体操作上，则以台湾银行厦门分行的开办最为重要。其开设，一方面可掌握台厦之间以及厦门与其他各地之汇兑权，通过“吸收中国人之存款，可提高中国人对帝国（日本）发生利害与共的观念，随而可提高帝国在厦门的威信，而由其反射作用，日本对台湾的统治，必然可收加倍之效”；另一方面，后藤新平认识到“厦门是台湾的中心，至少在历史上，厦门是控制台湾财经界的中心”，台湾银行之营业范围若止于台湾本岛内，其存款最多不出一千万圆，如在厦门开设分行，而在商业上占优势地位时，其存款不知将达几千万圆，如果能以经济比较繁荣的闽南游资开发荒芜的台湾岛，将可减少日本中央政府对台

---

① 鹤见祐辅：《后藤新平》第二卷，东京：劲草书房1965年版；转引自梁华璜：《台湾总督府的“对岸”政策研究》，台北：稻乡出版社2001年版，第42页。

② 同上。

湾财政的挹注。[①] 也就是说，日本殖民当局欲延续固有厦台之关系，吸收厦门一带之资金，以供台湾的建设。由此印证了厦门、福建乃至整个中国大陆，历史上曾经是，当时也仍旧是台湾的一个文明输入源。

当然，由厦门（大陆）输入台湾之“文明”的具体内涵，是多方面的：它可以是物质层面的（如上面所说的台湾银行所吸收的资金），也可以是制度层面的（如历史上中原政经体制的播迁），还可以是精神、观念层面上的（如儒家观念），而从近代以来，新兴思潮可说是台湾吸收来自大陆“文明”的最重要内容之一。有“清季台湾第一洋务思想家”（吴文星语）之称的李春生，即是由厦门将“现代”因素带入台湾的一个显著例子。鸦片战争后，厦门开放为通商口岸，基督教英国长老教会在厦门获得传教权七年后（1851年），14 岁的李春生即受洗成为基督徒，此后便热心于研习英语，并自学汉文、四书五经、中外史学、地理、哲学与新旧约《圣经》，可说中西、新旧兼修。18 岁时曾游历上海、宁波、福州、潮州、高雄、台南等地。20 岁时于香港学习英语，后任职厦门英商怡记洋行从事洋货及茶叶贸易；24 岁在厦门自营四达商行兼营茶叶。1865 年 28 岁时，因遭太平军影响事业停顿，便由怡记洋行店主爱利士介绍，与苏格兰商人杜特结识，成为台湾宝顺洋行买办，经营茶叶等贸易。1869 年与杜特于淡水试种乌龙茶成功，船载 21 万斤茶叶到北美纽约销售，大受欢迎，自此台湾茶叶直销欧美市场。1872 年马偕牧师至淡水传教，李春生极力协助。1874 年牡丹社事件爆发，春生首论营台策略，撰《台事》七篇，投稿香港《中外新报》，建议与日议和后，加强台湾防务，移民垦台。1875 后，他历任清廷洋药厘金局总局监察委员，台北城建筑委员，大稻埕港岸堤防修筑工程监造委员长，台北府土地清丈委员，蚕桑局副总办、局长，台湾铁路道敷设委员等职。1896 年，他汇集 1873 至 1895 年投刊于《中外新报》、《万国公报》之各篇而成《主津新集》，于日本横滨出版。[②] 今人吴文星归纳该书主要内容时指出：“李氏二十年间反复申

---

① 鹤见祐辅：《后藤新平》第二卷，东京：劲草书房 1965 年版；转引自梁华璜：《台湾总督府的“对岸”政策研究》，台北：稻乡出版社 2001 年版，第 46 – 47 页。

② 张季琳编纂：《李春生相关大事年表》，李明辉、黄俊杰、黎汉基编：《李春生著作集 · 附集》，台北：南天书局 2004 年版。

论者，在于吁请当局因时变法，根本地仿习西方的政教制度和科学技艺”，强调富强首务为修天道、革吏治、兴西学、置日报诸端①；“衡之其倡议变革政教之主张，固然其将基督教信仰视为实施西方政法之前提有待商榷……惟不可否认的，当西教仍为大多数时人视为异端时，李氏竟独排众议，指称其为中国变法图强之大本，足见其胆识非凡；同时，其改造国民性格以应变法之需之主张，的确极为高明正确而无所争议。”② 李春生显然属于较早接受“现代”洗礼的人物，而这得益于他作为厦台之人而具有的较早接触西方文明的条件和视野。这一事例也可说明，由于较早成为通商口岸和西方文化的较早进入，厦门的“现代化”进程走在台湾前面，而在日据之前，台湾的“现代”因素主要由中国大陆输入。

日据后，不少台湾文人内渡或来往于两岸之间，他们从厦门（闽粤）等地接受了许多“现代”的因素。像施士洁的《法兰西国大革命歌》，写了他阅读世界历史后的感想。作者承认这种阅读对开阔视野的作用：“老民蛛隐心太平，未读西史犹孩婴”；读了之后，则对西方政治经济等各种学术思想和社会制度多所了解，并可以史为鉴。施士洁甚至从严复所译《天演论》中“合群”之说中获得启发，促使晋江施氏宗族由分裂争斗转化为整合认同③。又如，许南英于1903至1904年间于阳春任知县半年即调署阳江，调离时作《留别阳春绅士》六首。从诗中可见许南英当时颇受新思潮影响，倾向于学习西洋新法，改革图强。其第三首对当地人因观念保守而未开采丰富之地矿表示惋惜；第五首中，作者对中国、亚洲日渐落后于西方充满忧虑，呼吁学界改良，自强保种。1909年所作《台感》中，则有“天演例原优者胜”之句；《秋怀八首和邱仙根工部原韵》中有“黄种近编新宪法，青年待起自强军。暮笳晓角何悲壮，爱国歌声动地闻”的诗句，对革新自强、卫国保种行动加以赞颂。后来许地山在《窥园先生诗传》中说他父亲当时“对于新学追求甚力，凡当时报章杂志，都用心去读；凡关于政治和世界大势底论文，

① 吴文星：《清季李春生的自强思想——以变革图强议论为中心》，《李春生著作集》第2册，第291页。

② 同上，第302页。

③ 参见汪毅夫：《近代台湾文人在福建》，台北：幼狮文化事业公司1998年版，第118页。

先生尤有体会底能力……他底诗中用了很多当时底新名词，并且时时流露他对于国家前途底忧虑，足以知道他是个富于时代意识底诗人”①。许南英曾数次返回台湾，必然将其接受现代新事物的心得与其南社诗友相交流。

自乙未割台之后，“雅堂渡海旅居厦门，十年间凡四次。十八九岁时，日军进入台南，父丧，到厦门寻求升学就业出路，皆无成”；二十四五岁时“马兵营故园被日人购筑法院宿舍，族人星散，到厦门捐监，赴福州应经济特科乡试，不第，留厦门主鹭江报笔政。二十七岁侍外姑王氏，渡海省视外舅病月余。”② 其《剑花室诗集·外集之一》所收诗作，说明从乙未至辛亥这段期间内，作者所受新思潮影响。《读西史有感》中，有“登天早信非难事，缩地于今亦有方。一自杀蛙生电后，上天下地任翱翔”诗句，表现了对世界科学技术进步的关注。他对西洋的学术思想和理论也有颇多吸收。其《读卢梭民约论》诗云：“平生最爱卢梭子，民约思潮涌大球。革命已成专制死，文人笔战胜王侯。”此时对连雅堂触动最大的，是严复所译《天演论》中所传达的进化论思想和自强保种精神。《丙午除夕书感》写道：

> 六载混溟握笔权，又从鹭岛筑文坛。漫谈天演论成败，一例人生孰苦欢。君子乘时能豹变，英雄末路且龙蟠。年华如水心如火，弹指风光岁已阑。

此诗写于1907年初，早几年连雅堂从大陆返台后曾担任《台澎日报》社汉文部主笔，工作之余，他学习了日文，阅读了日本维新史，接触了海外革命、维新两派的理论，并曾到厦门、福州等地，考察当时国内形势。1905年日俄战争期间，连横携眷渡厦，与人创办了《福建日日新报》，所办报纸由于鼓吹反满，得到南洋同盟会赞赏，引为同道，曾派闽人林竹痴来厦，商议将报纸改为同盟会机关报。该报还积极参与反美华工禁约运动等，报馆被

① 许赞堃：《窥园先生诗传》，许南英：《窥园留草》，台北：龙文出版社1992年重印初版，第246页。

② 曾迺硕：《连横传》，台湾省文献委员会1997年版，第44页。

清政府关闭，连横才被迫返回台南。在厦门，连横还有《留别林景商》，其中有诗句云："合群作气挽洪钧，保种兴王起劫尘。我辈头颅原不惜，共磨热力事维新。"表达了团结一致，力促维新，以保民族生存的决心。又有《作客鹭江，次庄仲渔旅次题壁》一诗，除了接受"尘尘世界无公理，民族生存日竞争"的进化论观念外，并表示了要走在时代的前列，率先接受新思潮、新观念的意愿。

1904 年 4 月，连横于厦门《鹭江报》旬刊第 61 册上发表《惜别吟诗集序》，表达其对女权运动的看法。文中写道：

台南连横归自三山，留滞鹭门，访林景商观察于怡园，纵谈人权新说，尤以实行男女平等为义。酒酣气壮，景商出诗稿一卷，云为榕东女士苏宝玉所著，其身世详于乃兄幹宝序中。连横读竟而叹曰：中国女权不振，一至于此欤！三纲谬说，锢蔽人心；道德革命，何时出现？……晚近士大夫倡言保种，推原于女学不昌，是诚然矣！……宝玉生于寒门，明诗习礼，因父醉语，误适非人，时年犹未笄也。向使女权昌炽，人各自由……何至含苦难言，寄托于吟咏间，自写其抑郁牢骚之气？……余不为宝玉责，而特罪夫创'父为子纲，夫为妻纲'者之流毒至此也。同此体魄，同此灵魂，男女岂殊种哉？而扶阳抑阴者，谓女子从人者也，奴隶待，牛马畜，生死荣辱，仰息他人，莫敢一破其网牢。若曰此女诫也！此妇道也！……近者中原志女，大兴妇风，设女学、开女会、演女报者接踵而起，宝玉丁此时势，埋没于荒陬僻壤，不获与吴撷芬、张竹君、薛素琴辈把臂其间，宝玉诚不幸矣！犹幸其能以诗传也。呜呼！中原板荡，国权废失，欲求国国之平等，先求君民之平等；欲求君民之平等，先求男女之平等。洒笔书此，以告景商，并以质天下之有心人也。

文末注明壬寅冬十月望日书于"鼓浪洞天之下"。连雅堂在 1902 年就对"父为子纲，夫为妻纲"的封建伦理大声挞伐，并将其当作追求国家之间平等的基础，如放在十多年后的新文化运动中，也并不逊色，可知其走在时代之前列，同时也令人想起稍早林纾的《兴女学》、《谢兰言》等作品。

另一波更大规模地从厦门接受新思潮，是20世纪的一二十年代。当时来厦就学的台湾青年骤增，时值五四新文化运动蓬勃展开，台湾青年得以大量接受祖国新兴思潮的熏染。赖和来厦虽非留学而是任职于医院，但扩大视野、接受新知也是其动机之一。除了因长男早夭、心情郁闷，时为同盟会会员的好友翁俊明迁居厦门，以及为了反日而离开台湾，欲以总督府医官的身份为掩护，施仁术以救济大陆同胞的病苦，且方便观察中国的政情等之外，从《归去来（由厦门博爱医院挂冠时作）》一诗中的“吾生仍坠忉利宫”，“冥蒙秽毒神所弃，复为摈之东亚东”，“四顾茫茫孤岛峙，昂头无隙见苍穹”，“欧风美雨号文明，此身肮脏未由沐”，“雄心郁勃日无聊，坐羡交交莺出谷”等诗句中，或还可推测赖和不愿拘囿、困守于台湾孤岛上，希望通过大陆之行，开阔眼界，接受更多现代文明的洗礼。后来赖和鼓励其五弟贤颖赴厦门入集美学校，说明赖和将厦门视为台湾青年接受新思想、新观念的渊薮之一。

赖和离开厦门的前一两个月，正值五四运动爆发，他显然已感受到五四追求科学的精神，此后作品中时常出现的反迷信主题，在此已露端倪，如《仙洞》一诗中有“媚世僧多鄙，祈灵俗尽同”之句。除了游览景观，流连于郑成功相关古迹遗存以接受民族意识的熏染外，赖和的视线还流连于周遭的社会现象和民众生活，祖国的贫弱战乱、民不聊生的状况，给赖和深刻的印象，对于他后来的救国救民志向和反帝反封建文学主题的确立，有着深刻的影响。《厦门杂咏·乡村》写道：“万家烟突几家生，破屋斜阳户不扃。零乱瓦砖余劫火，流离骨肉感飘萍。数声野哭云沉黑，满眼田荒草不青。匪患初安兵又到，一村鸡犬永无宁。”当然，赖和更为关心的是整个中国。《同七律八首》之四写道：“茫茫大陆遍疮痍，虫病方深正待医。蠢豕直成真现象，睡狮犹是好名词。未尝世味心先醉，听惯民声耳亦疲。如此乱离归不得，排愁无计强吟诗。”给林肖白的诗则写道：“莽莽神州看陆沉，纵无关系亦伤心。回天有志怜才小，填海无功抱怨深……”这些诗充满了对于贫弱、战乱中的祖国的忧虑，同时还极为深刻地提到了医治国病的问题。《于同安见有结帐幕于市上为人注射吗啡者趋之者更不断》一诗，开头更明确地写道："人病犹可医，国病不可医。国病资仁人，施济起垂危。今无医国手，坐视罹疮痍。"① 诗人似乎已认识到还有比医治个人的肉体病痛更为重要的，这就是医治国家政治、经济制度之病，国民精神之病。鲁迅正是由于认识到医治国人的精神病症比医治肉体病症更为重要和迫切，因此"弃医从文"；而赖和作为一个医生，后来虽没有"弃医"，但同样走上文学的途程，这一人生道路，和鲁迅是颇为相似的。而这和赖和在厦门时亲身观察和感受到的祖国的贫弱及其国民的精神病症，应不无关系。这或许是赖和的厦门之行对他后来的文学创作产生最深远影响之所在。

与赖和相比，张我军的厦门之行更有着开阔视野的直接意义。连载于1926年2-3月间《台湾民报》的《南游印象记》描写作者出行到台湾南部，过了新竹，渐渐便看得见碧蓝的海，"我每次看了海，似回到故乡，遇见爱人似的。实在，海是我的故乡，是我的爱人。我看了海，就有无限的感慨"。接着说明其原因，竟是两年的厦门生活所致。他写道："自今五年前，我从基隆搭船到厦门，这是与海接近的第一次。自是，在厦门、鼓浪屿辗转过了两年。这两年之间，我受了海的感化和暗示不少。早上，太阳将出未出之时，我站在岩仔山腹的洋楼的栏杆之旁，两眼注视那苍茫的大海，一直到尽处——是海是天已分不出的地步——凝视着、放歌、驰想……晚上，月亮刚上了山头，照得一面白亮亮的银海，我站在山腹，两眼注视那白茫茫的银世界，一直到尽处，凝视着、放歌、驰想……。"大海对于张我军，竟有非同寻常的意义。他写道："自从领略了海的感化和暗示之后，我就不想回到如在葫芦底的故乡了。后来再奔波各处，数年之间，不断地与海相亲。现在不得已在狭的笼内过狭窄的生活，还时时想要乘长风破万里浪，跳出台湾，到海的彼方去！"由此可知，在厦门的两年生活，堪称张我军"一生的转折点"（张我军哲嗣张光直、张光正语），使他跳出了比较保守、陈旧观念的拘囿，走向了海洋，在海洋精神的洗礼和激荡下，形成了开放、进取的思想

① 本小节所引赖和的汉诗作品见林瑞明编《赖和全集（五）·汉诗卷》，台北：前卫出版社2000年版，第376-393页。

观念，这对他接受五四新文化和新文学，摒弃陈腐的封建旧文化和旧文学，应具有关键的意义。

赖和五弟赖贤颖求学厦门后，又考上北京大学，因此成为赖和阅读大陆书刊的重要来源管道。其小说《女鬼》① 写了人物在旅厦后所受新思潮的冲击和洗礼。当时台湾相对守旧，封建礼教、迷信等昌炽，这应与日人的愚民政策有关。林家城医学院毕业后不愿回乡开医院，却往厦门去了，回来愈加古怪起来了，什么"老人可以讨伙计（小老婆），倒不准许少年人娶个意爱的女子"这样的话，使自己得了"古怪先仔"的称呼。但那样一个时代，世界本身不就是古怪的吗？什么坦克炮车、潜水艇、瓦斯炮接踵而至，"林家城当时在厦门……适逢那四三千年来的老大国，又正乱着洪洪洋洋地吼叫着新生的大合唱，精壮结实的一般青年，全都擎起了新的建设的旗帜，直向光明的去处迈进着"，林家城的心难免为之所动。返台后听到的又尽是"诸种税款愈征愈重了""物价越腾贵了"等等"挣扎着只求一活的呻吟"，加上自己将被迫与无智识的陌生农村女子一起生活，于是脸上越发浮现"干涩钝凝的微笑"。小说写出了在大陆受到五四新思潮激荡的回乡台湾青年与仍相对落后、保守、迷信的社会环境的矛盾。"家城先"被称为"古怪先仔"，其实真正"古怪"的是当时台湾社会。这与鲁迅书写"疯子"、"狂人"，具有相同的旨趣。

除了启蒙思潮外，厦门还是台湾接受左翼革命思潮的重要来源地之一。共产党人翁泽生、蔡孝乾等，都曾来到闽南就学和从事革命活动。20 年代前期的集美学校，聚集了一批进步教师（其中不乏作家、诗人），一波又一波进步学生运动（学潮）迭起，而"台湾革命僧"林秋梧、"台湾话文"倡导者郭秋生，其时都曾在集美学校学习或工作过，难免受其熏染。厦门（祖国）还是在台岛从事抗日革命活动的左翼青年的向往之地或"大后方"。台湾农民运动先驱者李伟光（即李应章）是一明显例子。李应章祖籍福建同安，出生于彰化，从小祖母就把日本侵占台湾时的残暴情状讲给他听，并称

① 赖贤颖《女鬼》原刊《台湾新文学》第一卷第二号（1936 年 2 月），收入钟肇政等编《植有木瓜树的小镇》（《光复前台湾文学全集⑦》），台北：远景出版社 1979 年版。

死后要把骨头搬回唐山去。父亲因没有中医的正式执照，常被日本员警凌辱或罚款，给李应章种下了反抗日本的思想感情。他七岁时进私塾学汉文，在家加学四书五经。在学校里曾和同学结拜，誓要反抗日寇。公学校毕业后，在家里的中药铺当学徒，自学《伤寒论》、《脉学》等中医书，也看了不少诗词、《饮冰室文集》以及《水浒传》等文学书籍。因不甘心埋没于农村，经向父亲一再要求，上了彰化商业实业科。该校学生思想活跃，要求图书馆订购北京《新青年》杂志，从中了解了祖国进步思想，喜爱诗词的同学组织了“艺吟社”，经常集会作诗联吟。1916 年李应章考上了台北医科专门学校，他曾在在课余组织诗社，又和同学组织“弘道会”准备进行反日活动。他常到书店阅读日本左派书刊，如大杉荣、山川均等人的著作，同时受到北京《新青年》的启发，曾发起反对“舍监”贪污行为的学生会活动。祖国“五・四”运动消息传来，给他很大刺激，又受到第一次世界大战的民族自决潮流的影响，奠定了民族意识的基础。他们几个同学和厦门来的学生于学校地下室，在所谓“始政纪念日”当天秘密举行了“岛耻纪念日”集会，向祖国的五色国旗行礼，表示决心。1920 年医学校将毕业时，他和同学们一反过去到日本做毕业“修学旅行”的惯例，组织观光团到当时的革命根据地广州旅行——经厦门、汕头、香港到广州，参观了黄花岗烈士墓和孙中山的军政府等，听一位中学校长兼军政府议员的介绍，受到很大鼓舞。通过这次旅行，他体会到祖国革命的伟大，并目睹了日本人到处耀武扬威，更明确了革命道路。

返台后李应章参与了台湾文化协会的组建，回到家乡，在实际调查、活动中对糖厂的剥削制度有了深刻了解。他们组织农村讲座、夜校，自己当讲师，还编了用闽南语唱的《甘蔗歌》，于 1925 年元旦召开蔗农大会，议决组织蔗农组合，成为近代台湾的第一个农民组织。组合成立后，要求厂方提高甘蔗收购价格并取消不合理制度，在遭蛮横拒绝后，决定发起斗争。李应章因此被捕判刑入狱，其间曾由日本著名进步人士麻生久保释暂时出狱。在监狱的苦役中，李应章曾写下一首以中国传统的诗歌意象来象征自己的品格和气节的诗：

朔风凛冽铁窗寒，短袖红衫（日本囚衣）一领单；幸得身如松与柏，凌霜傲雪不凋残。

李应章出狱后才知道服役期间家被火烧毁，父亲病故。他继续组织蔗农争取自己的权利，发动了不种植甘蔗运动，迫使厂方接受蔗农要求。1930年10月，台湾民众党在彰化开会时，李应章反对日本殖民当局要求该党修改阶级斗争纲领，发表了“宁为玉碎，不为瓦全”的激烈言论，再次遭遇日本员警的搜家警告。于是李应章在设法领取离台护照后，于1932年正月初一离开台湾，前往厦门，在鼓浪屿开设了神州医院，并找到了共产党组织。后来组织遭破坏，他来到上海，开设伟光医院，继续长期从事革命工作，并时时关心台湾，曾编辑出版革命刊物送进台湾，也曾领导在上海的台湾同胞的活动。1932年离台前往厦门时，在船上咏得一首七律诗：

十载杏林守一经，依然衫鬓两青青；侧身瀛海豺狼满，回首云山草木腥。潮急风高辞鹿耳，鸡鸣月黑出鲲溟；扬帆且咏归来赋，西望神州点点星。①

所谓“西望神州点点星”，正说明大陆是台湾同胞脱离虎狼之地的寄望所在。李应章曾表白他前往厦门的重要原因：深刻地认识到如果祖国大陆革命没有成功，在台湾无论怎样是搞不出什么名堂来的。这种将台湾摆脱殖民统治的希望寄托于祖国革命成功和强盛的思想，在当时的台湾同胞中，是颇有代表性的，并展现了台湾文学走向“本土化”的必然趋向。

三、与“殖民”并行的“本土化”现象

日本统治台湾后，日本人和台湾人之间的关系，呈现十分复杂的情形，

---

① 本文有关李应章的文字，参见李伟光自述、蔡子民整理《一个台湾知识分子的革命道路》，李伟光《台湾农民斗争史简述》、《有关蔗农斗争的被捕情况》等文，李玲虹、龚晋珠主编《台湾农民运动先驱者——李伟光》（上卷），海峡学术出版社2007年版。

其间既有对立和对抗（武装的或文化的），也有笼络和谄媚，在一般民众之间，有时还建立了亲密的友情，甚至基于共同的阶级立场和革命目标而成为休戚与共的“同志”，如日本进步人士麻生久就曾搭救过因发起蔗农运动而入狱的李应章。施士洁在闽南也与日本人有颇多往来，如日本诗人袖海馆森鸿、串宇铃村让，日本驻厦门领事官菊池义郎，旭瀛书院掌教小竹德吉，以及在厦五年的诗友山吉盛义（米溪），短期来厦观光的青山洁、水野、伊藤欣造等，都相与酬唱。即如近代爱国诗人许南英返台参与南社活动时与日人唱和，其中也有一些具有媚日倾向的诗句。不过，它们有的是特定背景、条件下的产物，有些明显是应景之作，应作具体分析，而不必一味苛责。① 其实，施士洁、许南英以及内渡后对厦门的建设贡献颇多，并在鼓浪屿建立“菽庄花园”、创设“菽庄吟社”的林尔嘉等，其诗作中都充满了“弃民”、“遗民”的感吟和民族意识情感的坚持和守护。如果说“本土化”以民族意识、情感为基调和触媒，那他们的不少诗作已具有明显的本土化倾向。如施士洁《后苏龛合集》中多次出现“吾华”、“吾国”等词语，明白昭示其民族认同。其《赠日本医士贵岛旭园健，时将由厦渡台》诗云：

文明播殖又瀛东，肘后千金国手雄。一自好风吹鹭厦，蓦然春气遍鸿蒙。求师愿下长桑拜，赠句深惭短李工。从此隔江云树渺，何时把钓访涪翁。

吾华千载岐黄术，传者如今有几人？卢扁支流承二圣，海山初日照三神。能医俗骨方医病，先活良心次活民。独我知君醒世旨，白云来去了无尘。②

诗中肯定了日本医士来厦行医为传播文明之举，但更多是对贵岛氏传承中医的称誉，如果联系到当时鼓吹新思潮、新文化者，大多对中医嗤之以

① 张宁：《许南英评传》，福建师范大学博士学位论文，2006，第42、51页。
② 《台湾先贤集》（三），台湾中华书局，第1648页。

鼻，而施氏却对中华医学，饱含着崇敬之情，令人感受其于中华传统的特殊情怀；至于“能医俗骨方医病，先活良心次活民”，更与后来赖和的医“国病”之说，有异曲同工之妙。

台湾同胞在厦门更形滋长的民族意识和“本土化”倾向，与他们目睹台湾总督府的“对岸”政策所造成的对闽厦的伤害有密切的关系。台湾籍民问题是这种严重伤害之一。赖和在其《厦门杂咏》诗中有云：“门牌国籍注分明，犯禁公然不少惊。背后有人凭假借，眼中无物任纵横。”抨击的正是某些被称为“台湾呆狗”或“日籍浪人”者，依仗日本帝国的权势和保护，在厦门胡作非为的情形。翁泽生仅见的一篇小说作品《谁误汝》①，写一位名为“台魂”的台籍青年在月色笼罩的返台船只甲板上，一边向故乡父母和祖国表达其爱慕怀想之情：“啊！中华！故国！我很爱慕汝，很盼望汝，我们旧同胞！我希望我们汉族的提携，赶紧起来，打破无公理的强权，（恢）复我们的自由，建造我们光明的新世界”，一边却洒下深自忏悔的眼泪——原来，三年前台魂胸怀远大高尚的志愿，从台湾西渡来到厦门，未料却和一帮不七不八的台湾同乡混在一起，挂起日本籍民招牌，“仗了领事的护符”，横行霸道，无恶不作，干起虐待旧同胞的事来，如到中国人家去收账比前清官员更凶一倍，人家来收账就待其如同乞儿一样，另外还设赌场，开烟馆，本想得些横财衣锦归乡，哪知天天抽鸦片、逛娼寮，连鸦片馆和赌场的资本都用尽了，最后发展到当强盗，仗着“汝们政府有什么办法来办我们呢”的特权和蛮横，持枪洗劫钱庄。想到这些，台魂“心脏更觉痛悔，更加苦楚”，“忽然从他喉中，一道红血水龙似的喷出来”，身子颤栗非常，泪流如雨；他“凝视那高尚的月儿，慢慢向东方行了最后的敬礼”，一道黑光般投入海中自尽。月光和海波声似在哀吊这位可怜的青年；“领事裁判权误我”，“领事裁判权误我”！台湾海峡的流水千古回响着台魂的这一哀音。小说反映的同样是某些“日籍浪人”在厦门为非作歹的情况，其主题词则是“忏悔”和“反省”——小说的主角不以日籍身份和具有“领事裁判权”的庇护而自得，而是深切认识到自己的所作所为是多么的可耻和可悲，在自我检省之

① 翁泽生：《谁误汝》，《台湾民报》1923 年 8 月 15 日。

后，毅然用死来替自己赎罪。小说的主题正是曾受日本殖民者的怂恿和蛊惑，然而内心深具反省意识的台湾同胞向爱国爱乡优良传统的回归。

在祖国和殖民宗主国之间，李春生的态度也颇为复杂曲折。他在厦门受洗，成为虔诚的基督教徒，后为外商买办，到台湾发展，成为事业有成的实业家，又是关心时务、经常在报刊上发表意见的思想家。他所经历的正是经明治维新而崛起的日本觊觎台湾并最终占据台湾、进而将闽台作为南进基地，图谋华南和南洋的时期，作为一个基督徒，他具有普遍主义的观点，并没有十分强烈的民族主义精神，只要是现代、进步、好的东西，不管是中、西或日本，都可接收。因此他对于日本的态度，显得较为微妙。当日本明治维新之初，一般人还对日本持轻视态度时，他就指出："日本者，俗轻其夜郎自大，余独谓其后生之可畏者。"牡丹社事件发生时，日本的侵略企图使他感到愤怒："日本侵台一役，违约背盟，谋吾属土，虐吾黎民，糜吾经费，辱吾国体，凡有血气者，莫不痛恨切齿，共图报复。"① 不过，他对此事件总的却倾向主和："其所主和者，为吾国历崇仁孝之治，因循成法，疎荒武备，轻弛水师，忽猝焉能抵敌之军火，御敌之铁甲？且台湾一岛，本属难资保卫，况沿海七省，口岸门户所在，殊费筹防；临敌备武，毋乃晚乎！是于主和者，出于势也。不然，孰不知日本此来为奸煽惑，恃一时之盛，而欲借端开衅，以试其锋？吾人若不瞻前顾后，审时度势，卒以兵戎相见，万一失机，不免贻羞天下。职是而言和者，无非暂作缓兵，以维持大局。一旦筹备成效，何难驱敌出境？"② 可见李春生是十分理性的，权衡利弊，洞察时势，而寄望于中国自身的强大以抗敌。因此，他极力呼吁当政者要重视台湾的开发，因它"虽孤岛远悬，险要地利，识者以谓东南半壁屏藩。以形势而论，枕横闽、浙各口，贯通西、北二洋，为东南七省咽喉重地。其利害也，有若唇齿之关。得之，借以振国威、保疆宇；失之不但辱国体，资敌势，且沿海七省因其戕，水师一带受其制。外侮一动，内患皷惑。台湾一岛，关系中华

① 李春生：《台事其五》，《李春生著作集2·主津新集》，台北：南天书局2004年版，第13页。

② 同上。

全局，自宜加意保守，万勿疎忽轻视。”① 乙未割台，日军登陆，台北陷入混乱，他往迎日军入城，与地方士绅倡设保良局、士商公会等，以协助台湾总督府维持治安和处理公共事务，因此颇受殖民政府的笼络和优遇。1896 年曾应邀访日 64 天，获得良好接待。然而此时的他仍处于矛盾之中，徘徊于“新恩”和“旧义”之间——既感怀日人给予的优厚待遇，却仍难忘怀作为中国人固有的民族情感和认同，有所谓“新恩虽厚，旧义难忘”之言，而当日人排演“日清水陆战斗之戏”，“在他人（指日人）兴高采烈，务期争先快睹；独予则任怂恿，终是不忍躬亲一视”，以免目睹“此等削弱溃败之耻”，“重兴贾子之叹”。②

清末民初以迄五四前后的中国知识界，“进化论”思想风靡一时，蔚为主流，严复、康有为、梁启超、胡适、鲁迅等，都将进化论视为中国救亡图存、富国强兵的强心针，连横、施士洁、许南英等的诗中，也有接受进化论影响的明显表露。惟独李春生对进化论持怀疑和批评的态度。这固然与他的基督教信仰有关，但同时与他对于“殖民现代性”的深刻认识不无关联。笔者读其《苏夷士河》一文，觉得其思考之独到，确实超乎常人之上。一方面，他对现代工业文明改造大自然的活动表示接受和认可，反对以风水灾祥之说加以阻挠：“化功造物，原为利济民生。其泽者，要在知所昭事敬畏，以尽报本反始之义，则庶乎可以恒享其宠锡。此所谓‘因天之道，用地之利’，既无伤厥诫命，又无害于义理，则凡有益于人世，无害于天道者，虽关河修阻，道路崎岖，尽可任凭穿凿开挖。于风水灾祥，其奈达人也何哉？”另一方面，他对这种举动所可能引发的各方面的问题，有着更深入的思索。文中写道：以往西方人士航海东来者，莫不取道大西洋，环绕非洲，转入印度洋，跋涉数万里，然后得睹东土，不仅耗费时日，且此中乖危险阻，非笔墨所能形容！后法人于埃及凿地数百里，开成苏夷士河，东来西往之欧亚船舶，莫不取道于此，省却三分之一以上路程，“斯役也，工兴数年，费糜千

① 李春生：《台事其一》，《李春生著作集 2 · 主津新集》，台北：南天书局 2004 年版，第 9 页。

② 李春生：《东游六十四日随笔》，陈俊宏编著《李春生的思想与日本观感》，台北：南天书局 2002 年版，第 260 页。

万，有志者成之。一旦告竣，欧洲仕商……莫不额手庆颂。”为费虽巨，然按舟纳款，创者享其余利，行者沾其平稳，“至权利与国妨碍，岂堪与俗人言哉？”同时他又指出：“孰谓法留心此道，别无所谋乎？呜呼！王侯第宅新主，文武衣冠易时，孰谓昔之为苏夷士者，正为英国而创业也？塞翁失马，安知今之苏夷士，不有他年之新主？方今英、法谋凿地道，虽欲变海为陆，以利商旅，在智者未必许其无关于欧洲之局也。谋事在人，成事在天；千日造船，一日渡江。英之留心于时局者，亦可概见其一斑矣！我虽不为不因天之道，用地之利者吊，而亦不为用地之利，而不因天之道者庆。善体天心者，良以鉴欤！毋曰‘人力可以夺天功’耶也！”① 作者指出苏夷士运河的开凿固然带来很大便利和经济利益（此可谓现代文明之功），但却可能损害了当事国的主权，开凿此道者，未必别无图谋，这可说深刻触及了殖民现代性问题。至于作者表白：“不为不因天之道，用地之利者吊，而亦不为用地之利，而不因天之道者庆”，并对“人力可以夺天功”表示怀疑，可说达到了对于科学文明的反思。

当李春生以此视角看待进化论时，也就有了一些与众不同的发现。他指出进化论有可能成为列强侵略弱小国家民族的口实：“（《天演论》等）自其驯者读之，堪资鼓励民志，诚可佳也。若在黠者行之，正以激其生心劫夺，小者狡谋不义，大者若列强之攫取殖民土地者，何一而不循此物竞方针，以掠夺他人之邦国？读者宜其必援此为鉴，庶乎可焉者矣！”② 他还指出欧洲黄祸之说“并非耶稣敬天爱人之教”，而欧洲流行的进化之说，鼓吹生存竞争、优胜劣败，是导致亚洲陷入西方列强瓜分的导火线。③ 李春生之所以有这些特殊的认知，与他身处闽台，较早接触西方、日本殖民主义的经历有很大关系。

李春生在基督教传播和进化论等问题上的思索，是他认识殖民现代性而呈露“本土化”倾向的显著例子。在中国思想界仍认为西方物质较强，东方

① 李春生：《苏夷士河》，《李春生著作集 2 · 主津新集》，第 41 页。

② 李春生：《天演论书后》，《李春生著作集》第四册，台北：南天书局 2004 年版，第 26 页。

③ 王嘉弘：《从李春生对进化主义的反驳看其在近代思想史的定位》，《东海中文学报》第 19 期，2007 年 7 月。

精神较强，要“中学为体，西学为用”时，他就认识到政教变革以及改造国民性的重要性，这一点在时人之上。由于他将基督教当作中国变革的主要方法和思想武器，而基督教要在中国传播，即须“本色化”，为此不妨使用方言和汉语“白话文”。如在1904年10月台湾北部长老教会的第一个中会（“第一回台北长老中会”）的首次会议上，李春生就建议纪事册须用汉字白话文，并当场经会众接纳通过。他曾写道：“余于是触耶稣赐权方言，深有感焉。当夫天道盛行于犹太，其始奉命使者，宣示帝旨，莫不随在操彼方言，以导斯民。及后救主复生，亦以方言之权，赐诸使徒，令往天下万国，播扬福音真理，行见上帝爱人之心，几于无微不到。”因此，“有志推行天道于中国者，尤当善体此心，精习此间之语言文字，讲究彼此文理，摘用合式字义。”除了使用本土语言外，更重要的，李春生试图将中国的传统儒学与基督教相融合，认为基督教所传之“福音真理”，即中国经典中的“天道”，翻译圣经中，“神字当改为上帝；神理宜改为天道”，以使中土人士，“咸知斯教实为天道”。①他试图借用魏晋以来以中国固有思想来理解诠释佛教思想的“格义”方式，在《圣经阐要讲义》中，他援用《诗经》、《论语》、《孟子》、方孝孺《深虑论》及其他传统儒学经典来解释基督教教义。在批判进化论时，采用的“武器”其实就是传统儒家思想和价值观念。他曾写道：

“天地之大，人犹有所憾”，斯言也，是鄙夫徒讲理而不明道者……因其生也，禀有寡恩刻薄之根性，锱铢必较，纤毫不谅，早一刻则不接，迟片晷则不待。所至鼓吹自由平等，均富平势，随在绝唱物竞天择，人治天行，言则合群团体，公理进化，说皆优胜劣败，强存弱亡。心如磁石，志若锋刃，绝无丝毫仁让宽恕之念，名曰诲人、格物、穷理，实则启人角逐争竞，但图一己意愿情趣，不恤他人脑力血汗，操行如是，稍有不遂，则扶膺暴跳，踢地踏天。若彼赫胥黎辈之为《天演论》者，几皆此类也……是故天之生有圣

① 李春生：《主津新集·卷二·续论天道滞行》，转引自陈俊宏《台湾第一书〈主津新集〉》，陈俊宏编著《李春生的思想与日本观感》，第128页。

君贤佐、正士端人，使其设社立教，讲道德、宣仁义，是欲其资此以弥缝角逐竞争、战征乱亡之缺憾……断未有身为格致哲学巨子，而忍著书立说以祸世。若彼赫氏之创为《天演论》，命意专在谤渎道德，諆訾仁义，借期覆灭宗教神学。而其最不能相容者，犹在造物真宰，故凡言皆证万物无主，庶类是由自然递变而来；其次则诲人必竞必争，必优必胜，谓不如是，则不能存立于人间世。无奈其所援为口实者，皆持之有故，说亦近理；加有严复先生深文周内之笔，加以译诠。故自正面观之，未有不叹圣人复起，说皆至理名言，若由背面细考详察，几无片言只字，不是伤天理、灭人道，我不知其居何心而甘出此。藉曰有不共戴天雠恨，亦只可报之私家个人，万不宜下此毒手，抒为是论，以荧惑世界，煽乱天下……①

为此，李春生“恐支那诸学者，为彼鼓惑摇撼，不得已，录其全书，合上下两卷为一册，并严复先生所案勘语，按篇分段，逐加书后如左，且标其名曰《天演论书后》，用质有道君子。”

论者指出：李春生的立论，“虽是站在基督教护教的立场，但不失儒家格致、诚意、正心、修身、齐家、治平的宏旨。”② 这是颇为准确的。

信奉基督教的李春生难脱“本土”情结，而本身就有较强烈民族主义情感的连雅堂、洪弃生等，从接受“现代”事物而最终转向传统坚持的“本土”倾向，就更为明显和理所当然。强烈的民族精神是闽台人士很难接受“全盘西化”之类的主张，而表现出坚守传统的较为保守的文化性格的重要原因。日据后台湾传统文人接收“现代”事物和观念并试图加以传播，其“启蒙”意义是显而易见的。不可否认这种接收经过了日本的中介，无形中加深了“现代”来自日本的印象，吻合了日本殖民者自我标榜的其统治将带给台湾“现代化”的说辞。然而部分传统文人却从台湾社会的现实状况中，认识到这种“现代化”未必给台湾人民带来幸福，触及了“现代性”和“殖民性”的深刻矛盾。这一主题在后来的台湾新文学中有更全面地展开，

① 李春生：《天演论书后》，《李春生著作集4》，台北：南天书局2004年版，第7－8页。

② 王国璠、邱胜安：《三百年来台湾作家与作品》，台湾时报社1977年版。

但很早就已有部分传统文人感受到此，并在其作品中加以揭示。当然，民族主义和对殖民现代性的认知，何者是原生的，何者是派生的，可能很难分得清楚，但一经形成，它们之间就具有了一种相互启迪和加强的作用。也就是说，民族主义促使台湾作家能够很快感受殖民现代性的真相及弊端，而认知了这一真相和弊端后，则更加强了他们的民族主义意识。而这二者，构成了“本土化”产生的基础和必然性。由此也可知，台湾社会观念及文学的“本土化”进程，伴随着殖民时代的开始，也就揭开了它的序幕。

"道问学"与"尊德性"

——胡适派学人与现代新儒家的"汉宋之争"

蒋小波 *

引言

"汉宋之争"本是清代学术传统中的老话题。据胡适的解释，清初的学者，嫌宋儒用主观的见解，来解古代经典，有"望文生义"，"增字解经"种种流弊。尤其有感于王学末流束书不观、高谈心性的作风。主张通过文字训诂、版本校勘以及真伪考辨等手段来恢复古书的本来面目，"以佛家之说还之佛家，以宋儒之说还之宋儒，而以三代之说还之三代"。且以为汉代去古未远，汉人治经比较接近本来面目，所以主张师法汉代经师，所谓"拔赵（宋）帜，易汉帜"，并自命这种以考据、训诂为业的学问为"朴学"，以区别于宋明高谈性理的"理学"。

一般都认为清代学风导源于晚明诸子，顾（炎武）、黄（宗羲）、王（夫之）、颜（元）诸人，经历巨变，痛定思痛，以为明末王学一派空谈心性的学风难辞其咎，故起而矫之。顾炎武提出"舍经学无理学"的命题，以救时偏。"舍经学无理学"一语，显然并非一句"回到经典"所能简单道尽的。它他标榜的，实乃儒家经典所包涵的"经世致用"的治学方向。顾炎武这一段话说得最明白："是故性也，命也，天也，夫子之所罕言。而今之学

* 蒋小波：厦门大学台湾研究院文学所。

者之所恒言也。出处去就、辞受取与之辨，孔子、孟子之所恒言，而今之君子所罕言。……我弗敢知也。”[①] 另一个树起反宋大旗的明季学者黄宗羲则率先向宋儒的理气二元性学发难。二元性说是朱子理学中的核心概念，认为人性分“气质之性”与“义理之性”（或天命之性），“气质之性”得于后天，故有所蔽，而“天命之性”则得之于先天，乃是纯理，是主宰。黄宗羲反对天命气质的二元论，认为“气质以外无义理”，而圣人的涵养工夫正得于气质的培养。钱穆以为：“梨洲论学，两面逼入。其重实践，重功夫，重行，既不蹈悬空探索本体、堕入渺茫之弊；而一面又不致于陷入猖狂一路。”[②]

梁启超曾说：“唐代佛学极昌之后，宋儒采之，以建设一种‘儒表佛里’的新哲学”，“进而考其思想之本质，则所研究之对象，乃纯在绍绍灵灵不可捉模之一物。少数俊拔笃挚之士，曷尝不循此道而求得身心安宅？然效之及于世者已鲜，而浮伪之辈，摭拾浮词以相夸煽，乃甚易易。故晚明狂禅一派，至于‘满街皆是圣人’，‘酒色财气不碍菩提路’。”[③] 此种论调，最能道出清初学者反对宋学的心态。

宋儒由于援佛道以入于儒而建立了儒学的形而上学体系，事实上是世界学术文化交流融通中的正常现象，近代以来，西学传入之后影响并改变了中国的学术形态，即是一例。但在清初及后来以“汉学”相标榜的人士看来，却是离了儒家的正道而入于魔道。颜元说得最坚决：“必破一分程朱，始入一分孔孟”。故而亭林、梨洲之后，毛奇龄、阎若璩、胡渭之流专从辨伪的角度攻击宋学。毛奇龄著《四书改错》，专挑朱熹的《四书集注》与汉儒解释不一致之处，扬汉贬宋。而阎若璩的《尚书古文疏证》，专辨东晋晚出之《古文尚书》十六篇、及同时出现之孔安国《尚书传》皆为伪书。胡渭之《易图明辨》，大旨辨宋以来所谓《河图》、《洛书》者，传自邵雍。雍受诸李之才，之才受诸道士陈抟，非羲、文、周、孔所有，与《易》义无关。梁

① 顾亭林：《与友人论学书》，转引自钱穆：《中国近三百年学术史》，商务印书馆，1997年，第137页。

② 钱穆：《中国近三百年学术史》，第28页。

③ 梁启超：《清代学术概论》，第8页。

启超认为，阎、胡实开清代学术的疑古之风："盖自兹以往，而一切经文，皆可以成为研究之问题矣。再进一步，而一切经义，皆可以成为研究之问题矣。"事实上，清代学者的疑古，主要是"疑宋"而"信古"，而它的"信古"，也主要是"信汉"。据段玉裁《戴东原先生年谱》：戴震十岁时，就傅读书。"授大学章句，至右经一章以下，问塾师：'此何以知为孔子之言而曾子述之？又何以知为曾子之意而门人记之？'师应之曰：'此朱文公所说。'即问：'朱文公何时人？'曰：'宋朝人。''孔子、曾子何时人'曰：'周朝人。''周朝宋朝相去几何时矣？'曰：'几两千年矣。''则朱文公何以知然？'师无以应，曰：'此非常儿也。'"① 这则故事，与其说表现了戴东原的少年天才，不如说暗示了一种时代风气。

按照梁启超《清代学术概论》，清代"汉学"，经顾（炎武）、黄（宗羲）诸人开其端（梁启超称之为清学的"黎明运动"），阎（若璩）、胡（渭）、梅（文鼎）、顾（祖禹）诸君承其绪（梁启超称之为清学的"启蒙时期"），至戴震与惠栋达到"全盛时代"，梁启超在描述清学的全盛时代时用了"群众化"一时来形容，可见当时读书人之靡然向风。惠栋一派的治学方法，信奉"凡古必真，凡汉皆好"，认为"汉经师说与经并行"。事实上，乾嘉学派洋洋大观的训诂学、文字学、音韵学、校勘学成就都是基于恢复古学"真面目"这一动机出发的。但天下之事业，盛极而衰，必有其理可循。"汉学"一旦群众化之后，其"疑宋信古"的金科玉律，事实上也失去了它最初的革命意义。梁启超认为：乾嘉鼎盛时代的"汉学"群众化运动，功过参半，"笃守家法，令所谓'汉学'者壁垒森固，旗帜鲜明，此其功也；胶固、盲从、褊狭、好排斥异己，以致启蒙时代之怀疑的精神、批评的态度，几夭于焉，此其罪也。"② 平心而论，戴东原在乾嘉鼎盛时代的'汉学'群众化运动中是一个异数。一方面，戴震将清代考据、训诂、音韵，乃至天文历算、六书九数那一套功夫，推演到极致，其渊博精深，冠绝群伦。③ 同时

① 段玉裁：《载东原先生年谱》，《戴震文集》，中华书局，2006 年，第 216 页。
② 梁启超：《清代学术概论》，上海古籍出版社，1998 年，第 33 页。
③ 戴震：《与是仲明论学书》，《戴震文集》，中华书局，1980 年，第 140 页。

他也将“惟古不真”的信条发挥到极致。指斥那些好言义理的士子，“先坐不识字”。认为“经之至者道也，所发明道者其词也，所以成词者字也。由字以通其词，由词以通其道，必有渐。”又说：“诵《尧典》数行，至‘乃命羲和’，不知恒星七政所以运行，则掩卷不能卒业；诵周南召南，自关雎而往，不知古音，徒强以协韵，则龃龉失读；诵古礼经，先士冠礼，不知古者宫室衣服等制，则迷其方，莫辨其用。”①

余英时认为戴震将“汉学”的知识主义导入一个更彻底的方向，可谓中肯之论。但是，与乾嘉诸子不同的是，戴震并不满足于乾嘉意义上的知识主义，而是要将知识转向明道与求道的归途。在戴震看来，小学文字功夫，只是扮演了一个“轿夫”的作用，而圣贤传经的义理，才是“轿中人”。正是在这一点上，戴震既不满足于宋学，也不满足于汉学，而是兼排汉宋，以为：“圣人之言在六经：汉儒得其制数，失其义理；宋儒得其义理，失其制数。”②

关于戴震与宋儒的义理之辩，胡适的分析甚为详透，下文将专门讨论。在这里需要提及的是，正是在“有志明道”这一点上，戴震区别于一般地乾嘉考据派，同时也开启了“汉学”内部的异端。一方面，戴震树立了一个考据学上几乎难以超越的标本，足以垂范后学，而同时他又在为考据而考据的时代风气中暗暗为义理之学张目，因而也间接地鼓励了“汉学”的反动派。比如说章学诚就私下里引戴震为同调，以为：“凡戴君所学，深通训诂，究于名物、制度，而得其所以然，将以明道也。时人方贵博雅考订，见其训诂、名物有合时好，以谓戴之绝旨在此。及戴著《论性》、《原善》诸篇，于天理人气，实有发前人所未发者，时人则谓空说义理，可以无作，是固不知戴学者矣！”③

梁启超在《清代学术概论》中将乾嘉考证之学称为清学的“正统派”，当然是就其在“学者社会”中的影响力以及由此造成的“群众化考据运动”

① 戴震：《与是仲明论学书》，《戴震文集》，第140页。

② 同上。

③ 章学诚：《文史通义校注》，上册，“内篇”二，中华书局，2000年，第87页。

而言，但是这种说法容易引起一种误解，让人以为考据学成了清代的官方学术。其实，清代统治当局虽然也有意无意地将清代学者的精力导入考证之途，皓首穷经，以消解晚明学者的革命冲动。但是至少在官学的正式场合，宋儒尤其是朱熹的地位仍然是不可动摇的。故而在清学的极盛时代，仍有桐城诸子起而抗之，诋排“汉学”考证脰丁琐细，破碎大义。而尤其以方东树著《汉学商兑》，攻击汉学，多切中其病。在梁启超看来，当时这些从宋学正统立场攻击汉学的言论，之所以不能改变流俗，是因为当时桐城一派中没有第一流的学者，陈义虽高，而其学术都不足以与惠、戴诸子抗衡，故其效力总归于微弱。而真正瓦解汉学的，却是入室操戈，从内部一击的一派。梁启超称章学诚为解构“汉学”的第一人，此说甚耐寻味。章学诚在信古崇经的时代，高标“六经皆史”的说法，将“经”降为“史”，事实上也就撼动了信古从经一派的基础。后来的今文学家显然受其启发，将乾嘉诸子的怀疑范围扩大，真正做到了“一切经义，皆可怀疑”，康有为著《孔子改制考》、《新学伪经考》，将六经看做是孔子一人之独创，而将乾嘉派奉为圣典的古文经学视作是向歆父子的伪造，考证之漏洞百出，结论之颟顸武断，适足为古文家笑，但他所用的“怀疑”的方法，却是清代“汉学”一脉相传的。

在简单地回顾了清代“汉宋之争”的历史之后，笔者所想要表达的意思是，所谓“汉宋之争”，事实上包涵着多个层次的内容：第一，它是清学内部两个派别之间的争执；第二，它是清代学术与宋代理学关于儒家学术正统的争执；第三，它是两种不同的学术理路，即知识主义与德性主义的争执。第一义的“汉宋之争”终止学清学的内部，第二义的“汉宋之争”则延续到现代，而第三义的“汉宋之争”，即所谓“道问学”与“尊德性”的区分，知识主义话语与德性话语的区分，则不受一时一地门户之判的限制，而具有一种超时空的普泛意义。关于现代学术与清学的承传关系，时人已多所论述（陈平原《中国现代学术之建立》，丘为君《戴震学的形成——知识论述在近代中国的诞生》，罗志田《国家与学术：清季民初关于“国学”的思想论争》），而尤其集中于章太炎、梁启超、胡适三位的典范创造。事实上，20 世纪所谓“新文化”并非空穴来风，也并非“全盘西化”的产物，而是在话头、承传、甚至门户上和旧传统（清学）有千丝万缕的联系。以“汉宋之争”这例，我以为这一清学内部的老话题并未随着朝代的转换嘎然而止，而是改头换面，并结合许多西来的新名词，重新以“体用”、“道器”、“心物”等概念重新对抗，并使这一旧的形式承装了新的内涵。

本文选取胡适派学人与现代新儒家的争论来演绎这一现代形式的“汉宋之争”，是基于这样一种考量，在现代学术史，胡适大概最能代表所谓“知识主义传统”，而现代新儒家则旗帜鲜明地承担了宋儒的道德论述。两派的对抗，在二十世纪二十年代那场由张君劢挑起的科玄论战中基本上亮出了各自的门户招牌。中华人民共和国成立以后，对抗的两派移师台港及海外，物换人非，但问题还在，胡适派学人与新儒家诸君在台湾及香港等地重新集结，并主要以《自由中国》与《民主评论》等刊物为阵营再次展开论战。在关于清学的评价、考据与义理的本末、道德与知识的价值先后等问题上，双方进行了多个回合的交锋。

需要预先交待的是，本文所谓“胡适派学人”只是一个权宜的用法。胡适本人及本文所涉及其他当事人并未宣称或自认一个学术流派。但研究者往往根据他们在观点与方法上的相似，以及由于他们在公交私谊上接近胡适而隐隐然形成的一个圈子而称之为胡适派。虽然他们并非一概骥附于胡适，比如说本文提到的殷海光就与胡适在许多问题上存在分歧，尤其在对于清学的态度问题上更是与胡适相左，殷海光显然是不会同意胡适关于清代“文艺复兴”的提法。但是在以经验主义对抗道德主义的立场上，殷海光仍然是与胡适站在一起的。而关于现代新儒家，时下学术界有一个比较宽泛的用法，将许多谈儒家文化的人都归并到新儒的旗下。本文遵循余英时先生在《钱穆与新儒家》一文中所下的比较狭隘的定义，主要指称以宋明理学相标榜，结合西方唯心主义哲学来发挥宋儒的性理精神与道德内涵的熊十力门下三弟子——牟宗三、唐君毅与徐复观。

一、《水经注案》与“中国文艺复兴”

胡适晚年，穷二十年之功，以二百万字的著述，从事于水经注的考证，这项“伟大”的考证事业，许多人以为不值得，以为胡适纯粹是在浪费精力①，并有人以为胡适将学术界“已成定谳”的水经注公案翻出来，做的是一件无意义的“扒粪”工作②。事实上事情并不这么简单，胡适考证水经注，并不仅仅是为了满足一下自己的考证癖，也不见得仅仅是“为人辩冤白谤”这样一个表面的理由可以表达明白的。水经注的翻案文章，在胡适看来，意义重大。

所谓戴震校《水经注》抄袭赵一清、全望祖一案，是清代学术史上的大公案。事情的原委大概是这样的：乾隆三十八年（1773），戴震入四库馆，参与四库全书的修订工作，并主持《水经注》的校理。越明年，戴震主校的《水经注》校理完成，武英殿聚珍本刊刻，成为当时《水经注》的官方版本。然而在戴震逝世后三年，乾隆四十五年（1870）四库馆中发现了由浙江采进之民间刊刻的赵一清《水经注》校本。据“白岳山人”孙沣鼎记载：乾隆四十五（1780）四库总裁王际华不知出于什么动机，首先散布殿本《水经注》戴震“参用”了赵一清校本“而无一言及之”的谣言。但在当时即为当事人纪昀、朱筠等人加以澄清与驳斥，并没能激起什么反响。然而事隔五六十年之后，道光间魏源、张穆等人重新提出疑问，撰文指斥戴震主校殿本《水经注》“袭赵”。到光绪十九年（1893）扬守敬一夜之间“恍然悟戴氏袭赵有确证”，民国初年，王国维、孟森等人进一步推波助澜，于是一桩捕风捉影的“抄袭”案件经几代人之辗转流传，“几成定谳”。

此案经过胡适的考证，得出结论：戴震在四库馆主校《水经注》期间，赵一清本《水经注》虽已进献四库馆，但戴并非得见③，因而也未袭赵。而赵本与戴本的相同之处，胡适认为是属于科学史上平行研究同时发明的案例。闭门造车，出门合辙，“更可以证明一切发明都含有时代的意义，都是

---

① 参李敖：《胡适评传》，中国友谊出版公司，2006 年。

② 有的学者对于戴震袭赵一事倒是采取谅解态度，但是对胡适重兴此案却十分反感。寓居澳门的郦学家江宗衍即是其例。寓居香港的郦学家吴天任也对胡氏于赵戴公案，力为辩白，徒增纠纷，表示不满。参陈桥驿：《胡适与〈水经注〉》，耿云志编：《胡适评传》，上海古籍出版社，1999 年，第 562 页。

③ 胡适提出十组证据证明戴未见赵书，“戴震未见赵一清《水经注》的十组证据”，《胡适全集》卷 16，第 80－124 页。

时代文化的结果”。[①]

本文不想过多地涉及《水经注》一案的版本纠缠。而更关心胡适对于此案的心理分析。在胡适看来，最初传播戴袭赵谣言的四库馆同侪主要是出于嫉妒的心理。据胡适分析，戴震当时以举人的身份破格收入四库馆，由于他此前已经以博学与考据功夫名动京师，所以“震入四库馆，诸儒震竦之，皆愿敛衽为弟子”（章太炎《馗书·清儒》），而庞鸿书则说“震入四库馆，于馆中诸公最为后进，戴又性傲，不肯下人，诸公颇齮龁之。其所校勘，不尽从也。纪文达虽与戴善，而议论亦时有异同，故《水经注》武英殿本卷首提要，虽题东原之名，而校录进，实杂出诸公之手，已非东原之旧”。[②]

然而，事过五六十年后，魏源、张穆诸人指摘戴氏抄袭，言之凿凿，欲断东原之罪，又是基于一种什么心理呢？胡适一语道破天机，指出魏默深等人“欲为朱子报仇”。甚至近人王国维、孟森等人的仇戴心理，在胡适看来，也是基于一种“为朱子复仇”的“正谊的火气”。胡适引魏源攻戴之说为证：“平日谈心性，诋程、朱，无非一念争名所炽。其学术心术均与毛大可相符。江氏不愿有此弟子也。”[③] 毛大可即毛奇龄，著《四书改错》，专攻朱子。而江氏（慎修）为戴震同乡老师，据魏源等人说，戴震名重京师之后，对江慎修不称先生，但称“同里老儒”。因此构成戴震的另一条罪状：背师盗名。对于魏、张、王、孟诸人的心理，胡适在与王重民的通信中有一段精辟的分析：

顷又重读静安先生《戴校水经注跋》，颇感觉这公案背后终不免有戴学与朴学之斗争余波。戴学所以异于朴学，正因为东原不甘仅仅作一个“声音训诂名物象数”的大师，而要进一步做哲学思想的破坏与建设。纯粹朴学的大学者都无此胸襟，亦无此胆力，故当时学人——除洪榜外，——都不能了解，也不能欣赏东原的哲学著作与思想。“摩登”如静安先生，也还不免抱

---

① 胡适：《自述治〈水经注〉源起及论述片段》，胡适全集卷14，第400页。

② 胡适抄录：《庞鸿书读〈水经注〉小识》四卷自序，《胡适手稿》第一集中册，1965年台湾版。

③ 胡适：《为〈水经注〉案争曲直乎？抑为朱了报仇乎?》，胡适全集卷15，第289页。

此成见。静安说东原“于六经大义所得颇浅”。试问清代朴学大师之中，谁人“于六经大义所得”不浅耶？静安先生自己著作等身，其于“六经大义”所得几何耶？又说他“晚年欲夺朱子之席”乃撰《孟子字义疏证》等书，虽自谓欲以孔孟之说还之孔孟，宋儒之说还之宋儒，顾其书虽力与程朱异，而亦未尝与孔孟合。这真是没有历史眼光的陋见。东原痛恨“以理杀人”，就是近人所谓“理教吃人”的空气，故颇有建设一个新思想系统的野心。他的大著作，本叫做“绪言”，后来有鉴于当时的空气压迫，才改称《孟子字义疏证》。这是用偷关漏税的手段，做廓清摧陷的革命工作。说他“欲夺朱子之席”，真是陋儒之见。说他“亦未尝与孔孟合”，亦是全不了解戴学思想的历史地位。二千余年中，究竟有哪一个思想家“与孔孟合”耶？……所以我总觉得王、孟诸人攻击东原窃书一案的背后不免有几分“卫道”“护法”背景。其意若曰，“戴东原欲夺朱子之席，总不是什么好东西，什么‘可忌可耻之事’，他都做得出来！这并不足怪！”①

胡适之对攻戴派的心理分析不泛神来之笔。而胡适为戴震翻案的心理动机同样耐人寻味，胡适写作此文的时间是1944年10月，其时王静安、孟心史诸人均已做古。而胡适一口一个“陋儒”“陋见”痛责王、孟两位前辈，也大违胡适平日的言论风格，胡适此时大约也不免动了一点“正谊的火气”。笔者以为这里面牵动现代学术史上的一桩大事因缘：整理国故与所谓“中国的文艺复兴”。胡适等人视清代考据学为“中国的文艺复兴”，而戴震，则是这一文艺复兴运动的主帅和旗帜。所以为戴震辩诬翻案，于胡适关系重大。不仅关涉对胡适半生事业的评价问题，更有甚者，关系到中国思想史的方向。

关于“中国文艺复兴”的类似说法，晚清民初曾流行一时。② 但将这一概念系统化、“科学化”著力最多的当推梁启超、胡适两人。所以后人多将

① 胡适：《自述治〈水经注〉案缘起及论述片段》，胡适全集卷14，第395－396页。

② 关于“文艺复兴”概念在晚清民初的产生与传播，罗志田《国家与学术：清季民初关于“国学”的思想论争》（生活·读书·新知三联书店，2003年）一书论述颇详，参上书第90－107页。

这笔账算在梁启超头上，并非全无道理。1904 年梁启超在《新民》上发表《论中国学术思想之大势》，首次将清代的考据方法比附培根的归纳推理法，以为“本朝学者，以实事求是为学鹄，饶有科学的精神，而更辅以分业的组织。”并细绎其科学精神为四点：一、“善怀疑，善寻间，不肯妄徇古人之说、一己之臆见，而必力求真是真非之所存。”二、“既治一科，则原始要终，纵说横说，务尽其理，而备其佐证。”三、“其学如一发达之有机体”，前后相继。四、善用比较法。① 纵观梁启超提出清学科学精神之四条，着眼点主要是朴学的方法论，而在义理方面，梁氏则仍然站在理学的立场上加以掊击：“综举有清一代学术，大抵述而无作，学而不思，故可谓为思想最衰之时代。”而对于戴震《孟子字义疏证》与《原善》两书的评价，则几乎是否定的。以为震侈言义理，欲与新安、姚江争，自乱朴学的家法。则其“情欲论”虽持之有故，言之成理，颇近泰西近世所谓乐利主义者。但是，“人生而有欲，其天性矣，节之犹惧不蔇，而岂劳戴氏之教猱升木为也？二百年来，学者记诵日博而廉耻日丧，戴氏其与有罪矣！”② 所以，当时梁启超对清学的态度是矛盾的。“夫本朝考据学之支离破碎，汩没性灵，此吾侪十余年来所排斥不遗余力者。虽然，平心论之，其研究之方法，实有不能不为学界进化之征兆者。”可见 1904 年的梁启超对考据学的评判，还未完全摆脱今文学的立场。但是，一个“思想最衰之时代”和一种支离破碎、汩没性灵的学术，却妄称文艺复兴。多少有点不气壮。

1923 年，梁启超在《清代学术概论》一书中再次全面检讨清学。将“文艺复兴”的提法系统化。并且不惮以今日之我，难昨日之我，几乎完全推翻了前文对汉宋两学的评价。认为清学“以复古为创新”，以孔孟还之孔孟，是思想史上“拨乱返正”进步力量。而对宋学的评价则已与胡适同声相应，称之为“中古宗教”，代表中国思想史上的“黑暗时代”。我怀疑梁启超这种思想立场的转变多少曾受到胡适的影响，胡适自 1917 年回应聘于北大之后，声名鹊起，基本上已取代章太炎、梁启超诸人而成为新的时代旗

---

① 梁启超：《饮冰室文集》卷一，云南教育出版社，2001 年，第 273 页。
② 同上，第 277 页。

手。而他之所以可以“暴得大名”，除了提倡白话之外，和他一开始便占领了“国学”的制高点是分不开的。在“五四”前后，虽然以“白话”为载体的“新学”已经成为时代的主流，但是“旧学”仍然在学院体制和上流文化中占有很高的地位。故而胡适如果仅凭其“新知深沉”或可以号召一部分青年，但如没有“旧学邃密”这一面，他显然还不足以领导时流。

在胡适回国的时候，正值所谓“国故学”青黄不接的时候，随着章太炎的老去，由章太炎等人一手倡导的国故学，在某种意义上正面临着一次“合法性危机”。因为章氏倡导国故学的主要动机是“保国保种”。并通过将“夷夏之辨”转化为“种姓革命”而成为民族革命的文化意识形态。所以当辛亥革命成功之后，他的这一国故学提法已相对失去了意识形态立足点，这也是章门弟子如黄侃之流虽然也才高八斗，但却难以继承乃师之事业及号召力的原因。胡适介入国故学的机缘正在于，他通过对国故学背后的文化意识形态的重新整理，凭借旧瓶新酒的方法，使国故学重新焕发出生机。而他的两个杀手锏，则是“科学的方法论”与“反理学”。通过“科学的方法论”，他将乾嘉诸老的考据功夫成功地转换为现代实验主义的一套科学方法。而通过反理学，他又将清学内部的汉宋之争获得了“争自由”、“求解放”、反对“以理杀人”这样一些非常时髦的意识形态号召力。概而言之，胡适的野心是要在考据和义理两个方面为汉学全面平反，并使得胡适版的清代学术主流完全和西方的文艺复兴运动同调。

胡适大概是在《中国哲学史大纲》的导论中首次提到中国文艺复兴。此书 写定于1918年9月，出版于1919年2月。胡适在导言中提到：“这个时代（指清代），有点像欧洲的‘再生时代’（再生时代西名Ronaissance，旧译文艺复兴时代）”。而后又在《The Chinese Renaissance》等文中继续完善了这一说法。尤其在《清代学者的治学方法》一文中，胡适系统地总结了清代汉学的科学方法。

胡适认为，佛学传入中国之后，其中最讲逻辑的几个宗派，如三论宗和法相宗都未能在中国生根，“只有那‘明心见性，不立文字’的禅宗，仍旧风行一世"① 这种方法完全是主观的顿悟，而不是"自悟悟他"的方法。所以宋初儒学复兴的时候，首先便面临着一个方法论的问题，宋儒最初几个人曾采用道士派关起门来虚构宇宙的方法，结果只造出一个道士气的宇宙观，并不曾留下什么方法论，直到后来宋儒在《大学》中找到"致知在格物"五个字，才开始建立自己的方法论。而尤其程朱一派将"格物穷理"的方法发挥到极致。胡适承认这一派的方法中有很符合近代经验科学的东西，但是从宋儒的"格物穷理"中为什么没有产生真正的科学知识呢？胡适以为，除了器械工具及应用需求等时代限制外，最主要的是宋儒的形而上学气质妨碍了他们成为真正的经验科学家。宋儒格物穷理，是为了发明终极真理，即那个"一旦豁然贯通，则众物表理精粗无不到，而吾心之全体大用无不明矣"的"道"。所以在胡适看来，他们既未能像古希腊人那样因爱知识而求知识，也未能像近代西方科学家那样为求应用而发明科学原理，而是重新又回到了"危微精一"的玄学路数上去了，这也使得朱子的格物穷理在陆王一派的"顿悟"面前常自惭形秽。

胡适将清儒的科学方法总结为两句话：（1）大胆的假设，（2）小心的求证。② 认为这一原则很符合近代实证科学的原理。胡适在晚年的《口述自传》中提到自己在青年时代领悟的治学方法时谈到。他的治学方法的形成可以追溯到他十来岁的初期。而至少在 1910 年，当胡适第一次接触到汉学的时候，乾嘉派学者的治学方法已给他留下了深刻的映象。有趣的是，当胡适美国时期所作的第一篇国学文章《诗三百篇言字解》却是基于对郑玄（康成）和毛公（毛苌）两位汉学大师的不满而肯定朱熹的。但所用的方法，却已接近了清儒的归纳法，而在后来的两篇习作《尔汝篇》与《吾我篇》中，胡适更加自觉的完善了这一方法。唐德刚指出：胡适之先生在本篇中所说的"治学方法"，事实上是我国最传统的训诂学、校勘学和考据学的老方法。……所以胡适先生求学的时期，虽然受了浦斯格和杜威等人的影响，他的"治学方法"则只是集中西"传统"方法之大成。他始终没有跳出中国

① 《清代学者的治学方法》，《胡适文集》卷二，北京大学出版社，1998 年，第 283 页。

② 同上，第 302 页。

“乾嘉学派”和西洋中古僧侣所搞的“圣经学”（Biblical Scholarship）的窠臼。①

胡适对“汉学”的义理分析，首先见之于《几位反理学的思想家》一文，在此文中，胡适将“中国近世哲学”分为两个时期：理学时期——1050年至1600年；反理学时期——1600年至今日。又将反理学运动分为破坏与建设两个方面，称“打到太极图等等的迷信的理学”的黄宗炎、毛奇龄等，“打到谈心说性等等玄谈”的费密、颜元等，以及“打到一切武断的，不近人情的人生观”的颜元、戴震、袁枚等人是理学破坏运动的代表；而将“建设求知识学问的方法”的顾炎武、戴震、崔述等，以及“建设新哲学”的颜元、戴震等人看作是新哲学的代表，让人吃惊的是胡适将胡稚晖看作是反理学运动的最近的一位代表（许多人大概会认为将胡适自己列为“反理学运动的最近一位代表”也许更合适一些）。胡适认为所谓“理学”，挂着儒家的招牌，其实是禅宗、道家、道教、儒教的混合产品。其中先天太极等等，是道教的分子；又谈心说性，是佛教留下的问题；也信灾异感应，是汉朝儒教的遗迹。但其中的主要观念却是古来道家的自然哲学里的天道观念，又叫做“天理”观念，故名为道学，又名为理学。② 胡适当年在与梁漱溟就“东西文化”展开论争时，曾说：“玄学是从中古宗教里滚出来的”，惹得梁漱溟大为生气，虽是一时戏言，但胡适终生对佛教与道教的评价非常低，认为佛教在全中国“自东汉到北宋”千年的传播，对中国的国民生活是有害无益，而且为害至深且巨。在胡适看来，《道藏》大部分是模仿佛教来故意作伪的，“其中充满了惊人的迷信，极少学术价值”，而中国的禅宗佛教，“百分之九十，甚或百分之九十五，都是一团胡说、伪造、诈骗、矫饰和装腔作势。”并自称其禅宗研究为“粑粪工作”。故而，胡适认为近世哲学的反理性运动，代表了“人类常识”的进步，这一观点，胡适在对戴震哲学的介绍中表达得最充分。

胡适认为戴震对哲学的最大贡献，是他的“理”论。戴震的“理”论，

---

① 《胡适文集》卷一，第304页。

② 《胡适文集》卷二，第63页。

区别于宋儒的最大特点是只承认理在事中，不承认离开具体的事有所谓“天理”。胡适举戴震的这一段话说明他的观点：

宋儒合仁义礼而统谓之理，视之如有物焉，得于天而具于心，因以此为形而上，为冲漠无联；以人伦日用为形而下，为万象纷罗；盖有老庄释氏舍人伦日用而别有所贵道，遂转之以言乎理。在天地则以阴阳不得谓之道；在人物则以气禀不得谓之性，以人伦日用之事不得谓之道。六经孔孟之言，无与之合者也。①

胡适接着戴震的分析道：宋儒之学，以天理为概本观念。程子以下，一班哲学家把理看作“不生不灭”，看作“如有物焉，得于天而具于心”。胡适在肯定了宋儒“理”论的好的一面，即推广了一种天理面前人人平等的民主主义价值观之后，转过来论述它坏的一面。在胡适看来，天理哲学助长了理学家以一己之意见为“理”，并在“存天理、灭人欲”的口号下导演了无数“以礼杀人”的惨祸。故而戴震大声疾呼，为人欲平反。戴震以为：“理也者，情之不爽失也；未有情不得而理得者也。”“天理云者，言乎自然之分理也；自然之分理，以我之情契人之情，而无不得其平是也。”戴震将理看作是“情之不爽失”，并提出“以我之情契人之情，而无不得其平是也”显然是发挥儒家的“絜矩之道”，而他对人欲的肯定，也无疑带有近代人性论的色彩。故而胡适将戴氏的主张比于边沁、弥尔一派的乐利主义。

胡适《戴震的哲学》一文动笔于1923年，“科玄论战”激战正酣的时候，而脱稿于1925年8月，为纪念戴震诞辰两百周年而作。在这个时候大谈戴震，显然意有所指。在《戴震的哲学》一文的结束语中有一段话，明白地道出胡适的心声：

方东树死后，中国的国势一天危似一天；时势的逼迫产生了一种托古救时学派，是为今文学派又名公羊学派；这个新运动的中坚人物往往讥刺考证

① 戴震：《孟子字义疏证》，转引自胡适《戴震的哲学》，《胡适文集》卷二，第265页。

之学，以为无益于世；他们高揭西汉的“微言大义”来推翻东汉许郑之学：这确可表示方东树说的“翻然厌之”的心理；不过汉学的势焰未全衰，人情虽好高而就易，他们还不肯骤然回到陆王，却回到了西汉的“非常异义，可怪之论”。但近处以来，国中学者大有倾向于陆王的趋势了。有提倡“内心生活”的，有高谈“良知哲学”的，有提倡“唯识论”的，有用“直觉”说仁的，有主张“唯情哲学”的。倭铿（Euchen）与柏格森（Bergson）都作了陆王的援兵。“揣度近似之词，影响之谈”，国中很不少了。方东树的预言似乎要实现了。

我们关心中国思想前途的人，今日已到了歧路之上，不能不有一个抉择了。我们走哪一条路呢？我们还是“好高而就易”，甘心用“内心生活”“精神文明”一类的揣度影响之谈来自欺欺人呢？还是决心不怕坚难选择那纯粹理智态度的崎岖山路，继续九百年来致知穷理的遗风，用科学的方法来修正考证学派的方法，用科学的知识来修正颜元、戴震的结论，而努力改造一种科学和致知穷理的中国哲学呢？我们究竟决心走哪一条路呢？①

二、考据与义理

傅斯年在《性命古训辨证》一书的引语中提到，阮元的《性命古训》一书，代表清代学术的一个转捩点。因为它表现了一种“方法的自觉”：

自明末以来所谓汉学家，在始固未尝与宋儒立异，即其治文词名物之方法，亦远承朱熹蔡沈王应麟，虽激成于王学之末流，要皆朝宗于朱子，或明言愿为其后世。其公然掊击程朱，标榜炎汉，以为六经论语孟子经宋儒手而为异端所化者，休宁戴氏之作为也。然而戴氏之书犹未脱一家之言。……至性命古训一书而方法丕变。阮氏聚积诗书论语孟子中论性命字，以训诂学的方法定其字义，而后就字义疏证为理论，以张汉学家哲学之立场，以摇程朱之权威，夫阮氏之结论多不能成立，然其方法则足为后人治思想史者所仪

① 《胡适文集》卷七，第341－342页。

型。其方法为何？即以语言学的观点解决思想史中之问题是也。

傅斯年所谓“以语言学的观点解决思想史中之问题”的方法，实导源于他的另一个观点——“哲学乃语言的副产品”。早在傅斯年执教于广州中山大学时，就曾作过一篇《哲学乃语言学之副产品》，其意云：魏晋之所谓玄学，宋明之所谓理学，今曰哲学，都产生于不同文化交流融会的时代。而世界古往今来，最以哲学著名的民族有三：一、印度之雅利安人，二、希腊，三、德意志。这三个民族有一个共同特点，就是在他的文化忽然极高的时候，他的语言表达能力跟不上思想之进步，于是“繁丰的抽象思想，遂为若干特殊语言的形质作玄学的解释了”。傅斯年熟知历史，且富于“大胆想象”的精神，按他的解释，上述三民族在哲学启蒙的时期，事实都是因为遭遇到比他们自己的民族文化更高级的文明之时（傅氏认为雅利安人的文明事实上比当时它所入侵的印度土著文明程度为低，而希腊文明一开始也低于周边的地中海文明），类似于孩童试着要表达成人的思维时会出现语言表达的困难，傅氏也倾向于把哲学看作是一种“苦闷的象征”，并以此来解释哲学著作中的“不可翻译现象”。并由此而得出结论：思想就是思想史，哲学就是哲学史。只要通过语言材料的罗列与分析，通过文字的比较与训诂，就是完成了哲学的工作。

以“语言学的观点解决思想史的问题”，这个方法看起来很新，其实却是清代“汉学家”治学方法的翻版。戴东原曾说：“义理者，文章考核之源也。熟乎义理，而后能考核、能文章。”但是段玉裁却接着说“义理、文章，未有不由考核而得者”。① 已经将他老师的意思倒过来了。而阮元更将段玉裁这一观点加以应用。钱穆说“芸台讲学，颇师戴东原，守以古训发明义理之意。”② 阮元以为“古训明则义理明”，而一字的最古之义，也最接近于真。比如他说，“性”的古字为“生”，因而“生”是“性”的本义。而宋儒的“性”义，多来源于释教：

---

① 《戴东原集》段玉裁序，涵芬楼影印本。

② 钱穆：《中国近三百年学术史》，商务印书馆，1997年，第529页。

浮图家说，有物焉聚于人未生之初，虚灵圆静，光明寂照，人受之以生；或为嗜欲所昏，则必静身养心，而后复见其为父母未生时本来面目。……晋、宋、姚秦人翻译者，执此物求之于中国经典内，有一“性”字，似乎相近，彼时经中“性”字纵不近，颇时典中“性”已相近。如执“台”以当“窣堵波”而不别造“塔”字也。①

阮元认为，中国古代只有“台”这种建筑，当佛教传入中国时，在翻译“窣堵波”（佛塔）这种印度建筑时，翻译家另造了一个“塔”字，而在翻译佛教中那个“圆静光照”之物时，则只沿用了古代的“性”字，由此而改变了“性”字的本义。这种错误，阮元戏称之为“以塔为台”。

阮元这种“以古训发明义理”的方法，钱穆曾加以批评：“然依芸台此意，严格论之，孔孟义理，出于诗书之古训，诗、书之义理复何出乎？若必以最先之古训为贵，则推溯古训来源，必有穷极。且何以最先之古训，即为最真之义理乎？此尤无说以自解者。而义理自古训中来之意见即无形摧破。”② 钱穆认为，以古训求义理的方法，必有穷极。如果一切最精确之义理，果包蕴于造字最先之初，而此最先造字之古圣人为后世一切义理准绳，其人何人，若茫若昧，已在荒晦不可知之域，即芸台亦不得不仅而称之曰“古圣人”而已，则对确定性的追求其结果反而导向另一种不确定性。故芸台的结论虽不乏精彩之处，其方法却十分危险。

徐复观《研究中国思想史的方法与态度问题》一文中专门针对傅斯年“以语言学的方法解决思想史的问题”提出批评，认为真正的方法，是与被研究的对象不可分的。今人所谈的科学方法，应用到文史方面，实际上还未跳出清人考据的范围一步。③ 并特别区分了“思想”与“思想史”、“哲学”与“哲学史”、“义理之学”与“研究义理之学的历史”。徐氏以为，从段玉

---

① 阮元：《揅经室续集》卷三，转引自钱穆《中国近三百年学术史》，第535页。

② 钱穆：《中国近三百年学术史》，第533页。

③ 徐复观：《中国思想史论集》，上海世纪出版股份有限公司上海书店出版社，2004年，第1页。

裁以来，标榜考据的人所犯的毛病是：一则把义理之学与研究义理之学的历史（研究思想史），混而不分；一则是不了解要研究思想史，除了文字训诂以外，还有进一步的工作。仅靠着训诂来讲思想，顺着训诂的要求，遂以为只有找出一个字的原形、原音、原义，才是可靠的训诂，并即以这种训诂来满足思想史的要求。这种以语原为治思想史的方法，其实是完全由缺乏文化演进观念而来的错觉。从阮元到现在，凡由此种错误以治思想史的人，其结论几无不乖谬。①徐复观又举20世纪语言学权威耶斯柏孙（Otto Jespersen）的说法为例，称此种倾向乃由于“迷信名号之力”而造成的误识。我们即使知道了悲剧曾经指的是“山羊之歌”，又知道喜剧的语源是“祭之歌”与“宴响之歌”，这对于我们理解悲喜剧的本质，仍然是不够的。

1957年前后，就考据与义理的本末问题，徐复观又与劳干、毛子水等人发生争论。其过程大致如下：1957年台北《中央日报》“学人”副刊登载了劳干先生的《历史的考订与历史的解释》，此文的主要意思是说历史的考订与历史的解释，虽然同属于历史的范围，但是在不久的将来，总会一分为二，其间的差异，也许类似于天文学与占星学，终于同源而异流的情况。并举十九世纪西方两大历史学家黑格尔和兰克为例，以为前者代表哲学家对历史的主观解释（当指黑格尔的《历史哲学》），而后者代表了“严格的历史学”，而这种严格的历史学，最终将和考古学、古生物学一样，被逼走上自然科学的道路。

徐复观指出，首先，劳干误解了兰克，兰克反对的是黑格尔对世界历史的“辩证法的解释”，而并不拒绝历史释义。相反，在兰克看来，历史的发展是多元的，体现了各种不同自由意志的“无限多样性”，所以他反对黑格尔那种纯概念化的历史，但兰克并不否认历史发展中具有某种“关联的恒常性”，所以才有所谓世界历史与其本人的《世界历史概观》。

其二，徐复观指出，既便是自然科学的研究，也不排斥解释。所谓自然科学毋宁正是科学家对自然现象的解释，自然科学研究中的假设、实验与论

① 徐复观：《中国思想史论集》，上海世纪出版股份有限公司上海书店出版社，2004年，第3-4页。

证，每个步骤都离不开解释。考古学亦不例外（姑且认考古学为自然科学），对出土文物的鉴定、归类以及在此基础上产生的历史知识，无一能离开解释而自存。所以徐复观指出劳文所代表的“史料学”倾向以及“点滴的琐细主义”打着科学主义的旗号排斥历史解释，其实这种见解未必科学。①

毛子水先生在同年“学人”第十期的《论考据与义理》的文章，谈到“近今治国学的人，往往喜欢谈考据与义理的分别，言下且有考据是末，是粗，而义理是本、是精的意思。这种意思，可以说是不对，而且有贻误学子的可能性。”②

毛子水的行文中不知不觉的推出一个结论，似乎一切有价值的学问，都源于考据。甚至生理学与心理学也可以看作考据的学问。毛子水显然已在行文中不知不觉将“考据”转换成“实证”，而将“考据学”转换成近代经验主义的“实证科学”了。而他支持考据的论据，则又非常传统，他说：古人所用的鸟兽草木的名字，古人所行的典章制度，如果懂得不清楚，便不可以算是懂得古人的书。古人的书不懂得，怎样还能去阐明古代圣贤修己治人的方术呢？……这样学来，应当说考据为本而义理为末。这段话，间直是戴震“诵《尧典》，至‘乃命羲和’，不知恒星七政，则不卒业；诵《周南》、《召南》，不知古音，则失读；诵古礼经，不知古者宫室衣服等制，则迷其方”一段话的翻版。

毛子水认为，研究宋、明理学，在许多人心目中是义理的学问，但依我的见解，这是考据范围以内的学问。什么是“天”，什么是“地”，我们如果能一一穷源竟委、辨析毫芒，以求得正确的解答，这样的做学问，不是考据是什么？由此得出结论，有许多讲宋明理学而轻视考据的人，简直不知道自己在做什么？对于毛子水的这一论点，徐复观答复道：义理之学，可以直接从义理之学的本身去讲。固然会关涉到若干史实，但是他的重点可以不放在史实的考证上面，有如一个讲伦理学的人，他会关涉到若干伦理思想史的史实，但他和目的重点不在讲伦理思想史，比如胡适讲禅宗史的文章并不是

---

① 徐复观：《中国思想史论集》，第 297 - 298 页。

② 转引自徐复观著《中国思想史论集》，第 303 页。

在讲禅学。把义理之学与思想史混为一谈，等于把哲学和哲学史视为一物。所以义理之学，可以直接源于个人的经验体悟，虽然可以有资于文献考证的文字训诂，但并不以后者为必要条件。

事实上，毛子水在文中犯了下定义不严格的毛病，故而被徐复观抓住把柄，迎头痛击。毛文在前面明确地将考据定义为“史传记载的征实与辨正”，把义理看作是“人生哲学的探讨”，并联系到治国学，再将考据限定为“草木鸟兽和典章制度的探讨”，义理是指“圣贤修己治人方术”的阐明。不用说毛子水屡屡将义理定位为方术，就很容易激发新儒家的火气。而他对考据概念的滥用，更是自乱家法，漏洞百出，比如说他几乎将一切现代实证科学都列入考据学，显然让人觉得可笑，而事实上他的本意是想用旧瓶装新酒的办法，“希望读者能够把一个旧名词来装载一个比较通达的意义”。①

在这场争论过去二十多年以后，林毓生在《不以考据为中心目的之人文研究》一文中又旧话重提，为当年的这场考据与义理之争作出评判，某种意义上可以代表科学主义的一种自我反省。在林毓生看来，人文研究的中心目的是寻找人的意义（in search of the meaning of man）。凡是离开这个中心目的越远的越是边缘性的东西，越不是人文研究的主题。五四以来，一派史学家要把历史变为“科学”，将考据考据工作看作是“达到客观的历史真实”（objective historical truth）的铺路工作。其实他们所了解的科学性质与意义，深受实证主义、19世纪德国语文考证学派与乾嘉诸老的影响。今天从博兰霓的科学的哲学与孔恩科学史的观点来看，实在相当错误。我们今天都知道所谓“客观的历史真实”只是19世纪德国语文考证学派的幻想，事实上无从达到。史料并非史学。史学研究的主要功能在于帮助我们了解我们自己，并进而促使我们的人生成为一个丰富而有意义和人生，我们的社会成为一个丰富而有意义的社会，我们的时代成为一个丰富而有意义的时代。②

---

① 毛子水：《再论考据与义理》，转引自徐复观《答毛子水先生的〈再论考据与义理〉》，第314页。

② 林毓生：《中国传统的创造性转化》，生活·读书·新知三联书店，1996年，第273－274页。

三、道德与知识

章太炎在《原学》中曾说：“立学术者无所因。各因地齐、政俗、材性发舒，而名一家”，(《訄言·原学》) 将影响学术风气的因素分为“地齐”、“政俗”、“才性”三项。“地齐”指地理环境，所谓“寒冰之地言齐箫，暑湿之地言舒绰”，“地齐然也”。而“才性”则是指学者的个性因素对其学术的影响，“倍根性贪墨，故能光大冥而倡利己”，“路索穿窬脱纵，百物无所约制，故能光大冥而极自由”，才性使然也。而七雄构争，故宋钘、尹文始言别宥。雅典共和制衰，贵族执政，而道益败，故柏拉图哲学由是而兴，则是政俗变化影响学术之例证。章氏此论，或采之于泰纳所谓“种族、环境、时代”三因说。但章太炎又指出，近代以来，由于交通便利，教育发达，所以“才性”与“地齐”两个因素对学术的影响变得微弱，而“政俗”的影响则加重。“故古者有三因，而今之为术者，多观省社会、因其政俗，而明一指。”

在现代学术史上道德主义话语与知识主义话语的对抗中，我们大致可以划出一个分水岭。在20世纪上半叶，知识主义话语可以说是占尽风头。而道德主义话语相对处于防守与被动的地位，而在20世纪下半叶，形势隐隐然有逆转的趋势。我们显然也可以从“才性”与“地齐”的角度对两大学术阵营的对垒作出种种臆测与解释，比如说所谓“胡适型人格”一直是思想史研究中的热门话题，而据说熊十力中年折节读书，是因为受了陈独秀一句戏言的刺激：“湖北没有第一流的学者”，这似乎可以看作是“地齐”影响学术的笑谈。余英时在《论戴震与章学诚》一书中采柏林“刺猬型人格”与“狐狸型人格”来分析“学问家”与“思想家”的分野，并以为合于中国学术传统中“博”和“约”区分。狐狸可以做很多事情，故成其博学多识，而刺猬只能做一件事，故成其形而上学。戴震本是刺猬型的人格，有志于闻道，但是生活在一个狐狸当道的时代，时代风气尚考据而讳义理，故而不得不隐藏自己的刺猬本性而学做狐狸。我以为王国维又是一个具有刺猬性格而成就了狐狸事业的时代误置者。胡适称“王国维欲为朱子报仇”是“汉学内部的斗争”，显然是将具有浓厚形而上学气质的王国维混同于博学多识的狐狸。

学术风气往往会决定人才的流向，民国初年，由于乾嘉考据遗风与科学主义的合流，再一次造成一个狐狸当道的学术环境，青年才俊多奔竞于科学主义旗下，而儒门淡薄，收拾不住。在民国初期的学术对垒中，道学家之所以取败于学问家，“没有第一流的学者”也应是一个重要原因。平心而论，在五四时期标举传统文化以对抗西潮的学者，如梁漱溟、张君劢诸人，其才学与影响力似难与当时“横行当道”的“群狐”（群胡）对抗。直到熊十力、钱穆这些大师级的人物出来，局面才有所改观。熊十力当年一无留西的学历，二无国学的门户，能在北大站住讲台（北大当时主要以胡适为代表的留西派与章门弟子为代表的国学派当道），恐怕主要凭借一股原始的道德感召力。据牟宗三回忆，熊氏的气质在当时北大的谦谦绅士之流中显得超拔而脱俗，为学生讲课，常用“当头棒喝”，与人论道，每做“狮子吼”。① 有一次冯友兰访问熊十力于二道桥，那时冯氏《中国哲学史》已出版。熊先生和他就“良知”发生了争执，冯友兰认为良知是个假定，能十力反驳说：“良知是真真实实的，而且是个呈现，这须要直下自觉，直下肯定。”冯氏所谓“良知是个假定”，显然是从经验主义角度对形而上学的一种“客气”说法，因为你那个良知无法证明。所以牟宗三将熊十力的“狮子吼”比作是“霹雳一声”，直是振聋发聩，复活了中国的学脉，使人的觉悟提高到宋明儒的层次。②

但是，正如章太炎所说的，个人才性对现代学术风气的影响毕竟是次要的。我们似乎不宜过于夸大某个人的个人人格与道德感召力对时代学风“扭转乾坤”的力量。从“观省社会，因其政俗”的角度考察，20 世纪上半叶科学主义的主导地位乃个人不可逆转的大潮流。而 20 世纪下半叶，道德主义在台港学术圈的抬头也有其复杂的时代环境因素的刺激，笔者以为以下三个外缘因素是造成这一“学变”主要原因：第一，由于“中华民国”的“亡国之痛”与世界冷战对抗而给流亡知识分子带来的道德反省意识与时代忧患意识；第二，儒家道德主义话语通过和欧陆唯心主义哲学的结合而实现

① 牟宗三：《熊十力先追念会讲话》，《牟宗三先生全集》卷 23，第 284 – 285 页。
② 牟宗三：《五十自述》，《牟宗三全集》卷 32，第 78 页。

了其现代转型；第三，科学主义话语的内部危机。兹分述如下。

1949年6月，大陆易帜前夕，《民主评论》创刊于香港。在创刊号上，徐复观发表《现在应该是人类大反省的时代》一文，提出人类文化发展的两个方向：“一个是向外的，向自然追求；一个是向内的，向人类自身反省。”① 欧洲文艺复兴一来，向外的追求成为人类发展的主导方向，故而造成科技发展而道德沦丧的局面，极权主义由是而生，演成20世纪的一幕幕人类惨剧。这种论调，基本上仍未脱梁漱溟《东西文化及其哲学》的窠臼。但是它联系到“九一八”以来中国的变局与苏美冷战对抗，却透露出道德主义论述重新抬头的信息。

1948年5月12日，胡适与苏雪林有一函通信。苏雪林在来信中劝告胡适多作青年的思想工作，以挽救人心。胡适在回信中说道：自由主义本不具有思想“魅力”，故而他对于青年的思想工作，非不为也，是不能也。苏雪林在此未免有点苛求胡适了。事实上胡适在五四以后，青年导师的光辉早已黯然失色，胡适认为“‘五四’本身含有不少反理智成分，所以不少五四时代过来人终不免走上反理智的路上去，终不免被人牵着鼻子走。”② 将“五四”以后中国思想界的左倾以及由此而酿成的“赤祸”归咎于反理智主义的抬头。这和新儒家诸君对时代病症的诊断恰成对照。

1950年代，两岸几乎同时兴起了对胡适思想的批判。而台港文化界对胡适的责难，多围绕“谁应为丢失大陆承担责任”这一问题而发。蒋介石在一次发言中提到：民国以来，做思想文化工作的人，丢掉了本国文化中的道德传统，一味崇西，结果造成青年的信心丧失，而共产主义乘虚而入，泛滥成灾，并指出这股时代潮流实导源于“五四”。事实上也不点名地批评了胡适等人。

当然，新儒家诸君对胡适以及胡适所代表的知识主义方向的批评不能简单等同于上述官方滥调。唐（君毅）、牟（宗三）、徐（复观）以及钱穆等人“五四”新文化所代表的“民主”与“科学”的方向，都抱持一种相当肯定的态度。但是在民主与科学的理解及实现民主与科学的途径上面，新儒

① 徐复观：《现在应是人类大反省的时代》，《民主评论》一卷一期。
② 1948年5月12日复苏雪林，《胡适全集·书信集》，安徽教育出版社，2007年，第161页。

家却与胡适派持不同的观点。新儒家认为，养成民主与自由的文化须从个体的觉悟，即唤起国民的道德良知上去下工夫。而经验主义知识论建立起来的自由必不牢固，关于这一节，牟宗三与殷海光关于“一个真正的自由人的论辩”最能说明两派的分歧。

1952年初，在大陆学术界的“世界观改造运动”中，著名逻辑学家金岳霖先生发表了一篇自我检讨性质的文章。随后，牟宗三先生在台湾《自由人》杂志撰写题名《一个真正的自由人》的文章对金岳霖的检讨与转向进行了批评，牟文认为：像金岳霖这样的“纯技术型”哲学家，平时以自由主义相标榜，一遇到外来的压迫，便马上丢掉了自己的“主义”，放弃了自己的立场，这正是以单纯技术观点处理人生观世界观所造成的悲剧。在牟宗三看来，单纯的技术主义是不可能建立起真正的价值感的，信仰与价值问题属于超越域，不能为逻辑主义与科学主义所认识。因而，单纯技术主义的哲学必定陷入价值论上的虚无主义与怀疑论。

言下之意，金岳霖这类知识分子“跟风”与丧失立场的悲剧是由于其哲学上的纯技术主义决定的。①

针对牟宗三在《一个真正的自由人》中对金岳霖所代表的逻辑实证主义哲学的“纯技术主义”批评，殷海光在《自由中国》第6卷第2期上发表了题为《我所认识之“真正的自由人”》作了回应。并在《胡适与国运》与《民主的试金石》等一系列文章中就牟宗三的观点进行了反批评。针对牟宗三对“纯技术主义哲学”的批评，殷海光质疑牟宗三以及以牟宗三为代表的海外新儒家所持的“泛道德主义立场”。牟文所暗含的理论前提是：只有以道德心支撑的“心性主体”才可能把握并坚守一种真正的自由。而此一道德理想的心性主体，恰恰是科学的经验主义与实证逻辑所无缘体认的。循此前提，牟宗三批评了现代思想中基于感性经验的肤浅的唯智主义与基于情绪的滥情的浪漫思潮，前者以胡适的“大胆假设与小心求证”的琐细考证主义与金岳霖视逻辑为绅士的智力游戏之技术主义为代表，后者以左派文人的浪漫

① 《牟宗三先生全集》卷24，台湾联经出版公司，2005年，第53页。原载《自由人》第87期，1952年1月2日。

主义乌托邦叙事与右派才子们的情调生活为代表。此二者，不但不能保证自由之实现，反而在放弃道德责任中逃避了自由。而殷海光的逻辑预设是：自由主要不是针对自我内心，而是关涉公共域尤其是政治权力与个体之间的权利义务关系。所以自由不是什么玄而又玄的道德理想，而是百姓大众应享的一种“平常生活”——可以列举与实证的“诸自由”（言论自由、行动自由、财产自由等等）。以此划界，则道德不是自由主义题中应有之义。道德属于私人的事情，属于另一块他人不得与闻的内在领域。恰恰相反，作为中国传统文化支柱的泛道德主义，不仅与现代自由主义无关，而且已构成对后者的威胁。更常见的一种情形是：泛道德主义指证与政治权力相结合而构成侵害自由的语言暴力。这一场争论持续了几个回合，殷海光、牟宗三、雷震、徐复观等人都先后卷入其中。双方对自由的理解可谓针锋相对。笔者以为双方在这次论战中所揭示的自由内涵上的分歧，颇合于柏林所谓“消极自由”与“积极自由”的区别。柏林在《两种自由的概念》一文中界定了消极自由与积极自由。所谓消极的（negative）自由关心的是：“在什么样的限度以内，某一个主体（一个人或一群人），可以、或应当被允许，做他所能做的事，或成为他能成为的角色，而不受别人的干涉?”所谓积极的（Positive）自由则和下面的问题相关：“什么东西、或什么人，有权控制、或干涉，从而决定某人应该去做这件事、成为这样的人，而不应该去做另一件事，成为另一种人?”消极自由的政治观点是：“正常的说法是，在没有其他人或群体干涉我的行动程度之内，我是自由的。在这个意义下，政治自由是指一个人不受别人的阻扰而径自行动的范围。”而积极自由的观念，“是源于个人想要成为自己主人的期望。”柏林认为：“以做自己主人为要旨的自由，和不让别人妨碍我的选择为要旨的自由，表面上看起来，似乎没有什么重大的逻辑差距，只是同一事件‘消极的’和‘积极的’描述方式而已。但是，在历史上，‘积极’和‘消极’的自由观，却朝着不同的方向发展。而且不一定依照逻辑常理，终至演变成直接的冲突。”① 要弄清这个差异，首先要了解自主（self – mastery）这个词在思想史上的演变。柏林以为，自我一词，

① I. 柏林著，陈晓林译：《两种自由概念》，生活·读书·新知三联书店，2005 年，第 1 – 7 页。

从柏拉图开始，就开始分裂为感性和理性的两面，并发展出欧陆哲学唯理主义和英美经验主义的分歧，经验主义始终坚持经验领域的可感性与可实证性，因而始终将真理限制在具体可感的实证领域。而大陆学派正相反，设定一个超验的绝对真理域来指导、压制经验自我。此一差别，决定了两种自由主义内涵上的差异，消极自由主要着眼于限制统治权力对社会自生自发秩序的干预，而积极的自由理想倾向于以观念的动员（启蒙运动）、与观念的革命来强化一种绝对真理域的价值实践，其登峰造极的表现是黑格尔式的历史意识，将自由看作是“绝对精神”的自我实现。①

牟宗三一生努力的方向在于儒学的现代化，牟氏所谓儒学的现代化，简单地说，就是以儒家传统的“内圣外王”之学回应“自由民主”的现代要求。牟氏以为，儒家从孔孟开始，就已经建立了一个高尚的道德理想主义，即孔子的“体仁”、与孟子所说的“尽心知性知天”，宋儒的理学与王阳明的致良知则继续道其端绪。在牟宗三看来，儒学一脉相传的个体人格的内圣之超越路径正是一种最高的自由。在《理想主义的实践之函义》一文中，有这样一段话，可以看出牟氏对自由的理解：

真正儒者的实践乃在表现一种精神生活。此种生活是由觉悟所显露的理性的主体，即由内在的道德性，而转出。凡是与感触的或物质的混杂的东西都要在道德的实践中磨炼掉。这种磨炼是后面有一种悱恻之感督促着的，因而亦就是因为不甘于堕落或陷溺，故必然地有这种不断的磨炼。在此种磨炼中，一方将感触的或物质的东西刺出去或克服掉，将那原始的直觉浑沦或圆融予以打破，而行自我超转，一方亦因这种超转而显示那超越的道德实在，即所谓“天理”，或程明道所说的“卒殄灭不得”的那点之“秉彝”。在觉悟中显示这个道德的实在，是真正的“主体的自由”，本着这个道德的实在而去实践是真正的精神生活。②

① 蒋小波：《殷海光与牟宗三的自由思想辨异》，《台湾研究集刊》，2006 年 3 月。

② 《理想主义的实践之函义》，《牟宗三先生全集》卷 9，台湾联经出版公司，2005 年，第 54 页。

从以上引文中透露出的消息我们可以隐约揣摩到牟氏所说的“主体的自由”为何物了。大致地说来，牟氏所说的自由是指一种主体内在的自由。它指的是个体（儒者、君子）在良知的道德实践中不断的克服低层次的纵欲和滥情，而不断弘扬心性气质中合于天理人道的那一点“秉彝”，通过“克己复礼”的“自我超转”无限接近圣贤的道德理想。由此可以看出，牟宗三所谓主体的自由区别于殷海光所谓个体行动不受政权的不合理干涉之外在自由，而更接近“自主”（self-mastery）意义上的积极自由，即人成为自己（欲望情绪）的主人。对此，牟宗三毫不隐晦。他坚称主体的自由为一种理性的理想主义，或道德的理想主义。在理想主义前面加上“理性”作为限制词，可见这种理想主义必须是理性的、合于天理道德的，而不是纵情滥情流于情绪或个人野心的。

为了进一步明了牟宗三的“道德理性”，有必要扼要地提一下牟宗三与康德哲学思想的关系，在这里，恐怕不得不提到牟宗三著名的“良知坎陷”。“良知坎陷”是牟宗三运用儒家尤其是王阳明的“致良知”与“知行合一”学说改造康德的实践理性而自创的一个概念。根据康德，人的“认识心”只能达于现象界，而无法达到物自体。因为人不可能有“智的直觉”（智的直觉只有上帝才有），人对事实的认识必须借助于概念范畴与感性经验，因而人凭知性认识无法通达无限与自由、不朽与上帝。而道德心（实践理性）则直接受自由意志的支配而体现为“绝对命令”，因而，人在科学认识中无法达到的自由域却可以要道德实践中达到。于是在康德道德哲学中就出现一个矛盾：善和真的矛盾，道德律令是善的，但又是不可认识不可理解的，据说它来源于某种神秘的自由意志。

牟宗三从两个方面改造了康德哲学，一方面，他将康德的“物之在其自身”（物自体）道德化，将“物之在其自身”解释为一个高度价值意味的概念，郑家栋在《本体与方法——从熊十力到牟宗三》一书中对此解读甚精到：

说物自身是一高度价值意味的概念（而不是一“事实概念”）乃是基于科学所面对的事实世界、现象世界与道德宗教所面对的价值、形上世界的区分而言。我们在上文已指出，这一区分可以说是牟宗三全部理论的出发点。在他看来，康德哲学的物自身概念，当是指谓一超越于事实世界、现象世界的形上世界、价值世界而言。此价值世界、形上世界不是科学认识的对象。这一价值世界、形上世界就是“物之本来面目”、“物之在其自己”。但此“本来面目”、“在其自己”不同于作为科学认识对象的“事实上的原样”，后者只是作为一种客观事实的“光秃秃赤裸裸的‘在’”，前者则标示一真善统一、知行合一的形上境界。所以说它“是一个价值意味的概念，而不是一个事实概念。”①

另一方面，牟宗三以一种中国式的认识论取代了西方依赖于概念与逻辑的认识论。在此，牟宗三化用了佛家的“执”与“不执”说法。牟宗三认为，“识心之执”是指认识心执著于物、身、现象、事功，所以“执”的认识不能超越现象界，不能认识物自体。但是，“不执”的认识即认识的无限心，则可以通达物自体。因为执的认识总于碍于认识的器物功用层面而无法通脱，不能识到价值，不明白那最高与最后的实体之存有其实是道德价值意义上的。不执的认识则是通脱的、圆融的、超拔的。如果不执的无限心是可能的，智的直觉也是可能的。“不执著者，我们名之曰无执的无限心，此在中国哲学中有种种名，如智心（佛家）、道心（道家）、良知之明觉（儒家）等皆是。执著者，我们名之曰有执的有限心，即认知心，此在西方哲学中，名曰感性、智性，在中国哲学中，名曰识心（佛家）、成心（道家）、见闻之知的知觉运动即气之灵之心（儒家）。”所以，“同一物也，对有限心而言是现象，对无限心而言为物自身，这是很有意义的一个观念，可是康德不能充分证成之。我们如想稳住这有价值意味的物自身，我们必须从我们身上即可展露一主体，它自身即具有智的直觉，它能使有价值意味的物自身具体地朗现在吾人的眼前，吾人能清楚而明确地把有价值意味的物自身之具体而真实的意义表现出来。我们不要把无限心只移置于上帝那里，即在我们人类身上即可展露出。”

所谓良知坎陷，借助儒家传统的义理来解读，名其“体仁”可也，“道德实践”可也，“知行合一”可也。而当牟宗三借助西方哲学的本体论术语

① 郑家栋：《本体与方法——从熊十力到牟宗三》，辽宁大学出版社，1992年，第165页。

来解读，则我们未始不能从中从嗅出一丝基督教－黑格尔主义的气味：由牟宗三的良智坎陷自身以成就物我，成就道德主体的说法中，我们多少可以捕捉到一点基督教关于道成肉身的教义的影子，基督教教义将道成肉身宣谕为：上帝因为人类不能直接理解他的道，派他的独子降生人间，受苦、行善，最后死在十字架上。通过道成肉身，上帝的奥义演成真实生命的行迹。显然，正如许多人指出的，黑格尔所谓“绝对精神”，就是上帝。而黑格尔式的世界历史——绝对精神具体化为事功而最后显豁自己的过程，就是道成肉身。同样，牟宗三所谓良知坎陷也既是道德哲学的，又是历史哲学的。在道德哲学中是良知的自我坎陷，是内圣，在历史哲学中就是“春秋大义”，就是外王，就是圣贤理想在事功中显豁与失落的历史。但是，纵观一部中国大历史，圣贤理想社会的大同小康之义，又何曾得到制度层面的稳妥与落实，所以朱子叹道：五帝三王、周公孔子之道，未尝一日得行于世也！而牟宗三也承认，中国传统的内圣之学开不出“新外王”——现代民主制度，因为儒家只讲“亲亲”、“尊尊”，只讲隶属关系与服从，而西方古代的阶级斗争到现代的党派斗争，强调的是对抗与交涉，由此而产生契约关系。所以要开出现代民主制度，还必须借助于西方的“对列格局”。这大概也算是新儒家自揭其短吧。

牟海光曾戏言：在过去，来者只要吹三句自由民主，谈点罗素，附带骂骂唐君毅头脑如浆糊，钱穆是义和团的历史鼓手，我便立即引为知己，马上把心肝五脏都吐给他。① 但是晚年的殷海光思想上发生了转向，对五四以来的知识主义立场有较深刻的反省，虽然由于英年早逝，海光思想的这一转向发展得尚不明朗。但是从他后期的著作《中国文化展望》以及与友人的通信中，我们仍然可以看出一些端倪。这一方面是由于殷海光本人性格的二重性决定的，同时也受哈耶克、怀特海、库恩等人思想的影响而激发。

近代知识批判主义导源于康德的《纯粹理性批判》一书，在《纯粹理性批判》一书中，康德区分了经验世界与自在世界（物自体），认为人的认识只能达于经验界，而且人对世界的认识，受制于一组先验范畴。也就是

① 《殷海光书信集》，三联书店上海分店，2005 年，第 247 页，致黄展骥（年份不详）。

说，我们对世界的认识，并不是如实证主义认为的那样可以达到或无限接近"客观真理"，而勿宁说是人类理性的一种"主观构造"。此一学说，称为哲学史上的哥白尼革命，因为它将人类对自身认知能力的解释由外向内转——转向对人类认知结构的探讨。而后库恩的"科学范型"说，显然是受康德的启发，将科学史理解为各种认知模式的转换，而其效果是为了解释和适应环境，所以在亚里士多德的模式和牛顿的模式之间，在牛顿的模式和相对论之间，并不存在一个"谁更科学"的问题，因为它们对于当时的时代环境而言都是适用的，这似适有点类似于科学领域的"六经皆史"的说法。

殷海光对现代科学主义的批判性反思，不是来源于康德，而主要来自于现代自由主义大师哈耶克，作为复兴"古典自由主义"最有力的倡导者，哈耶克的自由主义思想却并不完全来自英国经验主义，而是具有浓厚的德国气质，尤其深受康德认识论的影响，他的早期著作《感觉的秩序》一书就带有很明显的康德痕迹。在哈耶克看来，正是心智，使世界"呈现"给我们的是有组织的，可以感知的，而不是混乱模糊的随机的图像和运动。但是，我们对世界的感知的井然有序，在哈耶克看来，乃是心智的产物，显然，并非世界本身就是如此。在原子水平上所描述的世界是不可感知的，也是没有秩序的。我们对物质世界的现象性理解之所以井然有序，乃是因为心智所做的就是对感觉进行排序——也即"感觉秩序"，"心智是对现实的解释"。这一理论最重要的含义就是，我们永远也不可能完全理解我们的心智。从逻辑上说，如果心智就是我们据以对我们周围的世界进行分类的手段，那么，我们就不可能"退回去"试图把心智本身看成是一种感觉的输入。借用迈克尔·波拉尼的话（Michael Polanyi）的一个比喻，我们不可能在戴着眼镜的同时检查这副眼镜。①

正是基于这样一种理性批判主义态度，哈耶克写下了他那部传颂一时的名著《科学的反革命——理性滥用之研究》，在此书中，哈耶克指出：近代科学主义所赖以产生和发展的实验观察方法，并不适用于研究人文科学（在哈耶克看来，凡是有人的主观价值参与的活动，都属于人文科学的范畴，而

① 斯蒂文·霍维茨《从感觉秩序到自由秩序：哈耶克理性不及的自由主义》，［美］拉齐恩·萨丽等著，秋风译：《哈耶克与古典自由主义》，贵州人民出版社，2003年。

经济学更是一门典型的人文科学，这也是为什么英国的古典经济学隶属于道德科学的原因）。而正是近代对实证科学方面的盲目崇拜与滥用，造就了典型的社会工程师型的政治理念，意图对社会进行全面的控制，而导致极权主义的泛滥。哈耶克对科学主义的批判，虽然不完全适用于胡适派的“知识主义”话语，但是对近来以来影响中国至巨且深的“唯科学主义”思潮仍然不啻为一副清热解毒剂。

殷海光也许并没有读过哈耶克的《科学的反革命》一书，但是20世纪60年代他的学生林毓生就读于芝加哥大学研究院，受业于哈耶克门下，殷海光在与林毓生的通信中频频地讨论到“科学主义”的话题。但由于突发癌症死亡，殷海光晚年的一些思想转向未形成正式的文字。但是林毓生后来在《什么是理性》一文中，应该是道出了乃师晚年未完成的思想。在这篇文章中，林毓生将近代以来胡适所代表的知识主义倾向称之为“天真的理性主义”。“天真的理性主义者”，以实证主义（positivism）与实验主义（experimentalism）为易见的代表。他们有一些基本的共同看法：他们特别注重感官所能知道的事实，认为所有命辞都必须根据他们认为的事实，才能成立。他们另外特别注要证明，你要讲什么，或主张什么，你必须证明出来，你如果没能证明出来，你就是没有道理。甚至主张信仰系统也必须经过证明；但信仰系统是没有办法予以证明的。因此，逻辑实证论认为，道德的信仰系统或艺术的信念都不是道德或艺术。因为真正的道德必须证明出来，真正的艺术也必须证明出来，这是把“功能”当作“价值”。①

四 结语：两派的调和（略）

① 林毓生：《中国传统的创造性转化》，第45页。

张爱玲“地母形象”与台湾文学

徐　学*

一

张爱玲研究中，探究其虚无（及由虚无产生的阴冷、抑郁……）的文章蔚为大观，讨论其信仰（及由信仰而来的温情、肯定、哀矜）的文章却较为稀缺。

张爱玲有无信仰？若无，她何以能如此自信自律，不依附任何权势豪门，不皈依任何宗教团体，无惧于人世的孤寂和不公，于坎坷的一生中，创作、翻译、考据不辍，成就傲人。若有，又是何种信仰，有怎样的内涵和特色，这是值得探究的问题。

1944 年，张爱玲出版了《传奇》，也完成了她《流言》中的大部分作品，虽然未届而立之年，但她的信仰（准宗教观）以及女性观、写作观已然定型，独特而且稳定，以后的 50 年，并无自我“革命”或者“变法”之举。

这一年，她发表了《谈女人》，此文亦是一贯的张腔张调，以调侃始，以苍凉终。开篇摘译英文小册子《猫》那些调侃淑女的隽语，毫无同情，写着写着却认真起来，待到结尾，谈到奥尼尔的剧本《大神勃朗》，少有地动了情，说这个剧本她“读了又读，读到第三、四遍还使人心酸落泪”。剧本

* 徐学：厦门大学台湾研究院、台湾研究中心副教授。

中让她俯首下心的是“地母”这一形象。张爱玲说，她自省自己和“大部分所谓知识分子一样”，属于很愿意相信宗教而又不能相信任何宗教的一类，但地母让她感动，她依然用那欲拒还迎的笔法写出她的崇敬，“如果有这么一天我获得了信仰，大约信的就是奥尼尔《大神勃朗》剧中的地母娘娘。”①

在这一时期的散文中，张爱玲笔下多次出现与“地母娘娘”相类的形象，包括《忘不了的画》里的夏威夷女人和日本山姥，《我看苏青》中的杨贵妃，还有《谈画》里的圣母以及《传奇再版的话》的蹦蹦戏花旦，约略形成系列。②

张爱玲“地母”系列形象共同点有下列两方面：

（一）相近的外形——大胆展露的肉体美

《大神勃朗》中的地母。“一个强壮、安静、肉感、黄头发的女人，二十岁左右，皮肤鲜洁健康，乳房丰满，胯骨宽大。她的动作迟慢，踏实，懒洋洋地像一头兽。她的大眼睛像做梦一般反映出深沉的天性的骚动。她嚼着口香糖，像一条神圣的牛，忘却了时间，有它自身的永生的目的。”③

夏威夷女人，是高更名画《永远不再》的主角，她“健壮，至多不过三十来岁”、“裸体躺在沙发上”、“一手托腮，把眼睛推上去，成了吊梢眼，也有一种横泼的风情”。④

她描写日本山姥“披着一头乱蓬蓬的黑发，丰肥的长脸，眼睛是妖淫的，又带着潇潇的笑……她把头低着，头发横飞出去，就像有狂风把漫山遍野的树木吹得往一边倒。也许因为倾侧的姿势，她的乳在颈项底下就开始了，长长地下垂，是所谓‘口袋奶’。”⑤

蹦蹦戏花旦“阔大的脸上塌着极大的两片胭脂，连鼻翅都搽红了，只留下极窄的一条粉白的鼻子，这样装出来的希腊风的高而细的鼻梁与她宽阔的脸很不相称，水汪汪的眼睛仿佛生在脸的两边，近耳朵，像一头兽。她嘴里

---

① 张爱玲：《流言私语》，江苏文艺出版社，2005年，第158页。
② 同上，第47页、215页、287页。
③ 同上，第159页。
④ 同上，第215页。
⑤ 同上，第218页。

有金牙齿，脑后油腻的两绺青丝一直垂到腿弯，妃红衫袖里露出一截子黄黑，滚圆的肥手臂。"①

写杨贵妃，"是中国历史上唯一一个具有肉体美的女人。"②

（二）相近的性格——在荒凉破败的环境中夷然地活下去

这些女性大都处于社会边缘，若按主流价值观来衡量，她们是被遗弃者，败德者甚至罪人。但张爱玲却尊重她们，看重和推崇她们那种面对各种逆境坦然自得的生存能力。

夏威夷女子，结结实实恋爱过，爱情一去不返，"永远不再了"，可她脸上带着微笑，"没有一点渣滓的悲哀，因为明净，是心平气和的。"③

塞尚《抱着基督尸身的圣母》一反陈腐的宗教画，其中圣母让张爱玲倾心难忘，因为圣母在这画中被画成"最普通的妇人，清贫，论件计值地做点缝纫工作，灰了心，灰了头发鹰钩鼻子与紧闭的嘴里有四五十年来狭隘的痛苦，她并没有抱住基督，背过身去正在忙着一些什么，从她那暗色衣服的折叠上可以闻得见捂着的贫穷气味。"（《谈画》）

蹦蹦戏里的花旦，"将来的荒原下，断瓦颓垣里，"只有她这样的女人"能够夷然地活下去，在任何时代，任何社会里，到处是她的家。"

她们不但能够顽强生存，而且还有同情、了解和慈悲。山姥是蛮悍霸道如孩童的金太郎的抚慰者，而地母就如同大地母亲的象征，永远在赞颂生命与春天，不断地安慰死者，替垂死者除去他们生前不得不戴的面具。

张爱玲自称是个小市民，她谈钱谈吃谈穿，当然也不避讳谈女人健康的肉体美，在《谈女人》结尾，她有重重的一笔，"有美的身体，以身体悦人；有美的思想，以思想悦人，其实也没有多大分别。"但是她深知无灵之肉，并非上品，"原始人天真虽天真，究竟不是一个充分的'人'"。（《烬余录》）所以在《谈女人》中，她也指出"女人取悦于人的方法有许多种，单单看重她的身体的人，失去许多可珍贵的生活情趣。"

---

① 张爱玲：《流言私语》，江苏文艺出版社，2005年，第288页。

② 同上，第56页。

③ 同上，第215页。

认真考察张爱玲大胆推崇地母形象的放恣的情感（情欲）与肉体美，不难发现张爱玲更多看重的是它强劲永恒的生命力。性是生殖的象征，是大自然繁衍生息的象征，也是坚韧无畏之生命的象征。所以当我们读到张爱玲摘译的地母的自白："我简直想光着身子跑到街上去，爱你们这一大堆人，爱死你们……"① 我们并不感到有恶俗的肉欲，反而有一种净化了的悲悯，就像张爱玲在评价山姥和金太郎，"这里有母子，也有基本的男女关系"，"因为只有一男一女，没人在旁看戏，所以是正大的，觉得一种开天辟地之初的气魄。"② 这里的山姥，犹如女娲，她是立于人世之神，兼有母性与妻性。而母性与妻性，在张爱玲看来是"个个人都熟悉，而容易忽略，实在是伟大的。"③

综合以上两个方面来观察，可以看出，张爱玲的"地母"形象中呈现的是一种健康女人的魅惑力，一种泼辣蓬勃的生命力。观照张爱玲散文里对两张白玉兰画的描绘，对此会有更深入的体认。

在《忘不了的画》一文中，张爱玲赞颂了山姥，并讥讽了艺妓（称之为"循规蹈矩训练出来的大众情人"）及欧洲的圣母（"从前没有电影明星的时候，她是惟一的大众情人"），紧接下去，蒙太奇般地连接了两幅显示泼辣生命的白玉兰，第一张——"土瓶里插着银白的花，长圆的瓣子，半透明，然而又肉嘟嘟，这样那样伸展出去，非那么长着不可的样子；贪欢的花，要什么，就要定了，然而那贪欲之中有喜笑，所以能够被原谅，如同青春。玉兰丛里夹着一支迎春藤，放烟火似的一路爆出小金花。连那棕色茶几也画得有感情，温顺的小长方，承受着上面热闹的一切。"

另一张白玉兰"薄而亮，像玉又像水晶，像杨贵妃牙痛起来含在嘴里的玉鱼的凉味。迎春花强韧的线条开张努合，它对于生命的控制是从容而又霸道的。"

以花指喻女子生命，是雪芹笔法，大体而言，《红楼梦》即是群芳谱，

① 张爱玲：《流言私语》，江苏文艺出版社，2005 年，第 158 页。

② 同上，第 219 页。

③ 同上，第 48 页。

通观全书，花园名“会芳”，园中景致是“沁芳”，女子的悲凉是“三春去后诸芳尽”……而红色是曹雪芹最钟情的颜色，写得最多的是“桃花”“杏花”“海棠”和“凤仙、石榴”，情感表达从“怡红”到“悼红”，“千红一窟（哭）”“万艳同杯（悲）”。酷爱《红楼梦》的张爱玲当然深受习染，在她的小说中，也多见以红色的杜鹃花、木槿花和野火花来象征情爱和生命。在《红玫瑰与白玫瑰》中，她把“红”说成热烈，“白”代表圣洁。但在以上的散文中，玉兰之白与圣洁无关，白玉兰的花之姿恰恰是地母的写照：有青春、有贪欲、有喜笑、强韧的生命，从容而又霸道！

二

“地母”形象在张爱玲的散文中，有充分的表现，但限于散文的手法，她们大都是写意或者象征的，寄托着作者的理想与信仰。而在充满细节与真实场景中的张爱玲小说中，也有着地母的投影，那是一些带有“地母”根芽的人物形象。

张爱玲说，“女人纵有千般不是，女人的精神里面倒有一点地母的根芽”。① 读了这句话，再联想起张爱玲笔下那些自尊心被戳的百孔千疮的女子，不觉冒出另一句张言——“一念之慈，顶上生出了灿烂圆光。”

张爱玲的小说中最具地母色彩的人物是霓喜，这是集神女与女神一身的人物，她是以姘居为生的女人，凭着自己的健康的魅惑力先后与五、六个男人同居，对于她，男人是生存的依托，是安全，也是爱与被爱的自我需求。在张爱玲看来，霓喜是代表追求人生安稳的“妇人性”（也可以说是“神性”）。“虽然这种安稳常是不安全的，而且每隔多少时候就要破坏一次，但仍然是永恒的。”② 学者于青这样描述霓喜：“任世人如何鄙视她，不拿她当人看，她却是永不颠仆的地母，活得比任何人都长。张爱玲以自己接触过的几个在华的东南亚人为原型塑造了霓喜这一形象，是把她当做女神来写的，

① 张爱玲：《流言私语》，江苏文艺出版社，2005年，第159页。
② 同上，第259页。

笔调中有一种了解的同情和悲悯。”其实还有感动，霓喜“对于物质生活单纯的爱”使张爱玲感动。[1]

霓喜之外，《色戒》中的王佳芝和《鸿鸾喜》中的娄太太也是有着张爱玲所说的“地母根芽”。王佳芝在小说中，是一个虚荣的年轻女子，她的人生中亲情爱情友情都极度匮乏，她追随主流思潮与同学的认可参加了间谍工作，这才使她得到了一种归属，仿佛“一切都有了个目的”，她就活在这个目的中，把间谍角色作为一次次成功的演出，自恋与自赏使她沉醉其中，甚至忘却了危险。对于这个角色，小说《色戒》远比电影《色戒》使用了更多的讥讽与不堪的描绘。但即便如此，张爱玲也写出了王佳芝的“母性成分”。在刺杀老易即将成功的刹那，也是“仿佛只有她们俩在一起”的刹那，在那“虚幻”的爱人即将粉碎之时，她在老易脸上看到了“一种温柔怜惜的神情”，突然感到了“爱”。或者说，从老易眼里第一次看到了自己，看到了人海茫茫之中的一丝温情。这时她不顾自己的安危，放跑了老易。“太晚了，她知道太晚了。”她那时已经醒悟到，半生的虚妄已使自己坠入难以挽回的绝境，但她依然只是挂心着老易。

娄太太在婚姻与家庭中并不能体会到爱与尊严，她时时“觉得孤凄”，她的亲人，“联了帮时时刻刻想尽办法试验她，一次一次重新发现她的不够。”她在琐碎庸俗中忙碌着、悲伤着、忙碌着、气恼、为难……“被三十年间无数的失败支持着。”在“白眼”与“冷落”中一错再错。这样一个平庸无能的妇人，却依然有着母性的光彩，她会尽力化解丈夫与儿子的冲突，她会牺牲自己的安逸和尊严去满足丈夫及儿女的需求，作品中几次写到她对家人的爱“一阵阵温柔的牵痛”。也写了她因为爱而无惧耻笑的坚持。

类似的人物还有《桂花蒸阿小悲秋》的女仆阿小，《秧歌》里的月香，《小艾》里的小艾等，她们身上都有着母性的根芽，有一种张爱玲视为等同于“神性”的“妇人性”，代表着“最普遍的、基本的，代表着四季循环，土地、生老病死、饮食繁殖。”

---

① 今治：《张迷世界》，花城出版社，2001年，第236页。

三

说“地母形象”在张爱玲那里如同信仰，是需要仔细阐明的。说到宗教信仰，通常与教义、教律、教仪、教团紧密相联，而张爱玲的“地母信仰”并不如此，但它无疑在张爱玲那里形成了一种强烈、坚定而持久的精神活动，这种精神活动包含着观念信奉、情感皈依、心理寄托，这种精神活动对她的创作乃至生活有着深刻的影响，甚至某些时刻可以成为她召唤自我精神上升的神性力量，成为她创作中“哀矜未喜”“悲天悯人”的不竭源泉。

论及张爱玲“地母信仰”的内涵及特征。许多人会认为，饱受沪港洋场文化滋养的张爱玲，信仰（或准宗教情怀）来自西方无关华夏。最早论述张爱玲宗教情怀的胡兰成就是如此，在《论张爱玲》中他说：“她写人生的悲怖与罪恶，残酷与委屈，读她作品时有一种悲哀，同时是喜欢的，因为你和作者一齐饶恕了他们，并且抚爱那受委屈的。”“她是属于希腊的，同时也是属于基督的”。①

少年时期是一个生命体精神发育成型的重要时期，敏感早熟的张爱玲的少年时期（11 岁 - 16 岁）是上海教会学校的寄宿生，她曾被迫诵读《圣经》，对于基督教的教义、仪式和历史，应该早早知晓。但张爱玲对教会学校的教育是褒贬兼有，她一方面说受过修道院教育的女孩子“天真得可耻”（《烬余录》），“驯良可是没脑子”（《卷首玉照及其它》）另一方面也说教会学校的学生“惯于把赞美诗和教堂和庄严、纪律、青春的理想联系在一起”。（《中国人的宗教》）

也许，在张爱玲的人生哲学中，那敬畏天道的自律自强，那洞照生命的悲悯慈悲，或多或少受到了各类宗教也包括西方宗教的影响。但是总体上看，张爱玲的“地母信仰”有着强烈的华夏色彩。这华夏色彩最突出的特点是：在世俗性中寻求超越性。

哲学家冯友兰指出：“对超乎现世的追求是人类的先天欲望，中国人并

---

① 季季：《永远的张爱玲》，学林出版社，1996 年，第 112 页、115 页。

不是这条规律的例外。他们不大关心宗教，是因为他们极其关心哲学，他们的哲学里满足了他们对超乎现实的追求，他们也在哲学里表达了欣赏了超道德价值。”①

确实如此，以儒学为代表的华夏哲学没有把人的情感心理引导向外在神秘对象，因此，超越并不以对高高在上的神灵的迷狂中来体现，而是将人的情感心理消融于现实世界的人际关系中，以追求人际的和谐和后世尊贵来体现超越。因此华夏哲学不是宗教，又能扮演准宗教的角色，成为一种既入世又出世的信仰。在基督教信仰那里，个体与上帝的精神联系，高于其他一切世间联系，人生的意义寄托于超越人世的精神联系；而在华夏信仰体系中并不设立一个独立且外在于人类现世生活之外的超越世界。即使鬼神，也有人们现世生活中的浓郁投影，它们强烈地反映出人们对于现世生活的渴求和理想。

张爱玲的“地母信仰”中的崇拜对象，也都并非超凡的远离人间的神灵，而是活生生的人间女性，张爱玲推崇她们，并非她们有什么“神力”或“灵异”，而是看到了她们代表人生安稳的一面，代表了与超人相对的“妇人性”，是“最普遍的，基本的，代表四季循环，土地生老病死、饮食繁殖。”她们是大地的产物，道是无情却有情，以“痛切的欢欣”，凝视着四季循环的莽莽乾坤。②

在上述的地母形象中，除了杨玉环贵为妃子（但张爱玲看中的依然是她的亲切、热闹，使我们千载之下还能够亲近），其他皆为凡俗之人，甚至是主流社会眼中的边缘人卑贱者，张爱玲写出她们放恣挣扎的一面，也看到了她们恒常素朴的一面，她们与历来的女神截然不同的就是她们是有血有肉的，生命强健的。所以张爱玲崇拜的“神”性首先是凡俗性，所以她这样评价地母：“这才是女神。翩若惊鸿，宛若游龙的洛神不过是个古装美女，世俗所供的观音不过是古装美女赤了脚，半裸的高大肥硕的希腊石像不过是女运动家，金发的圣母不过是个俏奶妈，当众喂了一千余年的奶。”

---

① 冯友兰：《中国哲学史》，北京大学出版社，1996 年，第 4 页。

② 张爱玲：《流言私语》，江苏文艺出版社，2005 年，第 157 页。

但是，张爱玲的地母亦有超越性。在华夏信仰中有强烈的泛神论色彩，认为天地万物皆有神灵，张爱玲对此深有感悟，她说，“中国信仰中的‘天’与现代思想中的‘自然’相吻合，伟大，走着自己无情的路，与基督教慈爱的上帝无关。”（《中国人的宗教》）一方面是伟大，一方面是无情，这就是华夏信仰与张爱玲心中的“天”，是华夏哲学中具有生命一般强健的永恒的“自然”。这是张爱玲“地母信仰”超越性，这种凡俗中的超拔在《大神勃朗》中的地母身上最为突出。总体上看，张爱玲的信仰不是被概念限定的偶像，而是可以被感受被体验的信仰。地母的“神性”是泛神的自然，是凡俗而永恒的，是创造者又是被创造的万物。张爱玲的“地母信仰”承认大自然乃至万物人生有一种冥冥的力量，可以感知而无法把握，但她又力图在神秘的不可抗拒的力量之中，保持对人的处境与命运的同情和慈悲。它与中国土生土长的宗教一样，有一种尊重生命的、此岸的、现世的宗教性格。它抵制了神秘的教义，不追求超世的拯救，它吸收了中国“参天地，赞化育”的“天人合一”的观念。当然，也应该看到，张爱玲的“地母”原形来自西方现代主义剧作家奥尼尔现代主义的悲剧观照，与张爱玲的“荒凉美学”丝丝入扣，所以，也不能完全抹杀西方现代主义对张爱玲“地母信仰”的影响。

四

除了华夏色彩，张爱玲的“地母信仰”也具有强烈的个人色彩。其一，女性本位。其二，与其苍凉美学紧密相关。

在张爱玲的小说中，最为出色的人物形象大都为女性，她刻画女性的不幸，也表现女性的心地狭窄、贪恋虚荣，甚至阴毒使坏。但她深知女性的负面性格大都来自畸形文化，许多毛病也是女性为摆脱两性社会中的劣势而采取的求生策略。因此，她从不以伟大空洞的道德标准去衡量她们。对于她们（以及一切可怜又可恨的人物）张爱玲的态度都是，“如得其情，哀矜而勿喜”。因为，“把人生的来龙去脉看得很清楚。先有憎恶之心，看明白之后，也只有哀矜。”①

而在她的“地母信仰”中却把女性推崇得很高。张爱玲认为，男性代表超人，代表观念，存在于一个特定的时代里，女性代表凡人、物质，存在于一切时代，是永恒的，与神性相连。女性是孕育、是创造、是繁殖、是包容。地母们每每与所谓文明相冲突，但张爱玲说：“高度的文明，高度的训练与压抑，的确足以伤害元气，女人常常被斥为野蛮、原始性，千年来女人始终处于教化之外，焉知她们不在那里培养元气，徐图大举。”② 这里可以看出，她认为女性可以在未来新文化的开创中扮演重要角色，“地母形象”中寄托着张爱玲对女性的期望和推崇。

张爱玲把美学境界分为“力”（壮烈）“悲壮”和“苍凉”三类。她推崇并致力追求一生的是“苍凉”。她认为，“苍凉”既摆了“力”的直露与单一，又超越“悲壮”的高蹈理想与二元对立。“苍凉”敢于表现平庸凡常的人生，直呈生活原色，不对人生做简单判断，通过真实素朴的凡俗故事给读者悠长的启示。（《自己的文章》）

张爱玲的地母信仰与她的“苍凉美学”相映生辉。19岁时张爱玲作《天才梦》，把生命喻为“一袭华美的袍”，称自己“没有人与人交接的场合”，“充满了生命的欢悦”，但是在与人打交道时，她觉得“自己等于一个废物”，因此，她的生活中充满了“咬噬性的小烦恼”，犹如那“华美的袍”，“爬满了蚤子”。③ 当时，生命在总体上依然华美，主调依然欢悦，虽然时有“蚤子”带来的小烦恼。而三年后（1944年），张爱玲已在上海红极一时，正是事业巅峰之时，却也是她“苍凉美学”成形之日。她时时告诫自己“我们的时代本来不是罗曼蒂克的。生在现在，要继续活下去而且活得称心”，“是艰难巨大的事。”④ 她敏锐地感受到，时代正在破坏中，还有更大的破坏要到来。“有一天我们的文明，不论是生活还是浮华，都要成为过去。

① 张爱玲：《流言私语》，江苏文艺出版社，2005年，第299页、49页。
② 同上，第156－157页。
③ 同上，第243页。
④ 同上，第50页。

如果我最常用的字是‘荒凉’，那时因为思想背景里有这惘惘的威胁。”① 生命之主体似乎已不再华美欢悦，而荒凉却日益扩大，日渐逼近。而在这沉沦中的嘈杂里，她也会有“清澄的，使人心酸眼亮的一刹那，听得出音乐的调子，但立刻又被重重黑暗拥上来。”②

“地母信仰”正是突破重重黑暗的一刹那清澄。凡俗而又超拔的地母与荒凉且破败的背景相互生发映衬，正是张爱玲“苍凉美学”的最佳标本。在这里，它又一次与许多宗教信仰有了区别。大多数宗教信仰，不是煽动性的说教（“力”之美），就是标举灵肉善恶的二元对立（“悲壮”）。而张爱玲的“地母信仰”，却是植根真实人生，它并不完美，因为“一切完美事物皆属于超人的境界。”但是“人的成分”特别的浓厚。③ 它对未来并不做半点承诺，但对现实对生命，骨子里依然透出无限的恋慕和希冀，虽然，她也深知生命是残酷的，怯怯的愿望总是缩小又缩小，让人无限惨伤。④

在“文以载道”的大传统和“文学启蒙、文学救世”的小传统熏陶中成长的我们，习惯了在文学中寻找许诺、指点、教诲……期盼主题和氛围中的希望与理想，因此，我们如果不推崇壮烈与力的左翼文学，至少也要求如鲁迅般悲壮，（鲁迅之呐喊虽自称源于个人的“寂寞的悲哀”，但也听从了“不主张消极”的将令，让小说主角有梦可安慰，把坟“平空添上一个花环”。《呐喊自序》）因此，张爱玲让我们感到了压抑、阴冷和不安全感。

然而，张爱玲是有爱的，她的爱并不浪漫、高调，而是冷峻的，连接着人生痛苦，但依然是爱。张爱玲认为这世上没有完美的人，也没有彻彻底底的坏人，每个人都不容易，都在艰难地求生存。她对人都抱着很大的同情。张爱玲写了那么多苦痛的事，无聊的事，阴暗的事，这些人性故事后面深藏的正是张爱玲的爱与同情。

我们要问，对不完美的凡俗之人的同情或者爱也可以成为一种信仰吗？回答是肯定的，看出激情、理想、大仁大义中的“似是而非”，转而在琐屑、

---

① 张爱玲：《流言私语》，江苏文艺出版社，2005 年，第 287 页。
② 同上，第 31 页。
③ 同上，第 140 页。
④ 同上，第 56 页。

残缺、和小奸小坏中看到“似非而是”，悲凉中透着温情，凡庸里找到启示，“道在蝼蚁，道在矢溺”，这才是一种“靠得住的爱”。对于张爱玲，信仰并不是供摆设的观念模式，而是内在的情感体验，是行动的箴言体系，甚至是她的素描或者小传。

五

张爱玲对台湾文坛之影响论述众多，本文仅就其“地母形象”之影响略做辨析，限于篇幅，取台湾男女经典作家各一部为例：白先勇小说集《台北人》① 和简媜散文集《女儿红》。②

白先勇与张爱玲相差 17 岁，但相近之处颇多，皆酷爱《红楼梦》及华夏古典文化，均饱受华洋共处之城上海洗礼，家世由显赫而败落，遭逢离乱，漂泊中创作……

白先勇在台大外文系读书时，就听夏济安教授详尽介绍和推崇张爱玲的小说；张爱玲来台时，白先勇前去拜访并赠与《现代文学》。多年后，白先勇在谈及张爱玲时道：“她能以成熟人生观极卓越的文字技巧将三四十年代上海香港那些乱世儿女的故事写得生动传神，替那大时代里苟全性命的一些小人物——尤其是中产阶级的中国女性——作了一项忠实的艺术见证”。③

地母式的女性形象在《台北人》中也有相当位置，如尹雪艳、金大班，作者不但描写出她们的“健康的肉体美”和放恣的“情欲”，也写出了她们在败落的环境中夷然活下去的强劲生命。在美学境界上，《台北人》表现凡常人生，直呈生活原色，不作简单判断，通过真实素朴的凡俗故事给读者悠长的启示，直追张氏“苍凉”；《台北人》屡屡出现“冤”“孽”等字眼，与张爱玲“惘惘的威胁”异曲同工，都表现出一种对冥冥中不可知的敬畏，人类的理性和努力似乎都无法左右国家兴亡文化盛衰社会宁乱。

---

① 白先勇：《台北人》，花城出版社，2000 年。

② 简媜：《女儿红》，九州出版社，2000 年。

③ 白先勇：《蓦然回首》，台北：尔雅出版社，1978 年，第 57 页。

简媜就读台大，任职台北《联合文学》，文学生命成长于张爱玲大红大紫的特定时空，“祖师奶奶”的影响不可抹杀。她是第一个把“地母性格”一词引入女性形象描绘的散文家。在《女儿红》集她这样诠释“女儿红”：“旧时民间习俗，若生女儿，即酿酒贮藏待出嫁时再取出宴客，因此也称‘女酒’和‘女儿酒’。这大红喜宴上的一坛佳酿，固然欢娱宾客，但从晃漾的酒液中浮影而出的那副景象却令人惊心：一个天生地养的女儿就这么随着锣鼓队伍走过旷野去领取她的未知；那坛酒饮尽了，表示从此她是无父无母、无兄无弟的孤独者，要一片天，得靠自己去挣。这个角度体会，‘女儿红’这酒，颇有风萧萧兮易水寒的况味，是送别壮士的。辞书上说，有一种红萝卜别名‘女儿红’，十足的乡土气息。想象某个冷冽的早晨，庄稼人拨雾来到菜圃，寒霜冻恹了果蔬，惟有那一畦萝卜田闪闪发光，长梗裂叶看起来精神饱满，握手一揪，一根根结实的、鲜美的红萝卜喜滋滋地破土，好像一颗颗又长又胖的钉子，默默地把山川湖海钉牢。这么一想，‘女儿红’又接近了地母性格。一半壮士一半地母，我是这么看世间女儿的。”凡俗的默默地钉牢山川湖海。无父无母、无兄无弟的孤独者，要一片天，得靠自己去挣。这与张爱玲的“地母形象”颇为相似。

不过，乡土滋养与海洋风华使简媜更多地接受和发展了张爱玲青春明亮一面。她用多重“红色”诠释女性。其一，血色，残酷的红。人血，当然是死神胭脂。有多层的暗影，那色泽包藏丰富的争辩：死亡与再生，缠缚与解脱，幻灭与真实，囚禁与自由……其二，牲礼的红。属于童年时代跟母亲有关的记忆。年前祭祀中，“红龟”与“面龟”的红，不独是食物可口以及隐含的信仰力量，更重要的是每幢砖瓦屋内都有把自己当作献礼的女子才使那红色有了乡愁的重量。其三，火的颜色。浴于烈焰，振翅高飞，一路拍散星星点点的火屑，纯粹的红里有不为人知的灼痛。（简媜《女儿红序》）

《女儿红》集里有五篇是以女性为中心，分别是童时的自我、祖母、母亲、妹妹还有《母者》里众多母亲与女儿的形象化身。初春的小路上，母亲为海涛声所吸引，痴情地朝远方走去，淡蓝天空下的背影让稚龄的女儿印象深刻，多年后她渐渐理解，自己创作本能正来自母亲，“她被大洋与平原孕育，然后孕育我。”夏日车站的剪票口，祖母静静地送别北上的孙女，独生子刚刚撒手而去，然而，在一切生离死别面前，祖母总是镇定。“那姿态绝非弱女子，我后来读到荆轲刺秦的故事，顿觉阿嬷的气概近似风萧萧兮易水寒。”作者家族的女性成员在人数和力量上不让须眉，祖父和父亲早逝，让祖母、母亲和作为老大的作者共同支撑起风雨飘摇的家庭，辛劳并不能摧毁她们的冰雪人格，患难反倒造就了轩昂器宇，母系的艺术气韵因而绵绵不绝。这些女性，各有各的艰难航程，且不见外援，只能自我领航，却以她们的无言和执著，印证了血与性礼，印证了爱与责任，印证了女性坚韧和真情……特别是《母者》，生离死别的沉重，万难情境的救赎，突破困境的挣扎，时时有“天问”般震天撼地的追索与叩问，丰沛的情感得到气势轩昂的伸展，这出自乡土的现代女性宣言，果然是地母性格和壮士本色！

黄春明的童话之于海峡两岸儿童文学创作的启示意义

萧　成*

黄春明是台湾当代著名的乡土作家，曾被称为台湾社会“小人物”的代言人，他以半个世纪的辉煌文学创作，成为了开创20世纪台湾乡土文学新纪元的旗帜性人物之一；与此同时，黄春明也是一个非常喜爱孩子的人，他本人始终保持着一颗珍贵的“童心”，为此在20世纪90年代，黄春明一口气就出版了五集童话，极大地丰富了孩子们的生活。这五集童话分别是：《小麻雀·稻草人》、《爱吃糖的皇帝》、《短鼻象》、《我是猫也》，以及《小驼背》。而且黄春明认为：“童话不只写给小孩看、大人也能看，而且要完全中国式才好”。他的这一创作观念，不仅接续了五四新文学运动以来由鲁迅、叶圣陶、郑振铎等前辈作家开创的儿童文学创作传统，而且更以“撕贴画”这样图文并茂的新颖形式，为海峡两岸的儿童文学创作增添了新光彩。黄春明以深厚的文学素养引导孩子的童稚心灵进入朴实有趣的童话空间，让孩子的心灵在那个童话的世界自由地翱翔。在这些作品中，黄春明以丰富的想象力，把儿童从现实生活带向神奇多彩的童话境界；在质朴浅显的故事中，蕴含着富于启迪性的生活哲理。他的童话的最大特点就是极富幻想色彩。不论是带有田园牧歌风味的童话还是直接反映历史文化的故事，都充满着亦真亦幻的童趣。他不仅善于运用歌谣、拟人、比喻、夸张等手法，而且还采用了

* 萧成：福建社科院文学研究所副教授。

“陌生化”的方式将现实生活折射到想象世界中，使儿童与成年人均喜闻乐见。很显然，这种艺术创作模式对于当下海峡两岸儿童文学的创作有着积极的意义，而且在目前外国儿童文学作品充斥海峡两岸儿童文学市场，具有“中国风”的儿童文学创作与儿童文学作家式微的现状下，黄春明精心创作的这些“完全中国式”的童话，对于当下海峡两岸的儿童文学精品、经典的产生，也有着积极的启迪作用。我们可以具体欣赏一下黄春明这五集童话精品。

《小麻雀・稻草人》这篇童话，如果光看题目，很容易让人联想起现代著名作家叶圣陶的同名童话《稻草人》。然而，读过之后，就会发现这篇童话中流泻的是欢快、喜悦，绝对没有叶圣陶童话中所透出的“成人的悲哀”。

故事发生在一个充满喜悦的丰收季节，麻雀们高兴地唱着歌谣：“七月天，稻子熟，一遍稻子甜又香。一块田，两块田，田田连田到天边。太阳晒，稻穗黄，风吹稻田翻金浪。你乘风，我破浪，黄金稻田吃又玩。快来啊！快来啊！不吃稻子待何时。吱吱吱、吱吱吱、吱吱喳喳吱吱吱。”

老农夫听到麻雀的歌声，心里很焦急，赶忙召集全家人搜集材料制作稻草人。孩子们兴奋地跟着老农夫制作了十个稻草人，准备第二天就插到田里去驱赶麻雀。作者把制作稻草人的过程写得妙趣横生。由于好奇心的驱使，孩子们问老农夫说：“爷爷，你只叫妈妈和大嫂去找旧上衣，没有叫她们也要找十条裤子和十双鞋袜，这怎么可以?”老农夫回答：“稻草人不用穿裤子和鞋袜的”。可孩子不太明白。于是又问：“女稻草人怎么可以不穿裤子?”看到这样的童言童语，真是让人忍俊不禁。稻草人扎好了，孩子们的疑问又来了：稻草人怎么可以没有眼睛、鼻子和嘴巴？当老农夫说不需要时，孩子们夜里睡不着，偷偷起床给每一个稻草人都画上了“完美”的眼睛、鼻子和嘴巴。孩子们的做法，竟让全村的稻草人都“受益”了——统统都被画上了五官。黎明前天光未明的时候，老农夫就率领孩子们扛着稻草人去田里了，一路上老农夫谆谆告诫孩子们千万不可叫“稻草人”，而要叫“兄弟”，因为麻雀是鬼精灵的，如果知道稻草人是假人，就不怕了。当老农夫和孩子们把稻草人在田里插好离开之后，麻雀们也起床飞来了，它们看到田里突然出现了好多“人”，感到害怕。一只老麻雀就主动先去“侦察”，结果发现原来是稻草人，根本不用担心。麻雀们快乐地享用着香甜的稻粒当早餐，还很过分地随便停在稻草人的头上、肩上和手臂上，这让稻草人感到很生气，觉得自己的尊严受了损伤，也担心老农夫对他失望。于是，稻草人向老麻雀抗议：“哟！我是老农夫做来照顾稻田的，他完全信任我，你们却在我面前吃稻子，吃完了还停在我身上胡闹！这，这未免太嚣张了吧！”老麻雀振振有辞地回答说：“你和老农夫一样小气、自私！这一大片稻田。我们麻雀来抓过多少虫子啊，现在稻子成熟了，我们麻雀来吃一点稻子，你就替农夫鬼吼鬼叫！”老麻雀又说：“你闭着眼睛想一想，如果现在这一片金黄的稻田，要是没有我们麻雀飞来飞去，吱吱喳喳欢喜的唱着歌，多没生气，多没有意思啊。”听了老麻雀的话，稻草人的心开始动摇了。的确，老麻雀说的不无道理，人类应该与动物更和谐地相处于大自然间。于是，稻草人和麻雀双方决定“合作”：“从现在开始我们稻草人来替你们看农夫。农夫他们来了，我就通知你们躲起来，他们走了，你们就出来吃好了。但是，绝对不能停在我们稻草人的身上。”麻雀们接受了这个协定。最后结局皆大欢喜：老农夫满意，因为田里都不见吃稻子的麻雀了；麻雀们满意，因为今年他们吃得很安心、很饱；而“稻草人更满意，说麻雀给了他们面子，不叫农夫看到麻雀偷吃稻子，叫老农夫觉得稻草人很有用，今年的秋收，还有明年的现在，他们都可以和麻雀这些老朋友见面了。”

这篇童话充满了诗意画意，作者笔下的田园、村庄、庄稼、动植物等，全都融进了诗的情思和境界之中。而且这篇童话在结局上还采用了“陌生化”的效果，人们原本以为稻草人会尽忠职守地驱逐麻雀，故事却打破了人们原本的心理预期，根本没想到稻草人与麻雀会“狼狈为奸”地一起欺骗老农民。此外，故事中老农夫带着孩子们制作稻草人，以及在天光未亮的黎明前到地里去插稻草人的情景，以及让孩子们叫稻草人“兄弟”，因为麻雀鬼灵精的告诫。这些都让人联想起《青番公的故事》里青番公和孙子阿明在一起时的温馨画面。从与自然的亲近中，孩子们颗颗纯洁的心里盛满了爱心，他们热爱自然，自然也回馈着这种关爱。人也回到了最初的母体，倾听历史源流里的生活召唤。黄春明在他营造的幻想空间里，为孩子们开启了这扇与自然亲近的大门，通过孩子童稚的眼光和好奇心理来看待和理解事物。

由于黄春明从小就浸淫在乡间祖母说故事的环境之下，这种童年记忆和童年经验，使他在创作童话的时候，汲取了民间故事的养料。黄春明的祖母是个讲故事的高手，曾经把屈原的故事改编成屈原劝爱吃糖的皇帝少吃糖，奸臣却给皇帝糖吃，结果皇帝因为吃糖太多而生病，用这个故事来劝告小孩子要少吃糖。《爱吃糖的皇帝》这篇采用民间故事模式创作的童话，其素材就是取自黄春明当年听祖母所讲的那个故事。这无疑是一种宝贵的童年经验在作者心灵上镌刻下的印记。故事叙述两千年前的战国时代，楚国有位皇帝，手下有屈原和靳尚两位大臣帮助他治理国家。靳尚最喜欢拿糖给皇帝吃，而屈原则刚好相反，他经常请皇帝吃盐巴。开始时，皇帝觉得糖固然好吃，但盐巴的滋味也不错，吃了盐巴调味的食物后，觉得更有精神治理国家了，常在文武百官面前称赞屈原。靳尚为此觉得不快乐，他妒忌屈原受到皇帝的喜爱。于是他叫人做出了各种美丽好吃的糖给皇帝吃，还向皇帝进谗言，说屈原不该让皇帝吃盐巴。皇帝糖吃多了，食欲不好，健康受损，而且牙疼，治理国家也没精神了，就连上朝时也打瞌睡。屈原看在眼里，急在心里，他让厨房里用盐巴煮食物，帮助皇帝调养身体，可是皇帝不吃，还骂屈原“大胆!”屈原去找靳尚争吵。靳尚于是改变策略，偷偷给皇帝吃各种糖和甜点。皇帝觉得很好吃，愈来愈听靳尚的话，变得昏庸无道，他把屈原贬到一个小地方去做官。可是，屈原在外，还是担心着皇帝和百姓，有一天，他难过得受不了就投江了。皇帝继续吃着糖和各种甜点，病得无法动弹时，这时屈原留下的盐巴突然从房顶掉下来，恰巧落在皇帝头上，皇帝吃了盐巴后，感到精神好转，于是就让人去把屈原找回来，可是屈原已经死了。皇帝怕江里的鱼吃屈原的尸体，让老百姓包粽子喂鱼；而且还悬赏让人找尸体，人们就在五月五日那天划船在江上找屈原的尸体。这就是端午节人们要吃粽子、划龙舟比赛的来历。在这篇童话中，屈原和靳尚这两个形象显得特别栩栩如生。作者通过两人的行为对比，将屈原心灵的美丽与靳尚心灵的丑恶揭示了出来，启示人们：不要中了靳尚的糖衣炮弹，不要只爱听赞扬的话；而应该有肚量尝尝屈原提供的“盐巴”的滋味，也要学会接受批评，这样才有益身心健康，才能养成健全的人格。这个故事还很容易让人想起“忠言逆耳利于行，良药苦口利于病”的格言。

《短鼻象》和《我是猫也》这两篇童话的主人公都是动物，“短鼻象”与“黑猫”都是历经了一番屈辱和磨难之后，才最终确定了自身的价值。《短鼻象》叙述一头短鼻子的大象，经常被小孩子用歌谣取笑：“长鼻猪、短鼻象，到底你是那一样？短鼻象、长鼻猪，到底你是那一族？”这使原来就为自己的鼻子太短难过的短鼻象更难过了，“难过得变得很自卑。”于是，短鼻象下决心要改变这种局面，让鼻子变长。他先后尝试了找美容院的医生替他整容、用鼻子缠住树枝上吊、让压路机压鼻子、用金属水喉套在鼻子上、买减肥药瘦身让鼻子显得长一点，甚至还用上了说谎，希望鼻子能像木偶匹诺曹那样变长，可是这一系列的努力都没有用，他的鼻子还是那么短，不仅孩子们继续取笑他，而且还落了个“神经病的短鼻象”的名声。短鼻象为此苦恼、伤心不已，沮丧得都不愿意见人了。有一天，荒野里发生了火灾，可没有人发现，短鼻象于是赶紧跑到溪边用鼻子汲水灭火，他来来往往地跑了好多次，总算把火扑灭了。这时他感到又累又渴，于是到溪边去喝水，竟然看到水中有头大象正举着长鼻子和他打招呼，原来就是自己啊，他惊喜地发现鼻子已经变长了。《我是猫也》则叙述一只黑猫一出生就被有钱人家饲养了，黑猫也感到很高兴。这户人家的大小姐非常喜欢黑猫，整天把抱在怀里，喂他爱吃的鱼，猫吃得比家里的佣人都好，而且每次黑猫淘气毁坏东西，打烂鱼缸什么的，大小姐总是把他的责任推卸到家里的佣人身上，从不怪罪他。这样一来，很快引起了佣人们的妒忌，他们更讨厌黑猫了，集体排斥他。有一天，发生了一件意外事件，大小姐进城了，黑猫正在凉亭懒洋洋地休息时，突然遭到袭击，迅速被装进一个袋子里，被扔到一个小村落里，他伤心地哭了一夜，醒来时，又冷又饿的他，正想找食物，一个人用一条小鱼当诱饵设计了一个陷阱，用篮子把他罩住了。黑猫被关进一个已经有很多猫的笼子里，过了一夜，就被拍卖了。黑猫被一个女人买了下来，因为村子里老鼠很多，叫他抓老鼠，可是黑猫觉得老鼠很肮脏，以前又没抓过老鼠，所以不愿意。当他饿了时，就偷吃了桌子上的一条鱼，女主人发现了痛打他，还说他不是猫，而老鼠们也不怕他。黑猫难过极了，他望着月亮想确定一下自己是不是猫，这时走来一只老猫劝他抓老鼠，在又饿又累的情形下，他别无选择，只好去抓老鼠充饥，他利索地抓住了老鼠王，人们都向他鼓掌喝彩，女主人也骄傲地向人们宣称是她家的猫。此时，黑猫终于恢复了尊严，为自己终于成了一只“猫”而骄傲。

这两篇童话分别通过“短鼻象”救灭荒野火灾，“黑猫”最后抓住老鼠王的行为，改变了他们在大家心目中的形象，从而恢复了尊严的过程，启示孩子们认识生活，改正缺点，只有做有利社会和人类的事，才能真正成材。童话作为一种儿童文学的重要体裁，与教育有着极为密切的关系，人们常说的“寓教于乐”，指的就是儿童文学的四种功能——审美、教育、娱乐、认知。《短鼻象》和《我是猫也》里就充分发挥了这种“寓教于乐”的功能，使“喜剧”中“笑声”的功能发挥到了最大处，把“恶习变成人人的笑柄”。人们在两个动物主人公身上，可以发现作者的嘲笑是镶嵌在孩童般的戏谑中的，是通过笑声来引发人们进行深思的。而且即便是批评与否定，也是以透出爱意的揶揄方式出现的。因此这种揶揄的喜剧效应往往在引发笑声的同时，委婉地向孩子们作着某种提示，它能在轻松和快乐的氛围中，使孩子们有所省悟。

不过，当我们走进《小驼背》的世界时，迎面而来的则是一个在生活中备受折磨的受难者形象——小驼背。故事叙述一个驼背的孩子，从小就失去了父母，连自己的名字都忘记了。由于他身体的残疾，经常遭到街上的孩子的凌辱。在小镇上，只要一见到小驼背，总有一群孩子唱着他们编的歌谣嘲笑他：“小驼背，像乌龟，东跑西跑无家归……”还有一些顽皮的男孩子，见小驼背经过就把他绊倒在地，然后围着他兴高采烈地大声叫嚷：“快来看哪！看大乌龟翻身。”有一次，一个瘦小的男孩子看不过小驼背遭受的欺凌，挺身而出制止那几个欺负人的男孩。结果反而被那群孩子打倒了。小驼背将这件事从头到尾都看在眼里，但他的身体帮不了小男孩的忙，只能等那群孩子走了之后，赶紧跑过去扶起小男孩。

“倘使被欺负的事，一时令小驼背感到孤单而难过，可是不要过多久，他就忘得一干二净。躺在地上的小驼背，万万没料到还会有人可怜他，一旦遇到这样的事，使他感动得禁不住的哭起来。”

小驼背担心着小男孩的伤势，并为小男孩而难过，但小男孩说他一点也不后悔。这时，那群孩子又唱着歌走了回来：“小驼背，小驼背，压不直，拉不直，还是小驼背………”小驼背于是带领小男骇离开这地方。小驼背请他的小恩人到他住的地方，那是一个很大的水泥管。小驼背就和他养的一只流浪猫咪咪住在这个家里面。小男孩问他叫什么名字，他说自己忘记名字了。小男孩看他很难过，就安慰小驼背，以后慢慢再想一个好名字，并且告诉他自己的名字叫“高看看”，从此小驼背和高看看就成了好朋友。高看看从小驼背那里知道了很多关于小动物的有趣故事，觉得小驼背也是一个聪明的孩子，就教他写字。有一天晚上，小驼背在水泥管里睡得很深，突然听见一个小女孩叫他“金豆”的声音，他又惊又喜地问：“你怎么不叫我小驼背？”小女孩回答：“我也是驼背啊！我们这里的人都是驼背。”于是，小驼背在她的带领下去她家玩。一路上，看到的人全都是驼背，“并且每一个人看起来都是非常的善良。他们见了小驼背，不但露出笑容点头，也有远远就向他招手的。一阵温暖舒畅的感觉，从小驼背的心底化开，一下子就传遍了全身，他不再害怕什么了。他大大方方地跟着小女孩到处走动。”最后他们到了小女孩家，受到了热烈欢迎。小驼背还在这个“驼背镇”上发现房子、椅子、床铺等东西都经过特殊设计、制造得很符合驼背人使用。小驼背在梦中不愿意醒来，但是近处的狗叫声吵醒了他。他回忆刚才的梦境，很兴奋，一再反复地叫着自己的名字——“金豆，金豆，我的名字就是金豆。”他想告诉高看看，高看看一定也会为他高兴，并且还会教他名字的写法。天亮了，高看看来找小驼背玩。小驼背把昨天晚上发生的事情，详细告诉了高看看，高看看很为他高兴，不一会的工夫，就教会了小驼背写自己的名字。小驼背用高看看送他的彩色蜡笔，在水泥管的里里外外，写满了“金豆”这个名字。“从此以后，小驼背经常在梦中，到那令他快乐的驼背镇去玩。如果有什么新发现，他总是不厌其烦地告诉高看看。”这样的日子过了不久，小镇上的孩子又编了新歌嘲笑小驼背："小驼背，身弯弯，上山容易，下山难，哈哈哈，哈哈哈，哈哈哈，哈哈哈。"

但是，这一次，小驼背不去理会他们，他从此很少出门，一有时间，就静静地闭上眼睛到"驼背镇"去了。故事最后的结局是这样的："有一个大清早，高看看带了油条和烧饼去找小驼背。他和平时一样，低着身子钻进水泥管去摇醒小驼背。但是这一天，当高看看钻进去，正想伸手去摇他的时候，他突然感到有点异样。小驼背脸带着笑容，很安详的躺着，所不同的是，脸色苍白而带有一点冷冷的光。他任凭咪咪舔着他的手哭叫也不醒来了。只有高看看知道，小驼背已经到很远很远的驼背镇去了。高看看抱着咪咪，咪咪什么都不知道，它一味舔着高看看的手，时而喵喵地叫几声。这时一钩弯弯的淡淡的月牙还没有消失，高看看凝望月牙，拖着沉重的步子，心里默默地喊着'金豆'这个名字。不一会儿，那淡淡的月牙，像掉落在荡漾的湖里消失了。"

这篇作品让人联想起安徒生的童话《卖火柴的小女孩》。它不仅折射了黄春明的童年经验，而且让孩子们提前尝到了人生的忧愁滋味。就社会影响而言，《小驼背》和黄春明的其他童话相比，带有强烈的悯恤之心和悲剧色彩。小驼背这个形象更接近生活，更具有普遍的象征意义，能够喻指更普遍的社会现象和人物群体。作为一个有着某种生理缺陷的孩子，小驼背始终是处于被动地位的：从被戏弄、被歧视到被冷落，直到死亡。集体可以遗弃他，却不必因为对他的伤害而反省。在他与世界所发生的矛盾冲突中，世界以强大的力量不断拖曳着他。因此人们可以看出，"驼背镇"这个美好的意象，其实隐喻了作者渴望获得更令人满意社会状态的一种潜意识。这是因为人们对现实世界有诸多的不满，所以只好去幻想的世界中去享受和平、正义、友谊和关爱。小驼背亲生父母死了，他遭受歧视和凌辱的经历，以及他所遭受的精神创伤是许多人能在自己的经历中体验到的；小驼背自惭形秽、东躲西藏、不敢抬头挺胸的自卑心理在许多人心中也都能引起共鸣，所以小驼背成为高度凝练了生活的象征——成为一种人物、一种人生、一种经历、一种命运的标志。

爱默生曾经说：“儿童就像弥赛亚一样，他降临到堕落的人间就是为了引导人们重返天国。”儿童文学承担着塑造未来民族性格的天职，黄春明深谙这一点，因此他的童话创作在体现鲜明的“游戏精神”和“娱乐特质”之外，尤其重视将人类关于真善美的最基本认识——爱心、同情心、友谊、勇敢、乐观等展示给孩子们，希望孩子们从中获益，从而实现精神与人格的全面提升。而黄春明童话确确实实地在努力实践着“儿童文学承担着塑造未来民族性格的天职”，并积极推进着海峡两岸的儿童文学作家在这条道路继续前进。

《文讯》：台湾文学研究的主要媒介

袁勇麟*

《文讯》杂志创刊于台湾“戒严令”尚未解除的1983年7月，期间历经了孙起明、李瑞腾、封德屏三位总编辑，进行过办刊方向的调整，从赠阅到征订，从月刊到双月刊再到月刊，从党营到民间资本资助出版，二十余载的风雨飘摇，《文讯》已逐渐成为研究台湾文学最重要的参考期刊之一。《文讯》以文学评论、文学史料、文化评论、文艺人物评介为主，内容包括文艺杂谈、文学评论、书评书介、出版资讯、专题史料、文学人物、文艺动态等，创刊至今近300期，注重文学史料收集、整理、保存，重视对文学人物立传，贴近文坛现实，及时报道艺文动态，并通过专题策划的方式，力图阶段性、整体性、区域性、文类性地从多方面多角度勾勒台湾文学的历史轮廓，进而形塑台湾文学的地图。

《文讯》创刊以来，形成了自身鲜明的办刊特色，主要表现为以文学史料保存、整理为主而呈现的深厚的历史意识；以每期专题策划为统摄而呈现出的文学研究的“问题”意识；从文学到文化，从办刊编辑的文学“专志化”向文化“综合化”位移而呈现的切近现实，关怀民生的人文意识；视野开阔，试图建构包含中国大陆、台湾、香港、澳门、海外在内的华文文学整体意识、开放意识、自觉意识；努力参与社会现实，构建“文化公共空间”的责任意识等。

---

* 袁勇麟：福建师范大学协和学院。

一、抢救文学史料，传播文化遗产

“文学史料，是历史上有关人类文学活动与各种文学现象的资料。具体而言，包括：文学作品本身，文学理论批评著作，作家传记资料，文学作品的背景性资料，文学社团与流派资料，文学期刊与报纸副刊资料，文坛风尚与文学事件资料，文学形式范畴的资料等等。”① 随着时光的流逝和作家的凋零，文学史料慢慢散佚。封德屏说，从1983年创刊伊始，《文讯》就“一点一滴地发掘、搜集、保存、整理、出版和传播现代和当代台湾文学史料”，“忠实地记录文坛状况，关心‘非主流’的文学人、艺文活动及地方采风，用专栏、专题企划探寻台湾文学发展的特性和脉动；定期举办文学性且具史料意义的活动，做一些今天不做明天就会后悔的地毯式搜寻工作等等”②。

如《文讯》长期在杂志上刊登“征集散佚文艺杂志”的告示，征集范围包括日据时期的《三六九小报》、《台湾文艺丛志》等，光复初期的《创作月刊》、《台湾文学丛刊》等，以及五六十年代的大量文艺杂志。它的许多带有抢救性质的活动，就是一趟趟“艰巨却又充满惊喜的访古之旅”。如在台湾光复60周年之际，《文讯》推出“追寻文学记忆：1950~1969十种文学杂志”专题，介绍那些“比较少人知道，甚至被人遗忘”的《畅流》（1950．2~1991．6）、《自由谈》（1950．4~1987．11）、《西窗小品》（1950．8~1953．11）、《晨光》（1953．3~1957．2）、《新新文艺》（1955．1~1959．6）、《复兴文艺》（1956．12~1959．6）、《笔汇》（革新号，1959．5~1961．11）、《作品》（1960~1963．12，1968．10~1971．5）、《诗·散文·木刻》（1961．7~1963．4）、《草原》（1967．11~1968．6）十种刊物。在半年多的“上山下海搜寻杂志”和“寻找相关的人”的过程中，《文讯》编辑部有欢欣也有遗憾。封德屏回忆道：

在几次心惊胆跳的通话过程中，我们仍然访问了目前身体状况极差的

① 潘树广：《史料学与文学史料学》，《文教资料》1992年第2期。

② 封德屏：《〈文讯〉迈向创刊第24年》，《文讯》2006年7月第249期。

《畅流》后期主编陆英育先生；透过越洋电话邀请在美的彭歌先生回忆《自由谈》；《西窗小品》编辑委员之一徐佳士教授，接到我们影印的《西窗小品》，高兴的一口答应为我们写一篇回忆文章；透过龚声涛先生帮忙，找到了《畅流》主编、《晨光》发行人吴恺玄的女儿吴丽婉，吴女士现居美国，她是《晨光》第二任主编，也是一位小说家。她在重感冒中完成了一篇记述父亲主编《畅流》、《晨光》始末的文章。而八十高龄的秦家洪先生也亲笔回忆了《新新文艺》。借着《复兴文艺》的追踪，把近一二十年淡出文艺界的叶泥找回现场。拜网路之赐，连络上从未谋面的《复兴文艺》后期主编易苏民先生。尉天骢教授首次用一万多字完整的记录《笔汇》岁月及那个时代文学青年的心声。很遗憾的是好不容易打听到前期《作品》主编章君谷先生的讯息，但他已重病在床，不能言语；后期《作品》两个主要编辑冯放民（凤兮）及林适存（南郭）均已逝世，只好转载《联合报》副刊一篇由彭碧玉介绍《作品》的文章。我们也连络上曾离开台湾文坛近二十年的朱啸秋，由他亲口回忆《诗·散文·木刻》的点点滴滴。最具传奇性的应是仅出三期的《草原》杂志，靠着网路的帮忙，我们找到当年的主编姜渝生，他目前是成大都市计划学系的教授，几个月的沟通、联系，姜教授回首前尘，记录下60年代年轻人追求理想的一段动人故事。①

如果不及时发掘抢救，就会有许多文学史料湮没在茫茫人海中，消失在历史长河里。因此，在《文讯》改版之前的40期，这种为文学立传的历史意识显得尤其明显和峻急，这在其栏目的设置上可以看得出来，比如“文宿专访”、“资深作家”、“社团介绍”、“笔墨生涯”、“书目提要”、“出版史话”。通过文宿回忆、专访资深作家编辑，试图切近历史，通过文坛亲历者或“文学活化石”来建构文学史，是《文讯》一个非常突出的办刊特点。

《文讯》自创刊以来，即以“提供艺文资讯，探讨文化现象，整理文学史料，报导作家活动，评论作家作品”为宗旨，尤其注重“发掘、收集、保存、整理、出版和传播了现代和当代文学史料”②。它经常约请文学史料专

---

① 封德屏：《从前，我们的灵魂曾手牵着手》，《文讯》2005年10月第240期。

② 张锦郎：《中国现代文学史料学的奠基者》，《文讯》1993年7月第93期。

家撰写相关文章，如薛茂松执笔的《五十年代文学大事纪要》、《五十年代文艺作品书目初编》、《五十年代文学杂志》、《五十年代文艺作家名录》（第9期），《六十年代文学大事纪要》（第13期），《六十年代文艺作家名录》（第14期）、《六十年代文艺作家名录》（二）（第15期）、《六十年代文艺作家名录》（续完）（第16期），《六十年代文艺作品书目初编》（一）（第17期）、《六十年代文艺作品书目初编》（二）（第18期）、《六十年代文艺作品书目初编》（三）（第19期）、《六十年代文艺作品书目初编》（四）（第20期）、《六十年代文艺作品书目初编》（五）（第21期）、《六十年代文艺作品书目初编》（六）（第22期）、《六十年代文艺作品书目初编》（七）（第23期）、《六十年代文艺作品书目初编》（八）（第24期），《近四十年来台湾地区文学社团基本资料》（上）（第29期）、《近四十年来台湾地区文学社团基本资料》（下）（第30期）；钟丽慧执笔的《近三十年来现代诗选集提要》（第12期），《近三十年来散文选集提要》（第14期）、《近三十年来散文选集提要》（二）（第15期）、《近三十年来散文选集提要》（三）（第16期）、《近三十年来散文选集提要》（四）（第17期）、《近三十年来散文选集提要》（五）（第18期）、《近三十年来散文选集提要》（六）（第19期）、《近三十年来散文选集提要》（七）（第20期）、《近三十年来散文选集提要》（八）（第21期），《近三十年来报导文学选集提要》（上）（第22期）、《近三十年来报导文学选集提要》（下）（第23期），《近三十年来小说选集提要》（一）（第24期）、《近三十年来小说选集提要》（二）（第25期）、《近三十年来小说选集提要》（三）（第26期）、《近三十年来小说选集提要》（四）（第27期）、《近三十年来小说选集提要》（五）（第28期）、《近三十年来小说选集提要》（六）（第29期）、《近三十年来小说选集提要》（七）（第30期）、《近三十年来小说选集提要》（八）（第31期）、《近三十年来小说选集提要》（完）（第32期），《近三十年来文学批评选集提要》（一）（第33期）、《近三十年来文学批评选集提要》（二）（第34期）、《近三十年来文学批评选集提要》（三）（第35期）、《近三十年来文学批评选集提要》（四）（第36期）、《近三十年来文学批评选集提要》（五）（第37期）；林文宝的《杨唤研究资料初编》（第39期），张默的《叶维廉研究资料汇编》（第107期）和《羊令野研究资料汇编》（第109期），林耀德、徐慰平、邹桂苑的《司马中原研究资料汇编》（第110期），童淑荫的《姜贵研究资料汇编》（第111期），邹桂苑的《段彩华研究资料汇编》（第112期）、《陈千武（桓夫）研究资料汇编》（第113期）、《纪弦研究资料汇编》（第114期）、《琦君研究资料汇编》（第115期）、《张晓风研究资料汇编》（第116期）等。

《文讯》还从1991年起开始承接政府文化单位的委托专案，如1991年编辑《“中华民国”作家作品目录新编》4册，1992年编辑《光复后台湾地区文坛大事记要》，1997年起连续四年策划编纂《台湾文学年鉴》（1996、1997、1998、1999年）4册，1999年编辑《1999“中华民国”作家作品目录》7册，2003年编辑《张秀亚全集》15册，2004年编辑《台湾现当代作家评论资料目录》，2008年编辑《2007台湾作家作品目录》3册等。此外还出版“文讯丛刊”、“文讯书系”数十种，包括《艺文与环境》（台湾各县市艺文环境调查实录）、《乡土与文学》（台湾地区区域文学会议实录）、《台湾现代诗史论》（台湾现代诗史研讨会实录）、《第七届青年文学会议论文集：台湾文学的比较研究》、《文讯25周年总目》等，被誉为“是研究二十年来台湾文学发展历史最完整的资料库”①。

二、跟踪文坛动态，形塑当下史识

《文讯》不仅通过固化过去时态来形塑历史，同时也重视和观照正在发生、发展的文学现象，从而打通了历史、现实和未来，将过去和未来两种时间连接起来，这在栏目设置上表现为：逐步加大对文坛动态，出版动态、书评书介的报道介绍，到革新版后，甚至开辟了“艺文月报”、“书评”、“人文关怀”等与文艺界结合很紧密的栏目，并加强了时效性，报道及时迅捷。改版成为月刊后，每期的新书评介、出版消息等栏目所推出的都是前一两个月的新书、文坛动态。从传播学角度来看，期刊杂志的时效性当然比不上报

① 颜昆阳：《踏着台湾文学史的轨迹》，《文讯》2002年6月第200期。

纸，但作为出版周期一个月的刊物能如此紧密追踪艺文资讯实属难能可贵，正是通过跟踪记录台湾文坛的动态，《文讯》本身才有可能形塑台湾文学的历史，在芜杂纷繁的文学事件、文学人物报道的表相中，理清文学发展脉络。

《文讯》对台湾当下文坛的观照，提供了许多详尽的文学史料和最新的文情报告。如每期的“各地艺文采风”，分别介绍台湾各县市艺文动态；“全球华文文学通讯”，则约请香港、北京、上海、马来西亚、菲律宾、北美等地学者介绍当地文坛动态，厦门大学朱双一教授撰写“大陆有关华文文学研究动态”，下村作次郎撰写“日本的台湾文学研究现况”；“文学记事”介绍台湾文坛各类活动；“文学新书”将台湾每个月出版的文学新书，逐一记录，每本书撰写一两百字的提要。《文讯》对文坛、艺文资讯的报道不仅信息量大，内容丰富，而且不显零散琐屑。台湾学者巫维珍就指出，“文学新书”这一专栏的书目提要和内容分析，“具有观察文学书籍出版生态之功能，形成《文讯》重要的文学资料库，具有整理、累积文学史料的意义”①。

台湾作家姜穆把《文讯》与大陆的《新文学史料》比较，认为在内容上前者是“近代现代兼筹并顾”，后者“则以过去历史为主体”，各有所长；不过，同样作为重视文学史料的刊物，《新文学史料》“侧重于过去的回顾与整理”，《文讯》是“既有文学史料的回顾与辨正，同时更重视今天所发生的文艺事件”，因此“更具有前瞻性与发展性”②。

三、策划各类专题，建构文坛史志

文学要有历史，就必须通过编纂文学史的方法，将文学规律、发展脉络、文学思潮等用文学史观贯串起来。作为文艺期刊自然不能用这种办法，但是却可以独辟蹊径，《文讯》通过选择、企划、关注、强调某一专题，来融入主事者的文学史观，讨论并建构起“自己”的文学史，建立起期刊自身

① 巫维珍：《〈文讯〉二〇〇期书评分析》，《文讯》2002 年 6 月第 200 期。
② 姜穆：《文讯·写历史长篇》，《文讯》1993 年 7 月第 93 期。

在文学场的位置。台湾学者徐锦城就认为："《文讯》长期经营专题制作，本身即已自成一部脉络清晰的小型文学史。"①

长期致力于文学史料搜集工作并卓有成效的台湾成功大学应凤凰教授，十分强调"文坛史"在当代文学研究中的重要性，她指出："传统的观念，总以为文学研究以'文本'为第一要务，比较上注重个别作品的研读与考据。现代文学研究，却越来越看重整体性的'文学生态'，更重视大的'文学体制'或'文学与社会'的关系。"② 1989年2月，《文讯》由双月刊改为月刊，内容也做了大幅度调整，将原本的"文学范畴"扩大至"文化层面"，着重在文学问题、文化环境有关现实的探讨。《文讯》专题策划呈现相当的丰富性和多样性，内容以文学为主体，广泛涉及电影、电视、广播、杂志、报纸副刊、出版、教育等当下热门并与文学关系密切的文化研究对象，如"电影与文学"（第15期）、"中国近代文艺电影研究"（第22期），"电视剧的反省"（第91期）、"电视媒体与书香社会"（第108期）、"电视的变革与发展"（第124期），"文字书写与口语广播"（第110期）、"广播的战国时代"（第123期），"文学杂志特辑"（第27期）、"台湾文学杂志专号"（第213期）、"追寻文学记忆：1950～1969十种文学杂志"（第240期），"报纸副刊特辑"及续编（第21、22期）、"变革中的报纸副刊"（第82期）、"浮世缤纷：报纸的'第二副刊'"（第190期）、"报纸副刊专栏"（第191期），"中文系新文艺教育的检讨"（第16期）、"大学艺文教育的现况"（第85期）、"我们的高中国文教育"（第226期）等，体现了《文讯》办刊朝"大文化"方向的调整，走向"文教、文学、文艺、文化、文明"的新阶段。台湾中正大学江宝钗教授就特别肯定《文讯》对过去文学杂志史料的搜集整理，她认为："文学杂志于现代传播学（communication）里，与报纸、书籍同属平面媒体，系文学传播的重要通路（access）之一，于作家的培养、文学生态的形成，具特殊之地位。""不同于书籍属单一作者，报纸迎合大众，期刊多由同仁兴办，这些成员怀抱着某种确定的文学理念，以致

---

① 徐锦城：《繁花似锦——〈文讯〉专题二〇〇期》，《文讯》2002年6月第200期。

② 应凤凰：《从林海音到文艺列车》，《文讯》2003年1月第207期。

期刊的内容、形式，期刊的命名、装帧、封面、插图的设计，乃至刊稿的选择，几皆洋溢着编刊者的意图（intention），此一意图又相当程度地与时代环境相始相因，形成对话。因而期刊的兴微，隐含着丰富的信息（message），代表着文学环境的气氛，文学发展的生态，是文学史研究的最佳素材。”①

封德屏有感于“台湾第一本出版史，竟然是大陆学者撰写的，因为隔阂，所以错误很多”② 的缘故，策划了“资深人文出版社”系列报道。《文讯》从2005年1月号开始推出一系列台湾资深人文出版社的报道，包括《要把金针度与人——广文书局的五十年岁月》（231期）、《出版界最后的本格派——志文出版社》（234期）、《沧海何处寄萍踪——严一萍先生与艺文印书馆》（235期）、《以文字光世，以书本启人——迈向半世纪的光启出版社》（236期）、《六十年的坚持——本地最久的东方出版社》（238期）、《名山风雨砺志业，书林谁与共令名——台湾学生书局的学术出版》（239期）、《以青少年为核心——关于幼狮文化事业》（241期）、《缪思殿堂里的文学活动——访平鑫涛社长谈“皇冠文化集团”的出版事业》（243期）、《见证历史，阅览寻根——记成文出版社》（246期）、《文学出版的启航者——纯文学出版社》（247期）、《百花绽放的知识公园——五南文化事业机构》（250期）、《台湾文史研究的宝库——专访南天书局创办人魏德文先生》（251期）、《旧学商量加邃密，新知培养转深沉——商务印书馆与台湾商务印书馆》（第252期）、《向大众传播幸福之音——九十年的道声出版社》（第253期）、《让古籍生根再萌芽——世界书局的时代发展》（第254期）、《一个出版人的自述——访三民书局刘振强董事长》（第256期）、《定静如榕的姿势——尔雅出版社的故事》（第258期）、《锻铸一枚经久不朽的戒——联经出版公司的故事》（第259期）、《昔时门柳，今日犹飞扬——大地出版社的故事》（第260期）、《只取这一瓢饮——文史哲出版社的故事》（第261期）、《永恒的风景——洪范书店的故事》（第262期）、《持续打造炫亮的荣光——时报出版公司的故事》（第263期）、《开在枪杆上的花朵——黎明文化

---

① 江宝钗：《与文学传媒结缘——谈台湾新文学期刊的研究》，《文讯》2003年7月第213期。

② 封德屏：《为台湾出版史略尽绵薄》，《文讯》2005年4月第234期。

出版公司的故事》（第264期）、《理想与勇气的实践之地——远流出版公司的故事》（第264期）、《内蕴丰华，瑰丽绵长——九歌出版公司的故事》（第266期）、《瞭望远方的景色——远景出版社的故事》（第268期）、《挥洒绚烂的艺术光谱——艺术家出版社的故事》（第270期）、《劈出艺术山河的大汉天声——汉声杂志社的故事》（第271期）、《天未晞，晓星点点——晨星出版社的故事》（第272期）、《耕犁出版一片天——水牛出版社》（291期）、《以精进编辑实力为目标——里仁书局》（292期）等，介绍了许多鲜为人知的文坛出版史料。封德屏指出，开设这一专栏，"企图记录近半个世纪以来，对台湾的文学、学术有重要贡献的资深出版社，将他们的出版特色、成果及经营过程，留下可资借镜的史料"①。如作为一家宗教出版机构，台中时期的光启出版社曾经因为出版女作家张秀亚的作品广受欢迎，与文学结下不解之缘，并且成为当时台湾重要的文学出版社。"因为张秀亚的成功，其他作家如苏雪林便相继在光启出版书籍，其作品《绿天》同样享誉一时，《中国文学史》则是中文系所必读的书籍，而当时光启出版社书籍所使用的仿宋体，更是风靡不少读者。""之后，张秀亚引荐许多年轻的文学家，在光启出版社出书，光启出版社也挖掘了许多优秀的写作者，包括周增祥、喻丽清、归人、碧竹（即林双不）、林文义、林焕彰等，为台湾的文坛注入了一股清泉活水，这些作家都是先在光启出版社出书，后来才在文坛发光发热。"②

又如兴起于20世纪20年代的嘉义兰记书局由黄茂盛创办，在日据时代以出版中文图书著称，并代理日本及中国大陆等地的图书经销，"在台湾出版史上有独特的位置"，"为岛内读书市场的重要舵手"。江宝钗教授认为："从出版业扩及汉籍流通的社团，到进口图书，兰记以嘉南地区为基地，活动扩及彰、云，并与这几个地区的文人、文人社团与出版界保持相当密切的关系，合纵连横，在嘉义矗起一座文化地标，赢得全岛性的知名度。"③ 由

① 封德屏：《回顾与前瞻》，《文讯》2005年12月第242期。

② 高永谋：《以文字光世，以书本启人——迈向半世纪的光启出版社》，《文讯》2005年6月第236期。

③ 江宝钗：《兰记在嘉南地区的活动》，《文讯》2007年1月第255期。

于缺少第一手资料，大陆出版的《台湾出版史》采用台湾《印刷人》杂志上的说法，将兰记图书部成立的时间1922年误为1917年。2005年7月，黄茂盛的后人将已停业的兰记书局34箱图书资料捐赠给远流出版公司董事长王荣文。2006年3月，王荣文委托《文讯》承办兰记书局史料研究。《文讯》2007年前三期，用了15万字的篇幅连续刊出《记忆里的幽香——嘉义兰记书局史料研究》（上、中、下），结果反响热烈，“有人要买当年的旧书，有人提供兰记散佚的史料讯息，我们决定将三次专辑重新编辑，出版一本兰记史料研究论文集，为台湾出版史略尽绵薄”①。

四、借助文学会议，培育研究人才

除了通过专题策划、栏目设置有意识地收集、整理刊发文学史料以外，《文讯》还借助召开会议的方式——以这种动态的方式弥补刊发史料这种静态方式之不足——来制造热点，吸引眼球，引发争论，达成共识且构建历史。如：“《龙应台评小说》讨论会”（第20期）、“龚鹏程《文学散步》讨论会”（第21期）、“《爱土地的人——黄春明前传》讨论会”（第23期）、“第二届现代诗学研讨会”（第25期）、“台湾地区区域文学会议”（第94期）等，以及从1997年开始每年举办一届的“青年文学会议”。尤其是“为提供初踏台湾文学研究领域的青年学者一个可以切磋、磨练的舞台”而举办的“青年文学会议”，除前三届事先没有确立主题外，第四届的主题是“90年代台湾文学”，第五届的主题是“跨世纪的挑战——最新世代作家的崛起及其表现主题（1900～2001）”，第六届的主题是“一个独立文本的细部解读”，第七届的主题是“台湾文学的比较研究”，第八届的主题是“文学与社会”，第九届的主题是“异同、影响与转换——文学越界学术研讨会”，第十届的主题是“台湾作家的地理书写与文学体验”，第十一届的主题是“台湾现当代文学媒介研究”，第十二届的主题是“台湾、大陆暨华文地区数位文学的发展与变迁”。“青年文学会议”，不仅“对于促进台湾文学

① 封德屏：《我们是如此地接近》，《文讯》2007年3月第257期。

的研究，开发和培育这方面的人才，具有不可磨灭的贡献”①，“也从‘世代’与‘典范交替’的位置与视角，非常敏捷地捕捉文学与社会间微妙的互动，透过台湾文学比较研究、文学与社会学术的实践、文学媒材的跨界、台湾作家的地理书写与文学体验等多向度的议题面向，展现出台湾文学研究纷繁的风貌”②。通过座谈会、研讨会，聚集了当代台湾文学研究的众多专家、学者、作家以及青年学子，这种座谈会的方式和“文化资本”的聚集以及热心文学的姿态，无疑使得《文讯》在众多的期刊中显得独特，正是通过举办会议，使得编辑深沉的历史意识得以融入其中。

---

① 刘亮雅：《走向更高远的时空——观察青年文学会议》，《文讯》2006 年 12 月第 254 期。

② 王钰婷：《与单带蛱蝶一同飞翔的探险旅程》，《文讯》2006 年 12 月 254 期。

全球化情境下台湾文化论述对影像叙述的影响

简政珍*

前言：全球化与华人叙述

当今，“全球化”几乎无时无刻在我们的耳朵嗡嗡作响。“全球化”在任何一个大街小巷里流窜，当我们在小巷子里和其碰面，我们只有面对，没有转圜退却的空间。

西方文化的入侵与叙述经常戴上“全球化”的面具。麦当劳、Starbuck、好莱坞电影被等同于“全球化”的表征。文化入侵类似过去殖民帝国，只是去掉难于涂装的武力，更是无孔不入，无坚不摧。

多年来，华人经常受制于西方叙述。近年来，由于经济力亮丽的展现，先前受从属的地位（subjected position）现在渐渐转成主体（subject）。但这不是钟摆的两端，而是在两者相互磨合与渗透中，展现叙述。

叙述宣布一个语音（voice），语音不是用来主导自我设定的标的，而是导入一个有别于西方论述的位置。西方历史曾经沾染了殖民地的血泪，华人的新主体叙述并不是为了历史的报复，而是要寻找一面能同时映现主客体的镜子。以电影的影像叙述来说，不是刻意将自我与他者放在画面的边缘，也不是将其占据中心的意图合理化；何况以电影语言来说，位处中间，可能也

* 简政珍：台湾亚洲大学外文系教授、人文社会学院院长。

只是另一层次的吊诡，不尽然是主体。

叙述也是赢取一个空间，正如海德格所说的，人与大地相互牵动，大地敞开给予人一个世界。这是人与他人，华人与全球化携手共生的空间。

如此的空间，不是抽象意念，而是存有实存的场域。假如存有位于时空两轴的交集，在这样的空间所发出的语音，势必牵动时间、历史的皱褶。重叠的语音在空间里回响激荡，因为华人叙述已经积压了多年的沉默。

一、电影制作与文化论述的共谋

探问的语音总是以如此的命题开始：华人的影像叙述是否产生全球化的论述？华人电影近年来在不时国际影展中得奖，但得奖是否意味已经身居影像叙述的要津？现实是一面冰冷的镜子，存在于表象与实质间隙的是无所不在的幻影。电影得奖，可能是华人艺术成就的表征，但也可能是西方对于“弱势”施舍的隐喻；得奖，也可能是在全球化情境下，为了凸显地域性的“差异”，而在海市蜃楼里制造平衡。

近几年来，台湾比较常在国际电影展中获奖的导演，倾向“有意”或是“刻意”套用当前电影界的理论偏好，来摄制电影。因为是理论的套用，经常演员的表演，场景安排，剪辑的运用，不时有明显的“目的论”迹痕，却缺少了人味的气息。有时，电影只是僵化没有经过人生检验的论述，而缺乏了影像美学的感染力。试以台湾的侯孝贤与蔡明亮为例：

侯孝贤早期的《童年往事》与稍后的《悲情城市》，景深镜头经常拉出人间幽微的意境，如在《悲情城市》中，械斗的场面用远景镜头配合景深的呈现，人动作的起落几近无声，让观众深深感受到从时空的距离看待，人所谓的“动作”，既无知又无奈，这就是所谓人间。影像不是对某一个个体的控诉，而是呈显人所谓当下的“豪气”与坚持，转眼即将烟消云散。①

但侯孝贤后来的《戏梦人生》与《海上花》大幅翻转观者以前的印象。导演让演员面对观众滔滔不绝，让烟花女子在几近相同的场景里，重复吃饭、琐碎的言谈。时间似乎没完没了，观众的无奈，无以改变影幕上呆滞的影像叙述。但这些片段经常是强调文化论述的学者最常着墨的焦点。

蔡明亮是现今台湾经常引起讨论的导演，因为其电影制作，似乎以迎合那些喜欢套用文化批评的学者为职志。他的电影，在“很明显”的文化标签下，只要愿意，任何稍具文学与电影知识的观者，都能看到编导的设计意图，因为影像似乎以文化的意识形态，响应学者的理论诉求，如《爱情万岁》一片中，镜头跟着演员杨贵媚绕着整修中的公园走一大圈，再用镜头对着她不动，让她抽搐、哭泣将近五六分钟等等。假如一般导演如此处理，可能会被批评为滥情，但到目前为止，许多批评家对于蔡明亮类似的影像叙述，大都是放在文化论述的标签下，赞誉有加，甚少批评。②

二、从全球化看蔡明亮与侯孝贤的电影

若以全球化的课题来看，侯孝贤与蔡明亮的影片经常在国际影展得奖。得奖意味一种被肯定，向全球“有力”发声。但是细看这些影片，我们会质

---

① 有关《悲情城市》的精彩叙述，请参见邓志杰（James Udden）的《侯孝贤与中国风格问题》（Hou Hsiao - hsien and the Question of a Chinese Style），〔邓志杰（James Udden），《侯孝贤与中国风格问题》（Hou Hsiao - hsien and the Question of a Chinese Style）郭诗咏译《电影欣赏》124 期，第23 卷第1 期（2005 年7 - 9 月）：44 - 54 〕。邓志杰在文中并举出两个不动的长镜头，说明侯孝贤影像处理的意境。值得注意的是，这两个例子在观赏过程中，观众一点都不会感觉沉闷，甚至忘掉那是个长镜头。邓文的分析，展现了侯孝贤最好的一面，也间接证明长镜头不必然会呆滞如《戏梦人生》与《海上花》。

② 到目前为止，“能”撇开文化论述的框架，而以美学观点对蔡明亮的电影有所批评的不多，比较重要的有这两篇：王长安，《脸的迷惑???》，《联合报》（2009 年 10 月 4 日），页 A19。王长安认为相同的符码一再重复，缺少创意。另外一篇是彭小妍讨论《海角七号》时，提出蔡明亮电影的自我复制，彭小妍在文章结尾说：“作为热爱台湾电影的人，我却要对他说：蔡导演，下一部片子，请别在复制你自己，让我们看见一个崭新的你”，请见彭小妍，〈《海角七号》：意外的成功？——回顾台湾新电影〉，“美学与庶民：2008 台湾‘后新电影’国际学术研讨会”论文集，台北：“中央研究院”文哲所，2009 年，页 10。

疑得奖是因为这些影片的艺术性的成就，还是因为评审者对于第三世界给予“施舍性”的另眼相看？答案也许不是绝对的二元对立，但后者的理由不能说是全然的臆测，虽然这些理由只能保持沉默，不能言说。试以以下的影片为例，加以辩证。

（一）《最好的时光》

以侯孝贤2005年的《最好的时光》来说，本片分为三段，分成三段不同时空背景的“小故事”。试以前两段简单说明。

第一段描写一个年轻人喜欢一个撞球房的计分小姐，后来知道她已经离开，转往他处，年轻人辗转从她的母亲那儿知道新地址，最后找到她了。整段的描述，虽不像上述的《戏梦人生》与《海上花》的沉闷，但是影像叙述实在平凡至极。其中车子经过的地方，一再重复呆滞使用地名的路标，让人甚至误以为这是学生的习作。观众看完这一段，心里甚至会有这样的疑问：“这样的影片有什么好拍的？”

第二段描写1911年清末一个年轻人与艺妓的故事。本段模仿《悲情城市》里哑巴的言语以文字展现，但与《悲情城市》相比，本段如此的运用，非常造作，缺乏说服力，因为《悲情城市》的哑巴，不能言语，导演不得不以文字呈显他的心声，而本段所有角色都是“正常人”，但却只用书写，让所有的演员都像哑巴。侯孝贤如此的处理，本来为了显现风格上的特色，但因为有了《悲情城市》的痕迹映照，只是暴显了自我的重复，了无新意。

但这样的影片竟然得到多项金马奖。台湾的电影渐渐陷入绝境，与影评的方式，有难以割舍的因果关系。

（二）所谓“极少主义”（minimalism）

蔡明亮电影的沉闷与画面的呆滞，与侯孝贤异曲同工。蔡明亮这类影片被影评家刻意理论化后而美其名为“极少主义”（minimalism），[①] 意味导演极少用跌宕起伏的剧情，极少用音乐来铺陈气氛，极少以镜头快速的变化来推动影像叙述。刻意不断制造镜头的变化而产生动感，几乎是好莱坞电影文化的标签。这种运镜方式渗入生活空间的 KTV、MTV 等，已经让现在的年轻人无法好好“静静地”享受一个十秒钟不变的镜头。但从镜头不停的动到镜头完全静止几近“死寂”，是从一个极端到另一个极端。侯孝贤与蔡明亮似乎善用欧洲国际影展潜藏对于好莱坞文化的反感，以极端对比的方式塑造了所谓“个人风格”。其实，具有深度的美学绝非处于二元对立的两极。艺术的极致大都来自于两者之间，但因为位处中间，不“突出”显现差异，一些影评者经常看不到其中的堂奥。

对于蔡明亮的评论，影评家所称的“极少主义”，其实细究之，应该是“极多主义”（maximalism），因为一个画面，导演花费了“大量”的时间却提供了极少的意涵与价值；表面上很精简只使用一个镜头，却是时间的消耗与浪费。[②] 上述侯孝贤的《戏梦人生》与《海上花》，蔡明亮的《爱情万岁》连续五分钟的哭泣，都是如此。再以上述《海上花》说明，观众对这部影片，耐性的极限大约一个小时，在这一个小时中，导演借着油灯一再串接几近重复的场景，内容包括了多次吃的镜头，妓女相互抱怨的镜头，妓院里谁与谁相好的八卦与琐碎事，三次多人的划拳与喊酒令。类似的重复与光影到了影片进行五十五分，才有窗子短暂透出室外的光线。但是油灯所构筑

---

① 这是批评界对于蔡明亮最常用的肯定措辞。论文如张霭珠的《漂泊的载体：蔡明亮电影的身体剧场与欲望场域》，〔《中外文学》第30卷第10期（2002年3月）：75－98〕；网络讨论文章如 Ho Yi 的“A sober allegory on the social underclass”等都是肯定其“极少主义”，〔Yi, Ho, “A Sober Allegory on the Social Underclass” Taipei Times. Accessed：2008/10/2〈http：//www. taipeitimes. com/News/feat/archives/2007/03/23/2003353563 >〕；Diogenes Hwang 将《爱情万岁》列为“亚洲十大名片”时（Nostalgiphile’s Top 10 Asian Films）所持的理由是：该片是“极少主义”的经典（minimalist classic），〔Hwang, Diogenes, Nostalgiphile’s Top 10 Asian Films. Accessed：2008/10/28〈http：//arbiterofwaste. wordpress. com/2007/09/19/nostalgiphiles－top－10－asian－films/ >〕。

② “极少主义”在其他艺术里也有类似声音与回音。如美国音乐家葛拉斯（Philip Glass）的音乐，利用简短旋律的重复，谱成曲子，而号称“极少主义”。对于第三种读者来说，大量的重复，事实上就是“积少成多”，也是一种“极多主义”。

的场景，却让影评人对其光影赞誉有加。[①] 对于这样的光影，细致的观众在前面五分钟的体验，确实感受到其构图的艺术性，但是光影的重复，场景的重复，琐碎的重复，人的耐性能经得起多少次重复？当然侯孝贤有意经营这样的重复，也许是因为重复可以凸显焦点，可以变成他的“个人风格”，可以变成影评人另一个大张旗鼓的论述命题。

（三）《河流》：凸显“差异”

同样，蔡明亮的《河流》里，一段小康在黑暗中，“似乎”（因为整个画面黑乌乌，观众完全不知道实际的情景）和另一个裸露的男子做爱，大约十三分钟冗长的片段中，整个画面几乎全黑，只剩下人体部分的影像，观众一直想知道到底发生了什么事，但再怎么看还是不清楚，持续的挫折，持续的忍住耐性，去接受导演“个人风格”的凌虐。

反讽的是，这样的风格“几乎一定”被一些“文化论述”的学者肯定，因为在题材上，这是父子的同性恋，超越了一般家庭伦理的尺度，因而被认为“有创意”。但是观众想问上述的片段，父子在黑暗中做爱，假如没有导演的现身说法，[②] 有多少影评家知道小康做爱的对象是他的父亲？假如影评者对于文本的认知，必须经由编导“仙人指路”，所谓影评已经是自我的消解。当然，若是要为蔡明亮辩护，影评者可以说：父子肉体的接触，在影片先前洗三温暖的场景已有暗示。但是以那一段的暗示作为“因”，这一景是必然的“果”，这是导演一相情愿的认知，因为他没办法借由影像让我们看到“什么”；为什么观众不能因为小康有同性恋的倾向，而设想此时在黑暗中与其做爱的对象是陈昭荣的角色，或是另一个男子？更不幸的是，前一场三温暖的场景，所谓父子同性恋的动作，也是故弄玄虚不清不楚，需要大量的猜测加以填补。批评家的诠释很可能也是依照导演影像之外的指引，才知

---

① 邓志杰的论文主要是分析侯孝贤的《悲情城市》，极为精彩，论文接近结尾时，提到侯孝贤光影的使用，也相当有说服力，但再精彩的影像，都会经由一再地重复与不知节制的拉长，而变成呆滞。请参见 109 页注 1。

② 高荣禧在论文里引用蔡明亮自己的告白，后者在拍《河流》时，曾经自问：“本来只拍到父子在三温暖碰到就好，没做爱，只发现彼此都是同性恋，但最后却决定要拍比这更极端——就是父亲和儿子在黑暗里做爱。”（高荣禧，〈蔡明亮作品中的孤寂主题与情色策略〉，《电影欣赏学刊》（FaAs）134，第 26 卷第 2 期（2008 年，1－3 月号）：142）

道黑暗里的乾坤。本片令人反感，不在于它是乱伦的同性恋题材，而是影像严重的呆滞与沉闷，并且连发生什么都无法有效呈现。① 但影评家、影展却倍加推崇，因为（经由导演的指示后认为）电影挑战了伦理的尺度，凸显了导演对现在文明“与众不同”的见解。②

当然，“沉闷”也可能是一种美学。美国安迪华霍（Andy Warhol）就有所谓的“沉闷美学”（aesthetic of boredom）。他以单一镜头六个小时拍一个人的睡眠，以单一镜头八小时拍美国帝国大厦背对即将黑暗的天空。这些都是长镜头最极端的例子。华霍的影像是要显现：世间所谓愉悦，最终都是沉闷无聊。他的说词有哲学的深意，但观众也不因为他有哲学的宣示，就肯定其艺术价值。他影像的实验性是为了坦然揭开人生的真面目。这些实验性电影的存在，不在于电影展，也不在商业院线里流通，不太影响一般电影界美学优劣的价值层次。反之，《海上花》、《河流》等电影得奖，却是电影艺术“正宗的”宣示。“沉闷呆滞”的影片无疑颠倒了价值观应有的架构，因为文化理论的介入。

三、全球化与国际影展得奖的可能性

而《河流》就获得柏林影展的评审团奖。“沉闷呆滞”的电影在国际影展中得奖，自然引发另一层思维。得奖的理由，也许来自以下四种可能性。

一则，参加国际影展时，影坛有种认知，外国评审者经常受到台湾既有

---

① 当然，假如理论家要将其合理化，可以轻易将这样的文字为其戴上冠冕：由于父子乱伦不能见容于当下的社会，所以影像几近全黑，部分的肉体是唯一光之所在，象征其人性在暗处的唯一的救赎与解脱。

再者，本人对于《河流》上述片段所得到印象，是经由 Pioneer DVD 机连接至 Epson 投影机的 HDMI 输入端子（分辨率 720P），再投射至 200 英寸墙面所观看的现象。DVD 影片影像效果堪称良好，一般说来，家里视听室所看到影像大都比电影院清晰。

② 有些批评家的论述并不是套用文化理论，而是展现自身哲学与文化的思维，如黄建宏诠释《河流》的文章〈沉默的影像〉〔请参见《电影欣赏》93 期（1998 年，5－6 月）：52－55〕。黄建宏的文字散发思想的密度，但是这样的“诠释”，几乎是批评家借题发挥的“自由创作”，远远超过电影原著的粗俚，更无法掩饰其造作与呆滞。

的评论界所影响。[①] 而国片从20世纪90年代至今，“国片的风潮都跟随着艺术片的风格走”[②]。正如上述，台湾的评论界，很多是学了一些外国理论，尤其是文化理论的学者，经常将影片简化成畅销片与艺术片两极。因为对于台湾学术界，“畅销”经常被等同于好莱坞的煽情之作，这些学者遂将“枯燥乏味”的影片误以为是艺术，不知道两者之间还有能让“第三种观众”[③]心动的影片。有时，影评家甚至将“动人的影片”（如杨德昌的《一一》）与“枯糙的影片”（如蔡明亮的《你那边几点?》)，放在同一文化主题的卷

① 在张靓蓓编着有关李安的导演生涯的专著《十年一觉电影梦》中，引述了名电影制片人徐立功的看法。当李安的《喜宴》送到柏林影展后，是否得奖尚未揭晓。这时新闻局要办活动，希望《喜宴》作为首映。但徐立功打电话给李安说：“片子先不要寄回来。”李安转述的理由是：“徐立功一直有个想法，外国人会受到中国评论界的影响。因为那时国片的风潮都跟随着艺术片的风格走，徐立功很怕人家用这个标准来评断我的电影。”（张靓蓓，《十年一觉电影梦》台北：时报文化，2002年，页111）

② 同上，页111。

③ 2008年12月16日、17日，亚洲大学人文社会学院举办“全球化与华语叙述国际研讨会”。本人在研讨会中，发表“全球化情境下，以‘第三种观众’观照华人导演的影像叙”，尝试提出另一种电影阅读，希望在好莱坞式电影，以及文化批评家所背书的电影之外，能透过“第三种观众”的视野，触及更多技巧隐约自然而动人的电影。接着，本人在大陆《电影艺术》发表〈“第三种观众”与华语“传统写实”的影像叙述〉是“第三种观众”理念的美学实践。本人在上述论文所提的“第三种观众”的理念，重点概述如下：(1) 目前的“观众”似乎被一般理论家定位成两极：一种是以盛昌流行口味的大众为观众；另一种是台湾当地的（文化）理论家作为主要观众，这些影片被理论家肯定，一般观众却因为其枯燥无味而敬而远之。(2) 本人提出“第三种观众”，这些观众可能不认同影片被套入理论的框架，但他也不是《铁达尼号》、《麻雀变凤凰》、《哈利波特》、《终极警探》的爱好者。他可能喜欢伊朗的《柳树之歌》（Willow and Wind）、越南的《恋恋三季》（Three Seasons）、大陆的《洗澡》、《那山、那人、那狗》，台湾李安的《饮食男女》、杨德昌的《一一》等等，因为这些影片质地的感染力让他“感动”。(3) 所谓感动，犹如日本莲实重彦所说的“考古学的恍惚”，或是Iser以及Poulet对文本的阅读。观众先投入文本感受文本，而不以“知识”或是“理论”主导阅读。(4) 阅读影像时，“第三种读者”与套用理论的学者最大的不同是：前者经由文本动人的体验后，原有的“知”是人生的哲思与美学的深化，而后者则是以“知识”主导影像的“分析”，因此对于个别电影的评价，也经常是理论套用的结果。(5)“第三种观众”并不是扬弃理论，而是与影像文本照面的第一时间，先将理论“悬置”。观众与文本互动，对文本有所感受后，再与相关的理论或是其他的见解对话。(6)“第三种观众”要提醒理论家的是：不要因为对于好莱坞卖座影片的反感，而将枯燥无味的电影误解成艺术。(7)“第三种观众”在投入文本的“精读细品”中，发现传统的影像叙述，经常隐藏丰富的当代意涵，其中涵盖隐喻与转喻的自然运用，声音与影像的异步，甚至是后现代或是解结构的指向等等。

标下，模糊了美学上悬殊的区隔。①

因此，假如外国影评受到台湾既有评论的影响，对于影片内容的掌握以及评价的依据，是否依据来自台湾既有的评论，或是附加数据，而非影像本身的叙述？上述《河流》父子乱伦的场景，国外影评“看不出什么”的状况，可能比国内的观众更严重，因为这与语言情境的传输是否直接还是经由翻译有关。

其次，西方的电影文化源远流长，在拍摄电影时，经常以走位（blocking）配合摄影机的移动，让电影充满动感。但走位与摄影机移动，需要使用多镜头，而且镜头的连接、空间的衔接与安排，都考验导演的功力，以及周遭电影环境的配合。西方大部分的导演这方面已经顺理成章，观众可以放心欣赏，不会担心画面可能产生问题。但在东方，尤其是台湾，由于大多数的导演无法操控画面的动态变化，支撑的电影工业也不太能有效配合，拍摄影片时，大都倾向以静态画面呈现，原来走位呈现的多重视角，变成导演的单一视角，以传统的镜框视角取景，这就是所谓“第三世界美学”。②

当然，“走位与否”与摄影机的移动，与电影的好坏，并无直接必然的关系。甚至，摄影机过度的移动可能是导演的操控与戏耍，而导致影片的煽情。这是典型好莱坞卖座影片的标签。反之，假如能让单一视角的静态构图展现特色，影片反而有种有别于西方的韵致，如杨德昌的《恐怖分子》、《一一》，侯孝贤的《悲情城市》；但假如把呆滞误以为是有特色，就会造就了《河流》与《海上花》。③

再其次，在全球化的情境下，全世界大一统是可能的结果，但过程中，却经常出现“反大一统”的论述。因此，所谓全球化，也在形式上让各个族

① 请参见李纪舍的《台北电影再现全球化空间政治——杨德昌的〈一一〉和蔡明亮的〈你那边几点?〉》，《中外文学》387 期，第 33 卷第 3 期（2004 年 8 月）：82 – 99。李纪舍的文章在空间论述上，有其独到的见解，但无疑文化主题的陈述，无形中混淆了美学上应有的位阶。

② 有关“第三世界美学”，请参考李安在《十年一觉电影梦》页 181 – 183 的观点。

③ 其实，蔡明亮很多时候让“镜头静止不动”是有意的。正如他拍《你那边几点?》时，要求法籍摄影师，“以静止不动作为主要拍摄方法”。（蔡明亮，“Interview with Derek Lam.” Accessed：2008/1031〈http：//www. camerastylo. com/tsai. htm〉）本来，镜头静止无关呆滞，但是蔡明亮似乎却无力避免呆滞。

群个别发声，以展现其“差异独特”性。克罗宁（Michael Cronin）在论述文学的全球化情境时说：“在各种基本的脉动中，各种策略的背后，都是一种渴望，渴望提升不同的国家文学，而在超国家的层次上，能创造差异，而非同构型。”① 麦克格蓝（Bernard McGrane）也说：“文化就是要解释他者的不同”② 华伦斯坦（Immanuel Wallerstein）说：全球化同时“要依附个相，是差异的再创造”③。强调“差异”，与倾向全球化两者变成吊诡的辩证关系。差异或是多样性，是全球化的波涛所涌现的逆向浪花。以人类历史观照，必然体认到“有其差异”，才意识到个体间的相似或相同。哈蒙（David Harmond）说：“我们必须体认到有何差异，才能掌握到何谓全球的共通性。”④ 罗伯森（Roland Robertson）说：“国族主义的观念（或是个别主义）必然与国际主义携手并进”⑤

似乎强调差异可以凸显身份，而“身份的强化正是当下‘全球化’的标志”。⑥ 在全球化反张力下，个相与差异所营造的逆势平衡，本无可厚非。但是以国际影展来说，评审者可能为了强调“差异”，是否也因而造成电影评介美学的错位与失焦？评审者以“差异”做准则，意味两种可能。一种是以地域性的文化为着眼点，评审者将侯孝贤与蔡明亮所显现的“差异”，视为台湾电影的“特色”或是“身份”，因而为了保持台湾电影的“身份”而让侯、蔡两人得奖？事实上，两人和众多的台湾导演，也显现了极大的差

① Michael Cronin, *Translation and Globalization*, London and New York: Routledge. 2003, P. 56. 类似对于“大一统”的反应是，对跨国大企业（giant multinational corporations）的“大”的不信任，因而刻意凸显“小”的不同，刻意强调地域性、片段性，方言、少数族群因而复苏。请参阅 G. . Mulgan, *Connexity: Responsibility, Freedom, Business and Power in the New Century*, London: Vintage, 1998, pp. 100.

② Bernard McGrane, *Beyond Anthropology*. New York: Columbia University, 1989, p. ix.

③ Immanuel Wallerstein, *The Politics of the World – Economy*. Cambridge: Cambridge University Press, 1984, pp. 166 – 67.

④ David Harmond, “On the Meaning and Moral Imperative of Diversity,” *On Biocultural Diversity*. Ed. L. Maffim. London and Washington: Smithsonian Institution Press, 2001, p. 54.

⑤ Roland Robertson, *Globalization: Social Theory and Global Culture*. London: Sage Publications, 1992, p. 103.

⑥ Jonathan Friedman, “Being in the World: Globalization and Localization,” *Global Culture*. Ed. Mike Featherstone. London: Sage Publication, 1990, pp. 311 – 28.

异，几乎没有哪个台湾导演会拍出比他们更“沉闷呆滞”的电影。

结　语

文化论述可以延伸思维的广度，但不知节制的套用理论，可能忽视了影像文本应有的密度与深度。影像成为一种邀约，在于它是动人的叙述，而不是文化论述的脚注。在全球化的情境下，由于“差异”而得奖是一种迷思。刻意强调“差异”的电影制作，可能是“目的论”操弄，可能是美学的苍白与想象力的欠缺，也可能是电影制作与评论的共谋。

海峡两岸作家日本叙事的比较研究

——以郁达夫与翁闹为中心

张　羽*

同样是多情才子；同样是20世纪前半叶留学日本；同样是从诗歌创作起步，并以小说创作成名，又兼长散文和文学评论；同样深受日本“私小说”的影响，并以早年放荡不羁的情感经历来写小说；同样是不为人知的神秘死去……能够同时兼具这些特征的中国作家恐怕不是很多，寻找之后，我们将视线定格在郁达夫（1896－1946）和翁闹①（1908－1939或1940）的身上，郁达夫著述颇丰，翁闹则因年轻早逝，作品相对较少，后世文坛对这两个才子型作家的认知也格外不同：一个评论迭出，一个无人关注；一个声名日隆，一个几近淡忘。

相对于郁达夫，翁闹这个名字对于大陆读者来说，是完全陌生的。在台湾文学史上，被称做“幻影之人”② 的翁闹，是个早夭的文坛鬼才，1908年出生于台湾彰化的贫苦农村家庭，台中师范毕业，当了几年教员后前往东京发展，1939年前后，潦倒于东京高圆寺街头，结束其怀才不遇的一生，年仅而立之年。翁闹26岁崛起于日本文坛，在短短五年之内，创作了短篇小说

---

* 张羽：厦门大学台湾研究院文学所、台湾研究中心副教授。

① 翁闹号杜夫，台湾省彰化县人，其作品多发表于1935年至1939年之间的《台湾文艺》、《台湾新文学》、《台湾新民报》等刊物上，参加过张文环、吴坤煌、苏维熊、施学习、王白渊、巫永福和刘捷等人组织的“台湾艺术研究会”，参与创办了《福尔摩沙》杂志。《光复前台湾文学全集》第6卷收入了11位作家22篇作品，翁闹作品居全书之冠，共收入了5篇，比杨逵还多出一篇。其创作还影响到龙瑛宗和吕赫若等人的文学创作。

② 刘捷：《幻影之人——翁闹》，《台湾文艺》，第95期，1985年7月15日。

《音乐钟》、《戆伯仔》、《残雪》、《罗汉脚》、《天亮前的恋爱故事》、《可怜的阿蕊婆》和中篇小说《有港口的街市》七部，《戆伯仔》曾入选日本“改造社”的文艺佳作，大获好评。这些作品都含蕴丰富的文采，早在20世纪40年代，就有黄得时指出：“最富于潜力的翁闹以本作品（系指《有港口的街市》——著者注）为最后作品而辞世，真是本岛文坛的一大损失……否则大可占有日本文坛的一席。”① 20世纪90年代，又有张恒豪评说：“日据时代的台湾小说，可说到了翁闹的手上，才有独树一帜的表现，才开启了另一文学艺术的崭新领域。”② 这些相隔了半个世纪的评价或许可以参证翁闹应在台湾文学史上占有重要的一席位置。

我们在读翁闹的作品时，可以明显感受到他与郁达夫的为文有很多相似之处：二人的文化构成和文学影响都与日本文化有着密切的联系，也都喜欢以沉湎于醇酒和美色来表明自己的特立独行。但由于不同的生活经历和各自不同的性格特征使他们即使是表现同一主题的小说时，也表现出很大的不同，从而促成了小说中的基质和文风的不同，这里通过对二者笔下的日本叙事的比较，来显现翁闹文学创作中的某些特质，从而洞察日据时期台湾作家的创作情态以及作品中所呈现出的驻足殖民宗主国的心灵感受。

一、“私小说”笼罩下的生命精灵

1920年前后，“私小说”在日本文坛上影响很大，这类小说多关注身边发生的琐碎情事，直率地描写灵与肉的冲突。郁达夫与翁闹都刻意模仿过“私小说”的创作模式，郁达夫因其《沉沦》深受佐滕春夫的“私小说”《田园的忧郁》中大胆暴露自我的抒情方式的影响，而被称为“中国的佐滕春夫”③。翁闹则以小说《有港口的街市》（可惜这篇小说原刊资料缺失，但借由翁闹其他小说仍可看出，其深受日本“私小说”的影响）跻身当时

① 黄得时：《晚近的台湾文学运动史》，《台湾文学》，第2卷第4号，1942年10月19日。

② 张恒豪：《幻影之人——翁闹集序》，《台湾作家全集——翁闹、巫永福、王昶雄合集》，前卫出版社，1990年版，第4页。

③ 郁达夫：《海上通信》，《郁达夫文集》第3卷，花城出版社，1982年版。

《台湾新民报》的新锐中篇小说特辑，并大获好评，成为成功的实验者。在翁闹与郁达夫的小说中，可以清晰地谛视出“苦闷和自卑”、“失乐园的困惑”和“放弃生命”三个面向呈现出的赤裸裸的情感原罪。

（一）苦闷和自卑——病的心理根源

1920年以后，祖国大陆和台湾小说中开始出现一些新的留学生形象：他们面色苍白，留学日本或从日本归来，单纯执著于自我，这些人物真实再现了早期的留日学生内心中纠缠着的苦闷与自卑的心理。

翁闹出身贫寒，性格孤僻，始终是个人奋斗，在与人交往中，常以“青白眼”看人，因而朋友较少，这也影响到其笔下的主人公总是在同孤独搏斗，这不仅是其笔下人物的命运选择，更是现实中作者本人的真实选择。孤独来源于自卑和颓废，也夹带了与孤独而战后的失意感。《残雪》中那个苍白面孔无所作为的留日青年林春生，不敢爱也无法快乐地活着，令他不快乐的原因，是其自卑犹豫的性格，将主动向他示爱的日本女孩的爱情又拱手送还。《天亮前的恋爱故事》是典型的“私小说”的模式，主人公“我”疯狂地追求爱情，但总是不停地流露出“我也不过是一个绝对不会引起注意的凡夫俗子”。在其他作品中，主人公也常常讲一些自轻自贱的话，但实际上，主人公的自卑更多的是个体化的行为，这些自谦的话只不过是人物情绪的一闪念，并不具有深厚的心理基础，也可以说，这种心理是青春期男女的正常心态。

如果说翁闹是在白描青春期现象，那么郁达夫则是以小说为媒介深入地探讨青春期病态倾向，可以说，在郁达夫笔下深化了人物的自卑自贱的心态，一些人物明显显示出偏执狂的病态心理。如那个得知静子有了男人，“就同伤弓的野兽一般，匆匆地走了”的男人（《银灰色的死》）；窥视房东少女洗澡被察觉后，隐居起来的“他”（《沉沦》）；见了妙龄少女的表哥，便怀着“败劣的悲哀”，提前离开的质夫（《风铃》）……这些“生则于世无补，死亦于世无损”的“零余者”的苦闷与自卑已经具有了深层的病态的情意结。在塑造这些人物形象时，郁达夫往往从人物内心的探索开始，逐渐向外扩张，直至突兀地伸展到对社会的控诉。最终他将这种自卑心理归咎于日本的教育制度和祖国的贫弱。

从郁达夫和翁闹小说文本传递给我们的信息来看，二人都真实展现了20世纪初留学生的心灵图片：留学压抑、寂寞孤独、学无所用，前途渺茫的悲观意识。虽然二人赴日时间相差近20年，但由于两人都是完全脱离了原来的文化语境，宛如被搁置在孤岛之中，这种个体成长期的境遇突变，再加上两人敏感的、忧郁的心理特质，总有郁郁不得志的心态如影随形。但不同的是，翁闹笔下的零余者不具有深层的心理郁结，更多是“为赋新辞强说愁”；相对于翁闹沉埋于一己的天空，郁达夫的小说具有了相应的广度，其主人公的病态心理已经深入骨髓，并且与国家意识相结合，将更为广阔的社会背景前置到小说整体叙事之中。

（二）欲爱无岸——失乐园的困惑

何以解忧？唯有爱情，这是这一时段留学生文学中常见的主题。孤独的境地容易产生对爱情的执著追求，然而，欲爱不能，这成为郁达夫和翁闹及其笔下的人物共同面对的问题。作为弱国子民，在日本所遭受冷遇的生存状态，将他们逼进内心的殿堂，建筑起艺术的空中楼阁。魏晋放达的名士派离不开酒和药，现实生活中的郁达夫和翁闹的放浪形骸少不了美酒和女色，在某些时候，二人甚至对自己的酗酒醉色的私生活娓娓而谈，毫不顾及。

翁闹写下了各种情态下的爱：《音乐钟》中萌芽式的童真爱；《戆伯仔》中的因贫穷而变得冷漠的爱；《残雪》中的等待抉择的爱……诸多小说中尤以《天亮前的恋爱故事》的表白到了令人瞠目的地步，小说开篇就是：“想谈恋爱。想得都昏头昏脑了。为了恋爱，决心不惜抛弃身上最后一滴血，最后一片肉。那是因为相信只有恋爱才是能够完成自己的肉体与精神的唯一轨迹。”这种野兽般的情欲爱是翁闹发出的疯狂之声，该作也是他“最直接地表达了某种人生观和恋爱观的作品”。① 这里的爱情是狂热的、也是虚幻的，始终存在于个体的主观想象中，而未能付诸于行动。

相对于翁闹蹈空的爱情物语，郁达夫小说中的爱情落笔则要现实得多，留日十年，他写下了大量的东瀛之恋，《银灰色的死》中男主人公与小酒店

① 张良泽：《关于翁闹》，《台湾文艺》第95期，1985年7月15日。

女子静子的恋情；《沉沦》写男主人公“性”的压抑与苦恼；《南迁》写伊人被日本妇人玩弄的创伤；《胃病》里写中国留学生对日本少女的一见钟情……在这些爱情叙事中，主人公往往把爱情落实到近在咫尺的日本女性身上，郁达夫迥异于翁闹的叙事之处在于他将爱情幻灭最终归因于弱国子民和日本国民身份的不对等，更进一步表现了来自现实的打击致使爱情梦想频频落空，于是郁达夫笔下的人物很多如同《沉沦》中的主人公怀着“同兔儿似的小胆，同猴儿似的淫心”，最终在酒馆妓院自求沉沦。正因为理想爱情的幻灭使他们放弃了对纯洁爱情的追求，转而寻求肉欲的满足。于是，看色情书，逛妓院就成了曲折的发泄方式，由此释放不满和愤恨，毁灭自己纯洁的情操。

由此看来，翁闹在小说中追求的是情感的感性探求，主人公耽于美好爱情的想象，而止于此，并不进一步探源爱情失败的缘由；而郁达夫则在小说中追求的是爱情悲剧根源的探求，中国落后的现实状况使其笔下的爱情背负了深重的社会内涵，虽然有时因为过于牵强而未免显得矫情。但可以看出郁达夫走了更远的一步，最终使二者笔下的爱情殊途异路。

（三）放弃生命——寻求感情的替代

对于一个人而言，选择生存，还是死去，这是一个非常难以回答的问题，每每处于这种情境下，人物会呈现出复杂的心理状态。郁达夫和翁闹都喜欢选择这样的临界点，借以剖开人物内心的复杂世界，于是小说主人公常常由于生命的孤寂和爱情的失意造成自杀的结果，这成为郁达夫和翁闹小说中的习见典律。

如翁闹的《天亮前的恋爱故事》中，主人公总喜欢在小说中自由地表达自杀的想法：“我觉得我是一个完全不适于生存的人。这是真的……这种感觉要到什么时候才会达到可怕的毁灭的顶端呢，……大概不会在那么遥远的将来吧?”如此之类的话，经常出现在小说中，不久之后，翁闹就从这个世界上消失了，这大概是翁闹最后的死亡宣言吧？可惜没有人在意，至今没有人知道他准确的死亡日期和死因。应该说，翁闹的小说中人物自杀有一定的精神病理学意义，这与传闻中他本人最终死于精神病院有一定的勾连，小说中的人物与现实中的翁闹交相映现。不过，其小说里的自杀多是一种意念，是一种未来式的自杀，隐含在小说里，不一定非要制造出最后死亡的结果，但这种精神活动往往使人物拥有更丰富的内心写照，促使人物形象丰盈起来。他们往往以自杀来确认自己的价值，来实现对自我的寻找。因此翁闹从不把死亡写得可怕，而是快乐的、幸运的，甚至充满了涅槃后的幸福。

与翁闹不同，在郁达夫的笔下，自杀不仅是个性化的选择，也是社会逼迫的结果，主人公往往是用生命的毁灭来抗议社会的不公和歧视，同时也隐含着人物个体对自身价值的全盘否定。小说《银灰色的死》、《沉沦》、《胃病》、《南迁》、《风铃》中的主人公不是选择酗酒后冻毙街头，就是绝望中蹈海自杀，或者病魔缠身，生死未卜，多是悲剧性的结尾。可以说，郁达夫和翁闹笔下的主人公都具有自尊与敏感，忧郁与多思的气质，无法忍受一般人可以承受的麻木、迟钝，因而也常常陷入自杀意念的纠缠中，这种心理既显示心灵的焦虑，也揭示了问题的解决——心灵与环境对抗的最终解决方式，就是放弃自我。

综上所述，在"私小说"创作领域中，郁达夫和翁闹都以自己独具魅力的语言刻画了不同的中国"零余者"形象，他们拿起刻刀细腻传神地镌刻出20世纪初知识分子的心灵感受：他们背负着传统与现代的巨大差距，却没有灵魂的归宿，在异国，他们是作为他者而游离在异国文化本体之外的，于是无所不在的"孤独"应运而生，成为留日学生共同的生存体验，在这一点上，郁达夫和翁闹的小说具有相通之处，他们都揭示了知识分子孤独的根源问题。在剖析人性的丰富性和复杂性上，郁达夫的小说显然比翁闹的小说更加深邃，他除了寻求个体本身的原因外，还延展到寻求促成这一事象的社会根源。正是这一原因，使二者小说氛围的渲染和意境的创造有所不同，翁闹的小说虽然也有悲情色调，但总有温暖的太阳出现在风雨之后，显示了靓丽的色彩，郁达夫的小说则处处弥漫着阴雨天的沉闷气氛，主人公身为"弱国子民"而备受轻侮和嘲弄，只好在酗酒中追求心灵的麻醉，在自我沉沦中消损人生价值。

二、驻足扶桑之国的日本观

1913 年，17 岁的郁达夫跟随哥哥赴日，在日本的身份是正规学校的学生。1922 年毕业于东京帝国大学经济部。选择回国发展，参加编辑《创造》季刊、《创造周报》等刊物。翁闹则是在 1934 年，26 岁时以游学生的身份出现在日本，一度曾获得过有丰厚报酬的工作，但因追求日本女同事而被开除，自此隔绝在日本社会之外，没有生活来源，又不愿返回台湾。由此可以看出，二人在日本的居留时间是上世纪二三十年代，正是第一次世界大战后日本成为战胜国，政治、经济、军事实力急剧膨胀。二人的小说中也或多或少呈现出这一时段内的“日本形象”，表现为下意识地对日本社会的政治结构、风土人情和自然景观的描述，体现出二人在文化习得和社会认知的过程中获得的对日本认识的总和。在形象学意义上，被翁闹和郁达夫制作出的“日本形象”是对真实的日本的某种解读，往往由三个层次构成：首先是最具直感的日本形象——日本的女性形象；其次则是作为作家的特殊感受的形象——“支那人”眼中的日本人；第三是一个民族（社会、文化）的形象——逃不出去的都市迷园。

（一）温柔的日本女子形象系列

郁达夫写遍了各种身份的日本女性：有房东的女儿、日本女同学、病院的看护妇、已为人妻的美妇人、风月场的妓女，可以说，这些女性构成了日本女性人物形象系列。郁达夫曾这样赞叹过日本女子：“一例地是柔和可爱的，……身体大抵总长得肥硕完美，决没有临风弱柳，瘦身黄花的病貌。……关东西靠山一带的女人，皮色滑腻通明，细白得像似磁体；至如东北内地雪国里的娇娘，就是在日本也是雪美人的名称。”（《雪夜》）同样是日本妇女，在日本作家谷崎润一郎的笔下却完全不同，“像纸一样薄的乳房，贴在平板的胸脯上……使人感到这不是肉体，而是一根上下一般粗的木棒。”（《阴翳礼赞》）由此一正一负的鲜明对比，可以明显地看出郁达夫过多溢美之词，这可能与郁达夫的仰视角度看日本妇女有关，郁达夫三岁丧父，由母亲抚育长大，因而在情感指向上更多倾向于女性。

与郁达夫过多着墨于女子的温柔美丽不同，翁闹笔下女性人物既有台湾女性形象，也有日本女性形象，更多是作为主人公的一种心理映衬物而出现，他的小说都是在日本留学期间完成，这也隐含了他是以近距离的姿态来写日本女子，台湾女孩则退至为遥远的背景。他笔下的日本女性都纯洁、美丽。最典型的表达这种情感倾向的作品是小说《残雪》，在小说中，林春山赴东京后，遇到离家出走的活泼可爱的日本女孩喜美子，林虽然喜欢她，却没有表露心声，直至喜美子被家人接回，这段精神之恋才无果而终，而林的初恋情人陈玉枝为了抵抗父母之命，赴台北吃茶店工作，依然痴心于林春山，将辛苦所得寄给林春山，而林接到信后，绝情地写下了“我已经完全忘了你”回信，叙事中可以明显地看出，翁闹有意将故乡女孩的影像与日本女孩的实像相比照，虽然没有明显地表露对台湾女子的轻蔑，然而却给人以对日本女性的盲目爱恋，对台湾女性则有欲弃鄙履之感。还有《天亮前的恋爱故事》中那个没有明确地点明身份，始终作为主人公“我”的倾听者而存在的日本女子，从字里行间传递出的信息可以看出，她是一个年轻的妓女，翁闹一再用善良、可爱的字眼来形容，将倾慕之情宣泄得无以言表。至于其他小说中出现的台湾女性人物，则无一例外地选择了丑陋的女性人物，如《戇伯仔》中那个像牛马一样劳动的“火车母”阿足，《可怜的阿蕊婆》中衰老颓唐的阿蕊婆。文学作品中的女性人物塑型恐怕也来源于现实生活中翁闹的态度，杨逸舟说过翁闹的缺点是“看不起台湾女性，而对于日本女性却是盲目的崇拜”。① 吴天赏也曾回忆说，年轻的翁闹抵达日本不久即与46岁的日本离婚妇女同居，受到朋友的劝解才淡然分手②。翁闹在日本居留的短短几年，在情感方面屡遭挫折，因而小说刻画的这些温柔的日本女性其实是在进行某种情感的补偿，这其中的难言之隐恐怕也是常人难以想象的。

不过，女性作为一种温柔的符号在郁达夫和翁闹的笔下的叙事意义却显现出不同来：在郁达夫的作品中，日本女子形象成了主人公的精神和情感的

---

① 杨逸舟：《忆夭折的俊才翁闹》，《台湾文艺》95期，1985年7月。

② 吴天赏：《蜘蛛》，《台湾文艺》第2卷第3号，1935年3月15日。

全部寄托物，因而会有《银灰色的死》中的“他”听说静儿嫁人后酒醉而死；《南迁》中的伊人在见到女学生O之后，仿佛又重新寻到了“中世纪的田园”……在郁达夫这里，日本女性人物甚至成为小说情节发展的必然推动力。而在翁闹的笔下，日本女性人物形象始终是一个点缀，弥漫在文本之中，情绪与感觉的渲染才是翁闹写作唯一的宗旨；总之，翁闹和郁达夫都是借日本女性形象抒发脆弱、感伤、诚挚的心灵感受，这正是源于现实生活中的男性尊严丧尽，只好在小说中重塑自我神话。从这些女性形象身上，我们更多地感到翁闹和郁达夫对日本女性顶礼膜拜之后的悲情挣扎。

（二）“支那人”眼中的日本形象

在无限美化日本女子的同时，郁达夫也写到了另外一些不友好的日本人，这些日本人常常称中国留学生为“支那人”。郁达夫曾分析过日本国民中的两种鲜明对待中国留学生的态度：一类是日本中上流的知识分子，对中国留学生，以笼络的态度来对待；另一类是日本无知识的中下流，代表日本国民的最大多数，在态度上言语上举动上处处都直叫出来在说：“你们这些劣等民族，亡国贱种，到我们这管理你们的大日本帝国来做什么！”尤其是后一种态度，引起郁达夫的深痛思考，他说过：“支那或支那人的这一个名词在东邻的日本民族，……听取者的脑里心里，会起怎么样的一种被侮辱、绝望、悲愤、隐痛的混合作用，是没有到过日本的中国同胞，绝对想象不出来的。”① 不仅仅止于这一思考层面，甚至还燃起了对日本的愤恨，在《〈沉沦〉自序》里，通过主人公的呐喊，传达了这样的观点：他们都是日本人，他们都是我的仇敌。我总有一天来复仇，我总要复他们的仇。这里，郁达夫揭示了留学生的窘境：一方面作为文明者最先来到异域接受全新的教育，另一方面，又受到日本国民的排斥，因而滋长了自卑与自贱的心理。作者把自己的主观感受通过文字表达出来，传达给我们的日本民族形象是：他们轻视中国人，称他们为支那人，从郁达夫的文本中，我们可以看出：日本人尤其是日本男人是极其不友好的，从而推而广之，整个日本民族的形象的特征被凸现出来，即日本民族是粗暴的不友好的。

---

① 郁达夫：《雪夜》，《宇宙风》第11期，1936年2月16日。

可是，在翁闹的作品里，我们很少看到郁达夫式的愤怒，更多是迎合时局，不为所动的留学生形象。根据杨逸舟的回忆，他与翁闹的交往起始于1929年的日本教员诅骂台湾学生为支那人的事件，当时翁闹还是台湾师范学校的学生，可以想见，二人的交谊肇因于共同的“支那人”的愤怒。但到了日本之后，翁闹的内心中更多的是渴求与日本人平等的期待，这从他频繁地追求日本女性就可以看出来，其一生的悲剧也可以归因于他始终没有意识到台湾是日本的殖民地，台湾人应乖乖地顺从去做劣等公民，却天真地奢望“内台一致”。这一点显现出二人日本观的截然不同来：类似的“支那人”细节与愤慨，在郁达夫的作品里一再出现，成了一个无法解开的情结。而翁闹虽然留学日本时，境遇非常窘迫，却少了郁达夫的那份怨天尤人的情绪。他的作品很少再现日本社会普遍存在的歧视中国人的状况，而是采取一种听之任之的逆来顺受的态度。

（三）逃不出去的都市迷园

20世纪二三十年代许多中国青年以留学的方式来制造生命的巅峰。此时中国大陆、台湾与东京的现代化程度有很大的差距。在东京，刺激留学生神经的是繁华都市里的霓虹灯、汽车、商店橱窗等现代化的街景，和博览会、咖啡屋、电影院等摩登的去处，这对于更多受农业文明影响的中国人来说，打破了原有的地理归属感，无疑会演变成心灵的灾难，让东京变成了一个逃不出去的都市迷园。

翁闹是个百变奇才，写农村生活时是浸了血泪在写，写都市生活时又摇曳生姿地写出繁华来。但根底里，他一直对东京有着特别的厌恶：“想起市区电车、汽车、飞机这些，我就禁不住毛骨悚然。……不是老相撞啊，追撞啊什么的发生车祸吗？真是糟透的家伙！”在《天亮前的恋爱故事》中，借自称是“废料”、“不适于生存”的独白者，翁闹更进一步指出使他疯狂的是东京的都市生活，“它遵循那令人战栗的概然律，那应当唾弃的惯性率，连最小限度的可能性都没有。”因而他最大的愿望就是逃离城市，返归于原始，他甚至希望，“现代的人类忘掉他们的生活方式与一切文化，再一次回到野兽的状态。”除了像这样直白地表露对都市的感悟之外，翁闹还在《残雪》中对日本女孩的情感距离来丈量过对日本都市的感受，当林春生身处东京，突然心里升起了一个奇妙的念头：“北海道和台湾，究竟哪个地方远。……但他发觉在内心这两个地方都同样远。”对爱情的丈量转化为对都市的情感距离的丈量，两个地方都同样遥远，有家也难归了，小说描写了完全不同类型的两个女孩，一个是乡土女孩，一个是都市女孩，这其实就是纯朴而落后的台湾与现代而摩登的日本的比照，就道义而言，林春生眷恋家乡，就情感而言，林春生向往都市，最终选取了全部放弃，这其实也隐含着翁闹对给与自己太多伤痛，也给予自己太多新奇的都市，去与留选择的困惑。

与翁闹不同，在郁达夫的小说中，繁华的日本都市代表了梦想和追求。当《沉沦》中的“他”从东京的中央车站乘夜行车去N市时，他“胸中忽生了万千哀感，眼睛热起来了”，“他”爱东京，虽然作品中并未明显透露东京的状况，但这里的东京已成了情感的寄托者。事实上相对于都市，郁达夫天性更近乡村自然风貌，《南迁》的主人公南迁是为了寻找一个和故乡一样美丽的地方，这样，安房半岛又成为郁达夫苦苦寻觅的故乡的替代者。显然，郁达夫在作这样的描述时，带了很大的情感倾向，力图把安房变成“故乡情结”的一个替身。

这一时期日本资本主义的高速发展，使日中两国的国力出现巨大的差距，面对这样一个高速运行的都市圈，使得中国的留学生自觉身陷迷园，想要出逃，却无路可走。既然不能“破帽遮颜过闹市”，就要使自己来抵抗已经被城市逐渐吞噬的诗意，这一点在翁闹这里显示得很明显，而郁达夫一方面享受着现代化的都市带来的摩登的生活，另一方面又在精神世界里寻找桃花源的情结。

综上所述，一个作家在对异国进行描述时，往往会与该国的真实面貌有一定的偏差，尤其当身居异国他乡时，敏感而独特的体验更容易造成感受的偏差。作为“日本形象”的审视者，翁闹和郁达夫出于留学生的特殊身份，多年苦悒的留学生活，在描述日本国、日本民族、日本人的形象时，又倾注了大量主观情绪，在言说自我的同时，也再现了日本的“他者”形象。这种形象经过二人各自的主观感受的过滤，外呈于文本之中。郁达夫的小说中都显而易见地表现出作为中国人的焦虑，处处呈现了精神层面上的民族观念冲撞和文化信仰的危机。翁闹的描述带有较强的自由主义色彩，力求在小说中，消解宏大叙事，用主人公的主观心理感受来替代对日本的理性化解释。

三、悲悯与超越维度下展开的思考

庚子之后，大陆留日学生在政治方面，容易接受社会主义和民主主义的影响。类似“弱国子民”的屈辱在很多留日作家的笔下表现过，如鲁迅表现过受嘲笑的中国人的智力（《藤野先生》）；郭沫若表现过势利的日本房东对中国留学生的刁难（《行路难》）……郁达夫也始终徘徊在家国意识中，“是在日本，我早就觉悟到了今后中国的运命，与夫四万五千万同胞不得不受的炼狱的历程。”① 这使他的小说中将爱国意识以一点为中心，向周围辐射，从而扩大了小说的思想容量。郁达夫的国族困惑，在翁闹这里未有明显的体现，但在乡土文学和殖民地文学的问题上，翁闹主张过：“形式上与日本文学相同，内容上属于台湾”，文字表现则应“寻求日语和台湾话的折中”②。事实上，日据时期的很多台湾作家以日语为创作语言，虽然想在“内容上属于台湾”，但又想跻身日本文坛，因而必须迎合日本文坛的风潮，这势必造成一种两难境地。无论是文学创作，还是在现实生活中，翁闹必将面对的是解决不了的情感认同的困境。

（一）翁闹的颓废意识与郁达夫的国族意识

翁闹的小说带有浓重的殖民地的过客意识，他的一些小说被认为是“……所隐含的自我消费的世纪末情调，他的价值混乱，他的偏执和焦灼，以至于渴望回到人类文化的零点的疯狂，在在显示着殖民地特殊的断裂的历

---

① 郁达夫：《雪夜》，《宇宙风》第11期，1936年2月16日。

② 翁闹在1936年台湾文艺联盟东京支部举办的“台湾文学当前诸问题”座谈会上的发言，见《台湾文艺》第三卷第七、八号合刊（1936年8月）座谈会记录《台湾文学当面の诸问题》，翁闹在《乡土文学、报告文学、殖民地文学》、《关于小说的趣味》等部分的发言。

史所形成的自我历史的断裂，"① 在《音乐钟》、《戇伯仔》、《残雪》、《罗汉脚》、《天亮前的恋爱故事》等小说中，翁闹呈现了一种不约而同的叙述态势，故事一开篇，即坠入主人公的无可奈何的沉思冥想之中，再回眸叙述几件或快乐或悲伤的情事，然后再回到现实情境中，依然陷入彷徨无助的处境，无法解脱。在殖民地的历史断裂的夹缝中，作家个人很容易更多回归本我，这也是翁闹的小说中出现强烈的颓废意识的原因所在。较为突出的是《天亮前的恋爱故事》表现了颓废主题，强调感官印象，从而使小说获得了一种纯粹的艺术品位，更鲜明地显现出过客意识。

郁达夫 13 岁赴东瀛留学，在日本的九年中，正好是日本空前开放与混乱的大正时期。这对作者精神世界的形成，作用应当说是举足轻重的，他曾对作品中的颓废意识做过夫子自道："沉索性沉到底吧！不入地狱，那见佛性，人生原是一个复杂的迷宫。"② 这些颓废思想直接体现在郁达夫作品中性描写的大胆恣意，《沉沦》里的窥视少女沐浴，《南迁》里妇人当众裸身梳洗，《风铃》中露天温泉场的男女混浴等，这些曾在中国文坛引起轩然大波，但这只是文学造境中的自由选择，与此同时，关于国族的论述在郁达夫的文字中都随处可见，郁达夫在 1917 年 6 月 3 日的日记中写道："然余有一大爱焉，曰爱国。余因爱我国，故至今日而犹不得死；余因爱我国，故目受人嘲而不之厌；……国即余命也。国亡则余命亦绝矣！"《沉沦》中的"他"自我毁灭时高呼"祖国快快富强"的口号，也是私小说的一个"奇异"的结尾。令郁达夫一直耿耿于怀的被称为"支那人"的情绪和弱国子民心态，其实都是郁达夫的国族意识根深蒂固地存在于他的脑海中的显现，日本生活的经历强化和彰显了个体的国族意识。作为屈辱感受的本源担当者，其实是中华民族，异国虽然有种种不好之处，但祖国母亲的羸弱，才使作家发出愤怒的吼声。在这里，个人的心态与祖国的窘境融合到一起，写身边事却又连带出祖国忧患，这成为留日学生诸如郁达夫、郭沫若、成仿吾笔下的常见主

① 施淑：《日据时代小说中的知识分子》，《两岸文学论集》，台北：新地文学出版社，1997 年版，第 43 页。

② 郁达夫：《雪夜》，《宇宙风》第 11 期，1936 年 2 月。

题。文本中郁达夫的颓废意识与现实中的郁达夫的爱国思想并行不悖，郁达夫最先提出了文学上的阶级斗争的口号，并奔走于南北之间，写过新军阀和新官僚的争论时评，公开指责过蒋介石叛变革命，郁达夫一生都处在骚动不安状态中，始终徘徊在颓废与救赎的两端。

与郁达夫在留日九年学成归国不同的是，徘徊在东京街头的翁闹尽管贫穷，却不愿回台湾，他常常蓬头不戴帽子，四处旁听，逛讲演会、书铺或参加各种座谈会，即所谓当时盛行的“游学”方式。翁闹处在殖民地时期的历史断裂感之下，时局的变化，人们无法掌握历史命运，有个性的知识分子这时更多地走向个性化的自我世界，追求纯“个人”的叙事。施淑曾这样评价写于50年前的《残雪》和《天亮前的恋爱故事》：“就是以‘现代的’标准衡量，仍不失其怵目惊心的现代性。”① 施淑所说的“现代性”即是指历史断裂之下产生的个体的焦灼与偏执，竭力回归人类原初的世纪末的情调，一种现代的颓废。小说中的主人公面临的现状如此颓唐，现实中的翁闹颓废浪漫，不拘小节，酷似今日的嬉皮士，却始终笃信殖民政策下的日台平等，因而他一再地去追求十分渺茫的爱情和生活，结局自然不可能成功，因而翁闹把最后的安慰放在现实的颓废上。

（二）翁闹的全赖感觉与郁达夫的情调结构

1934年7月，“台湾文艺协会”的机关杂志《先发部队》刊登了郭秋生的评论《解消发生期的观念行动的本格化建设化》②，文中提出，关于台湾文学建设期的行动，应该消解发生期的暴露的破坏的态度，而以“直观事物至于奥里”的新态度、新眼光。由于前期的台湾文学只在客观的写实而少有自我的主观活动，“感觉的世界是从所不曾顾及的”。未来的创作方向，应充分探究感觉的分野及人们内部的心理世界。这段论说从一个方面指明了今后文学的发展方向，翁闹无意识地暗合了这一方向，并成为成功的实践者。在作品中他不停地燃烧自己的感情，成为端赖感觉的实践者。

---

① 施淑：《日据时代小说中的知识分子》，《两岸文学论集》，台北：新地文学出版社，1997年版，第43页。

② 郭秋生：《解消发生期的观念行动的本格化建设化》，《先发部队》1934年7月，《台湾新文学杂志丛刊》第二卷，东方文化书局复刻本，第18－29页。

在小说中，翁闹总是打乱一切秩序，任由自己的情感升腾，汇成汹涌的情感巨流，奔驰而下，常令读者瞠目。翁闹往往选择与自己的性格气质相近的人物作为小说的主人公。《天亮前的恋爱故事》从头到尾都由男主人公的自我抒情而构筑起来，这种叙事角度的选择，更有利于展现翁闹作为写情圣手的一面。在行文中，叙事者“我”会突然停止叙事说：“抱歉，因为不知不觉兴奋起来……。我的胸膛眼见就要裂开。”主人公痴迷地讲述自己青春期的爱欲、没有结果的恋爱、对人类文明的憎恶，希望回到野兽的时代，在表达爱与恨的决绝时，主人公说道：“我精神内部对人世所抱的至高的爱，如今就要完成发酵作用，正在逐渐变成激烈的恨。纵然我的人生和青春在悠久的岁月中几乎等于零，我确信着无穷小的恨，也必能跟无穷小的恨一起对宇宙发生破坏作用。”这种情感极度发酵，而骤然发生的爆破，也显示了翁闹无法驾驭情感之涛，任由它在小说中汹涌无度。作品中无法克制的毁灭和破坏的欲望，根底里都显示了翁闹本人作为被殖民地作家，所面临的难题无法解决而带来的情感风暴。

相对于翁闹任由感情之水在文本中汪洋恣肆，郁达夫则在一个更高的层面上强调小说叙事中的更为周延的情调结构，他说：“历来我持以批评作品好坏的标准，是‘情调’两字。只教一篇作品，能够酿出一种‘情调’来，是读者受了这‘情调’的感染，能够很切实的感着这作品的氛围气的时候，那么不管它的文字美不美，前后的意思连续不连续，我就能承认这是一个好作品。”① 他的很多小说都在自觉地实践着这一主张，因而在组织情绪结构时，都是有意识地为他所要在作品中创设的情调服务，情绪的起伏跌宕，受制于统一的情调，试看郁达夫写赤裸裸的情欲，不断地奔涌，又不断地净化，往复回旋，造成一种如泣如诉的情感旋律；写感伤的情绪，起初的怨怼，在不断地平复中，造成一种回旋的韵律；即便发抒愤恨之情，也总能寻到内在情感的节制点，愤怒而后平缓地释放，在《过去》、《茑萝行》和《薄奠》等小说中，都是以作家的情绪为基调，连缀其一唱三叹式的有节有

---

① 郁达夫：《我承认是“失败”了》，《郁达夫文论集》，浙江文艺出版社，1985 年版，第 112 页。

制的构建，也可以看出郁达夫用情感纬文，但又不像翁闹的无法控制，而是错落有致地营造出一种情调氛围。也因此如泣如诉地呈现出统一的格调。郁达夫在总结西方小说艺术发展的历史经验时，就明确指出小说艺术存在着“向外”与“向内”两条不同的发展道路，即在“描写外部时间变迁”从而造成一个典型人物的道路之外，还存在着“注重内心的纷争苦闷，而不将全力倾泄在外部事变的记述上……把小说的动作从稠人广众的街巷间转移到了心理上”的道路①。在某种意义上，郁达夫这类抒情小说，成为五四时期现代小说观念更新的重要标志，小说中的抒情和写景也成为叙事同等的兄弟。

四、结　语

从1895年日本占据台湾以后到1920年台湾新文学运动兴起之前，这25年中的台湾文坛与清朝统治时期没有太大的差别，文人仍深受中华传统文化的影响，日本对台湾的统治尚未深入到文化层面，当时台湾文人通过书籍、报刊和交往很容易读到大陆文人的作品，郁达夫也曾对台湾文坛发生过影响，他曾于1936年12月23日到访过台湾，受到台湾文人的热烈欢迎，当时有庄松林写下了《会郁达夫记》，文中说：“一面因为关心新文学运动的我们和‘五四’以来中国新文坛之中坚作家郁达夫氏之间，虽然有高低之分别，主义主张的差异，而有心于建设殖民地文学之道却一致的，一面也因为台湾文坛受本国文坛之影响姑且不说，而受中国中坚作家郁氏以外如鲁迅、郭沫若、张资平、茅盾等的影响也可以说不浅。……”② 此时潦倒于日本的翁闹有没有关注过台湾的文坛，我们不得而知。

作为他者的日本形象，受写作地点和写作时间以及写作时的情绪状态和多种因素的影响，因而会有诸多不同，表达出他们对于日本社会的、文化的、意识形态的范式的理解的差异。翁闹多是在东京制作“日本”形象，而

① 郁达夫：《现代小说所经过的路程》，《郁达夫文论集》，浙江文艺出版社，1985年版，第477－484页。

② 庄松林：《会郁达夫记》，《台湾新文学》，1936年2、3月合并号，第81页。

郁达夫多数小说写于回国后，这里面的“日本”更多的带有一种想象或回忆。翁闹来日本是为了寻梦，他是从被殖民地台湾来到宗主国的首都东京，这是当时多数台湾青年的理想，但有才华的翁闹不见容与当时的日本社会，最终潦倒而死。至于郁达夫则是为了寻根而来，每在日本行走一步，他都在进行着深刻的比较，对日本，他既爱且恨，最终选择回国，比起翁闹的“有家归不得”算是生命历程中一段自我选择。以翁闹和郁达夫的文学创作个案，应该说其意义不仅限于文学与作家个人，尤其是对近代以来中日关系特定场景中的中国知识分子的心灵剖面具有普遍的文化意义，翁闹则以有限的文学创作代表了20世纪二三十年代逐渐成熟起来的被迫用日文写作的台湾知识分子的文学创作，其创作揭示出当时的弱势族群和殖民地人民心灵深处的无所归依的心灵苦况。

重层现代性与台湾文学史的重构

陈美霞*

一、前言

甲午战败、乙未割台，使得台湾沦为日本的殖民地，为此台湾现代性经验不同于中国其他省份。在台湾特殊的历史和政治语境下，其现代性以殖民母国日本为中介，同时又受到固有中华文化与本土文化的影响，呈现传统与现代、本土与世界、同化与反殖的重层纠葛镜像，各种势力的纠缠使得台湾文学史呈现多样的面貌。黄美娥教授的《重层现代性镜像——日治时代台湾传统文人的文化视域与文学想象》以"重层现代性"为关照点切入台湾文学研究，打破以往"历时性"的文学史研究中新旧文学对立断裂的格局，以"共时性"的视角挖掘传统文人迎接文明书写现代的面向。黄教授的专著将日据时期的台湾视为一个全球化下的新兴文化场域，以此观察进入20世纪后，现代情境如何促使本地传统文人形塑出新感觉意向与新自觉姿态以及传统文人在现代性过程中的角色扮演。同时，"重层现代性"的提法把传统文人纳入研究视野与大陆20世纪80年代以来"20世纪文学"的提法以及对"晚清文学"的重视相呼应。

---

* 陈美霞：福建社会科学院文学所助教。

二、文学史观与文学研究

（一）台湾文学史书写现状

首先，传统的台湾文学论述与国族建构。文学史是权力和文学知识共同建构的意识形态，就传统的台湾文学史的相关论述主要有两类，分别是以大中国情怀来建构的文学史和以台湾意识为主所建构出来的本土论。中国意识的文学史以大陆学者和台湾统派学者所撰写的为主，如刘登翰主编的《台湾文学史》、古继堂的《简明台湾文学史》、《台湾小说发展史》和《台湾新诗发展史》、吕正惠、赵遐秋的《台湾新文学思潮史纲》；彰显台湾意识的文学史主要有叶石涛的《台湾新文学史纲》、彭瑞金的《台湾新文学运动四十年》、陈芳明的《台湾新文学史》。就知识与权力的关系而言，台湾文学史的论述与国族建构紧密结合，这是两岸的台湾文学史书写的最大共同点，不同的意识形态主导下的台湾文学有着截然不同的面貌。

大陆版的文学史，刘登翰先生编撰的《台湾文学史》是目前最完备的版本。刘先生的文学史既是最早的系统的台湾文学史，也是海峡两岸各种版本的文学史中内容最丰富、规模最宏大的一种。刘先生的《台湾文学史》内容丰富、覆盖面广：远古台湾的神话传说歌谣；明郑时期台湾文学的奠基；抗日民族文化思潮；继承“五四”反帝反封建传统的台湾新文学；日本皇民化统治对文学的挫伤；20 世纪 50 年代的“反共文学”；20 世纪 60 年代的现代主义文学；20 世纪 70 年代乡土文学论战；20 世纪 80 年代文学多元化发展。刘先生主编的台湾文学史用充分的历史事实表明两岸文学共同源于中华民族的文化母体，台湾文学是中国文学一个重要而特殊的组成部分；同时充分地分析了台湾文学由于其特殊的历史际遇而形成的特殊风貌。在《台湾文学史》的总论中，刘登翰以“分流与整合”的理念阐释台湾文学与中华文化的关系。“中原文化的基因，在台湾文学漫长的发展过程中，规范了它的方向，确立了它的形式，赋予它的精神内涵，奠定它的民族风格，把台湾文学纳入中国文学的传统中。”① 古继堂的《简明台湾文学史》分三部分叙述台湾文学发展历程：早期台湾文学——从大陆到台湾；中期台湾文学——从阻隔到汇流；近期台湾文学——从主潮轮换到多元共存等内容。《台湾新文学思潮史纲》是由台湾统派学者与大陆学者共同合作编撰的“新文学”的“思潮史”。全书共分九章，内容包括台湾文学革命和台湾新文学的诞生、台湾乡土文学论争与台湾话文运动、在“皇民文学”压迫下的现实主义思潮、建设人民的现实主义的台湾新文学等等。就文学史的意识形态立场而言，《台湾新文学思潮史纲》与大陆学者类似，认为台湾新文学是中国新文学的有机组成部分，并对“文学台独”的种种谬论不遗余力地进行批驳。该书在翔实资料的基础上描述和阐释了20世纪20年代以来台湾新文学思潮发展的历史，构建了台湾新文学思潮发展史的科学体系。总体而言，大陆学者和台湾统派学者所持的是大中国的立场，把台湾文学视为大陆文学的支流，尤其认为台湾新文学是受到大陆“五四”运动影响而发展起来的。大陆版的文学史受国家机器的影响较深，官方色彩浓厚，比较注重发掘台湾文学与大陆文学的亲缘关系。这甚至被台湾深绿学者认为是“发明”台湾文学史。由于两岸长久隔绝，大陆学者的台湾文学史书写受到现实条件限制，资料的掌握上往往不够全面，这导致大陆文学史规模宏大，但细节的把握和分析不足，直接的影响就是大陆的研究者缺乏对台湾区域文学史的关注，目前为止，大陆没有台湾区域文学史出版。另一方面，资料的匮乏导致书写过程理念先行，出现本末倒置，以意识形态统帅资料。例如古继堂先生的《台湾新诗发展史》，被游唤认为“这一部台湾新诗史是从中国大陆的预设角度出发来编写成的台湾新诗史。它编的成分实在远远大于史实的层次。它宰制性建构的性质完全驾驭着诗史的评价与解释。”② 资料的匮乏有历史和现实因素造成，无法苛求前辈。但是，也有不少的文学史获得台湾本土派学者的客观公正的评价，例如，陈黎认为“中国大陆出版的那么多专书，文学史观几乎没有差别，其中《现代台湾文学史》、《台湾文学史（上卷)》集体编写，显出团队

① 刘登翰等：《台湾文学史·上卷》，海峡文艺出版社，1991年版，第17页。

② 参见游唤：《有问题的台湾新诗发展史》，《台湾诗学季刊》第一期，第22－27页。

合作的成效；就文学的艺术性之内在研究，黄重添的《台湾当代小说艺术采光》、《台湾长篇小说论》确实是下了功夫。”①

在台湾方面②，本土派的 叶石涛、彭瑞金和陈芳明主要以殖民抗争来架构其历史叙述的基调，强调文学中的“台湾意识”。叶石涛和彭瑞金的文学史关注点在本土作家和乡土文学身上，对外省作家和现代主义文学以忽视的姿态对待。叶石涛的《台湾文学史纲》第一章是讨论明郑时期到日本殖民初期中国古典文学在台湾的传播与发展，第二章是叙述日本殖民时期台湾现代文学的出现与推进，接下来的五章写的是战后台湾文学的发展。叶石涛的文学史强调“台湾意识”和“台湾主体性”，重视写实主义；把乡土文学视为台湾文学的正宗，认为只有表现台湾本土生活经验和历史经验的文学才是真正的台湾文学，重视本省籍作家，外省作家的努力和贡献评价不够积极。在《史纲》的前序中，他明白地指出“目的在于阐明台湾文学在历史的流动中如何地发展了它强烈的自主意愿，且铸造了它独异的台湾性格”。③ 虽然叶石涛承认日本殖民时期台湾现代文学的出现是受中国五四时期白话文运动的影响，但他认为日本统治期间台湾与中国大陆的持续分隔持续分割使台湾文学具有自主性和独特性。叶氏的文学史有两点缺失，首先，是意识形态导致对作家作品的评析不够客观公允，对外省籍作家及其作品重视不够，认为他们的作品“远离台湾的土地和人民”，企图把外省籍作家的文学作品排除在台湾文学之外。朱天心等文学成就颇高的外省籍作家在叶石涛的文学史论述中并无提及，叶氏以意识形态先入为主的理念只选取和自身论述主轴相关的作家作品，这会导致台湾文学史的简单化，以及扭曲台湾文学的历史发展脉络，无法展现台湾文学的复杂性和多样性。同时，狭隘的意识形态因素导致他对乡土文学评价很高，对现代主义作家的评价较低，认为他们作品中“无根”、“漂泊”的情结是不爱台湾不认同台湾。其次，多流于印象式的批评，

---

① 陈黎：《文学台湾》第七期，1993 年 7 月，收于《台湾文学的历史考察》，台北：允晨文化，1996 年版，第 81 页。

② 台湾方面，这里主要是指强调“台湾意识”、“台湾主体性”的叶石涛、彭瑞金、陈芳明的文学史版本。早期黄得时、陈少廷的文学史，书写年代较为久远，这里暂且不谈。

③ 叶石涛：《台湾文学史纲·序》，高雄：文学界杂志社，1991 年，第 2 页。

史实和作品的论述不够深入。例如，叶氏认为吕赫若代表台湾文学的最高成就：“吸收了现代西方作家的表现技巧”、“意象鲜明”、“人物的刻划真实而实际不流于类型化”。彭瑞金的《台湾新文学运动四十年》继承了叶石涛的本土文学史观，强调台湾的主体性，重视本省籍作家和乡土文学，忽视外省籍作家的贡献，不同的是该书主要从文学运动的角度来观察台湾文学。叶石涛、彭瑞金出于建构台湾意识和本土认同的急切性，对非乡土文学的低估和漠视，这种偏颇的认识使得他们的文学史书写简化了片面化了台湾文学。

与叶石涛、彭瑞金的“排他性”不同，陈芳明虽然也重视台湾意识，但他的文学史论述并没有排斥外省作家。陈芳明尚未完成的《台湾新文学史》是从“左翼的、女性的、边缘的、动态的”立场出发，企图在“后殖民史观”的基础上书写一部相对具有宽容性、多元性的台湾文学史著作。他提出了“殖民三阶段论”史观（或称“再殖民史观”）作为文学史论述的框架：日据时代是“殖民阶段”，国民党到台湾后称为“再殖民阶段”，解严后（亦即李登辉上台后）称为“后殖民阶段”。同时，陈芳明宣称台湾民众的“中华民族主义”是国民党灌输的，在强调台湾意识上与叶石涛、彭瑞金一致，不同的是陈芳明对现代主义文学及外省作家的评价还是比较高的。陈芳明的“殖民三阶段论”有简单化台湾文学史的趋向，同时，有学者认为陈芳明所持的族群和解、多元共存的理念，使得他在处理解严后的台湾文学时，事实上转为多元的“后现代史观”①。此外，陈芳明认为大陆的台湾文学史书写意识形态先行——“发明”台湾文学史，而他本人的《台湾新文学史》的框架不仅被认为过于简单化，同时被疑为“以论套史”，认为他提出的“殖民”、“再殖民”、“后殖民”的文学史分期理论框架有简化的嫌疑。

其次，两岸不同的政治立场所导致的文学诠释权的争夺，使得书写者在史料选择上有着“简单化”的倾向。由于台湾复杂的历史状况和现实态势，蓝绿对决、统独争斗以及国族认同的混乱，导致台湾文学史的书写不由自主

① 游胜冠：《后殖民？还是后现代？——陈芳明台湾文学史书写的论述困境》，源自网站“台湾文学工作室”http：//ws. twl. ncku. edu. tw/hak - chia/i/iu - seng - koan/tanhongbeng - bunhaksu. htm

地被纳入国族建构中，成为国族建构史的一部分，作家的政治立场和文学作品所反映的国族意识成为文学史家关注的焦点，符合史家立场的作家作品被选择被放大，与其立场相左的则被消音被漠视。对此，杨宗翰认为“为了要制造一个合于史家规划的文学故事，所以某些作品会被消音，而我们都没有考虑要把这些东西挖掘出来。除此之外，将台湾文学史与国族认同连结起来，却忘记了这其实都是知识意志与权力意志之下的产物。”① 杨宗翰对台湾文学史的理解和实践，说明台湾新生代学者开始反省传统的以意识形态为主导的文学史书写，他认为中国意识或台湾意识不是评判文学作品是否经典的标准。对于国族建构和意识形态在文学史观中所占的分量，黎湘萍先生则从“态度”角度入手，认为两岸文学史书写“心态”上都不脱“阿谀”、“愤怒”。他还指出，叶石涛的《台湾文学史纲》基本上已形同两岸台湾文学史分期的典范，但是在分期上却也有“过度简化”之嫌。此外，意识形态的过度介入导致传统台湾文学史中二元划分的概念相当多：例如“台湾意识”与“大中国意识”、“本省籍作家”与“外省籍作家”、“本土派”与“西化派”、“民间文学”与“官方文学”等等，二元对立的局面抹煞了台湾文学的多样性和复杂性，导致非主流的作家作品难以被含纳进文学史。

再次，传统的文学史书写都是采用单线的历时性的“进化论”的方式，且往往采取单一的第三人称的全知视角。传统的“单线”、“进化论”文学史往往有着“起承转合”的规律，多以萌芽期、兴盛期、转折期、衰微期等来论述台湾文学的发展。这种类型的文学史往往是十年一个世代，有一个主流的文学门类或者思潮。“这种文学史观有两个基设：一是‘世代说’——即以每十年为一世代（纵向面的划分）；另一是‘主流说’——即有吸引大多数人创作及认同的主流文学和为大多数人排斥而仅被少数人接受的边缘文学，后者自然逊于前者（横向面的凸显）。由于这两个基设，便构成了大多数人所接受的上述那种‘断代式的台湾文学史观’或‘断裂式（潮流式）的台湾文学史观’，而与此史观相接近的厥为文学派系（例如写实派和现代派、都市诗诗人、本土文学论者、希代型作家……）的说法。第一，用世代

---

① 参见台湾大学“历史叙述学研讨会之六《维柯（G. Vico）、怀特与历史想象的议题》”。

来区隔文学史，会造成文学史的断裂。第二，主流文学的过于强调，往往压制了边缘文学或亚流文学的重要性。"① 以上所讨论的传统文学史，在书写体例上都偏向"编年体"，以单线的"进化论"史观按照年代叙述重大的文学事件与作家作品；赵遐秋、吕正惠的《台湾新文学思潮史纲》，则以思潮史取代作家论。"现有之诗史／文学史尽为线性叙述（linear narrative）产物。

且大多排除、化约了历史叙述中确实存在着的非连续性（discontinuity与）断裂（rupture）"② 传统的书写方式更注意前后文学的延续性和发展，但是对文学史的"断裂"和"非连续性"关注不足，对共时状态下文学史的复杂和多维描绘和阐述的不够充分，为此无法完整展示文学史的全貌。近年来，历时性的单线书写方式有所打破，比如王德威的《台湾：从文学看历史》、黄美娥的《重层现代性镜像——日治时代台湾传统文人的文化视域与文学想象》等是选取共时的横切面的方式来撰写的。共时性文学史的出现打破过去的书写模式，文学史书写范式的改变带来文学史风貌的改变，从另外一个角度切入文学的历史，为人们认识台湾文学打开另外一扇窗户。

（二）现代性与文学史突围

陈平原曾说过："中国学界之选择'文学史'而不是'文苑传'或'诗文评'，作为文学研究的主要体式，明显得益于西学东渐大潮。从文学观念的转变、文类位置的偏移，到教育体制的改革与课程设置的更新，'文学史'逐渐成为中国人耳熟能详的知识体系。作为一种兼及教育与研究的著述形式，'文学史'在20世纪的中国。产量之高，传播之广，蔚为奇观。"③ "文学史"这个概念本来就是西风东渐的产物，是文学研究的现代性表现，并且与现代教育制度 息息相关。

就当前台湾文学史的书写现状来说，除了"中国意识"和"台湾意识"

① 孟樊、林耀德：《以当代视野书写80年代台湾文学史》，《世纪末偏航——80年代台湾文学论》。

② 《被发明的诗传统，或如何叙述台湾诗史》，杨宗翰：《当代诗学》第1期，2005年4月，第69－85页。

③ 陈平原：《"文学史研究丛书"总序》，王德威：《被压抑的现代性》，北京大学出版社，2005年版，第1页。

的国族建构史外，学者也积极探讨文学史突围的可能之道，众多的文学史研讨会以及相关论文就是明证。问题主要集中在以下几个方面，一是因为知识与权力的共谋导致书写过程中化约的倾向，某些族群、性别的文学书写被淡化处理。文学是社会的反映，是人生的写照。当前的台湾文学史尤其是本土派的文学史书写强调“台湾经验”、“认同乡土”等具有很强的“排他性”，不能很好地反映多元族群多元文化的台湾现状。二是单线的历时性的文学史书写，无法处理文学史的“断裂”和“非连续性”。为此，当前台湾学界，偏向以“现代性”为主轴来建构台湾文学史，“就是拉到整个现代性中去看，而不只是反殖民。这个问题，事实上有其吊诡性，一方面它有进步的一面，而比较吊诡的是，我们可以看到很多人的著作就是全部把它包进来，写得非常圆融，非常得体。……而这种史观允许多元性。”① 对“现代性”的具体内涵，当前学界并无统一的界定，大致是指在追求现代民族国家建构过程中的体验和思考，“现代性”是个与“文化研究”类似的概念，几乎无所不包。王德威、黄美娥、邱贵芬、杨宗翰等学者对此都有所思考和建树。

对台湾文学史书写反省最深刻的当属邱贵芬。她的《日据以来台湾女作家小说选读》以傅柯的史学方法挑战传统文学史在论述策略上“完整性”、“连续性”的文史学概念；希望能暴露文学史建构过程当中的“断裂”、“不连贯”。在此史观影响下，台湾女性文学史不再是把文学活动看成前后延续的“一脉相传”，而是把文学活动看作是特定的共时状态下不同文学形态的纠葛和互动。真正体现她企图突围台湾文学史的努力的是《从战后初期女作家的创作谈台湾文学史的叙述》，该篇文章从战后初期女作家创作的角度，指出当前各种版本的传统台湾文学史，因为国族建构的需要，其着力点都在男性作家上，无法完整涵盖女性作家的创作。同时，她认为台湾学界从殖民抗争的角度书写台湾文学史，这种压迫与反抗、官方与民间、本土与外省等二元对立的模式遮蔽了女性作家在文学史上的贡献。她以台湾20世纪50年代文坛创作为例，当时女作家成绩斐然，但是传统的书写策略导致女作家被

---

① 林正珍“海登·怀特与台湾文学史书写——历史理论中的叙述与叙事问题 文本分析研读会”，http：//benz. nchu. edu. tw/～chenlin/text/text2/text2%20record6. 7. htm

消音，叶石涛、彭瑞金、陈芳明的文学史对此都没有提及，叶、彭从本土派视角出发认为上世纪50年代台湾文学“荒凉”，而陈芳明则把50年代的文学二分为“官方文学”和“民间文学”，不管是哪种书写策略都无法真实再现女性作家在文坛上的贡献和位置。可贵的是，邱贵芬认为“要真正呈现台湾这块土地复杂的文学活动状貌以及其脉络，做法不是企图以‘女性’（哪个女性？哪样的“女性”观点?）观点来取代‘男性’观点来叙述台湾文学史或是以某个族群（外省第一代第二代、原住民、客家人）的观点来取代另一个族群（福佬族）的观点，而是重新检讨传统史学方法的基本概念。”① 在邱贵芬看来以前的台湾文学史书写以殖民主义史观为基础，注重台湾文学反殖民、反压迫的一面，这样的书写策略会压抑与主旨无关的其他类型的文学，比如女性文学、原住民文学等非主流文学即使进入书写范畴，也只是处在边缘位置。为此，她提出“在建构历史叙述时慎重考虑下列两点：（一）必须避免陷入以压迫／反压迫二元对立（殖民/反殖民；父权/反父权；官方文学/民间文学等等）为架构的线性发展叙述；（二）支撑历史叙述的主轴除了超越二元对立，延展线性为空间化的历史论述之外，必须坐落于台湾不同位置观点的创作的最大交集处。换言之，支撑这套台湾史的主要论述概念必须能够涵盖在台湾这块土地上从不同族群、性别、性取向、阶级观察出发点的创作，而且在这个史述架构里，上述创作切入观点都平起平坐，无主从之分。”② 为此，邱贵芬提出以“现代性”为切入点书写台湾文学史，这样就可以关照到各个层面，因为现代性不是单一的，而是政治、经济、社会、文化等多元力量共同作用的。但也有学者认为邱贵芬依然没有跳脱以往的文学史的局限：“此文与作者所点名批判的各本台湾文学史一样，都犯了两个共通的弊病：一是不自觉地将诗风笔潮与社会变迁两者间的联系，过度简单地化约成一对一的镜象关系（尤甚者更有视社会变迁为形、诗风笔潮为影，影后形生、影随形转的倾向）；二是诸位史家或研究者虽意图采取不同的史

---

① 邱贵芬：《从战后初期女作家的创作谈台湾文学史的叙述》http：//www. complit. fju. edu. tw/conference/conference1999/abstract/literary_ history. htm

② 同上。

观与解释模型，然皆不脱‘冲击—回应’此一范式的魅影。”① 文学史的学科性质决定了其书写难免带有学科烙印，即使邱贵芬的反省仍然有着传统文学史的“一对一的镜像关系”和“冲击—回应”的弊病，但她看到传统的殖民抗争、国族建构史观无法关照到台湾的多元族群、性别、阶级等议题和文学史的“断裂”、“不连贯”，提出以“现代性”来建构多元的复杂的台湾文学史，她文学史观上的突破是不可小视的。

新生代学者杨宗翰对台湾文学史的观察和省思不仅全面而且颇具特色。史观上，他质疑台湾学界在建构台湾文学史过程中对“台湾意识”的强调，认为文学本身的审美特征是能否进入文学史以及成为经典的标准，而不是文学作品的意识形态。“我认为是不是一个美学作品跟有没有台湾意识事实上并没有关联，我讨论的是说不管是由大中国主义或是以台湾意识为主到最后都是与建构一个国族史或是一个正典化的部分。”② 他认为台湾社会是一个后现代的社会，应该允许多元声音的存在，台湾文学史应该是一部包容多元的文学史。其次，叙述方式而言，他提出可以借鉴新历史主义的手法来书写文学史，“既然历史书写与文学创作间本有亲密的血缘关系，故我辈在‘建构’历史或‘情节编构’（emplotment）时，显然无须避讳对文学之叙述文化的借用／挪用。除了适度融入小说笔法来撰史述史外，我辈也可（也该！）尝试改变‘传统’文学史着中的叙述观点与叙述技巧。”“面对这些多为单一观点、直线（时间）史观下的‘传统’史著，笔者以为新撰之诗史/文学史或可试验多元观点且打破时序之叙述策略，在写作时亦可不时穿插‘后设’笔法来提醒读者与创造反思空间。”③ 杨宗翰对台湾文学史叙述方式的思考，与历史学界的后现代转向相关，海登·怀特等新历史学家认为历史是虚构的，既然历史与小说、戏剧等文学作品一样是虚构的，那文学就是虚构的虚构，更允许史家在叙述方式上尝试多种手法，甚至“后设”的手法来与

① 杨宗翰：《台湾现代诗史——批判的阅读》，台北：巨流出版社，2002 年版。

② 参见杨宗翰“海登·怀特与台湾文学史书写——历史理论中的叙述与叙事问题文本分析研读会”，http：//benz. nchu. edu. tw/ ~chenlin/text/text2/text2%20record6. 7. htm

③ 杨宗翰：《被发明的诗传统，或如何叙述台湾诗史》，《当代诗学》第 1 期，2005 年 4 月，第 69 -85 页。

读者互动。再次，文学史的兴起与教育体制息息相关，文学史书写往往有着隐含的作者，即“国家权力”。戒严时代，台湾文学研究在台湾是处于被压抑的状态，当时的台湾文学史与体制、权力相距甚远。杨宗翰认为，与大陆文学史书写多采取集体写作方式带有官方味道相比，台湾的文学史则更多“在野性质”。“台湾文学史只有坚持自身长期以来的‘在野性质’，才能在国家意识形态与主导性论述发生了转变，情势显得对台湾文学史之发展与教育更为有利之刻，依然冷静地检视各式权力的角力与配置情形、思考可能的对应策略，从而让自己与国家统治权力保持适当的距离——此乃因它不想重蹈台湾现今制式僵化、弊病百出的‘中国文学史’之覆辙。”① 遗憾的是，随着民进党上台，“本土意识”、“台湾主体性”成为台湾当前最大的“政治正确”，台湾文学迅速成为一门显学，台湾文学史的“在野性质”能保持多久还是个问号。杨宗翰认为陈芳明的后期的文学史书写渐渐脱离以前的“在野性质”，具有“官方味道”。②

陈芳明的《台湾新文学史》号称在反省两岸文学史书写的基础上着手的。虽然，陈芳明也是强调台湾“主体意识”的本土论战，但他意识到“本土论述并不足以概括台湾文学的全貌，写实主义也并不必然是台湾文学唯一的主流。”③ 所以，与叶石涛、彭瑞金漠视外省作家和现代主义不同，陈芳明强调族群和解，对外省作家和现代主义文学评价颇高。对大陆的台湾文学研究，他认为“是一段从‘发现台湾’到‘发明台湾’的过程，在研究中常常会出现各种‘发明’与‘创见’。在东方主义式的书写策略下，一定程度上反映了中国在建构霸权论述的苦心。如何把台湾文学史套入中国文学史的脉络里，是现阶段中国学界认真思考的一个问题。从发现台湾到发明台湾的演变中，中国学界对于台湾文学的研究成果，透露了‘东方化’、‘同质化’、‘阴性化’的种

① 杨宗翰：《台湾新诗史：一项未完成的计划》，《台湾史料研究》第23期，2004年8月，第121－133页，http：//www. fgu. edu. tw/～wclrc/drafts/Taiwan/yang－z/yang－z－10. htm

② 杨宗翰：《傅柯与台湾文学史编写问题》，《文化研究月报》第16期，http：//hermes. hrc. ntu. edu. tw/csa/journal/journal_ park104. htm

③ 陈芳明：《台湾文学研究的新地平线》，《文讯》第205期，2002年11月。

种书写策略。而这些书写策略，已经成为中国学界书写台湾文学史的固定模式。"① 陈芳明的"殖民三段论"不仅简化了台湾文学史的复杂样貌，同时也含有与大陆台湾文学界争夺台湾文学话语权的意味。在国族建构与话语权争夺中，陈芳明并不会比他所批评的"发明台湾"者更高明。"从另一个角度看来，陈芳明亦不免陷入过度的意识形态，对大陆进行'西方化中国'的想象，在判定中国的殖民角色后，进而否定大陆研究者的书写成果与发言权，亦未尝不是另一个霸权的展现。"陈芳明以后殖民理论来建构台湾文学史，国族建构的意味使他的文学史书写难免落入另一种站在本土立场上的"发明"。另外，有学者质疑陈芳明的《台湾新文学史》并非是完全从殖民史观的角度论述，再殖民与后殖民阶段已经开始偏离，变成"后现代"史观。理由是日据时期的作家陈芳明把他们分为殖民作家和被殖民作家；战后部分，出于族群大和解的考虑，陈芳明并没有把外省作家归为殖民作家，而是以官方文学和民间文学的分类来淡化文坛的"殖民抗争"意味。"只谈多元、包容，而回避殖民阶段的历史反省、后殖民阶段的'去殖民化'，就不能算是'后殖民史观'"。② 游胜冠认为原因是当前的文化资源还大多是掌握在外省族群手中，不管是有意无意作者都是出于对权力的一种妥协。

对当前台湾文学研究界"本土意识"高涨的情况，王德威认为"如果'复国'的神话需要被解构，'建国'的神话又何尝不是如此？由此类推，正典的生成不总已经预设了正典的遗/弃？"③ 王德威认为台湾文学史的书写不能忽视台湾长期以来的"遗民"心态，这对外省作家作品的分析尤其有效。同时，王德威以实践反省台湾文学史书写，他的《台湾：从文学看历史》一改过去单线历时的文学史知识和文学运动及思潮为主的叙事方式，以共时的文学作品为分析脉络，从具体作品来关照当时的历史。正如陈建忠所

① 参见陈芳明：《从发现台湾到发明台湾——现阶段中国的台湾文学史书写策略》，《殖民地摩登：现代性与台湾史观》，台北：麦田出版社，2004 年版，第 189 ~205 页。

② 游胜冠：《后殖民？还是后现代？——陈芳明台湾文学史书写的论述困境》，源自网站"台湾文学工作室"，http：//ws. twl. ncku. edu. tw/hak – chia/i/iu – seng – koan/tanhongbeng – bunhaksu. htm

③ 王德威：《后遗民写作》，http：www. fgu. edu. tw/ ~wclrc/drafts/America/wang – de – wei/wang – de – wei 03. htms

言："《台湾：从文学看历史》与既有的文学史论作，有着不同的编写观念，创造了一种较新的文学史体例。再者，像这般有坚强顾问群、编辑群与出版社、传媒支持的新形态文学史出版模式，也展现出不同的文学传播风貌，而可能改变读者的视野。"① 王德威从具体的文本分析入手建构文学史，不同于以往历时性的国族建构意识浓厚的传统文学史。同时，《台湾：从文学看历史》的编撰和出版方式，也极具"现代性"——"坚强顾问群、编辑群与出版社、传媒支持的新形态文学史出版模式"——体现了消费社会和大众传媒时代的特色，而非以往书斋似的学者着书。

就研究实践而言，黄美娥的《重层现代性镜像——日治时代台湾传统文人的文化视域与文学想象》从日据时期台湾特殊的历史境遇入手，指出当时台湾的现代性并不是单一的以西方文明为中心的，而是多元并存多重纠结的，存在着殖民性、现代性、本土性、传统性多重纠葛的镜像。20 世纪初期，传统文人面对新兴的全球化的社会场域，积极调整自己因应新时代的变化与需要。区别于传统的台湾文学史从新文学角度评价传统文人的视角，黄美娥从旧文人/传统文人的立场出发，厘析日治时期新旧文学论战的主要纠葛，分析旧文人在论战发生前后的应变与思索，重构双方在文坛中面对日本殖民帝国的强势威胁下所产生的复杂关系，挖掘传统文人"维新"和"现代"的向度。黄美娥对传统文人"被压抑的现代性"的发现，打破以往文学史新旧文学"断裂关系"的传统认知，寻找新旧文人面对现代情境时合力与协力的一面，并寻找新旧文学的延续性。同时，扭转人们对传统文人"落后"、"守旧"的思维定势，揭示传统文人在世纪初面对现代性的"迎新"和"改良"表现；从传统文人的角度发现传统诗文"延续汉文斯文"的抵殖民作用等。黄美娥以现代性关照传统文人的做法，与大陆学界近年来对晚清"被压抑的现代性"的关注以及"20 世纪中国文学"的提法相呼应，并以实际行动加入该实践。关于黄美娥从"重层现代性"角度对传统文人的关照，下面的章节将详细讨论。

---

① 参见陈建忠：《文学史家的末世危言》，《诚品好读》2005 年 12 月，第 61 期，第 98－99 页。

三、重层现代性与传统文人的位置

（一）何谓“重层现代性”

“现代性问题虽然发轫于西方，但随着全球化进程的步履加快，它已跨越了民族国家的界限而成为一种世界现象。”① 当前学界对现代性并无统一的定义，但是习惯上认为现代性是在追求现代化过程中政治、经济、社会、文化等各方面在特定历史条件下共同作用以及人们对此过程的体验和想象。长期以来，人们习惯用单一的角度来考察现代化的过程，往往倾向于把现代化的某种模式看作是唯一的形态；与此相应，也把现代性看作是一元的形式。事实上，由于历史传统与文化背景的差异，不同国家和地区走向现代化的路径与模式不尽相同，现代化的内涵也具有不同的特色。由于欧美国家的迅速崛起，西方模式在相当长时间内成为现代性的标本。西方模式的单一现代性的影响力，不仅受到欧洲中心论的影响，也与现实中西方国家强盛的经济实力息息相关。“为了否认西方对现代性的垄断，拒绝将西方文化方案作为现代性的化身，这些运动试图使西方化和现代性分离开来。”② “现代性不等于西化；现代性的西方模式不是唯一‘真正的’现代性，尽管现代性的西方模式享有历史上的优先地位，并且将继续作为其他现代性的一个基本参照点。”③ 欧洲模式的现代化，虽然带来了物质文明的高度发展，但同时也带来生态恶化、人的异化等负面影响，学者们开始反思现代性，对现代性单一的西方模式进行质疑。对不同文明传统深入认识的基础上，近年来学者们提出“多元现代性”、“另类现代性”，从而打破了西方模式的单一现代性的垄断，丰富了现代性的层次和向度。

何谓“多元现代性”？用艾森斯塔特的原话就是：“现代性的历史，最好看作是现代性的多元文化方案、独特的现代制度模式以及现代社会的不同

---

① 周宪、许均：《现代性研究译丛总序》，《现代性的五副面孔》，商务印书馆，2002 年版，第 2 页。

② ［以］艾森斯塔特·S N.：《反思现代性》，三联书店，2006 年版，第 62 页。

③ 同上，第 38 页。

自我构想不断发展、形成、构造和重构的一个故事——有关多元现代性的一个故事。”① 多元现代性，也就是说现代性并不是只有西方化这一单一模式，虽然现代性以西方化、现代化，追求物质文明、追求理性为主，但是不同国家和地区其现代化过程受到国家原有社会文化和传统历史的影响，所以不同国家和地区的现代性方案具有他们自身的特色，并不完全等同于西方，就全球范围来看现代性是多元共存的而并不是单一标准的。与“多元现代性”并存的概念是“另类现代性”，“另类现代性”是相对欧洲模式的现代性而言的“另类”，主要是指非西方国家和地区，他们的现代性方案除了吸收西方模式的因素更受到他们本国的历史经验和文化传统的影响，因此形成具有自己独特风格的与西方模式相异的现代性方案和模式。事实上，中国、日本、印度的现代化过程就被认为是不同于西方现代性的另类现代性。

就日据时期台湾的情况而言，台湾的现代性并非单一的来自西方，而是以日本为中介，并且经过台湾本土的转化，为此台湾的现代性呈现现代与传统、本土与外来、殖民与现代多重纠结的局面。台湾的现代性，是以殖民母国日本为中介，日本既是西方文化的传播媒介同时又是台湾现代化的直接主推手；另一方面，台湾长期隶属中国，中国传统历史文化对台湾的现代性改造也有着根深蒂固的影响。为此，与其他地区相比，台湾的现代性呈现“本土与外来、传统与现代、西化与殖民”等多重纠葛的局面，台湾学者黄美娥教授用“重层现代性”形象地描摹了台湾现代性的独特面貌，属于“多元现代性”与“另类现代性”的范畴。对于台湾现代性的特殊性和重层性，陈芳明在《殖民地摩登：现代性与台湾史观》里指出台湾现代性的多种起源及日本殖民统治的彻底促成，同时，陈芳明也指出日本殖民现代性造成台湾部分人国族认同的错乱：“在现代化与日本化之间其实还存在一个殖民化的过程。怯于思考、怯于抵抗的部分台湾人，避开了日本统治者的殖民化论述，而直接拥抱了现代化论述。”②

就文学层面来说，现代性往往表现为人们适应现代化过程的种种努力以

① ［以］艾森斯塔特·S N.：《反思现代性》，三联书店，2006 年版，第 14 页。
② 陈芳明：《殖民地摩登：现代性与台湾史观》，台北：麦田出版社，第 12 页。

及对现代性的种种体验。就中国大陆和台湾的情况来说，在现代性的过程中恰巧发生过新旧文学的论战和抗争，最后新文学取得胜利。为此，新文学阵营习惯上被认为是积极迎向现代的，而旧文学（或者说传统文人）阵营则多被视为与“现代”背道而驰的守旧的落后的。新旧文学论战，传统诗文在大陆几乎被全盘否定不同，新文学很快就取得压倒性优势。乙未割台，台湾成为日本的殖民地，传统诗文在台湾具有保持固有民族斯文抵抗日本殖民的意味，所以在台湾经过多次论战，传统诗文在日据时期一直延续并没有完全被新文学阵营打败。传统文人在日据时期始终在台湾文坛占据重要位置，黄美娥教授的“重层现代性”打破人们的“新旧文学断裂”的习惯思维，企图打通新旧文学的界限，同时努力挖掘传统文人现代和维新的一面，发现他们在20世纪初期进入全球化的语境后，面对新形势所作的现代努力。

“在目前研究中，从欧洲中心论来谈台湾的现代/文明问题，已经累积可观成果，尤其深刻指出台湾的现代化并非从本地社会内部孕育出来的，乃是日本殖民地体制建立过程中的强行转嫁移植。”① 对台湾的殖民现代性，陈芳明、游胜冠等学者都指出日本对台湾的开发是建立在殖民基础上的，是为了更好地剥削台湾人民。吕正惠等人对台湾作家在日本殖民现代性面前态度暧昧，甚至把现代性等同于日本性的认同危机有所揭露。但是以上学者主要研究领域是新文学作家，对传统文人的现代性表现当前关注还不够。相比新文学作家，一向被视为守旧、落后的传统文人在20世纪前半叶，他们又是如何应对日新月异、日渐开放的周围环境呢？黄美娥一改过去文学史家的立场，从传统文人的位置出发，努力挖掘传统文人面对新旧转型的社会所做的维新和改良的努力。黄美娥教授从文学史角度出发发现传统文人“被压抑的现代性”，介入了台湾文学史的解构和建构，同时也发现台湾传统文人的“现代”的另一面向。黄美娥的传统文人与现代性的研究并没有统一的理论框架，而是从具体的问题意识出发，资料翔实、论述充分。

① 黄美娥：《重层现代性镜像——日治时代台湾传统文人的文化视域与文学想象》，台北：麦田出版社，2004年版，第9页。

（二）重层现代性与传统文人的“迎新”努力

日据殖民的语境，使得台湾的现代性呈现传统/现代、本土/殖民多重纠葛的镜像。传统文人在20世纪新旧交替之际，虽然坚持传统诗文的写作，具有保守、落后的一面，但是面对日新月异的新形势，传统文人也因应时代变化积极调整和适应，不管是文学典律还是文化思维上，传统文人都有了不同以往的新的表现。

随着新文学取得文坛主导权，文学研究者往往是站在新文学的立场上，对旧文学及传统文人有意无意地漠视和忽略。黄美娥改变过往的思维习惯，从传统文人的位置出发，挖掘传统文人被遮蔽、被压抑的现代性。传统文人的维新努力最明显的表现，是他们自觉的文学改良，在诗歌、散文、小说的创作实践中，传统文人并非如张我军等新文学家所言的“守旧”和“落后”，而是积极因应时代需要从文学内容到形式上做新的探索。大陆晚清时候有着“诗界革命”，台湾的传统文人如连横等也倡议“台湾诗界革新论”，表达对“击钵吟”形式华丽但内容贫乏的不满。台湾的传统诗社并非凝固不变，随着现代文明的传播，他们也进行“现代性”的转变，表现在诗社运作上，就是引进西方的现代钟表，提高社员的时间观念。“‘现代的钟点时间’已经成为传统诗社活动的计算时间的模式，社员愿意舍弃过去悠闲舒缓而随性的诗会方式，转而接受一种无可逆转的严厉约束，现代时间支配了传统诗社的‘现代’运作模式，使得传统诗会具有文明现代的节奏与规律，蜕变而为一具‘新’气息的文艺活动团体。”① 诗社选题也出现了新的变化，“望远镜”、“寒暑针”、“升降机”等现代新式器物都成为传统诗作的表现对象。台湾的传统汉诗并非止步不前，相反，在20年代到40年代的三次新旧文学论战中，传统汉诗一直是随着时代的发展而发展的。正如施懿琳所言“与新文学创作同步发展的还有蜕变中的传统汉诗。这时候的汉诗虽保存着传统诗的格律与形式，但是，基本上旧的精魂已逐渐地脱离，改由具有革新精神的二世文人介入传统诗的创作活动中。最明显而直接可见的是，新语汇的引

---

① 黄美娥：《重层现代性镜像——日治时代台湾传统文人的文化视域与文学想象》，台北：麦田出版社，2004年版，第165页。

入，与用语的浅白近口语。汉诗写作时使用浅白的文字入诗，主要的原因恐怕与30年代兴起的‘走向民间’的思考有关。为了走向民间，知识分子往往必须将日常语言引入诗中，使中下阶层的民众亦能理解，方能达到启蒙大众的功能。”① 世人往往抱着“新是旧非”的刻板印象，以论战中新文学家的观点看待旧文人。事实上，承担文明启蒙任务的并非只有新文学家，传统文人同样积极翻译和引介外来思潮，传播移植西方现代性，黄美娥以《台湾日日新报》记者，也就是古典文人魏清德为例，进行个案探究。魏清德虽然以传统诗人闻名，但他是日据时候重要的媒体人，他通过报纸宣扬新时代下人不仅需要健康的体魄，更要做一个“明大义”、“理性知觉”的“现代”人。

其次，黄美娥从传统文人角度出发，发现传统文人的“现代”的一面，从而打破台湾文学史新旧文学“断裂关系”的思维定势，从传统文人的维新表现入手，发现新旧文学的延续性和承接性。事实上，传统与现代的界限并非完全分明的，或者这条界限根本不存在或者是融合的，被视为现代（西方）的东西其实也部分地是由传统构成或衍化而来。同时，面对殖民情境，新旧文人协手共同抵抗日本的文化挑战，这是台湾新旧文学论战与新旧文人关系中与祖国大陆不同的特殊性。

台湾的新文学主要是受到大陆“五四”新文化运动的影响，在张我军的倡导和发起下形成新旧文学论争，与大陆的新文学相似，台湾的新文学是在与旧文学的论战和斗争中取得文坛主导权与控制权的。台湾以往的文学史，不管是强调大中国情怀的中华民族主义还是强调本土意识的台湾主体性，往往站在新文学家立场从“新旧断裂”的关系上来处理台湾文学，在“传统”与“现代”、“新”与“旧”的二元分立的框架中来架构自己的主体性的。黄美娥打破了以往台湾文学史把“台湾新文学的兴起视为与传统文学的决裂与对立”② 的书写模式，不再把传统与现代、新文学与旧文学视为紧张对立

① 施懿琳：《世代变迁与典律更迭——从庄太岳、庄遂性昆仲汉诗作品之比较谈起》，台中县文化局：中台湾古典文学学术研讨会，2001年12月。

② 黄美娥：《重层现代性镜像——日治时代台湾传统文人的文化视域与文学想象》，台北：麦田出版社，2004年版，第31页。

的二元关系，而是通过史料挖掘二者的延续性和承接性，寻找二者之间的协力与合作的相容关系。

新文学要树立和确证自身的地位，除了在新旧文学论战中，指责旧文学与传统文人“保守”、“落后”外；还必须正确处理“新文学”与“传统”的复杂关系。虽然台湾与大陆的新文学确立过程都是通过新旧论战，然而，正如罗岗所说的“新文学以‘反传统’的面目出现，它与传统文学之间的断裂，使试图接纳新文学的文学史很难以一个完整的、可确认的时空连续体呈现出来。”① 就台湾文学史来说，新文学产生之前旧文学从内容到形式上的改良努力，一方面是因应时代形势为了保持旧文学地位的尝试，另一方面则可以看出新旧文学并非截然对立，二者之间是延续和相容的。把新旧文学视为二元对立的台湾文学史，不仅忽视了传统文人对新文学产生的“现代性”贡献，更无法看清当时文坛的真相。

即使是新文学渐渐取得文坛主导权后，新旧文学也并非水火不容。日本殖民统治的早期，在台日人通过汉文结交台湾传统文人，但是随着日本对外扩张的加剧，对台湾的文化控制逐渐加强，后来全面禁绝中文，实行“皇民化”运动。为了迎战日本的文化渗透和挑战，台湾新旧文人在诸多方面进行合作与交流，这也是台湾新文学运动与大陆迥异的意义与价值所在，其中最重要的是表现在民间文学上的协力与合作。在第二章《对立与协力》中，黄美娥反省以往台湾文学史“新旧断裂”以及把20世纪20年代的新旧文学论战的情况代替20至40年代三场新旧文学论战的复杂交锋的化约论述。她从传统文人的立场出发，梳理三场论战的始末并突出论战后旧文学界和传统文人的应变及思索，并强调在“乡土文学运动”中传统文人与新文人的同心协力发掘民间文学资源的努力。黄美娥在书中指出：“这股由旧文人首先引发的重视台湾民间文学的风气，又与后来乡土文学兴起后，新文学家企图透过搜集整理台湾民间文学作品以建构台湾文化主体性的工作连成一气，形成新

---

① 罗岗：《危机时刻的文化想象》，江西教育出版社，2005年版，第64页。

旧文学双方在民间文学上的共同协力。”①

再次，黄美娥发现传统文人与旧文学被压抑的现代性，描绘出完整的台湾现代文学史面貌，使得学界对台湾文学史书写中新旧文学的价值判定进行再思考；而她打破新旧文学界限、重构台湾文学史的努力更与大陆现代文学界上个世纪 80 年代以来“20 世纪中国”、“重写文学史”及王德威等人对“晚清文学”资源的重视遥相呼应。

黄美娥从现代性的视野出发，发掘传统文人的现代性，介入台湾文学史的建构，打破台湾新旧文学断裂与对立的习惯思维，发现新旧文学的延续性和兼容性。黄美娥从反省日治时代台湾传统文学/文人/文化研究的问题意识入手，考察传统文人在新时代洗礼下的文化思维和审美取向，并没有全盘否定传统文人的“传统”特质，而是探讨日治时代传统文人的“现代性”实践。从传统文人创作内容与形式上的变革、在挖掘民间文学资源基础上传统文人对“乡土文学运动”的参与、对外来思潮的翻译引介、通过报纸传媒进行启蒙努力等，这一系列的行为说明传统文人在新形势下的“现代性”转化。

同时，黄美娥把现代性的概念引入台湾文学研究，应合了大陆学界近年来对现代性的关注；她对传统文人的重视与大陆学界“20 世纪文学”、“重写文学史”等提法有一脉相承之处。1985 年，陈平原、黄子平、钱理群三人提出“20 世纪中国文学”的概念，将中国文学现代化的起点提前到 1898 年；1988 年，陈思和与王晓明则倡导“重写文学史”；世纪末随着王德威《被压抑的现代性》对“晚清文学”现代性的发现，大陆现代文学研究界日渐重视 20 世纪前后“晚清文学”和传统文人在新文学之前的创新努力和表现。“20 世纪中国文学”、“重写文学史”以及对“晚清文学”的重视，都与理论方法上的“现代性”视野相关。从“现代性”的角度切入，发现中国文学在“革命”与“启蒙”之外的另外一个纬度，从而重新整合新旧文学的关系，认识到中国新文学的发生并非一朝一夕，而是从晚清民初以来逐

① 黄美娥：《重层现代性镜像——日治时代台湾传统文人的文化视域与文学想象》，台北：麦田出版社，2004 年版，第 108 页。

渐演变和积淀的历史过程，相比以前“新旧断裂”的文学史观，更为客观、细腻地勾勒出清末以来中国文学由传统向现代转换的过程。黄美娥“借鉴大陆学界的思路研究台湾本土的‘现代性’问题，通过查阅和分析《台湾日日新报》、《崇文社文集》等第一手资料，勾勒20世纪最初20年台湾文学对于‘现代性’的吸收以及传统文学和现代文学的纠葛、转换的历史，与大陆学界将现代文学的起始时间从‘五四’向前推展到晚清相呼应，黄美娥也试图向前延伸台湾新文学的上限，实际上使台湾文学研究加入了重写和建构完整的20世纪中国文学史的努力之中。”①

（三）日治台湾的境遇与传统文人的位置

日治时期，台湾被殖民的身份，使得传统文化具有保持“汉文斯文”的抵殖民意味。这既是台湾传统文人和传统诗文能长期在文坛占据主导地位，与新文学相颉颃的重要原因；也是台湾传统文人和传统诗文相对大陆在特定时代和语境下的积极意义。日治时期，台湾虽然也发生了三场新旧文学论战，但旧文学没有完全被新文学所冲垮，反而获得长足的发展，直到光复后旧文学才退出历史的舞台。日治初期，殖民统治遭到台湾民众的极力抵制和反抗，出于殖民统治的需要，在台日人以传统诗文为手段结交在社会上较有地位的传统文人，拉拢上流阶层。旧文学与日本殖民当局的关系确实比较复杂，与“皇民化”运动及新文学惨遭禁绝的际遇相比，日本殖民当局对传统诗文所采取的宽容态度让传统文人在反殖民的立场上处于尴尬和暧昧的位置；但客观上，传统诗文又有保持汉民族文化认同与历史记忆的积极因素，这决定了传统诗文具有抵殖民的意味。

虽然，传统诗文能够苟延残喘保持汉文化的命脉是由于殖民当局的恩赐，但是客观上却有着反殖民的力量。“日本殖民统治者为了改变台湾民众固有的汉民族认同，在台湾肆行禁绝汉语、推广日语的政策；而大多数台湾同胞采取积极或消极的对抗姿态，在极端困难的处境下，往往寄情于文化的

① 朱双一、张羽：《海峡两岸新文学思潮的渊源和比较》，厦门大学出版社，2006年版，第2页。

传承，通过结社联吟，创作汉诗，力图‘保存国粹以延一线斯文于不坠’。”① 尤其是殖民当局查禁新文学后，不少新文学家因为不懂日本，又不愿意放弃用文字进行表达和抗争，于是转向新文学的对立面——传统汉文。“这一群原本用汉文书写新文学的作家群，他们的写作路向因此受到禁制，文学生命也受到极严重的斲伤。不属于日文创作群的创作者，在禁止报章杂志刊载汉文书写的新文学作品后，假如要写作，唯一可凭借的路径就是转回原本他们熟悉的汉诗领域。然后借由旧诗将新文学抗议的、批判的、启蒙的、改革的精神予以还魂。”② 出于维持自身汉民族的文化认同，台湾文人通过诗社活动来保留民族记忆，把传统诗文视作抵抗日本殖民统治的策略。传统诗社的再起，蕴含了台湾人延续汉文命脉的意图，与清代诗社以文会友的单纯文学本质形态不同，而是具有保持国族认同、文化传承以及抵抗殖民的积极作用。“传统诗社社群有意识地选择以延续汉文‘传统’此一看似‘反现代性’的目标为结社宗旨，自觉结社成为一个‘新汉文想象共同体’，重新确认汉文‘传统’的新时代意义。”③ 诗社“新汉文想象共同体”的性质，具有强烈的国族认同和文化承传的现代作用。因为直接面对日本的殖民统治，为了避免被异族同化，台湾选择“保种”，表现在文学上就是台湾文学界不像大陆那样从思想文化入手改造“国民性”，而是通过文化与语言的保持来延续汉民族的认同。“试图以传统诗文创作绍续斯文，这正是台湾的传统诗文阵营不像大陆旧文学那样很快就被新文学所冲垮，而是在整个日据后期延绵不绝甚至膨胀发展的原因之一。”④

其次，传统文人重视东方文明和传统文化，使得台湾的现代性虽然是以日本为中介，以西方为参照，但因为传统文人的作用，使得台湾的现代性蕴

---

① 朱双一、张羽：《海峡两岸新文学思潮的渊源和比较》，厦门大学出版社，2006 年版，第 112 页。

② 施懿琳：《世代变迁与典律更迭——从庄太岳、庄遂性昆仲汉诗作品之比较谈起》，台中县文化局：中台湾古典文学学术研讨会，2001 年 12 月。

③ 黄美娥：《重层现代性镜像——日治时代台湾传统文人的文化视域与文学想象》，台北：麦田出版社，2004 年版，第 157 页。

④ 朱双一、张羽：《海峡两岸新文学思潮的渊源和比较》，厦门大学出版社，2006 年版，第 104 页。

含更丰富的本土因素和传统因子，并非完全等同于西方模式。

谢立中在《20世纪西方现代化理论文选·编者前言》中曾说："现代化理论的核心概念是'传统'与'现代'。所谓'现代化'，简单地说，就是从'传统'社会向'现代'社会的转化。""现代"并非凭空出现，"现代"其实都离不开"传统"，是在"传统"的基础上展开的，某种意义上甚至可以说"现代"是"传统"的延续，虽然这种延续带有断裂的性质，但"传统"对"现代"的影响是不言而喻的。对传统与现代，史书美也有类似的提法："为了将传统视作是古老和过时之物而予以否弃，为了在'现代性'与传统之间制造断裂和不连续性，为了创造出一种以现在和未来为先的新的主体性，线性时间的意识形态创造出了'传统'。"① 任何现在和未来都是从过去发展而来的，"传统"是作为"现代"的坐标存在，同时任何形式的"现代化"、"现代性"都不可能脱离"传统"而单独存在，这其实与当今学界反思单一现代性，提出"多元现代性"、"另类现代性"的观点有不谋而合之处。因为，"现代"从"传统"而来，不同国家和地区有着不同的历史记忆和文化传统，自然有着不同的现代性规划方案和实践路径。

黄美娥在序论中指出："作为新文化运动下一环的新文学，不管源头是由西方而来或日本所引进，终究在这个学习现代文明的进程里，扮演的仍然是一个弱势追随者的角色。那么回归到东方文明的传统，或形塑新面目的'现代'东方文明，是否有助于确立自我的主体意识？而在今日重新考掘当时被视为守旧者的传统社群，其维护传统的决心与行为，能否证成其中辩证与防卫的积极性意义？"② 书中，黄美娥通过连横等人对东方文明的考证和重视，认为传统文人在西方文明的强势压力下，力图抗拒西方霸权、稳定东方文明的主体性。与新文学家打倒传统、全盘西化的理念不同，传统文人认为东方文明并非"过往的文化遗产，而是具有与时俱变的能动性"，东方文明也即相对西方文明而言的传统文化，并非凝固不变，而是在现代化的过程

① 史书美：《现代的诱惑》，江苏人民出版社，2007年版，第59页。

② 黄美娥：《重层现代性镜象——日治时代台湾传统文人的文化视域与文学想象》，台北：麦田出版社，2004年版，第12页。

中被整合到现代文明中，加以重新利用并发挥效用。当时，台人对文明的态度，虽然以横向移植西方文明为主，但也纵向继承传统文化，在台湾本土历史经验和文化积淀的基础上融会中西文明和古今文化。黄美娥以《台湾日日新报》记者魏清德的媒体生涯为例，指出当时占据台湾多数大报主笔位置的传统文人，在传播移植西方现代性时，并非单纯照搬，而是着力于阐述本土传统文化内部价值与西方文明的相容相通之处。“魏氏（魏清德）所谓的‘文明’不定然是西方现代精神，更是源于东洋的传统文化精神，亦即现代社会中传统文明的新出发。正是如此的诠释，使其文明启蒙论述，相较崇尚欧美西洋文明的思潮，蒙上一层传统与维新兼染的特质，形构成一种特别面目的‘另类现代性’。”① 与新文学家热烈拥抱西方文明的新文学家相异，传统文人对外来文明，是批判地接受，设法寻求传统文化的现代转化并提高其应变能力。

四、重层现代性视野下的歧义

“‘现代性’常常意味着确定一个日子并把它当作一个开始。”② “现代性”意味着重新开始，这就涉及到历史分期，涉及到传统与现代的分野。利奥塔曾经指出：“历史时期的划分属于一种现代性特有的痴迷。时期的划分是将事件置于一个历时分析当中，而历时分析又受着革命原则的制约。同样，现代性包含了战胜的承诺，它必须标明一个时期的结束和下一个时期开始的日期。由于一个人刚刚开始一个时期时都是全新的，因而要将时钟调到一个新的时间，要从零重新开始。在基督教、笛卡儿或雅各布宾时代，都要做一个相同的举动，即标志出元年，一方面表示默示和赎罪，另一方面是再生和更新，或是再次革命和重获自由。”③ 换言之，历史分期关涉到一系列现代性的基本命题，最重要的命题莫过于“传统”与“现代”的时间分界。

① 黄美娥：《重层现代性镜象——日治时代台湾传统文人的文化视域与文学想象》，台北：麦田出版社，2004 年版，第 220 页。

② 弗雷德里克·詹姆逊：《对现代性的重新反思》，王丽亚译，《文学评论》2003 年第 4 期。

③ 利奥塔：《重写现代性》，阿黛译，《国外社会科学》1996 年第 8 期。

“现代性就是过渡、短暂、偶然，就是艺术的一半，另一半是永恒和不变。”① “现代性的历史就是社会存在与其文化之间紧张的历史。现代存在迫使其文化站在自己的对立面。这种不和谐恰恰就是现代性所需要的和谐。”② “现代”的诞生无论怎么粉饰，不管是“过渡”或“对立”都是从“传统”走来。

《重层现代性镜象》中黄美娥从“现代性”入手发现20世纪前半叶台湾在传统向现代转型过程中传统文人和旧文学的“现代”转化，发现新旧文人之间共通的现代性经验。但是，刘绍铭指出“作者在发掘‘被压抑的现代性’诸般判准，其实陷入同样的‘新旧断裂’的思考模式中，不论是对新文明的欣羡、新话语的入诗、文言白话的切分、对思潮的引介，都只是极浅层表象的现代指标，只不过是把断裂点稍稍挪前（移到了乙未割台为断裂点），或扩大了新旧之间模糊地带。”③ 黄美娥宣称要打破过去台湾文学史新旧文学“断裂关系”的思考模式，寻找二者的延续性与承接性，实际上还是在“传统”与“现代”的框架中打转。从思维结构上说，黄美娥并没有比前行研究者走得更远，她依然是在“新旧断裂”的模式中思考与讨论问题，从而站在另一个反面“努力反对张我军等新文学旗手”④。黄美娥对新旧文学论战中，新文学一方对旧文学与传统文人“落后”、“守旧”的批评进行平反，努力寻找传统文人“新”、“文明”的一面。然而不管是文学形式还是文化思维的改变，黄美娥用来判定传统文人“现代性”表现时候，她所用的标准依然是新文学的那一套标准。比如，在第二章《对立与协力》中，谈到传统文人重视民间文学资源，继而在30年代和新文学家一道参与乡土文学运动，对乡土文学有着诸多的肯定与支持，而表现传统文人“共同参与了台湾文学史”的“协力”。黄美娥依此推出新旧文人并非完全对立，在面对日本殖民文化的挑战时，通过对台湾本土文化的发掘共同对抗殖民渗透，有

---

① 波德莱尔：《波德莱尔美学论文选》，人民文学出版社，1987年版，第485页。

② Zygmunt Bauman, Modernity and Ambivalence, Cambridge: Polity, 1991, pp. 5, 10.

③ 刘绍铭：《重层，还是重复》，http://211.20.186.41/chekhov/archive/2005/10/31/22920.html

④ 同上。

着合作并协力的空间。就逻辑推论本身来说无可厚非，但是从思维结构上看，黄美娥把新旧文人之间的“协力”也作为传统文人的现代性向度纳入自己对传统文人现代性的讨论。为此，刘绍铭质疑“难道传统文人的现代性表现，只能展现在对新文学依附上才具有意义？只能以新文学所代表的现代价值才算现代性？难道它没有自身的现代体验？”① 之所以无法跳离开“新旧断裂”的思维模式，之所以实际操作中判定传统文人的“现代性”标准采取的是新文学家的立场，刘绍铭认为是作者“对‘现代性’界定的单一，对传统文人定义的粗糙”。②

其次，黄美娥对传统文人的“现代性”表现有着诸多例证，但因为对“现代性”界定的单一，使得她虽然重新梳理了文学史上新旧文学的对立，但依然无法摆脱旧有的“西方中心论”的迷失。不管是对“文明”的追求，还是传统文人旅行中“各种新式器物与制度”；不管是在媒体就职的传统文人的“文明启蒙”，还是传统诗社的运用“西洋钟”进行时间管理以及“升降机”、“寒暑针”、“望远镜”等“新题诗”……文本中所论述的传统文人的维新表现，都是以西方模式的现代性为参照。同时，传统文人对西方现代文明的接受是否就意味着他们有着“现代性”的眼光和思维还是值得商榷。就举传统诗社的新题诗为例，“台湾传统社群是从寒暑针、时钟、电扇、望远镜、飞机、摩托车……等器物的观察与使用，获致日常生活的体验，并由此真正领略现代性在台湾的产生。”③ 西方新式器物的入诗并不一定意味着传统文人的“现代性”，中国康熙年代就有传教士带来西方的“西洋钟”、“望远镜”，当时的人们面对外来的器物同样充满好奇和兴奋之感，那能否说清朝前期中国就开始“现代性”的萌芽？作者有陷入“西方中心论”迷失，把对外来新式器物的接受以及新思想的引介都当作是“现代性”表现，其实，这也可能只是出于人性“好奇”的尝试本能而已。

---

① 刘绍铭：《重层，还是重复》，http：//211. 20. 186. 41/chekhov/archive/2005/10/31/22920. html

② 同上。

③ 黄美娥：《重层现代性镜象——日治时代台湾传统文人的文化视域与文学想象》，台北：麦田出版社，2004 年版，第 168 页。

此外，对游胜冠的“旧文人不质疑殖民统治的合法性”，黄美娥认为“台湾应该还是有民族气节的旧文人”来为旧文人辩护。她强调传统文人调整自我、保持“汉文斯文”抵抗殖民同化以及四十年代后新文学家呼应“国策”（日本殖民当局政策）在皇民化运动配合当局，企图以此淡化习惯上人们对传统文人与日本殖民当局勾结的负面认识。黄美娥以传统文人“回归到东方文明的传统，或形塑新面目的‘现代’东方文明，是否有助于确立自我的主体意识?”① 来为旧文人固守传统辩护，她忽略了两点：一方面，新文人起而弥补“迟到的现代性”的用意和目的，20 世纪上半叶的台湾社会主流是追赶西方现代文明实现自我转化，没有看清楚社会主流思潮；另一方面，忽视了拥护东方文明背后可能的推力和企图。比如，第一章以魏清德“诗及国民性”的演讲为例，认为在“文明”的冲击下，旧文人对于诗歌内容亦有改变和改革，并论说：“此等深深期盼旧诗能够成为改造‘国民性’利器的情形，与后来新文学家要以白话文的新文学典律来启蒙大众，提升百姓素质以迎合现代化社会，用心有其相似处。”② 黄美娥只论述“旧文人有改革的呼声”，而对魏清德的演讲里标举的是“日本国民性”之表现并没有展开批判，其实旧文人改良的目的是为了迎合统治者的，这和新文学作家以白话文来启蒙大众的用心不同。为此，游胜冠指出黄美娥“对新、旧文人与殖民政权所形成的权力关系位置未进行厘清，也没有对基于不同权力位置对‘文明’这概念所界定出的不同意涵进行判别，所以她的论文，可以说也因此产生了以概念、理论取代活生生历史经验的问题”③。游胜冠认为黄美娥为旧文人翻案的论文中辩护逻辑上存在问题，“基本上都回避日本殖民的在场，也就是说黄美娥只是在新/旧、东洋/西洋的相对关系中为旧文人进行辩护，并没有将旧文人的言论放在这两对概念与日本殖民所形成的，或是对抗

---

① 黄美娥：《重层现代性镜象——日治时代台湾传统文人的文化视域与文学想象》，台北：麦田出版社，2004 年版，第 14 页。

② 同上，第 44 页。

③ 游胜冠：《理论演绎？还是具体的历史文化研究?》，《后殖民的东亚在地化思考：台湾文学场域》，台南：台湾文学馆，2006 年版，第 403 页。

或是协力的权力关系中进行定位”。[①] 此外，游胜冠进一步阐明“黄美娥将‘东洋文明’片面化为一种反西方的正面价值”“即使作者不是有意，也因为轻忽这个概念的历史意义，而产生了合理化旧文人协力日本殖民扩张的论述效应。”[②] 确实，在《重层现代性镜像——日治时代台湾传统文人的文化视阈与文学想象》的第四章中魏清德“另类现代性”的论述里“东洋文明”是指的也是“日本”，因此，旧文人抱守“东洋文明”以抗“西洋文明”就未必是保存民族文化命脉、固守主体性，至少主观上是为了迎合殖民当局。更何况，台湾传统诗社的林立，与殖民者的推动与扶持密不可分，殖民者与传统文人酬唱应和、彼此利用，殖民者便于统治，传统文人保持住了原来的优越地位，这里面依附关系是众所周知的。甚至在日本的殖民同化下，传统文人面对日本殖民不仅没有抵抗还沾沾自喜，“台人在面对日本的东洋文明论述时，将不再只从日本下的台湾去自我定位，而会将未来投射于美好的大东亚共荣圈下，于是原本在殖民与被殖民关系下应该存有的抵抗身份，也将因为自我想象中与日本关系的愈加密切，及身为大东亚共荣圈一分子地位的扩大提升，而渐渐消解其反抗日本帝国殖民本有的戒心。”[③] 传统文人因为长期与殖民当局的交往，迷失在“大东亚共荣圈”的光环下，失去殖民抵抗的戒心。综观全书，黄美娥站在传统文人的立场发掘传统文人的“现代性”，同样她也与传统文人一样没有针对日本殖民统治进行质疑，只对东洋文明/西洋文明的对立提出响应。不过，在笔者看来，黄美娥论述的重点是传统文人的“现代性”，对于传统文人与殖民统治的关系没有展开阐释也是可以理解的。

---

① 游胜冠：《理论演绎？还是具体的历史文化研究？》，《后殖民的东亚在地化思考：台湾文学场域》，台南：台湾文学馆，2006年版，第406页。

② 同上，第413页。

③ 黄美娥：《重层现代性镜象——日治时代台湾传统文人的文化视域与文学想象》，台北：麦田出版社，2004年版，第226页。

從歌仔冊看日治時期台灣婚禮習俗的現代性及相關問題

洪淑苓*

台灣是個移民社會，有關漢人的民俗文化，大致由中國大陸傳來，經過時間的流傳而有一些改變。中國傳統的婚儀六禮，傳入民間已簡化為四禮，再傳至台灣，有什麼樣的變化？進入日治時期，殖民統治是否也對婚禮習俗造成衝擊？以下將透過台灣民間婚禮習俗中「食新娘茶唸四句」之類的活動，藉由通俗讀物歌仔冊《食茶講詩句新歌》與《梁三伯祝英台新歌》等，去了解日治時期台灣民間婚禮習俗的一些轉變，並將討論重點放在其中對於現代性的呈顯及其所具有的意義。

因為婚禮習俗的發展是源遠流長的，以下先簡單介紹有關的習俗，以便了解「食新娘茶講詩句」的習俗背景。

傳統婚禮習俗概述

（一）六禮、四禮

台灣的傳統婚禮習俗大致沿用中國傳統婚禮的一些儀式，即所謂的「六禮」：納采、問名、納吉、納徵、請期、親迎。「六禮」相傳為周公所作，但實際上大約是經過戰國時代學者的整理而形成通用的禮俗制度。但「六

* 洪淑苓：台灣大學台灣文學所教授。

禮」頗繁複，後代未必完全遵循，而有因時因地的變革。在北宋，已經將「六禮」簡化為四個程序，《宋史·禮志·嘉禮》：「士庶人婚禮，併問名於納采，併請期於納成（徵）」故六禮在民間只盛行四禮：納采、納吉、納徵、親迎；南宋《朱子家禮》中，又簡化為納采、納徵、親迎三個程序。值得注意的是，宋代還流行起一些新的習俗，如相親、相媳婦的習俗，據孟元老《東京孟華錄·娶婦》云，在互換定帖之後，仍可由男家親人或婆婆前往女家，或約在其他園圃湖舫等公共場所看女方的相貌，看中，則以釵子插於冠髻中；若不中意，則留下一兩段彩緞，表示壓驚之意，但這段婚事也就不成了。這是民間婚禮習俗的一些改革，但對女性是比較不公平的。

古代的婚禮程序，到了現代社會，則被稱為提親、訂婚與結婚。據陳江《百年好合——中國古代婚姻文化》的研究，其承襲六禮和合併的情形如下①：

<table>
<tr><th>北宋前</th><th>北宋</th><th>南宋－明清</th><th>現代</th></tr>
<tr><td>納采</td><td rowspan="2">納采
（問名併入納采）</td><td rowspan="2">納采</td><td rowspan="2">提親</td></tr>
<tr><td>問名</td></tr>
<tr><td>納吉</td><td>納吉 ↘</td><td rowspan="3">（納吉併入納徵）
納徵</td><td rowspan="3">訂婚</td></tr>
<tr><td>納徵</td><td rowspan="2">納徵
（請期併入納徵）</td></tr>
<tr><td>請期</td></tr>
<tr><td>親迎</td><td>親迎</td><td>親迎</td><td>結婚</td></tr>
</table>

在台灣，則是採取「四禮」的程序，據吳瀛濤《台灣民俗》，為問名、訂盟（俗稱送定）、完聘（併納吉、納徵二禮）、親迎（併請期），圖示如下。

① 有關古代婚俗及其演變，參考陳江《百年好合——中國古代婚姻文化》，揚州：廣陵書社，2004年，頁135－185。

古禮	台灣婚俗
納采	（併入完聘）
問名	問名
納吉 納徵 請期	訂盟（俗稱小定） 完聘（俗稱大定）
親迎	親迎

其中的「問名」，大約是由媒人會同雙方家長商量訂婚結婚事宜，訂盟、完聘則屬於訂婚禮俗，有所謂小定與大定，小定（訂盟）以贈送聘禮、戴戒指等項目為主，大定（完聘）則併古代納采與納幣之禮，由男方準備婚書、禮餅、聘金及各式聘禮送往女家；現在大部分的人都已合併在同一天舉行。「親迎」即是今之結婚典禮，從男方到女家迎娶，到拜堂、婚宴以及婚宴後的鬧洞房，也有各種細節①。

（二）婚禮中「食新娘茶」的習俗

可注意的是，在傳統婚禮習俗中，有兩個程序和「食茶」有關。而且不只是食茶，自宋代以來，聘禮中也包含茶葉一項。

這可能是取茶的象徵意義：明郎瑛《七修類稿·事物類》：「種茶下子，不可移植，移植則不復生也。故女子受聘謂之吃茶，又聘以茶為禮者，見其從一之義。」許次紓《茶疏》亦云：「茶不移體，植必子生，古人以茶為禮，取其不移、植子之意也，今人猶名其禮曰下茶。」可見，人們因茶樹有不可移植、多結茶籽的習性，取其象徵意義，於行聘禮時送茶，寓從一而終、多生兒子之意。因此明清之間的民間俗語常將吃茶、下茶作為行聘定婚的同義詞。如凌濛初《權學士權議遠鄉姑·白孺人白嫁親生女》，中描寫白孺人向權次卿介紹自己的女兒桂娘時，即說：她爹爹在世時「已許了人家，姻緣不偶，未過門就斷了。而今還是個沒吃茶的女兒。」意思是說，桂娘的父親與

① 吳瀛濤：《台灣民俗》，台北：眾文圖書公司，1977年，頁125－139。

男家議過婚，並經納采、換帖等程序將她許配了人家，但未經納徵這一步就斷了，所以至今仍未正式定過婚。① 又如《紅樓夢》裡，王熙鳳對林黛玉說：你吃了我們家的茶，什麼時候當我們家的媳婦？也是類似的例子。

在台灣婚禮習俗中的「食茶」程序，第一個是訂婚時，男家備辦聘禮至女家，女家將聘禮奉於神前祖先案前供拜。而後請男家入席後，由媒人或全福婦人扶助準新娘捧甜茶上廳，一一介紹與之見面，而男家親友則各送「壓茶甌」之紅包禮。在送紅包禮時，往往也會講一兩句吉祥話（喜句），譬如「雙雙對對，年年富貴」、「早生貴子」之類的。但這時說的都比較簡單，不限定幾句。「食茶」之後，才開始進行戴戒指之禮。

第二個是親迎之後，在婚宴之後，俗稱「鬧新娘」，即喝甜茶，鬧洞房，以湊熱鬧。也有不在喜宴之後，而特為「食新娘茶」前往祝賀。這個習俗可說是「鬧洞房」習俗中特別的一項，由媒人或家人陪伴，新娘手端茶盤，以甜茶、蜜餞、冬瓜糖，敬賓客。賓客接受敬茶而念喜句，飲畢，新娘又來收茶杯，而賀客須包紅包置於茶杯為賀禮，同也要念喜句祝之。這些喜句多為四句對，壓韻，俗稱「念四句」或「講詩句」。這些代表吉祥祝福的喜句，除表賀意，多為吉祥或幽默滑稽之影射，以此試探新娘的耐性或其性情舉止；俗語說「新婚三日無大小」，因此這些喜句也常帶有戲謔或性暗示的含意，每每使新郎新娘尷尬，而鬧客反而稱快。②

歌仔冊「食茶講詩句」中所呈現的現代性與轉變意義

（一）歌仔冊簡介

相較於一些淫詞戲謔、強要新人肢體接觸的鬧洞房方式，台灣的「食新娘茶唸四句」習俗，是比較文雅含蓄的，能夠把喜句（詩句、吉祥話、祝福

① 陳江：《百年好合——中國古代婚姻文化》，頁181。

② 吳瀛濤：《台灣民俗》，頁135。

的話）說得巧妙的，不但可以達到祝福新人的意思，也可以增加歡樂幽默的氣氛，更可以表現說者的學識涵養；說得太俚俗，或說得太露骨，也會引起旁人的訕笑；至於不會說的，自己也會覺得很尷尬。如何達到雅俗共賞，戲而不謔，可說是一門大學問。

隨著「食新娘茶唸四句」的習俗流傳，這些代表吉祥話的「四句」或「詩句」，應該也是口耳相傳，特別是擔任媒人的人，對這方面應該是十分嫻熟，不僅可以依照既定的儀式程序倒背如流，也可以即興發揮，因時因地因物取譬，達到賓主盡歡的效果。

但或許因為這也是婚禮中的一項重頭戲，一般民眾也有需求，所以開始有書商將一些資料編印出來，供民眾閱讀或學習，因此在歌仔冊中，出現了《食茶講詩句新歌》這樣的小冊子。

歌仔冊是台灣民間的通俗讀物。它的起源是，大約在明清時代，閩南地區的書商開始搜集民間藝人說唱歌謠、故事的抄本，加以印行，而後因為廣受歡迎，所以就雇用專門編寫的人，大量出版。經過移民、書商進口到台灣，也成為台灣民間的通俗讀物。後來台灣的書商也開始翻印，甚至自己雇用專人編寫。這樣的流通情形，大約始於清代，到日治時期（1895 – 1945）都還持續著；直到 1943 年，戰事吃緊，日本政府禁止台灣與中國大陸的往來，才告暫停。到了大戰結束，台灣光復以後，台灣的一些書商仍然際續翻印以前的書刊，一般民眾還是可以購買閱讀。這個現象一直到 1970、1980 年代，都還有竹林書局不斷翻印出版，只是已經不那麼盛行了，新式的視聽娛樂，如廣播、唱片、電視等，早已取代了歌仔說唱和歌仔冊的位置了。

（二）歌仔冊《食茶講詩句新歌》的分析

本文所要討論的歌仔冊《食茶講詩句新歌》，是日本昭和九年，西元 1934 年 5 月，由台南州嘉義市的玉珍書局漢書部出版。它的形式是，每頁七言（或四言、五言）押韻成一行，每頁十行，總共八頁，封底還附有書局販售圖書的廣告。內容分成八部分：（一）請新娘出房，（二）接受新娘茶，（三）放紅包，（四）收茶甌，（五）討冬瓜，（六）討冰糖、紅棗，（七）討福員（桂圓）、瓜子、生仁等物，（八）儀式完畢。

1. 觀看新娘——傳統道德與新式教育

在整個「食新娘茶唸四句」習俗中，新娘被當做歌詠的焦點，也是被戲謔的對象。因此這些「唸四句」也就含有對女性觀看的意味。包括對於外在容貌體態的描述、性情溫順賢慧、可以庇蔭丈夫、可以多子多孫；這些都是傳統的祝福與期許，我們在其他的婚禮祝福也都看得到。例如：

新娘捧茶手春春，好時吉日來合婚。入門代代多富貴，後日百子共千孫。

新娘捧茶連連行，双腳疊齊身正正。一杯好茶來相請，置蔭丈夫有官名。

手奉甜茶廣四句，新娘好命蔭丈夫。奉敬家官有上取，田園建置千萬邱。

來食新娘一杯茶，戶汝二年生三个。一个手汝抱，二个土腳把。

特別的是，出現一些新興的詞彙，顯示對新娘的評論已經具有現代社會的色彩，不只是傳統的相夫教子而已。這些包括：新娘是有學問的，讀過高女（高等女子學校，相當於現在的高中），當過老師，國語說得好，學識通達。例如：

新娘我識汝，富家下女子。學問者年深，相當讀高女。

新娘伶俐真文理，學問真好能作詩。請茶恭賀真歡喜，福祿壽全慶齊眉。

新娘正粧，學問相當。國語賢廣，腹內能通。

此外，新娘很時髦，漂亮，是新派人，品性好；而新郎很帥，是大學生，兩個人是自由戀愛。例如：

花花世界，自由戀愛。新娘烏貓款，新人烏狗派。

新娘新式真好派，夫妻一對坐相排。食茶恭賀有志再，福祿壽全一齊來。

新娘新式剪頭鬃，請茶甜甜又清香。荷老新娘真活動，子婿大學讀書人。

新娘新式好品幸，學校教過女學生。甜茶相請真欽敬，配夫發達萬年興。

這對選新娘、媳婦的標準，是個新的里程碑。在傳統「女子無才便是德」的觀念下，讚美新娘有學問，而且當過老師，承認她的專長，可以有工作經驗，而不是養在深閨人未識的封閉生活，大大突破了傳統的生活經驗與規範。此外，在外在的容貌體態上，則讚美新娘具有新式的美，讚美剪短頭髮的新髮型，而不是老式的梳髻；讚美她「真活動」，是活潑大方的意思，而不是傳統的文靜婉約的典型。「烏貓」是當時讚美女子的話，不只是漂亮，也包含時髦、眾人追求的意思。

在新郎這方面，也是說他具有大學生的身份，「烏狗」和「烏貓」對等，誇他是個帥哥，時髦，眾人羨慕。

此外，本來是父母之命、媒妁之言的傳統婚姻形式，在這裡強調的是兩人經過自由戀愛而結合。

但是這些有學問、新派的特點，仍然要能與舊道德配合，要孝順公婆、順從丈夫，以嫁到好丈夫為幸福，要能幫助家族興旺，全家團圓。例如：

新娘好學問，兒使好詩韻。茶盤收倒轉，翁姑著孝順。

新娘請茶真正甜，學校作過女先生。匹配好尪看見見，入門發家團團圓。

新娘穿插真齊整，高女卒業女學生。請茶好禮肴尊敬，恭賀富貴又添丁。

新娘順從，夫妻久長。恭喜衍慶，麟趾呈祥。

2. 日治時期的女性議題

由於「唸四句」的祝誦內容以新娘為焦點，我們不妨再看看日治時期的婦女問題。據楊翠：《日據時期台灣婦女解放運動》，該時期所熱衷的婦女問題包括婚姻自主、教育平等、經濟獨立及爭取參政權等四大議題①，前三個議題和歌仔冊《食茶講詩句新歌》的內容最有關聯，下面就再加以申論。

A. 婚姻自主：

1920 年代，社會輿論開始關注婚姻問題的改革。在 1925 年前後的「台灣民報」即刊載多篇文章，談論「婚姻自主」、「自由戀愛」、「反對蓄妾」、「廢除聘金」等問題②。這不僅是知識份子的關心的議題，因為一般大眾也投稿呼應自由戀愛的心聲，同時流行文化也大力鼓吹「維新世界，自由戀愛」的風潮。

1933 年，作曲家陳君玉在古倫美亞唱片公司創作發行一首台語流行歌「跳舞時代」。當時的流行歌受到日本與歐美流行歌影響，節奏有華爾滋、狐步等，年輕男女隨著歌曲節奏翩翩起舞追求他們嚮往的「維新世界，自由戀愛」，歌詞如下：「阮是文明女／東西南北自由志／逍遙佮自在／世事如何阮不知／阮只知文明時代／社交愛公開／男女雙雙／排做一排／跳狐步舞我上蓋愛／舊慣是怎樣／新慣到底是啥款／阮全然不管／阮只知影自由花／定著愛結自由果／將來好不好／含含糊糊／無煩無惱／跳道樂道我想上好……」

可見當時婚姻自主、自由戀愛的呼聲已相當盛行，代表一種時髦的觀念，讓年輕人非常嚮往。歌仔冊所說的「花花世界，自由戀愛」，應該也是反映這種心態。③

附帶說明一點，就我所知道的長輩中，1930 年代出生的這一輩人，雖然只有少數人是自由戀愛而結婚的，但大部分的人也會經由介紹、相親的方

① 楊翠：《日據時期台灣婦女解放運動》，台北：時報出版公司，1993 年 5 月，頁 170 – 181。

② 同上，頁 188 – 196。

③ 當時對於自由戀愛，當然也有反對的聲音，或者試圖調和自由戀愛與媒妁之言的婚姻制度。參見筆者另一篇論文：<日治時期台灣歌仔冊中對自由戀愛觀的迎拒與調和>，UCSB2010 台灣研究國際學術研討會宣讀，美國加州大學聖塔芭芭拉分校台灣研究中心主辦，2010 年 6 月 4 – 5 日。

式，在訂婚前「相看」，見面認識一下，有意願的再約會（散步、看電影之類的活動）一兩次，然後再訂婚、結婚，已不是完全的父母之命、媒妁之言了。

B. 女子教育

台灣興女學的觀念是由西洋傳教士傳入的，1884 年和 1887 年長老教會先後成立兩所女子學校，為台灣女性引進新式教育。但學生多是教徒或教徒的女兒。直到日人統治台灣，才漸次普及到一般民眾。1896 年，第一所官辦的女子教育機構設於士林，爾後由於官方宣導與民間的提倡，女學生入學的比率增加。1919 年，台籍女學童佔臺籍學童 7.36%；其後十年皆保持在 9% –10%；1938 –1942 年，上升到 54.10%；1943 年因實施義務教育，就學率達 60.85%。專供台籍女學童就讀的公立中等學校方面，1919 年以前僅有二所，至 1940 年增加十所。但能夠接受完整初等教育的女童僅是少數，約為全部學童的十分之一。中學女生畢業率較高，仍有城市與鄉村的差距。

但必須注意的是，日本政府對臺人的女子教育並未全力發展，因此女子教育不能普及到中下階層及鄉村，同時也不曾大力推動女子高等教育或專業教育，使有志向學的女學生無法在臺灣深造，惟有出國留學一途。留學國以日本、中國大陸、和歐美居多，其中又以到日本留學的人數佔多數。①

其次，讓我們進一步了解當時女子教育的目標與內涵。據 1919 年頒布的「台灣教育令」，發展女子教育和培養「貞順溫和」的女學生是其重點之一；當時的第二附屬女校升格為女子高等普通學校，以實施高等普通教育，培養婦德、教授日常生活的知識技能為主旨；並以精通日語、確立國民（皇民、日本國民）性格、培養女子特有的貞淑、溫良、慈愛、勤儉家事的習性為教育的主要目標。至 1922 年，改稱「高等女子學校」，仍然是以實施高等普通教育，涵養婦德及培養國民（日本國民）道德為目標②。也就是說在新式教育中，官方的女子教育一直強調的是婦德、賢妻良母的培養，特別是加強家政課、手工藝等技藝訓練。這和傳統「男主外，女主內」的觀念不謀而

---

① 游鑑明：《日據時期台灣的職業婦女》，台灣師大歷史所博士論文，1995 年 5 月，頁 3 –15。

② 游鑑明：《日據時期台灣的女子教育》，台灣師大歷史所研究專刊 20，1988 年 12 月，頁 55。

合，比較符合一般大眾對女子教育的期望，對於說服家長讓女學童上學是比較有力的。

因此，也可以了解歌仔冊中對新娘的期許，不只是學問高，也要能夠「孝順翁姑」，因為這才符合傳統的婦道。

C. 女教師

為了因應日漸增多的女學生，日本政府也開始增設女子師範教育，培育公學校的女教師，以減少家長的顧慮。1928 年以前，仍附屬於女子中學，1928 年，才正式由「臺北第一師範公學校師範部」培育。

女學生、女教師的出現，都可以代表當時社會的現代化情形。而當時最有代表性的職業婦女有六種：女教師、女醫生、產婆、女護士、女工，這類社會身份，使婦女獲得參與社會空間的機會、拓展婦女的生活經驗、提升婦女的社會地位、使婦女擁有獨立的經濟收入與較高的自主權、增加婦女的影響力①。也難怪在歌仔冊中，要把新娘的身份設定為女老師，代表她是個高尚的新女性。

合併這些新時代的女性議題和歌仔冊《食茶講詩句新歌》中的女性形象來看，台灣民間對新娘的期許，既有新時代女性的身影，也有傳統婦德的要求，代表日治時期台灣進入現代化社會，新舊混融的價值觀。

（三）歌仔冊《梁三伯祝英台新歌》的分析

在歌仔冊中另有「梁三伯祝英台新歌」，昭和十一年六月（1936 年）台北周協隆書店發行，其中有提及婚禮習俗者，也反映了當時一些新風氣。《三伯英台歌集》篇幅相當可觀，共有五集，凡五十五本，對傳統的梁祝故事有所承襲，也有所增異，風行一時，除周協隆書局版本外，嘉義玉珍書店也有鉛印本（1938 年）；戰後新竹竹林書局也在 1957 年起數度翻印過，可見其廣受歡迎。②

《三伯英台歌集》中對婚禮習俗描述頗詳，它出現在馬家央媒至祝家提

---

① 游鑑明：《日據時期臺灣的職業婦女》，頁 37－103。

② 筆者曾有專文對探討此部歌仔冊，參見拙作：〈台灣歌仔簿中的梁祝故事之研究〉，《民間文學的女性研究》，台北：里仁書局，2004 年版。

親與訂婚的場面，而後又出現在馬俊娶花七娘的情節中，以及梁祝還魂後，又重新進行婚禮的情節中。

1. 馬俊訂親、迎親中的現代事物與傳統習俗

例如第 17、18、19 集 <王婆祝家送定歌> 說唱馬祝訂婚儀式。從馬家的親友、預備的聘禮，祝英台當新娘奉茶、親友打量英台容貌、喝甜茶給紅包，而後女方宴客，豐富的菜單，一直到馬家僕人送餅給親友，英台回贈的繡件等，可說具體而微的收錄了近代台灣地方的訂婚習俗①。

第 43 集 <馬俊瓊花村完婚歌>，馬家娶花七娘，以連篇的唱詞鋪寫嫁妝及迎新娘習俗。在描寫嫁妝豐富方面，新娘所備之物包括傢俱：新式西洋櫥櫃、榭石桌椅、茶杞記賬桌，繡件織品：門簾、煙包、蚊帳、手巾與桌巾（唱本做作「賭仔」或「堵仔」），棉被、繡枕，新娘自用的裘裙、旗袍（長衫）、鞋襪和衣褲；也有日常用品「齒杯」與「齒粉」，以及顯示富有的子婿鞋、毛織西裝、軟緞與軟綢、金沙毯氈，金器、珍珠、珊瑚、錫器、古董、古玉花瓶、茶壺、時鐘、大鏡、菓盒、桌圍、燈花，最新潮的是有「上海皮箱」。

這筆豐厚的嫁妝除了說明新娘身價非凡之外，最令人注意的是其中的新奇事物，包括刷牙漱口用的齒杯、齒粉，西式傢俱洋服櫥、時鐘、上海皮箱等，顯示當時民間婚禮中，對於現代化事物的好奇、歡迎和接受，帶有炫耀和羨慕的意味。

但是這些新奇的現代化事物，也只是點綴作用，<馬俊瓊花村完婚歌> 還大肆鋪寫了新娘到家門時，最精彩的「唸四句」習俗，而且一樣透露著傳統的早生貴子的思想。文本首先由媒人引導新郎取鑰匙開櫥櫃門，由此引出早生貴子、子孫滿堂的吉祥祝福：

新娘到位入門喜　新人緊來開鎖匙　這平開了換過位　棹櫃皮箱著煞開

① 有關台灣婚禮習俗，可參考片岡巖著、陳金田譯：《台灣風俗誌》（1921 年日文初版，台北：眾文圖書公司中文譯本，1989 年 11 月）、鈴木清一郎著、馮作民譯：《增訂台灣舊慣習俗信仰》（原名：《台灣舊慣冠婚葬祭與年中行事》，1934 年日文初版，台北：眾文圖書公司中文譯本，1989 年 11 月），及吳瀛濤：《台灣民俗》，台北：古亭書屋，1969 年 12 月。

乎恁年年都富貴　子孫生傳歸大堆……
箱櫃開開塊見天　乎恁夫妻食百年　五谷豐登年年鄭 新娘入門隨時生
開箱帶治埕中央，乎恁伸錢買田園

此外，新娘的嫁妝中有「子孫桶」，即是洗澡用的大浴盆，又稱「腳桶」，將來新娘產子時亦用以浴兒，故名「子孫桶」。挑「子孫桶」入新房也須「唸四句」①。唱本安排由小孩擔任此職，唸道：「兩姓合婚結成双，子孫桶到就興旺。新人粘乜做阿公。子孫桶汗入廳，新人拔皎箂場營。乎恁父母老養件，子孫興旺好名聲。終桶汗來到巷路，乎恁年年通收租。新娘隨時大腹肚，頭胎準準生乾埔。……終子孫桶閣汗起，財丁兩旺粘當時。新娘今夜入門喜，明春雙手抱孩兒。終子孫桶汗恰低，新娘一年生一個。新人隨時做老爸，新娘粘乜做乾家。子孫桶假下著勸，夫妻和順久長長，萬金家財允打算，逐日有通買田園。」也是取早生貴子、子孫滿堂的好口彩。

由此也可了解，民間對於新奇事物的接受度較高較容易，但對於傳統觀念也不輕易放棄，伴隨著禮俗的流傳，一再的浮現，提醒人們應當遵循的規範。

2. 梁祝訂親、迎親中的現代思維

至於第46集＜三伯祝家娶親歌＞和第47集＜三伯英台洞房夜吟歌＞，則是以新式服飾、以自動車（汽車）迎娶與神社結婚來顯示新時代的婚禮。＜三伯祝家娶親歌＞提到，因為男女主角是在杭州學堂上學時自由戀愛的，所以不必再行送定禮，直接舉行婚禮即可。而新娘的打扮是，剪過頭髮不必再梳成髻，省掉麻煩；穿紅襪紅皮鞋；穿洋裝，無袖。文本中，維新世界、自動車等字眼一再出現。試引原文如下：

對頭浙省恰有影　平平套直好親成　不通看日閣送定　嫁粧乜免參塊迎
因□杭洲先戀愛　免閣送定屏頭排　現部維新下世界　用自動車娶英台

① 參見鈴木清一郎著、馮作民譯：《增訂台灣舊慣習俗信仰》，頁203、204；吳瀛濤：《台灣民俗》，頁134。

……

剪髮頭鬃都免梳　腳穿紅襪紅皮鞋　一付洋裝即新做　手袖□甲肩頭齊

……

自動車來塊呈校　心肝甲卜打加轆　乎恁？某食老老　子汝目屎不通流

……

自動車螺陣一聲　燒金放炮就起行　免講巢？奉知影　京人嫌諓不好聽

<三伯英台洞房夜吟歌>接著寫三伯迎娶英台的情形，也是強調現在是「維新世界」，所以用「自動車」去迎娶新娘；也因為現在是「維新世界」，所以到神社去結婚，由和尚主持婚禮；回到家中再拜祖先。

歌對原頭閣再寫　新娘坐在自動車　結婚愛卜來神社　逐項拴甲巢到額

今來到位就宿困　□甲瓦瓦塊伴君　現部維新下時拵　相娶神社來結婚

神前來做結婚式　□証婚人恰相熟　伊名英臺我三伯　報甲明明共白白

……

和尚神明先參拜　阮□瓦瓦做一排　現部維新下世界　新式結婚通□來

和尚神明參拜了　手夯樹枝葛紙寮　想□真正畏見少　咱味青花夯條條

和尚樹枝夯一把　□塊交帶咱二□　身區一人伴三下　神前參拜結夫妻

帶者交拜結夫婦　樹枝共咱伴身軀　神明塊共咱做主　好話說去成工夫

……

入門□打四點鐘　外面炮聲陳無呈　廳堂設備真齊整　講卜代先拜神明

相娶廳堂拜佛公　拜好就卜入洞房　老人好話真賢講　兩姓合婚結承雙

雙人當面塊交拜　拜好共伊牽起來　新娘入門好頭彩　洞房了後允受胎

可見到神社行婚禮，再回家行傳統拜祖先，乃是權宜之便。而新娘的新式髮型，也再次被提起。文本在梁祝二人新婚翌晨起床後，三伯稱讚短髮形式很方便，不必梳頭整理，可以早起免的拖延時間。原文如下：

賢妻剪髮真利便　免閣梳頭桊仙仙　那卜助我下体面　小呈咱□恰向前
剪髮加倍恰便利　今日是咱下喜期　小呈那叫食早起　叱行就行袂延遲

這些敘述使我們更了解，日治時期台灣民間社會在婚禮習俗上的一些改變。「洋」風的盛行，使新人的服飾起了很大的變化，新娘不再是鳳冠霞帔，而可能是西式的洋裝，髮型也由梳髻改為短髮樣式；而一向以花轎迎取新娘的，也改為汽車。尤其特別的是，一向在家中廳堂或家族祠堂舉行的婚禮也有改到神社去舉行的；這明顯受到日本習俗的影響。維新時代、維新世界、新式結婚的思想正發揮了它的影響力。

有關日治時期台灣人的婚禮情形，我們還可以用一些相關的研究來對照：

陳柔縉《囍事台灣》① 一書，收集了相當多日治時期台灣人的結婚照，我們可以看到當時的幾個類型：1. 新郎穿中式的長袍馬褂，但戴的是西式禮帽；新娘穿類似鳳仙裝，這是接近民國初年的打扮；2. 新郎穿中式的長袍馬褂，戴西式禮帽，但新娘完全是西式白紗；3. 新郎新娘都是西式禮服、白紗。此外我們也發現有用汽車迎娶的例子。還有一張照片是在教堂前拍攝，顯示這是在教會舉行的婚禮；這本書沒有搜集到在神社結婚的照片，但我們可在其他書中找到例證②。大致而言，在教堂結婚的多是教徒，而在神社行婚禮的，則以士紳之家為主，尤其是和日人關係較密切的，會採用這個形式，以便奉行日本殖民統治的皇民化運動。

以上，可以說明，台灣日治時期的確是個轉型的社會，新的西洋式的文化逐漸影響到台灣人的生活，即使是婚姻大事，也可以因應時代風潮，放棄傳統服飾，改換西式禮服，而嫁妝中的西式物品，則代表了對新事物的嚮往與接受。但這中間最突出的當然還是強調「維新世界」、「自由戀愛」，因此即使是依照傳統的婚禮習俗，也還是要強調新人是自由戀愛。這彷彿比父母之命、媒妁之言還要來得光彩。

① 陳柔縉：《囍事台灣》，台北：東觀國際公司，2007 年。
② 《影饗：台灣老照片集》，“國家圖書館” 編印，2006 年，頁 11。

三、結語

「現代化」是日本對台灣殖民統治的一個策略，20 世紀初，台灣開始有電燈、電話、自來水、飛行機等文明器物，縱貫鐵路也在 1908 年全線通車。日本從明治維新開始全面西化，而台灣作為日本的第一個殖民地，也受到西方文明思潮巨大的衝擊。男人開始剪掉髮辮，女人開始放開纏足。西式教育的公學校（小學）在各地普遍設立。西方先進娛樂，像電影、留聲機和唱片，也被日本人引進台灣，形成新的都市流行文化。它不只是從物質的建設入手，也包括一些軟體觀念的改造。其中，文明、維新、現代的名詞與觀念，可說漸次深入人心，因此也帶動了一些改革。像在婚禮習俗上的「唸四句」，也就反映出這類的思想。

這些詩句中，當然也建構出「新女性」的形象和新的婚姻觀念。在表面上，這個理想的新娘是受過中學的高女教育，也具有女教師的身份。而且經過自由戀愛，匹配的也是大學生、英俊的男子，算得上是門當互對、才華對等。但實質上，這些條件都必須和溫順賢良的女性規範結合在一起，在許多讚美的話之後，都是孝順公婆、扶助丈夫的期許，即使是學校中的女子教育也不以傳授普通知識或專業知識為主旨，仍然偏重在婦德的養成。這也促使我們思考一些問題，亦即在日治時期的台灣，對女性的現代性啟蒙，是不完整、未完成的，這個「新女性」，縱算擁有自由戀愛的優勢，但女性的獨立性與自主性卻可能是不夠的。她所具有的學歷與資歷，在這裡都成為婚姻的附件，或許提高了她做為賢妻良母的價值，但卻不是為了她的自我完成而設想。

不過，論到婚禮中的「新式」與「洋式」風格，這倒有另一種成果。上述的女學生、女教師，自然可以代表「新式」的典範；那些新式的打扮與禮服，更在在顯示西化的成果，而人們必然也以此為新潮，所以現在幾乎已經沒有人會再穿「古裝」結婚了，除非是想要體驗復古的感覺，或是照相留念。西裝與白紗已成為現代人結婚的標準服飾。以往新娘在婚宴上，也會應景穿一下旗袍，但已經愈來愈少，逐漸被西式晚禮服取代。

戰後（1945－）的台灣社會，結婚的男女雙方當然還是以自由戀愛為風尚，但訂婚、結婚的一些習俗也被保存下來，而且維持一些基本的、象徵的精神。比如雖然簡省了六禮的程序，但訂婚時，奉茶、戴戒指仍然是必要的程序。結婚時，用汽車迎娶，程序有繁有簡，但以篩子或傘遮蔽新娘以避邪，也是常見的儀式。可惜的是，鬧洞房時，大多已忘記「食新娘茶唸四句」的習俗，而多出一些笑鬧的點子。這類「唸四句」的習俗，可能還保存的地方是，由擔任媒人的人，在扶持新娘時，視需要而唸出來，以表示祝賀和祈祝婚禮順利。當然，採用「唸四句」的形式，也可能不知不覺又沿襲了孝順公婆、相夫教子、早生貴子、子孫滿堂等的傳統思想，這就必須依賴媒人的靈活運用，把新時代的思想注入吉祥話之中，使更多人樂於接受。

女性·民族·历史救赎

——台湾1970年代乡土文学思潮与女性文学“占位”

陆卓宁*

“乡土文学思潮”成为台湾上世纪70年代文学场域的巨大话语，根本在于其所隐喻的意蕴已远远超出了它作为一个普通文学话语形态的意义，直指民族意识建构、民族国家认同、台湾社会现实关怀、中西方文化对话以及被殖民历史的再审视等多重文化符码。因此，则在事实上引发了旷日持久的包括主流意识形态和各种文化立场在内的话语总动员及其力量博弈，并在相当的程度上深刻影响了台湾社会的文化品格和时代精神。甚至，在随后更为纷繁复杂的政治文化场域的角逐中，以“本土”或“本土化”为表述，逐渐演变成为一种内涵单一的话语，进而异化为一种封闭、排他和民粹化的政治意识形态。这是后话。

然而，在一个几乎集结了或隐或显的社会各个话语立场的70年代“乡土文学”场域，发轫于1950年代、且已经表现出丰富的叙事实践的女性主义文学话语，却难以整合在一个线性的社会发展的历史描述或者是“非线性”的社会文化编码之中。换言之，在一个几乎包容了各方不同话语、甚至是互为异己的文化立场的宏大话语场，女性文学仍然一如既往地成为“放逐”与“被放逐”的对象。

我们注意到，关于台湾文学思潮与文学发展的论著，不论是大陆的研究，重要的如《台湾新文学思潮史纲》①，《台湾文学史》②，还是台湾地区

---

* 陆卓宁：广西民族大学文学院教授。

① 吕正惠、赵遐秋主编：《台湾新文学思潮史纲》，昆仑出版社，2001版。

② 刘登翰、庄明萱主编：《台湾文学史》，现代教育出版社，2007年版。

的研究，如《台湾文学史纲》①，以及两岸其他著述，大抵都缺乏了一种视野，一种女性文学话语“在场”的视野。一个有意味的例子：麦田出版社于2007年出版的《台湾小说史论》，是由台湾著名学者邱贵芬组织，陈建忠、应凤凰、邱贵芬、张诵圣、刘亮雅等五名学者共同完成的。邱贵芬在序言中谈到，曾计划“促使一部《台湾女性小说史》问世”，“不过，《台湾女性小说史》计划不久即转化成《台湾小说史》撰述计划。……会议讨论中（应该是书稿写作讨论会议，笔者），研究群发现要把《台湾女性小说史》独立于《台湾小说史》之外来撰述，有实际的困难，不如调整计划，放手来撰述《台湾小说史》，原先《女性小说史》的结构未纳入的‘乡土文学’断代也因此补回”。② 这里至少透露出这样一个颇具玩味的信息：原先计划独立著述“台湾女性小说史”，不论困难与否，进入“乡土文学”时期，女性小说是存在“断代”状况的。那么，这是否可以用以佐证前述笔者以为的女性文学话语于乡土文学思潮中“被缺席”的状态？推而广之，自上世纪末活跃起来的女性主义文学批评，不论是理论建构还是批评实践都极大地拓展了女性书写想象与阐释的话语空间，但往往都对乡土文学语境下的女性书写语焉不详。当然，在事实上确乎有过对乡土文学思潮中的女性文学的描述，如樊洛平的《当代台湾女性小说史论》一书，专门辟出一编讨论“70年代：民族回归潮流中的女性观照”③，以及其他为数不多的关于乡土文学思潮中具体的女性作家及其文本的讨论，如邱贵芬的《女性的“乡土想象”——台湾当代乡土女性小说初探》④，杨翠的《文化中国·地理台湾——萧丽红一九七〇年代小说中的乡土语境》⑤，这些著述固然因其属已的“发现”而具有“补白”的意义，但借助布迪厄“场域”理论的“占位”说，仍不足以回答在70年代“乡土文学”这一巨大话语下女性文学的“占位”问题。而同样有意味的是，邱贵芬由原先的“台湾女性小说史”拓展为“台湾小说史”

① 叶石涛：《台湾文学史纲》，文学界杂志社出版，春晖出版社发行，1991年版。

② 陈建忠等：《台湾小说史论》，麦田出版社，2007年版，第3-6页。

③ 樊洛平：《当代台湾女性小说史论》，河南人民出版社，2005年版。

④ 梅家玲编：《性别论述与台湾小说》，麦田出版社，2000年版，第119-126页。

⑤ 政治大学《台湾文学学报》，2005年第7期，台湾政治大学出版。

的写作，至少目的之一是希望“‘乡土文学’断代也因此补回”，但事实上最后成书的《台湾小说史论》，“乡土文学”是因此得以“补回”了，但“女性小说”也还是被排斥在“乡土文学：‘压抑’的重返”（《台湾小说史论》第三章第四节标题，笔者）之外①。

这一情形，且不管究竟是研究者的无意去“发现”还是有意地“疏漏”，我们不妨从这三个方面来给予考察。

第一，女性主义与民族问题。20世纪70年代乡土文学思潮及其论争的泛起，直接源于国际形势的变化和台湾社会的现实处境。就其所隐喻的多重话语层而言，民族主义、民族文化立场无疑是其中最为突显的符号。某种意义上，“民族主义”是一个充满歧义或者说语义混杂的概念，但它大体上意旨将自我民族作为政治、经济、文化的主体而置于至上至尊的价值观考虑的一种思想状态或运动，还是有其获得认肯的合理性；或者因其“在意识形态上被认定为一种包罗性和宏观的政治论述”② 而富有极大的社会与政治的号召力。女性主义理论千头万绪，但在根本上，作为一种话语或资源，其所要践行的就是批判不平等的性别权力关系和不利于女性生存与发展的性别秩序，从而建构和维护权力平等，两性和谐的社会秩序。

或许这就是问题的吊诡。一方面，女性主义话语的对立面直指本质上充满性别歧视的政治文化霸权以及直接表现为排斥、压制女性的男权话语；另一方面，民族主义所被赋予的“至尊”状态及其包罗性，实质上与政治意识形态以及男权话语形成了一种“共谋”关系，这在政治上它也就获得了涵盖和凌驾于包括性别在内的其他所有社会意识范畴的权力。具体到70年代的社会文化语境，以“乡土文学”为表征，牵涉到了台湾社会的众多层面，并最终引发了1977－1978年的乡土文学大论战。反映在政治上，它表现为威权统治对“庶民”现实诉求的歪曲和“围剿”，指斥乡土文学是大陆的“工农兵文学”；而在广泛的社会意义上，是坚持民族文化立场、传扬现实主义时代精神与追慕西方文化、逃避社会现实两种意识状态的根本对峙，进而凝

① 梅家玲编：《性别论述与台湾小说》，麦田出版社，2000年版，第237页。

② 陈顺馨、戴锦华选编：《妇女、民族与女性主义》，中央编译出版社，2004年版，第3页。

聚为民族认同、民族回归的社会主潮。由此，“民族主义政治的意识形态运作成为了政治的常态模式，而民族主义所提供的‘想象的共同体’被认为最真实的单位或集体形式。结果，妇女问题（或者是庶民问题）若要被承认为政治问题，就必须用一种限定的民族主义方式加以表达。在这样的压制下，妇女问题似乎只有两种出路：要么被迫从民族主义运动中脱离开来，要么寻求一种建构‘关系－综合政治’的另类方式”。① 从台湾70年代乡土文学语境下女性话语的“失语”和“缺席”情形看，其实它所能“选择”的就是这么一条路：“妇女问题”实质上已完全被民族主义所提供的“想象的共同体”所收编，这恐怕就是问题的所在。而且，正是由于“民族主义”符号的特别突显，其他因“妇女问题”的“断代”而引发质疑也就没有了理由。

不过，我们在这里“旧话重提”，既在于作为一定时期的社会意识形态有它的历史性，更在于，因由认识历史的主体所具有的主观性以及“历史”本身所提供的主观性观之，70年代的女性话语不论是被“收编”或曰排斥，当然远不是问题的“终结”。一方面，女性主义话语经由强调男女平等、标识性别差异而指向两性和谐，这一过程在根本上提示出，“女性主义话语”作为一个范畴，随其主体的不断丰富，是可以超逾它最初关注的独特现象，而在独特性与普遍性之间获得张力。这一点，对于思考70年代女性主义话语于乡土文学思潮中的“占位”富有启示；即，另一方面，70年代女性主义话语的“被缺席”与“历史现场”的缝合有无可能？这也就给出了我们随后的考察的“命题”。

第二，女性话语介入乡土文学的可能与“策略”。我们应该注意到，由于女性主义话语与民族主义处于不同的甚至表现为完全对立的思想体系，往往造成了“历史”对它们共同之处的忽略。即，不论是在话语层面对社会历史的阐释及其价值判断，还是对于社会历史的根本作用及其具体指导，本质上说，它们都共同具有高度的社会实践性。

回到70年代乡土文学的历史现场，如果说，“乡土叙事”构成此间民族文化立场的实践性表现的最突显的着陆点，且人们或者耳熟能详，或者能够

---

① 陈顺馨、戴锦华选编：《妇女、民族与女性主义》，中央编译出版社，2004年版，第3页。

如数家珍地对黄春明、陈映真、王拓、王祯和、杨青矗等一众乡土作家娓娓道来，那么，这似乎能够从一个方面提示出乡土文学语境下女性话语“缺席”的例证。确实，就70年代的女性创作而言，并非完全以“乡土叙事”为其重心，其间还兼及“都市”、“婚恋”、“流寓”等其他“游离”于“乡土叙事”这一中心话题的写作；而不论是与同时代男性创作的活跃态势进行比较，还是与之前五六十年代或之后80年代女性创作的丰富表现进行比较，此间的女性创作，当真颇有些“捉襟见肘”的窘迫。

但是，如果我们承认“高度的社会实践性”构成女性主义话语与民族主义的共同之处这一前提，那么，以免重蹈历史虚无的覆辙，70年代的女性话语是否介入了“乡土文学”以及如何介入乡土文学？这倒是值得我们去考究的。

首先，从所谓的女性文学“谱系”上看，台湾女性文学的葳蕤气象大抵发轫于1950年代，且从那时候开始便从未缺席过对历史的书写，直至70年代的当下，以在本土“坚守”的季季、曾心仪等一众作家与留学海外的丛甦、聂华苓等相呼应，延续着台湾女性书写的流脉……；其次，从期间所关怀的视角看，50年代的“乡愁”、60年代的“反叛”、70年代的“现实书写”……，恰恰共同映照出了台湾社会一直以来的“历史问题”及其文学精神诉求；再次，从其处置“自我”的角度看，女性书写从“乡愁”一路走来，从开始的于困顿状态中的自我抚慰到对台湾现实处境的自觉关注，表现出了内涵的不断拓展和不断丰富。需要指出的是，在这里，我们对70年代女性话语介入乡土文学的考察置放在一个“当代”而不是70年代一个“断代”的背景下来进行，并非本文的疏忽，从女性主义的话语本身来说，一旦割裂了历史，便有可能忽略了其实践性表现的发生和发展的脉络。

女性主义由追求男女平等开始而以双性和谐为指归的整个嬗变过程，不论是话语层面还是实践层面，都在事实上表明，女性主义本身的内在构成已经达成某种共识，即，在其仍然对主流话语霸权及其男性话语霸权保持警惕的同时，“妇女实际的处境不仅不能脱离民族/国家的语境加以理解，还有妇女根本是民族/国家计划的重要组成部分。……以同盟者的身份参加由政治家发动的解放运动。”① 与此相对应的，显然，台湾女性话语对乡土文学的“介入”，也有一个嬗变过程。或者说，从上述的简单勾勒来看，其实践性表现，也恰好印证了女性已经无法脱离民族/国家的语境来开展历史救赎这样一个属己的特点与态势。

50年代的台湾困窘而凋敝，也决定了女性写作的“闺怨”姿态，诚如琦君所言，“生活初定以后，精神上反渐感空虚无依，最好的寄托就是重温旧课，也以日记方式，试习写作，但也只供自己排遣愁怀”②。但是，经过历史的沉淀，于今看来，这一看似疏离于“反共文学”主流话语的“闺怨”写作，在实质上无不是借助女性自我的乡愁经验，述说的是家国罹难的社会性集体伤痛。进入60年代，台湾已由一个传统的农耕文明地区开始步入现代工商业社会发展的快车道，这一时期的女性写作主体不论自觉与否，不论是传统女性书写，还是现代女性书写，抑或是海外留学生的女性书写，共同以其刚刚获得的性别启蒙的脆弱，既要依存或质疑于既定的男权历史文化传统，又企望在现实处境、外来文化冲击与家国意识重建这一多重价值理性的逼迫中，塑造富含历史文化与民族特质的女性自我，使得叙事行为本身在本质目标上更多了一层在政治意识形态下的历史“承担”。无疑，这一过程，她们已经舔去了“闺怨”的印记，“以同盟者的身份参加由政治家发动的解放运动”。

因而，进入到70年代的台湾乡土文学语境，女性话语的“介入”，既表现出与历史联结的线性过程，也完全有其在一个“非线性”的多重话语资源纠结中的独特的实践性表现形态。

第三，女性叙事与乡土文学的呼应。撕开70年代乡土文学思潮下女性话语被民族主义收编的历史缝隙来找寻女性叙事“在场”的印记，局囿于“民族”这一巨大符码或许是艰难的。因为对乡土文学的描述和阐析，出于定势思维，文学史的关注点一般都集中在“在地”的本土写作这样的主体构成上，集中在“乡土”与“社会底层”一类的表现要素上。而70年代的女

① 陈顺馨、戴锦华选编：《妇女、民族与女性主义》，中央编译出版社，2004年版，第4页。
② 琦君：《母心·佛心〈一点心愿〉》，湖北人民出版社，2006年版，第215页。

性叙事恰恰在这些层面有它的复杂性，这恐怕也是在一般论述中语焉不详的原因。其大体表现为“在地”的本土写作与海外的“无根的一代”的写作相呼应，而不是单一的“在地”特别是以本土籍作家为主的作家构成；是以作为女性自身的“女性话题”去涵化对“乡土”、对“社会底层”的关怀，而不是直接的“乡土”和“现实”叙事。

这样，基于我们的思考，不妨把在此期间相对活跃、且不论是“在地”还是游离在海外，我们大体上可以看到这一大批女作家，如聂华苓、陈若曦、谢霜天、施淑青、曾心仪、季季、丛甦、心岱、萧丽红、李昂等；以及也不论是“乡土想象”还是“都市叙事”，她们所提供的的文本，如《桑青与桃红》、《老人》、《梅村心曲》、《常满姨的一天》、《一个十九岁少女的故事》、《苦夏》、《中国人》、《蛇是女人的恋神》、《桂花巷》、《鹿港故事》等等，显然都与70年代乡土文学话语有着这样或那样意义的关联性。在这里，国族寓言的想象、与外来文化冲突的对峙、对威权现实统治的批判、对“生斗小民”的关怀……，所有这些，既是70年代乡土文学指涉的问题与世相，同时也是女性一直以来所承受的来自民族历史与“国家”话语对女性的钳制和设障，都无不进入了此间女性叙事想象或解构的空间。这就在事实上以女性叙事特有的“社会实践性”，既要“以同盟者的身份参加由政治家发动的解放运动”，又只能“独自”担当起对女性自我的历史救赎，以多元的价值向度与乡土文学思潮形成了某种响应，从而突破了民族话语对女性叙事的界定，表现出了女性与乡土/民族的另类关系。

诚然，就70年代乡土文学的“历史现场”而言，相对于此间男性作家直接以“乡土话语”来召唤民族认同，或是通过关注“乡土社会”对底层人生抒发悲悯情怀，或是以“乡土意识”来展开对现代工业社会带来的“现代病”的审视，甚或直接以民族话语进行社会呼号以凸显现实抗争意志，女性的乡土叙事，毋宁更关切自身的性别处境和生存境地。但是，这恰恰是女性话语对民族/乡土介入与呼应的独特的表现形态。而且，即便是时至今日，主流叙述仍然没有能够给予其应有的关注，也丝毫无法掩盖这样的事实：正是在这一过程中，女性主体历经了一个不断拓展、不断丰富，不断反思与建构的历史；同样，其与“民族”的关系，也经历了一个对话与依存、反思与建构的嬗变过程。

因此，台湾 1970 年代乡土文学思潮与女性文学的关系，其留待不同的话语体系进行反思与重构的空间及其价值判断也将是不可限量的。

历史的想象与救赎

——读施叔青的台湾三部曲《行过洛津》与《风前尘埃》

吴慧颖*

2008年，施叔青出版了小说《风前尘埃》，这是继2003年的《行过洛津》之后，她构思庞大的“台湾三部曲”的第二部。随着这部小说的问世，施叔青以“大河小说”构筑台湾的历史想象版图，轮廓渐次清晰了。

一、台湾历史书写的困境

台湾是个移民社会，除了原本居住于山地、平埔的少数民族，历经过明清以来的多次移民，有来自闽粤的闽南人与客家人，也有大批在1949年随国民党撤退至台的外省人。由于特殊的地理位置以及屡经变乱的时代命运，这个岛屿曾在早期一度成为西班牙、荷兰列强东方扩张的据点，更有遭逢日本殖民统治的50年血泪沧桑。还有，两岸隔绝期间，欧风美雨的洗礼。

诚如著名文化评论家南方朔所言：“对于台湾这个移民社会，庞大的历史堆栈出厚重而难以言宣的迁移经验和记忆，尤其是它的历史仍然在不稳定的跳跃中，因而它的‘意义之荚’要如何打开，实在是个巨大的难题。复以笔记、史和传奇杂错，很容易就让人淹没在过多的重复和琐碎里。或许也正因此，迁移这个重大的课题尽管一直在人们的悬念中，但却无人敢于踩出那

---

* 吴慧颖：厦门市台湾艺术研究所助理研究员。

先发的第一步。”①

仅以《风前尘埃》所涉及的日据时期为例。虽然日据时代距今已半个多世纪，“可是日本在台湾至今仍阴魂不散”。“铺天盖地的资料史籍”，施叔青赫然发现，最近十几年来，“有关日本殖民统治的研究成为显学，不只是学者的论述，大学校院相关科系研究生的论文，对日治时期的著述，从政治、历史、文学、医学，无所不包，数量惊人，连助产士产婆、日治时代自琉球来台讨生活的娼妓都有专书……”②

台湾的历史在各种现实利益的角逐中被积极地动员和书写。而各种文本和书写行为，无不折射出台湾社会近年来的内在焦虑、暗潮汹涌。如何看待政权更迭、族群关系，边缘与中心，身份与认同……纷繁复杂的动荡，夹杂在错杂复杂的历史以及现实各方利益的角力下，台湾当前混乱冲突的社会思想状态，无疑是孕育各种想象的温暖巢床，而这一系列“大河小说”③ 创作的冲动和写作的困境似乎也都渊源于此。

出身鹿港望族，长期迁徙和旅行世界各地，以及掌握历史叙述的能力和丰富的想象力，南方朔甚至认定施叔青“几乎是全台湾作家里唯一有条件和能力去碰触这个问题的作者”，④ 何况此前，已经有“香港三部曲”的成功“热身”。台湾三部曲的写作，固然源自作者强烈的使命感——台湾的现实焦虑与复杂变动的历史，显然触动了作家敏感的心灵。在与陈芳明的对谈中，施叔青也提及写作的动力在于陈的鼓励：“既然我为香港写下三部曲，你说，

---

① 南方朔：《走出“迁徙文学”的第一步》，见施叔青：《行过洛津》，台北：时报出版社，2003 年版，第 8 页。

② 《与为台湾立传的台湾女儿对谈——陈芳明与施叔青》，见施叔青：《风前尘埃》，台北：时报出版社，2008 年版，第 262 页。“大河小说”来自法文 Romance - fleave，近代法国小说的重要体式，其特征是以多卷体连续小说表现时代历史全貌，如巴尔扎克《人间喜剧》、左拉《卢贡 - 马卡尔家族》等。到了 19 世纪之后，Roman - fleuve 被拿来对应指称英文中的 Saga Novel 或德文里的 Sagaroman。这类小说不拘泥于历史的“重大事件”和事实真实，而着眼于历史背景下的世态风物的状况和变迁，其中，往往以个人或家族的命运为线索，观照时代变迁中各种思想、文化、政治力量的消长。

③ 南方朔：《走出“迁徙文学”的第一步》，见施叔青：《行过洛津》，台北：时报出版社，2003 年版，第 8 页。

④ 《与为台湾立传的台湾女儿对谈——陈芳明与施叔青》，见施叔青：《风前尘埃》，台北：时报出版社，2008 年版，第 265 页。

生为台湾的女儿也应该用小说为历史作传”。陈芳明冀望其“为台湾立下史传，希望能够以巨视的观点掌握岛上社会的生命力与创造力”①。南方朔则视之为台湾文学“走出‘迁徙文学’的第一步”②。

二、“以小说为台湾的历史立下史传”

“近八年来，我孜孜不倦地研读、思考台湾的历史，按照我的理解与认识，凭想像重现我心目中过去的台湾，企图以小说为台湾立下史传。”③ 施叔青在2008年获得台湾“国家文艺奖”时，如此回顾自己“台湾三部曲”的创作历程。

不同于大多数“大河小说”以一个家族或一人贯穿始终的线性叙述，施叔青的台湾三部曲试图以一种散点透视的方式来结构布局，时间段落截取清代、日据和光复后三个时期（目前的计划），空间布局上则涉及鹿港、花东和台北等，以不同的故事撑起台湾历史的主轴。这样的选择是为了突显台湾人的特殊历史命运，施叔青认为：“台湾的历史是断裂的，造成我们认同的痛苦，也才会有今天的争端矛盾……”④

而针对现实的纠结，目前已出版的《行过洛津》处理了性别的问题，《风前尘埃》则经营族群的议题。对于施叔青来说，台湾历史的书写，不可回避的是这样的课题：“究竟什么才是真正的台湾人，如何用文学表现不同政权、政策下的台湾人的改变（或者没有改变）”。⑤ 立足于此，施叔青延续一贯“以大博小”的写作策略，采取了庶民视角与边缘书写。

---

① 《与为台湾立传的台湾女儿对谈——陈芳明与施叔青》，见施叔青：《风前尘埃》，台北：时报出版社，2008年版，第265页。

② 南方朔：《走出“迁徙文学”的第一步》，见施叔青：《行过洛津》，台北：时报出版社，2003年版，第5页。

③ http://www.ncafroc.org.tw/Content/award-prize.asp?ser_no=74&Prize_year=2008&Prize_no=十二&prize_file=Prize_feeling

④ 《与为台湾立传的台湾女儿对谈——陈芳明与施叔青》，见施叔青：《风前尘埃》，台北：时报出版社，2008年版，第265页。

⑤ 同上，第276页。

《行过洛津》以施叔青的家乡洛津（今鹿港）为背景，时间上溯洛津最为繁荣的清末嘉庆年间，故事描写泉州七子戏乾旦许情三次搭船到台湾洛津，历经了海港起家的洛津五十年兴衰。伶人许情辗转于郊商、官员间不能自主的落魄命运，以及与一个台湾稚年歌妓之间初萌的爱情却转瞬凋零。历史洪流中卑微的生命与洛津“转眼繁华等水泡”的枯荣相互呼应的。戏台内外的跌宕人生和情感世界，交缠移民社会的世俗风貌、地域社会的权力运作。昔日攘攘的鹿港宛若清代台湾社会的缩影，南管、台湾民歌、窄窄的巷弄，还有海港暧昧潮湿的气息，记忆加上地缘的熟悉，又有史籍和民间文献的记载，鹿港的旧影恍惚如在眼前。作者带着对往昔繁华的痴迷，几乎事无靡细地钩沉旧日庶民生活的细节，感性地丰富了历史难以诠释触及的角落。而延续其写作风格，“浓烈矫情的象征，漫无节制的臆想，没有出路的情节布局”，依旧表达着“女性作家对理性的、流利的父权大叙述的质疑抗撷”。①

如果说《行過洛津》是工笔细描，其后的《风前尘埃》则是写意山水。《风前尘埃》的意象取自日本平安朝诗僧西行和尚的句子：“诸行无常，盛者比衰，骄纵蛮横者/来日无多。正如春夜之梦幻/勇猛强悍者终必灭亡/宛如风前之尘埃。”小说描绘日据時期的花东，涉及三个不同的种族、语言生活习惯各异的族群。主角有太鲁阁族的哈鹿克，在殖民地移民村和立雾山生活的日本家族（警察横山新藏、其女横山月姬），以及爱上横山月姬的客家摄影師范姜义明。施叔青打散大历史，回归自然与个体，故事别致地采取揭秘式的层次写作，从无弦琴子——一个日本人和原住民后裔的边缘视角，穿越历史和战争的烟尘，追溯殖民历史中年轻生命的挣扎与情爱。南方朔评说，“到了第二部《风前尘埃》，她走得已更远了，‘征服－被征服’、‘认同－自我分裂’、‘受害－加害’、‘迫害－野蛮’这些自古以来的历史课题已被镶嵌进了更复杂、更细致的架构下而一层层展开。”②

---

① 施叔青：《施叔青早期小说的禁锢与颠覆意识》，《施叔青集》，台北：前卫出版社，1993年版。

② 南方朔：《透过历史天使悲伤之眼》，见施叔青：《风前尘埃》，台北：时报出版社，2008年版，第10页。

对于用小说演绎历史，在众语喧嚣中，以一种尽量摆脱概念化陈述和宏大叙事，通过更为客观、更接近庶民观念的角度来陈述历史，施叔青是颇有信心的。“作家凭着想像力，把人物从虚空中召唤出來，让他们回到历史的现场，还原重现那个时代的气息风貌，从无到有，创造的过程令人心眩神迷，文字语言的魅力尽在其中，更何況有评论者认定我的历史小说比起史学家对同一时代的撰述更能感动人心，贴近历史的真实，展现了未曾为史学家所发现的生命力，更生动传神的代表那个时代的社会。”①

2008 年，施叔青获得台湾“财团法人国家文化基金会”颁发的“第十二届国家文艺奖”，成为第一位获得该奖项的女性。评委们给出的得奖理由之一是：“近年创作台湾经验系列《台湾三部曲》、《微醺彩妆》、《驱魔》对台湾意识的形塑，有深入观察和着墨，突显台湾人长期以来的历史命运，深刻有力。”②

据说，评奖时曾有一些争议，有人因施叔青并不居留台湾，对其是否为台湾作家而持异议。幸而只是小小的波澜。施叔青的文学成就和对台湾历史的深刻书写，显然是不可否认的。而波澜内外，却也隐约可想见今日台湾社会复杂与偏执的一面。

三、文学的超越与救赎

可是，历史的重新钩沉，是否企及历史真相，恐怕也并非文学家最在意的小说主旨所在。

时代的思潮已然改变。“叙事史复兴”，摆脱宏大叙事，小人物，庶民生

---

① 南方朔：《走出“迁徙文学”的第一步》，见施叔青：《行过洛津》，台北：时报出版社，2003 年版，第 8 页。http：//www. ncafroc. org. tw/Content/award - prize. asp? ser_ no = 74&Prize_ year = 2008&Prize_ no = 十二 &prize_ file = Prize_ feeling

② http：//www. ncafroc. org. tw/Content/award - prize. asp? ser_ no = 74&Prize_ year = 2008&Prize_ no = 十二 &prize_ file = Prize_ feeling

活视角……这样的手法在近几十年来兴起的新微观史[①]学家那里也运用得颇为熟稔。伊格尔斯对近三十年来西方史学的新变化曾作过这样的论断：“在历史编纂学的方法上，他从精英们的身上转移到居民中的其他部分，从巨大的非个人的结构转移到日常生活的各种现实的方面，从宏观历史转移到微观历史，从社会史转移到文化史。”（伊格尔斯. 2003）例如，《叫魂》、《金翼》等史学著作采取了讲故事的文学方法来结构叙述。

文学和历史的关系似乎又紧密起来了。

然而，感性的文学，似乎并没有义务提供一个确凿的结论或观念，倒是善于营造一个想象的瑰丽世界，引导读者进入其间。动乎情，感于心，思其行。就如《风前尘埃》中，主人公横山月姬的台湾经历，是透过了女儿无弦琴子的追溯而呈现的，而其与太鲁阁族青年哈鹿克的爱情，其情感动因亦是间接描述，来自哈鹿克的揣摩。晚年月姬假借真子的故事诉说自己经历。以及摄影师范姜义明的观察。记忆与追溯交缠，明明昧昧间勾勒时代的风貌。

或许，历史的真相如何，恐怕后人总是无法企及。而对于历史，小说家的雄心应该不仅仅在于“心知其意”，然后“述其大意”，还希望进而“发明其意”。对于历史，作家所背负的疑问和包袱无疑是沉重的。而“道之为物，惟恍惟惚。惚兮恍兮，其中有象”。基于对常识的尊重，回归自然，回到个体，回到生命，以想象召唤历史图景。作家想要解答是：一个个活生生的生命，在历史的纷纭中如何自处？而这，恐怕也是对人类的终极发问。

文学的立场是施叔青始终坚持的。在“国家文艺奖”获奖感言中，她说道：“唯独对文学创作我是用情至深，一直把写作当成生命中最主要的志业。我把用眼睛观察到的，心灵所感受体验到的世间百态诉诸文字，要求不断的超越自己，创造言而有物的作品，最好能够使每一本书的艺术性迈入一个更

① 20世纪70年代后半期至80年代的心态史学中，一批史学家在研究方法上放弃了“新史学”所重视的量化分析，重新采纳了传统史学中最富人文性的表述方式，对历史演进过程中的事件和个人进行有声有色的叙事性描述，从非常具体的微观角度去考察人们的心态变化，如娜塔莉·戴维斯的《马丁·盖尔的回归》等。同时，这些史家一般都选择历史演进过程中的社会变动时期作为其研究的时段。对社会重大转型时期中的事件与个人进行了细微的个案考察，用流畅的笔调重构出历史变迁中的社会场景。

高的层次。创作有如爬山，只为那更高的一层。長年來我未曾放弃對自己的期許。”

或许正是基于身为作家的使命感和自我挑战。台湾三部曲并没有成为历史的通俗文学读本，尤其是第二部《风前尘埃》，更摆脱了《行过洛津》对历史细节钩沉的痴迷，显示出空灵、写意之美。作者的关注点投射在“个体生命在辗转纷纭的世代中如何自处”的主题。在《行过洛津》中，是七子班乾旦许情辗转于郊商、官吏和歌妓间的性别困境，宛若牵丝傀儡般的无法自主；在《风前尘埃》中，是身为日本人和原住民结合的后代无弦琴子，对母亲横山月姬日据时期在花莲情爱往事的追溯中的身份迷思。权力与支配，族群与身份，文化认同的无所适从……历史往事的召唤，交织进现时生活的焦虑，旧事陈迹并非遥远的存在，而与当下人们的境况息息相关。

作者以感性之笔，从具体卑微的人物出发，去揣摩复杂、险恶的历史处境下敏感心灵的所思所想与所为，浓墨重彩地歌颂自然的真纯，纯朴善良的心灵、真挚美好的爱情。小说由此不再局限于一时一地，羁縻于台湾历史的悲情，而试图去探寻人类永恒的困境，小说因之亦有了更深远的意义。

值得注意的是，在《风前尘埃》中，施叔青反复提到了战争期间日本人用身上穿的和服来宣传战争，这一情节仿佛音乐的主题，贯穿全篇。

尽管施叔青自认以文学为志业，尽心描绘想象的世界，欣赏于艺术之美，但作为一位深具人道情怀、有良知的作家，她同时警惕地感受到艺术绚烂之下可能隐含的残酷，文学或艺术的想象也可能被强权利用，而成为历史悲剧的帮凶。

无论是服饰，还是文学，或是历史的陈述，意识形态话语都有可能借由人们对美的陶醉，诱引想象的认同。当然，秉持善良、真诚的人们也可能经由同情与文化的宽容，以美的升华，冲破意识形态和自我认知的禁锢。

是的，按部就班的苍白生活，波澜不惊的平庸世代。生命的某个时刻，需要想象的救赎。沉默的历史，在现实的种种角力下留下一地斑驳暧昧的碎影。幸好，我们还有向善的心灵、美丽的文字，以及对爱和光明的想象。

台灣文學新視野：日治時代漢文通俗小說概述

黃美娥*

一、前言

關於日治時期的台灣文學，在現今兩岸常見的幾種文學史著述中①，最常見到的敘述模式，是從新文學與舊文學的二元發展系統論起，姑且不論其間往往存有新舊對立史觀，而另一值得商榷的是，如此所展現出的文學史樣貌，其實只是一種「雅文學」的範疇觀。然而，倘若細繹台灣現代小說的起源，將會發現在白話新小說出現之前，由本土舊文人在當時大量報刊中所撰寫的文言、且常具程式化情節的通俗意味的小說，不僅早已存在，且能與世界文學相接軌，並在小說創作題材與敘事手法上試圖表現新意，因此最終得以裨益於台灣新小說之生成②，是故藉由這批漢語文言/通俗小說，無疑可以

* 黃美娥：台灣大學台灣文學研究所教授。

① 例如葉石濤《台灣文學史綱》（高雄：文學界雜誌，1987）、劉登翰等人合著《台灣文學史》（海峽文藝出版社，1991）、彭瑞金《台灣新學運動四十年》（台北：自立晚報系，1991），以及陳芳明在《聯合文學》連載之《台灣新文學》（1999）系列文章。

② 參見拙文〈文學現代性的移植與傳播——台灣傳統文人對世界文學的接受、翻譯與摹寫〉，收入《重層現代性鏡像：日治時代台灣傳統文人的文化視域與文學想像》（台北：麥田出版社，2004），頁285－342。

獲見新文學與舊文學的接軌所在，以及隱藏其中的過渡現象①。那麼，在現有的文學史框架中，日治前期文言/通俗小說的缺席現象，顯然需要重新予以審視。

其次，即使是在白話新小說誕生與成熟發展之後，在1930至40年代之間，除文言通俗小說照樣持續發展外，此時期還曾出現如徐坤泉、吳漫沙等撰寫白話通俗小說的著名作家，且徐氏作品不單被視為台灣大眾文學的代表作，其在《台灣新民報》上甫刊出《可愛的仇人》一文，便受到熱烈歡迎，且在戰後出版單行本時依舊是暢銷書②；至於吳氏於日治時期之創作亦備受矚目，而到了戰後鍾肇政更表示閱讀吳漫沙戀愛小說，有益於中文之學習經驗③。則綜上可知，這些日治後期的白話通俗小說，當初能在雅文學系統的報刊上刊載，自不免顯示了彼此的某種互滲或越界關係，而其在戰後對於新興小說家的影響力亦不待言，由是遂更說明了白話漢文通俗小說的文學史角色意義，亦有賴更為公允之評估。

那麼，這些曾經存於日治台灣文學史上，且頗具特殊價值的漢文（包括文言與白話）通俗小說作品，其整體面目為何？在今日應當進行怎樣的剖析與探討？本文以下將試作勾勒與鋪陳，冀能促發學界更多關注與思考④。

二、「大眾文學」與「通俗小說」的指涉義界

進行上述小說的研究，首先會面臨到的是，關於這批作品群體的稱謂問題。1998年，下村作次郎與黃英哲在參加「中研院中國文哲所籌備處」舉

---

① 其實單以賴和早期被視為最具日治時期台灣反抗小說原型的《一桿「稱仔」》而言，便可發現其小說寫法實與在此之前若干常見的文言、通俗小說，概以人物為敘事主軸，並在故事情節上力求刻畫特殊遭遇為主的表現手法十分雷同，從中可見相似性或延續性。

② 參見下村作次郎、黃英哲：〈台灣大眾文學緒論〉，文章收入阿Q之弟《可愛的仇人》（台北：前衛出版社，1998），頁5、頁12。

③ 同上註，頁7。

④ 而要另加補述的是，日治時代也有日人或台人所寫的日文通俗小說，尤其日人作品最夥，但此部分，目前除中島利郎曾就偵探小說書寫狀況有所探析外，其餘多數日人作家、作品仍屬陌生而未知者，因此本文在此尚無法進行相關研究，故文中僅就漢文通俗小說予以專論。

辦之「文藝理論與通俗文化研討會」上，曾以「大眾文學」一詞來指稱此類作品；且在二人協助之下，同年台北前衛出版社出版了《可愛的仇人》、《靈肉之道》、《韭菜花》等作品，當時亦冠以「台灣大眾文學」之名目。而從下村與黃氏二人合撰之文章，可知使用此一稱謂，是借鏡日本文學而來，二人認為唯有從日本近代文學的演變脈絡中，才能理解台灣大眾文學的意涵①。原本，在日本近代文學語境中所謂的「大眾文學」，參照二人文章之說法為：「一般是指與『純文學』」對立的通俗文學，它主要是應多數讀者的興趣而寫的一種娛樂讀物」、「大眾文學」是一種相對於純文學具有大眾性的通俗文學，包括有推理小說、武俠小說、家庭小說、幽默小說等，它是與純文學作品對立的，是一種大眾文藝」②，顯然係強調了作品自身與純文學的對立性，突出了大眾性與通俗性。不過，關於此一名稱用法，中島利郎卻持保留看法，他認為「大眾文學」成立的要素，廣大讀者是不可或缺的條件，然而睽諸日治時代的臺灣，閱讀語言既不一致、以商業為基礎的大眾媒體也不發達，即使銷售量達四萬本的《台灣藝術》亦只維持在 1942 – 1943 年間而已，因此其以為若從《可愛的仇人》上述諸書的出版情形來看，當時台灣其實並沒有具有真正可以閱讀所謂大眾文學的廣大大眾，故這些小說自然不能以「大眾文學」視之，他以為採用「通俗文學」一詞較為適宜；其次，他還留意到 1936 年劉捷發表在《台灣時報》中的〈台灣文學史考察〉言及了台灣的大眾文學，但劉氏雖使用了此一詞彙，其人所見台人的大眾文學卻是本島人大眾最常閱讀的《三國演義》、《西遊記》、《水滸傳》、《紅樓夢》等，故由此中島利郎更進一步指出，可見台灣本身實際並無自我的大眾文學存在③。

2007 年，筆者與黃英哲合編了在東京綠蔭書房出版「日本統治其台灣

---

① 參見下村作次郎、黃英哲合撰：〈戰前大眾文學初探（一九二七年——九四七年）〉，文章收入彭小妍編：《文藝理論與通俗文化》上冊（南港：「中央研究院」中國文哲所籌備處，1999），頁 232。

② 同上註，頁 232。

③ 參見中島利郎：《日據時代台灣文學：關於台灣的「大眾文學」（節錄版）》，文學傳媒與文化視界國際學術研討會會議論文，「國科會」人文學研究中心、中正大學人文研究中心暨中文系合辦，2003 年 11 月 8 – 9 日，頁 3、頁 5、頁 9。

文學集成」中的《台灣漢文通俗小說集》一書，有關書名我使用了「通俗小說」而非「大眾文學」一詞，主要考量不同於中島氏之讀者大眾數量問題，而係從台人作品的創作表現整體趨向著眼，尤其對於漢文通俗小說而言，包括了多數的文言之作與徐坤泉、吳漫沙的白話作品，其實在書寫自律性上，大多仍承襲自中國古典小說傳統美學，或受到晚清、民初通俗小說書寫風潮之刺激影響，故在創作類型與敘述技藝上，明顯可以獲見其中的淵源與影響關係，因此最終選擇以「通俗小說」為名。當然，劉捷或下村作次郎等人，以來自於日本大眾文學的「大眾文學」概念指涉台灣創作狀態，其用法也提醒了吾人應當進以留心台灣通俗小說與日本大眾文學之間，或是對於更廣大的日本文學的可能容受關係。實際上，吾人若仔細翻閱戰前台灣雜誌、報紙，將會發現除了大量仿照中國通俗小說各種類型而寫成的作品之外，台人也有一系列擬仿日本描寫當代風俗、古代日本武將的小說，以及描繪現代男女生活的言情小說，而這些作品或學習自日本古典的通俗文學，或得之於明治維新後近代文學中的講談讀物，或借鏡於近代大眾文學中的家庭小說；換言之，日治時代台灣這類具有群眾趣味性、娛樂色彩的漢文小說，在對中國小說傳統有所傳承之餘，亦多少受到日本文學書寫的薰染，更何況部分作家其作品便甚具交混性格，為此非唯形塑了日治時期台灣漢文通俗小說的新變特質，更是同時串連起台灣、中國與日本之間的通俗文學交通網絡，愈加耐人尋思。

那麼，誠如上述，漢文通俗小說在日治時期既早已存在，且持續發展至中後期，又同時取徑了中、日或其他世界文學，如前述偵探小說便是對西洋新興文類的摹擬，則在日治時代的時人，究竟會如何看待與評價這些作品？即以最受歡迎的《可愛的仇人》來看，張文環曾經譯為日文出版，並在〈譯者序〉言及「中文版一下子連續印了三刷，在台灣的文學書的出版成績裡，是非常難得的」，而另一位許炎亭也在日譯本的〈序〉中指出，該小說起初在《台灣新民報》連載時，就受到熱烈歡迎，連報社幹部亦為之吃驚①，而最終日文版與中文版作品共計銷售了一萬冊②。除了張、許的不錯評價外，其他在《可愛的仇人》1935年中文版上也有許多撰序者、題簽者對此書內容提出看法，如林獻堂題「東甯照妖鏡」、薩鎮冰題「酒後茶餘」、羅秀惠題「可憐的環境、愛情的神聖、社會人□不醒」，而曹秋圃之序有謂：「文章之作有有生命者，有無生命者，關心世道為時代性寫照者，生氣盎然，則生命之延長可知，其偏於吟風弄月，更作無病呻吟者，既無生氣可言，又何生命之有？……可愛的仇人為君傑作，中之人以台灣為背景，繪色繪聲，淋漓盡致，善讀者當先著眼其命意之所在」③，上述僅薩鎮冰所謂「酒後茶餘」涉及了小說之娛樂性意義，餘均重視該書之社會教化功能④。另外，尚有大陸人士丁誦清，其由中國新小說發展史來論本小說之貢獻，以為《可愛的仇人》不僅是一出色的長篇小說，更強調「很可以代表現在新小說之精華，實合宜於台灣中等以上學校作文藝方面的參考讀物，我很高興牠能滿足我對於台灣的感想」⑤，丁氏其實不從通俗、大眾化角度論斷本書之意義，她反而是由雅文學的新小說史、長篇小說駕馭成熟能力，以及充分反映台灣世態的視域予以高度肯定；而另一位任職菲島《新閩日報》的葉渚沂，則未從地域角度去觀看這部台灣小說，乃純以小說創作論來評斷此部小說成功之處；而「雞籠生」陳炳煌也以插畫者之身份，寫下《畫者的話》獻上無限祝福；至於作者徐坤泉本人，在其個人自序中，他不只將自己的創作經驗與多位著名世界文學家如托爾斯泰、海涅、雪萊，中國古代賦家左思、近代作家矛盾相連結，以此凸顯其苦心孤詣，他更表述寫作此篇的心境：

---

① 參見下村作次郎、黃英哲合撰：〈戰前大眾文學初探（一九二七年——九四七年）〉，文章收入彭小妍編：《文藝理論與通俗文化》上冊（南港：「中央研究院」中國文哲所籌備處，1999），頁239－240。

② 同上，頁238。

③ 以上參見阿Q之弟《可愛的仇人》（台北：台灣新民報社，1935），曹秋圃之序原無標點斷句，此處為筆者所加。

④ 以上這幾則題簽或序，未收入於阿Q之弟《可愛的仇人》（台北：前衛出版社，1998）新版之中。

⑤ 參見丁誦清〈序〉，文章收入阿Q之弟《可愛的仇人》（台北：前衛出版社，1998），頁13－14。

真的、在台灣這樣的環境、要寫成一篇能被認為「大眾化」的小說、是難上加難的事、老先生輩好古文、中年先生輩好語體、青年同志們好白話、既然所謂「鄉土文學」、有時亦當用台灣鄉土的口音造句描寫、所以這部《可愛的仇人》、是以不文、不語、不白的字句造成的、其目的在於能普遍讀者諸君內中定有許多俗字俗句、希望讀者諸君加以斧正諒解！①

透過這段文字，可知徐坤泉在書寫《可愛的仇人》時，十分留意當時台灣文壇正如火如荼推動的「文藝大眾化」與「鄉土文學」運動，並且力求創作上之相應實踐，而為能寫出一本符合鄉土文學的「大眾化」口味的作品，徐氏最後寫出了「不文、不語、不白」的殊異文體。以上，藉由《可愛的仇人》之出版情況，以及其中題簽、序文內容所示，足以由小窺大，得以發現徐氏此一通俗小說文本，不僅在當時取得了島內文人（林獻堂、羅秀惠、曹秋圃、陳炳煌）的認可，甚也赢得大陸與菲島人士（薩鎮冰、丁誦清、葉渚沂）之推薦，且涵蓋新舊文學文人、域外媒體人，從作品之社會意義，或文學藝術表現來加以稱讚，而耐人深思的是，除薩鎮冰外，時人對於此類「通俗性」作品的「通俗」特質並不敏感，甚至還置諸於中國或台灣「新小說」、「長篇小說」發展脈絡中進行評價；再者，徐坤泉自我亦然，其在撰寫本文時，更欲與台灣文學史上重要文藝思潮相呼應，並且在「鄉土文學」與「文藝大眾化」面向上表現亮眼，做出成功之書寫實踐。大抵，如此的現象，指出了漢文白話通俗小說與新文學小說之間的糾葛甚深。

然而，漢文通俗小說一路之發展，實際並非均如徐坤泉及其《可愛的仇人》之大獲好評，1924 年張梗在《台灣民報》發表《討論舊小說的改革問題》時，曾經言及：「現在台灣某報上、還是天天不缺登著那些某生某處在後花園式的聊齋流的小說」②，可見他注意到了新聞紙上的「舊」小說，只是張氏在此文中最終因為嫌惡其「舊」而進行猛烈批判。換言之，從初期如張梗者流之砲轟，到後期徐坤泉之赢來成功掌聲，這顯現了台灣漢文通俗小

① 以上有關徐坤泉自序所述，參見阿 Q 之弟《可愛的仇人？自序》（台北：前衛出版社，1998），頁 20。

② 文見張耿：〈討論舊小說的改革問題（一）〉，載於《台灣民報》1924 年 9 月 11 日第 2 卷第 17 號，頁 15－16。

說發展，委實經歷過一番轉折變化，箇中曲折尚待釐析。不過，雖然前引張梗的文章，未能對台灣文言通俗小說青眼以對，但卻也留下一個重要的觀察，他道出了台灣通俗小說與新聞報刊媒體間的密切關係。

三、現代性、報刊與漢文通俗小說

日人領台之後，隨著大眾傳播媒體引進台灣，當時的報章雜誌，或為補白，而更多時候則為吸引讀者群，便開始刊登小說以提高閱讀率。由於報紙多屬每日發刊性質，通俗性書寫更能招徠讀者，故在閱讀需求孔急的情況之下，兼以島內逐漸生成的現代化社會的嶄新日常生活，看重休閒、審美文化消費的推波助瀾下，自然產生了為數可觀，別具情色想像、奇異冒險、幽默詼諧、驚悚刺激等充滿大眾娛樂色彩的作品。故，就此看來，台灣漢文通俗小說之興起，與通俗娛樂需求與大眾新聞媒介關係匪淺，堪稱乃因「現代性」而生①。

在當時的新聞紙中，最早發行的《台灣新報》，於出刊三月後首見日文小說的刊載，即於明治 29 年（1896）10 月 29 日第 48 號報端，「黑蛟子」所寫有關鄭成功事蹟之《東寧王》，此文明確標誌為「小說」作品，後以連載型態刊登。至此，報中雖可或見小說作品，如明治 30 年（1897）9 月「一二庵主」所撰日文作品《頭陀袋》，明治 30 年（1897）10 月 21 日至 10 月 31 日前後刊登多達十回的《空枝怨》，不過在這階段，小說仍未在新聞紙中獲致經常刊登的機會。而真正促使通俗小說在新聞紙中擁有較固定發表空間的關鍵作品，是由さんぽん所寫，刊載於明治 31 年（1898）1 月 7 日至同年 3 月 31 日止的偵探小說《艋舺謀殺事件》。此一小說連續刊載近兩個多月，乃以報載艋舺一池子發現浮屍的社會殺人案件為藍本；後來八月所刊在臺日人館森鴻撰作之《鄭成功》，篇幅之長，連載時間之久，更勝於《艋舺

① 小說書寫本就是文學傳統之一，而小說之在過去之被視為小道，也在於其中的不登大雅之堂的通俗性，因此當日治時期通俗小說之被重視而有大量創作，無疑也暗示了其間經歷了小說「通俗性」的現代轉化，箇中變化值得觀察。

謀殺事件》，此恰恰說明了新聞紙上小說的登載已經形成風氣。而在此時，連在東京的日人也加入創作行列，其中數量較多，創作甚勤者為「美禪房主人」，其人曾發表《青蓼》、《續青蓼》、《俠妓兒雷也》等篇，成為明治31年（1898）至32年（1899）間曝光率極高的日人通俗小說作家。爾後，進到大正、昭和時期，日人作家在台灣刊載通俗小說的情形，自始至終不輟，甚至可以見到渡邊默禪、吉川英治、江戶川亂步、菊池寬等名家之作。

上述是日人在報紙上以日文發表通俗小說的初期梗概，至於以漢文從事通俗小說的創作，最先嘗試者依然是日人。如在明治32年至33年間的《台灣日日新報》的「說苑」欄，可以發現日人以日本史乘傳贊為基礎所創作出的稗官小說。至於台人從事漢文通俗小說的寫作，則有待明治38年（1905）7月《漢文台灣日日新報》出刊以後，最大原因自是漢文版面增加，臺人終於擁有搦筆染翰的自在揮灑空間。此時活躍其間的通俗小說創作者，主要是擅長古典文學的舊文人群，且多半擔任報社記者，包括謝雪漁、李逸濤、李漢如、黃植亭、白玉簪等。而自《漢文台灣日日新報》獨立出刊起，至明治44年12月1日又與《台灣日日新報》日文版合併為止，亦即1905至1911年間，正是臺人熱衷撰寫漢文通俗小說的高峰期，但往後《漢文台灣日日新報》停刊，重新回歸到《台灣日日新報》之後，在與日人/日文作品競爭的狀況下，台人漢文通俗小說整體刊出頻率已不如從前。而這種漢文通俗小說創作略顯萎縮的情形，要待後來漢文雜誌刊物陸續出現，發表園地漸從新聞紙擴充至文藝雜誌，才獲致改善，此即30年代以後，本身便屬娛樂性質為重的《三六九小報》、《風月》、《風月報》等刊所提供的漢文通俗小說創作的寬廣園地所致，於此才得以繼1905至1911年《漢文台灣日日新報》的創作高潮後，再造另一階段的榮景①。此際通俗刊物上的主要發表作家，文言創作以鄭坤五、洪鐵濤、許丙丁為著，白話作品則是徐坤泉、吳漫沙、林荊南等人最受歡迎，尤其作品亦有單行本印行，愈見漢文通俗小說的成熟發展。

以上，漢文通俗小說的出現，固然是伴隨現代新聞媒體之需求而來，但因日治時代以前之明清時期，台灣文學創作主要大宗乃在詩、文，小說不特屬於小道，亦未見本土文人相關作品之傳世，因此進入日治時代後小說書寫風氣之萌生與勃興，自然與時人小說觀念的轉變有所關連。所以，回溯殖民地時期台灣漢文通俗小說的書寫歷程，也正顯現了台人對於「小說」文類的重新認識②與嘗試實踐的過程。

而在台灣，因為過去未有書寫小說的習性，因此前述取效中、日小說，乃至西方文學，無疑都是培育臺人學習小說創作的養分與沃土。經由消化/吸收這些來自世界各地的作品，台人才漸漸體會到所謂的「小說」類型，一旦掌握了小說類型的意義與觀念，以及小說的結構安排與敘事成規，便進而學會「詮釋」與「實踐」此一文類的美學意涵③，而其成果就是明治時期以來的逐漸興起的漢文通俗小說書寫與活動。這種從中國、日本或西方小說作品觀摩所得的體驗十分寶貴，但也不免隨著眾人體悟不同，產生差異的理解；加上台灣未見有如中國在 1902 年出現的「小說界革命」活動，以及嚴

① 以上有關日治報刊與通俗小說的關係，以及相關作品刊載情形及其意義，在此援引了本人先前的研究成果，參見〈舊文學新女人——《漢文台灣日日新報》中李逸濤通俗小說的女性形象〉，文章收入《重層現代性鏡像：日治時代台灣傳統文人的文化視域與文學想像》（台北：麥田出版社，2004）第五章，頁 241－242。另外，《三六九小報》或《風月報》其實並非純粹的通俗性報刊，前者雅俗兼有，且具有強烈的古典文學色彩，後者在後來更具有新文學刊物的風格，這顯現了台灣文學在 1930 年後的文學觀念、文學範疇已有追求分化與統合的趨向，雅俗、新舊之差異與整合，成為時人關注與努力的方向，因此兩刊才會出現此種綜合性的文藝風格。不過，在日治時代台灣通俗性刊物極少的情況下，此二刊的通俗性質仍然十分搶眼，故在此特加強調。

② 參見拙文〈從「詩歌」到「小說」：日治初期台灣文學知識新秩序的生成〉，文章收入成功大學台灣文學系編印《跨領域的台灣文學研究學術研討會論文集》（台南：台灣文學館，2006），頁 45－79。

③ 參見拙文〈文學現代性的移植與傳播：台灣傳統文人對世界文學的接受、翻譯與摹寫〉，文章收入《重層現代性鏡像：日治時代台灣傳統文人的文化視域與文學想像》（台北：麥田出版社，2004）第六章，頁 285－342。

復、梁啟超、邱煒萲等所提出的系統性言論，只多半出自於個人隻字片語式的感受，因此台灣的小說新體驗，最終缺乏整體而可觀的話語視野，而流於眾聲喧嘩，表述紛紜的現象。一旦轉化成實際作品時，致力於中國傳統志怪、志人小說者有之，模仿西方新小說的「歐式」作品有之，襲仿日人作品亦有之；甚且寫作小說的目的亦不同，尤其不同於晚清梁啟超等人的「小說救國」論述，更是一開始就染有通俗休閒色彩，並幾乎以此定調①。

但，具有通俗意味的小說的出現，應該是獲致了多數讀者的肯定，因為自此之後，各種類型的小說蠭出，雖然不乏雜亂無章而模稜的類小說嘗試，卻也充滿活力，這意味著此一創作領域與創作美學正待展開。而隨著小說類型的變換達到高潮，臺人對小說此一文類的探索興趣與意見也愈多，其意識型態既反映在小說創作上，有時則出現於小說內的可見的作者自評意見，由此可見臺人創作活動中逐漸形塑出的小說觀，以及當時小說寫作「規範化」的過程，這有助於釐清台人的小說觀及敘事範式的建構情形。

首先，在漢文通俗小說的寫作上，長篇章回或短篇、中篇皆有，志人、志怪作品甚多，偵探、言情、歷史、武俠、社會小說一應俱全，但以科學技術/科普知識為基礎的科學小說，以及反應殖民困境的政治小說則少見，此外也有若干翻譯、改寫之作品，從中可見譯寫過程中的本土文化進行斡旋、

① 以上有關台灣小說觀的說明，參見《文學現代性的移植與傳播：台灣傳統文人對世界文學的接受、翻譯與摹寫》，頁311。

協商之現象①。其次，在故事場景方面，或聚焦在中國、日本，或在台灣，同時也含括了其他世界各地，如法國、英國、美國、俄國乃至非洲國家，故不乏異國風俗人情之新奇描述，如此遂形構出對嶄新地域空間以及跨國文化情境的越界想像趣味。此外，於情節內容方面，更涉及了西洋認識論、性別議題、國族認同、異文化接觸、俠義/秩序的辯證、科學/理性的現代性等文學想像與文化視域，可謂包羅萬象。再者，有關漢文通俗小說之發表場域，個別小說文本的淵源關係，或是作品傳播/消費管道情形，其背後所承載的複雜文學/文化意涵，也會進一步牽涉到如台灣近代媒體的誕生、文學讀者層、文化公共圈的形成，以及都會文化與現代通俗文本間的互文現象等，上述皆足以為日治時期台灣漢文通俗小說研究開啟更多研究向度。

四、主要小說類型

當漢文通俗小說獲致嘗試書寫與持續耕耘之後，小說類型論顯然也會隨之成為眾人關注的焦點所在。這些漢文通俗小說的書寫，除了題目外，其在報刊刊出時，或亦隨文冠上類別以為凸顯該文題材、內容、性質，如「滑稽小說」、「豔情小說」、「寓言小說」、「詼諧小說」、「紀事小說」、「傳記小說」、「史傳小說」、「理想小說」、「寫情小說」、「哀情小說」、「偵探小說」、

---

① 有關於台人譯寫作品，所曾出現的文化翻譯與斡旋現象，筆者在《文學現代性的移植與傳播：台灣傳統文人對世界文學的接受、翻譯與摹寫》一文，曾以魏清德《齒痕》、莫理斯·盧布朗《虎牙》，以及魏清德《獅子獄》、柯南·道爾《戴面紗的房客》為例，說明其間的譯寫關係，頁323－326。唯當時因為過於專注諸文之間的相似情節關係，逕直以為魏氏之作當由英、法二名家作品譯寫而來，未料近日始發現魏清德之小說寫作時間相較《虎牙》、《戴面紗的房客》更早，亦即二者並非翻譯關係，先前筆者之前推斷有誤，故特此更正。不過，仍令人感到不解的是，何以魏氏作品所述與上揭名篇竟會如此近似？而儘管如此，雖然魏清德《獅子獄》一文已非對《戴面紗的房客》的改譯之作，但由於這是一則偵探小說，故在創作類型上，仍然進行了一種西洋文類的移植與翻譯工作。該文寫及法國巴黎馬戲團一頭獅子殺人，後經名偵探「屈里克」偵破案情之故事，對於台灣人而言，偵探小說、偵探與馬戲團獅子殺人俱非熟悉之事物，因此此篇小說其實是進行了西洋小說類型、西方文化，乃至西洋動物之跨界移譯與詮釋，因此文中魏清德先從台北圓山動物園的老虎、大象談起，俾使台人對於獅子之凶猛有所體會，而後才又對偵探形象多所刻畫，而其中尤其高度強調偵探之品德，然此與西方偵探形象要求實有所不同，故仍充分體現了箇中的文化翻譯與在地協商情形。

「歐戰小說」、「諷刺小說」等，而這種在日治初期便已出現的五花八門分類，浮顯了時人有意形塑以小說為中心的創作知識體系，也可窺見時人從小說出發的情感投射、文化心理和審美意趣，那正是他們看待社會/世界的方法。但，另一方面，更具凝聚意識與實踐熱情的是，作家針對某些小說類型進行特別經營，包括了偵探小說、武俠小說、神魔小說、言情小說等，因此更富饒趣味。

其一，在偵探小說方面，此一類型本屬西方新文類，日治初期才見到台人開始模擬學習，但整個日治時代，臺人對於偵探書寫皆感熱衷，甚至出現滲透到其他類型小說的狀況。而有關偵探小說在台灣的書寫實踐，文言與白話作品皆有，從中除了可以見到英國「福爾摩斯」與法國「亞森羅蘋」小說系統在臺灣的擬寫變形，本土作家也會參酌社會新聞案件而自行創作。這類作品，不只於以偵探推理樣貌現身，有時則以冒險小說姿態出現，或屬間諜作品，代表作家如魏清德，其人所作《傾國恨》、《古體聖文》、《鏡中人影》皆頗具特色。

其二，在武俠小說方面，當時作家所寫數量不少，而所敘寫之俠，除如鄭坤五《鯤島逸史》、林朝鈞《台灣奇俠傳》之描寫台灣俠客之外，尚有魏清德、謝雪漁專為日本武士、劍客而寫之《塚原左門》、《寶藏院名鎗》、《塚原卜傳》、《三世英雄傳》、《怪傑彌兵衛》、《十八義傳》等，以及李逸濤《兒女英雄》、《義俠傳》、《鐵血霞》、《雙義俠》、《劍花傳》諸作筆下的中國奇俠與《南歐大俠》、《健兒殲仇記》中的法國騎士階層。但，何以台灣文人會去書寫不同國家、地方中的「俠」，其中實隱含著複雜的道德信念、精神意識、文化翻譯與國族意義，此類武俠書寫，突出了跨語際、跨地域的文學/文化跨界交錯的微妙面向。

其三，有關神怪小說方面，此亦屬當時小說類型之大宗，在當時報刊如《臺灣日日新報》、《三六九小報》中，便常常可以見到一長串的狐、鬼系列小說，作品如《鬼鬧婚》、《狐女》、《鬼買餅》、《鬼丈夫》、《雅狐》、《魂鬼索娶》、《蜘蛛精》、《顧家饞狐》、《狐之鬪爭》、《廁鬼》、《罐妖》、《長頸怪》、《戀愛鬼》等。而此類作品之盛行，固然係中國小說志怪傳統之延續所致，或日本愛好妖怪傳說之影響而來，但應該也與現代化社會中，人類對於鄉野怪譚的好奇興趣攸關。又，此類小說中，尚有神魔書寫如洪鐵濤《新西遊記補》、許丙丁《小封神》，場景取諸台南，內容詼諧幽默，時見鄉土語言，此類作品既可屬中國小說在台灣之續衍，但卻也充滿在地本土色彩。

其四，言情小說部分，文言與白話書寫都有，而白話漢文通俗小說更是以此類型之書寫最為主流。從早期媒妁婚約，到後來之自由戀愛，日治時期言情小說真實記錄了時人愛情觀、婚姻觀之進程變化，故藉由此類作品，可以理解日治時代台灣人的戀愛史。而言情小說不僅是當時社會男女情觀之寄託與發抒，更是後來教人如何談戀愛的教科書，這可由謝雪漁《陣中奇緣》、白玉簪《書齋奇緣》、李逸濤《蠻花記》、魏清德《金龍祠》，到徐坤泉《可愛的仇人》、《靈肉之道》、《新孟母》與吳漫沙《桃花江》、《心的創痕》等作的意旨瞧出端倪，從中可見由「情緣」、「自由結婚」到「自由戀愛」言情話語之遞變，也能獲知「自由戀愛」話語內涵之建構、深化與轉折情形①。此外，白話言情小說如徐坤泉、吳漫沙作品，由於描繪者多屬現代都會的愛情生活，因此前者有關高雄、後者對於台北城市之刻畫別有異趣，從溫泉、公園、動物園，到咖啡廳、電影院、舞廳、百貨公司，一一化為日常生活中的約會聖地，遂使此際之言情小說，同時成為台灣現代城市景觀書寫之重要肇端。

以上，除前述幾種常見類型之外，部分作家對於特殊類型作品情有獨鍾，例如謝雪漁特好歷史小說，尤其喜愛嫁接日本歷史，藉以引介給台灣讀者，其作如《三世英雄傳》、《櫻花夢》、《新蕩寇志》莫不如此。其次，亦有作家挑戰時人耕耘甚少的類型，因此同樣值得留意，如鄭坤五嘗試書寫「科學小說」，其作《火星界探險奇聞》便是當時極為難得的試驗。該篇小說敘述兩隊國際探險科學家前往火星探險之歷程，結果最終一成功、一失敗的故事，而成功者留下了地球人與火星人親密互動的過程與言談，失敗者則

① 更深入的內容，可以參見由本人所指導的徐孟芳《「談」情「說」愛的現代化進程：日治時期台灣「自由戀愛」話語形成、轉折及其文化意義——以報刊通俗小說為觀察場域》（台北：台灣大學台灣文學研究所碩士論文，2010. 1）第二章、第三章。

促發了新的偵探敘事，結果導致科學小說與偵探小說類型的交混。

五、重要作家簡介

藉由前列小說類型論之闡述，便可明白日治時代從事台灣漢文通俗小說寫作者不少，以下僅擇要予以簡介：

（一）李逸濤（1876－1921）

李書，字逸濤，號亦陶、逸濤山人，台北人，曾任《台灣新報》、《台灣日日新報》記者二十年。李氏能詩善文，但以文言通俗小說之寫作而聞名，作品類型除公案、俠義、言情、社會小說外，尚且從事偵探小說的擬寫，乃日治前期台灣最重要之漢文通俗小說家。當時，在以古典詩歌為主流的年代，為了力倡小說閱讀與寫作，李氏於所撰《小說芻言》、《小說閒評》二文中，高度肯定小說創作的嚴肅意義與價值，並且積極戮力實踐，最終成果斐然。而從上述二文尚可得知，李氏的小說觀點或創作淵源，早年多得之於中國小說；加上後來有寓居廈門等地的多年經驗，李逸濤通俗小說的場景、人物或情節，多半發生於中國境內。其後，隨著域外知識的取得，內容則時見海外各國奇情異俗的世界想像；此外，則是聚焦台灣原/漢族群衝突與社會案件的本土書寫。大抵，其人作品以女俠形象的描寫最具特色，深刻寄寓了其人對20世紀初期台灣新女性的期盼與想像，如《留學奇緣》、《不幸之女英雄》、《兒女英雄》、《劍花傳》等；而創作題材中，相較他人亦頗偏好梨園優伎之作，此或受之晚清文學中狹邪文化描述之感染，但實際或因其人同時精通戲曲所致，曾擔任《台灣日日新報》「菊部陽秋」專欄主筆。

（二）　謝雪漁（1871－1953）

謝汝銓，字雪漁，號奎府樓主，晚署奎府樓老人，原籍台南，日治以後，遷居台北。1905年擔任《台灣日日新報》漢文欄記者，1911年赴馬尼拉擔任《公理報》記者；大正年間擔任台北州協議會員，1928年轉任《昭和新報》主筆，1935年後出任過《風月》、《風月報》主筆。畢生熱衷寫作，以古典詩歌為主，兼及文言通俗小說。在通俗小說之寫作上，其所譯寫自法國小說的《陣中奇緣》，是目前所知日治時期台灣本土文人小說書寫之先聲，而作品中、長篇頗多，如《健飛啟彊記》、《櫻花夢》、《新蕩寇志》、《十八義傳》、《武勇傳》等，多屬歷史小說之作，此外亦兼及技擊、偵探等類型。其常以中國或日本史事為本，時或雜糅西方科技新知，故形成傳統與現代交混的特質，作品常流露帝國認同之文學政治色彩。

（三）魏潤庵（1886－1964）

魏清德，號潤庵，新竹人，後遷居台北萬華。其長子是被譽為「台灣小兒科教父」的前台大醫學院院長魏火曜，次子則是亦曾任台大醫學院院長的「台灣婦產科舵手」魏炳炎。魏氏於台灣總督府國語學校師範部畢業後，曾擔任五年中港公學校訓導，後應聘台灣日日新報社記者，自此涉入媒體的生涯，至少長達三十年以上。除了報社職務之外，魏氏曾經參與台灣文化協會，出任臺灣勸業無盡會社監察役、台北市社會事業委員、台北市學務委員、台北州協議會員等。其人多才多藝，漢詩之外，書畫金石，亦皆涉染，而通俗小說之創作亦成果亮麗，所作明顯可見中國、日本及西方小說之創作影響，最能彰顯殖民地時期台灣通俗文學之混雜性。其中，以取法日本及西方通俗文學者最足以觀，前者有《雌雄劍》、《飛加當》、《赤穗義士菅谷半之丞》、《塚原左門》等；後者有《獅子獄》、《齒痕》、《是誰之過歟》、《還珠記》等；尤其偵探小說之翻譯、摹寫，堪稱台灣傳統文人之巨擘。

（四）鄭坤五（1885－1959）

鄭坤五，字友鶴、號虔老，筆名有駐鶴軒主人、不平鳴生等。原籍福建漳州府漳浦縣，幼年時返回原籍就讀漳浦中學，後歸台定居於鳳山郡大樹庄九曲堂，曾任法院通譯、土地代書及大樹庄長。戰後遷居高雄市，曾任高雄中學與屏東女中教師、《光復新報》主筆以及高雄縣文獻委員會委員等職。1922 年，鄭坤五加入甫創社的鳳崗吟社，後任社長，積極參與各地傳統詩會活動，他同時也是漢詩社屏東礪社的成員。但鄭坤五更為人所知的文學活動在於擔任漢文雜誌《臺灣藝苑》的編輯（1927）以及《三六九小報》顧問（1930），成為兩刊重要的撰稿者。其中，主編《台灣藝苑》期間，首開風氣之先以「台灣國風」之名，通過台灣歌謠的採錄，進行台灣話文與鄉土文學之理念實踐。畢生擅寫舊體詩，雜文與小說亦佳。連載於《三六九小報》上的《大陸英雌》為一述寫大陸軍閥混戰的現代長篇，代表作為文言與台灣白話並用的章回體小說《鯤島逸史》，該作前半部先在《南方》半月刊上連載，1944 年由南方雜誌社發行。這是一部以清朝台灣為背景的通俗小說，在勸善罰惡、宣揚忠孝的訴求下，含涉了台灣地方的歷史人文與鄉野民俗，因而廣受喜愛。但這部作品同時也因為戰爭末期的漢語刊行而備受注目，《鯤島逸史》在戰後以《台灣逸史》等題名被輾轉發行，亦有以此為本的電視劇「鳳山虎」之放映，足見其喜好者眾與影響之遠。此外，作家遺留手稿另有《火星界探險奇聞》、《華胥國遊記》、《大樹庄勇士黃輕》等中、短篇小說，展現科幻、傳奇、鄉土等不同主題與趣味。

（五）洪鐵濤（約 1896－1948）

洪坤益，字鐵濤，一名樂天；號黑潮，又號花禪。筆名眾多，有刀水、懺紅、野狐禪室主、花頭陀等等，臺南市人。洪鐵濤幼年接受漢學教育，後入學台南第一公學校，1910 年畢業。1915 年，與南社諸友人王芷香、陳逢源、趙雅福等人組春鶯吟社；1923 年，復組桐侶吟社；1937 年，再創聽濤吟社。洪鐵濤工詩文，長擊鉢吟，屢與新竹張純甫爭鋒，並稱南北兩大將。他亦擅長書法與詩詞，臺南市寺廟楹聯多有出其手筆者。1930 年 9 月 9 日，與趙雲石、連橫等人創辦漢文刊物《三六九小報》，主編兼發行人為趙雲石長子趙雅福，該報每逢三、六、九日發行，成員多為台南南社以及春鶯吟社社友。《三六九小報》創刊以後，洪鐵濤除擔任編輯工作以外，也是重要撰稿人，在編務上，他負責「黛山樵唱」、「花叢小記」、「開心文苑」等專欄。其中，創刊伊始即開始連載的「黛山樵唱」，前後採錄情歌百餘首，在民間文學史上別具意義；「花叢小記」主要為文介紹各地詩友名妓，而「開心文苑」則是諧謔趣事的採記。而在小說創作方面，洪鐵濤主要亦發表於《三六九小報》上，如記實小說有《姊》、《憨生》等篇，描寫資本主義下的社會眾生像；志怪連載小說如《續聊齋》、《新西遊記補》及《述異記》等等，通過章回體形式，或改寫自中國古典小說，或虛構或衍繹，透過志怪述奇的摹寫，描繪台灣奇聞軼事，成為另一種形式的在地書寫。大抵，洪鐵濤的文學活動集中在日治時期，戰後他曾短暫任台南市府秘書，未幾病逝。

（六）許丙丁（1900－1977）

許丙丁，字鏡汀、號綠珊盦主人，台南市人。1920年進入台北警察官練習所特別科，後任台南州巡查。1921年左右開始在《台南新報》發表漢詩，之後加入傳統擊鉢吟社團桐侶吟社。1931年1月起，許丙丁於《三六九小報》連載小說《小封神》，該作運用在地的語言，倣擬中國古典章回體小說《封神演義》以及《西遊記》，文中通過台南古蹟寺廟眾神的描摹，神魔記述被在地化，傳統歷史與風俗也得以再現。這部小說因此廣受好評，成為許丙丁重要的代表作，也是漢文台語文學的先趨作之一。此外，他亦有文藝評論與史實筆記等作品傳世。而除了文學創作，許丙丁在《台灣警察時報》與《台灣警察協會雜誌》等刊亦發表大量漫畫，名作《小封神》的插繪即出自其手。文學、漫畫以外，許丙丁對音樂亦有所涉獵。他因雅好南管，故於1945年起創立台南天南平劇社，擔任社長三十餘年。這些多元的趣味，顯示其人良好文化涵養以及充沛的活動能力。戰後曾任台南市參議員、市議員、第七信用合作社理事以及台南市文獻委員會委員等職。公餘之暇，許丙丁發表許多民謠填詞與流行創作歌曲，著名者有「六月茉莉」、「卜卦調」、「牛犂歌」、「菅芒花」、「漂浪之女」等。另外，其亦戮力於台南地區戲劇、歌謠與說書等民間文化以及古蹟和歷史的論述，為史料留下珍貴見證。而小說除《小封神》以外，尚有《實話探偵秘帖》、《廖添丁再世》等通俗著作。

以上諸位作家，大多屬於從事於文言通俗作品者，不過雖然同樣專擅文言寫作，但美學風格並不一致，即以發表場域或作家分佈地域來看，亦可發現刊載於南部《三六九小報》上之作家作品，如洪鐵濤、許丙丁、鄭坤五等，較常使用鄉土方言與俗諺，偏好幽默、逗趣之書寫習性；而刊登於《台灣日日新報》系統之李逸濤、謝雪漁或魏清德，則明顯嚴肅許多，作品中也會展現官報性格，在啟蒙大眾之餘，同時承載國策任務。

另外，文言作家之外，在白話通俗作品的書寫方面，徐坤泉與吳漫沙成就最高，二人之作既取徑五四新文學家、鴛鴦蝴蝶派小說，同時亦受中國傳統言情小說影響，在啟蒙大眾之餘，卻又不免固守傳統道德的發言位置、方式，使其在描寫兩性婚戀關係、台北島都文化時，傳統與現代性兼染，別具曖昧性，深獲實仍摻雜新、舊特質的台灣讀者大眾所喜愛，十足反應了當時的閱讀審美趣味。此外，另有林荊南亦屬當時知名作家，一併介紹於下：

（一）徐坤泉（1907－1954）

徐坤泉，澎湖人，筆名阿Q之弟。少時便遷居高雄旗津，曾於澎湖名儒陳錫如創立私塾「留鴻軒」習漢學多年，後又徙居台北。早年曾負笈廈門英華書院、香港拔粹書院，後畢業於上海聖約翰大學。學成之後，最初擔任《台灣新民報》海外通信記者，並在日本、南洋等地遊歷，1935年從菲律賓返台，調回台北總社，並擔任該報日刊學藝欄編輯，此後在長達一年多的編輯期間，連載發表長篇小說《暗礁》、《可愛的仇人》、《靈肉之道》諸作，深受當時讀者歡迎，成為其人展開文學活動的重要階段。徐坤泉在《台灣新民報》工作任期大約在1937年四、五月結束，此與當時報刊漢文欄廢禁有關，而離職後先往大陸內地尋求發展，在湖南長沙擔任虎標永安堂經理，後被疑為日人間諜而再度回台。十月起開始主編《風月報》50期至77期，1938年底又因經商因素無法兼顧編務而離去，再次轉往大陸發展，並擔任汪精衛政府的和平建國軍參謀。戰後，徐氏涉入「八一五獨立運動」，後獲無罪開釋，在北投經營「文士閣旅館」，1950年底曾任台灣省文獻委員會委員，與廖漢臣合撰《台灣省通志稿學藝志文學篇》，1954年7月肝癌病發逝世。徐坤泉是日治時代最為著名的漢文白話通俗小說家，專擅言情之作，作品常針對戀愛、金錢、婚姻進行爭鋒交辯，特別關注兩性命運，並留心世代問題，除就封建社會思想之錯誤提出批判外，也會對現代文明社會有所反思，最為特別者是其在小說中對於基督教信仰的鼓吹，由是開啟了日治時代台灣小說書寫中較為難得的宗教向度。

（二）吳漫沙（1912－2005）

吳漫沙，原名吳丙丁，筆名漫沙、曉風、沙丁等，福建省晉江縣人，1929年來台，1931年返回大陸經營食品業務，1935年回台定居，次年在《台灣新民報》上發表《氣仔姑》、《劇後》，於台灣文壇初露頭角，因為副刊編輯徐坤泉的肯定與賞識，先是獲邀在《台灣新民報》開闢「晚江潮」

專欄，而後更受一同參與《風月報》的編輯工作，且在徐氏前往上海後，成為主編，負責編務工作至1943年《南方》停刊止。藉由《風月報》、《南方》的發表空間與曝光率，吳漫沙的文學創作表現日益豐富與成熟，尤其通俗小說深獲好評，一躍而為繼徐坤泉之後，日治時代後期台灣漢文白話通俗文學名家。戰後，吳氏在《民報》上撰寫小說，又創辦《時潮》雜誌，亦任《新風》主編。1946年因李萬居之邀，擔任《台灣新生報》記者，此後投身報界，歷任《公論報》、《民族報》、《民族晚報》等報記者。而在此期間，除原有之小說寫作外，也曾嘗試商業化的電視劇本寫作；20世纪80年代後，在《台灣文藝》、《笠》、《台灣時報》上陸續刊登舊稿，但同時不廢新作，而除新詩、小說、散文、戲劇外，也耕耘舊體詩的寫作，參加了瀛社、網溪吟社、天籟吟社的詩會活動，曾獲得文建會優良詩人獎。1998年，其於日治時期所寫的《韭菜花》、《黎明之歌》、《大地之春》選入台北前衛出版社的台灣大眾文學系列予以刊行，由是吳漫沙得以受到學界高度關注，進而確立其在台灣文學史上的一席之地，但同時期此類作品所蘊藏的翼贊興亞與大東亞的意識也開始為人側目；2005年，吳氏病逝台北。畢生除上述作品外，較著名者尚有《莎秧的鐘——愛國小說》、《香菸西施》、《綠園芳草》，民間故事《七葉蓮》、閩南語電視劇本《日久見人心》等。

（三）林荊南（1915－2002）

林為富，號嵐映，筆名有景嵐、竹客、余若林、哲也、蕉翁等，彰化竹塘人。東京高等實務學校滿蒙科畢業後，於1935年左右開始發表作品。1937年起任《台灣新聞》員林支局記者，1939年移居台北，因結識《風月報》主編吳漫沙，成為該誌主要的撰稿者以及編者。之後，他於1941年12月1日，結合理念相同的文藝同好創辦漢文雜誌《南國文藝》，企圖透過該誌維繫戰爭時期的新漢文文藝創作。林氏在日治時期的重要創作期，主要集中在《風月報》、《南方》階段，而除了古典詩、新詩、劇本、評論、歌謠、翻譯以外，他的大量漢文白話小說也在此間刊登。作品包括有透過書信體方式，描寫殖民地學生電車所見帝都風景之短篇《大都會的珍風景》，文中現代性欲望下的東洋摩登呼之欲出；敘述男性出征與婦人從軍，翼贊國策的連載小說《哀戀追記》；因故中斷的長篇小說《漁村》以及歌頌日軍英勇無畏精神的小說《九軍神》等等。另外，他也曾改譯火野葦平的戰爭小說《麥與兵隊》，改題為《血戰孫圩城》而刊於《風月報》上，這些作品反映作家對於時代潮流的敏感性與趨從性，殖民地子民的心路歷程於此可見。戰後，他曾任《民報》副刊編輯、參與《民聲報》以及《和平日報》的創刊事宜，並發行《台灣詩學叢刊》，網羅了昔日《風月報》同仁一同參與編務。1950年因政治案件入獄二百餘日，後獲平反，出獄後擔任《詩文之友》等古典詩刊的主編。林荊南在戰後的文學活動雖以古典詩文為主，但亦有長篇自傳小說《窮與罪》的撰述。

而從上述日治時代重要漢文通俗小說家的生平簡介中，亦可得知若干作家在戰後依舊持續書寫相關作品，如此正指出了戰前、戰後通俗小說寫作的連續性，未來亦值得再加關注。

六、結語

過去以來有關日治時期台灣文學的研究，一般多側重於雅文學範疇，直到20世纪90年代後期，日本學界下村作次郎、黃英哲、中島利郎、河原功等人才帶動「日本統治時期台灣的大眾文學」研究，而除了發表相關論文外，其人並在日本與台灣兩地出版了在台日人的通俗文學集，如《台灣偵探小說集》以及吳漫沙、徐坤泉等之「台灣大眾文學」作品。不過，上述的研究或出版，大抵偏向日人的日文作品，或是1930、1940年代台人的白話漢文作品，實際忽略了台灣本土文人自1905年來便積極從事文言通俗小說寫作的史實；2003年，筆者發表〈二十世紀初期台灣通俗小說的女性形象——以李逸濤在《漢文台灣日日新報》的作品為討論對象〉① 一文，始揭示了這段台灣漢文通俗小說史的開端歷程。2007年，筆者再與日本愛知大學黃英哲教授合編《台灣漢文通俗小說集一》、《台灣漢文通俗小說集二》，乃

① 黃美娥：《二十世紀初期台灣通俗小說的女性形象——以李逸濤在〈漢文台灣日日新報〉的作品爲討論對象》，《台灣文學學報》第五期，2004年3月，台灣政治大學中文系，頁1－48。

得以在日文通俗小說外，另又出版了台灣的漢文通俗小說選集。2008 年，由吳福助所編、台中文听閣圖書公司出版之《日治時期台灣小說彙編》，則有更多漢文通俗小說獲得印行，更進一步證實了台灣漢文通俗小說蘊藏之豐富。過去以來有關日治時期台灣文學之研究，一般多側重於雅文學之探索，而忽略了通俗文學存在的事實，甚而戰後幾種有關台灣通俗文學之相關著述，亦皆未能言及。是故，筆者特意針對此一尚待挖掘之領域進行探索，期盼能夠重現前賢幽光，並使世人得以接觸這段湮沒未彰的台灣文學史實。

而近年來，由於從事此時期漢文通俗小說的研究，遂深刻體會到日治初期由「詩歌」寫作邁向「小說」的開發，其實牽涉了大眾媒體的因素與現代文學觀念的興起，故愈加瞭解通俗小說的興起，對於台灣文學現代化的過程頗有助益，且這一段通俗小說的寫作進程，更是台灣小說史的源頭縮影，如此更是涉及了台灣「小說文類」、「小說史」的生成問題。其次，這些發表在大眾傳媒，具有強烈通俗色彩的小說，既有啟蒙作用，又有通俗娛樂的效果，故與現代性問題息息相關，其對台灣日常大眾生活的描摹，都會空間的刻劃，社會環境的對話與省思，複雜而耐人尋味，因此可謂諸多環繞在「通俗小說」的範疇所帶來的問題性，十分豐富而有趣。另外，因為從事通俗小說寫作的文人，原本大多屬於從事漢詩、文言散文寫作的傳統文人，因此漢文通俗小說與台灣古典文學之間的地位升降、書寫糾葛關係也頗堪玩味；而由於通俗小說的出現，其與雅文學系統中的白話小說、日文小說是否出現競爭、協力的現象？「日治時期台灣漢文通俗小說」的存在，成為研究雅文學白話小說不能忽視的對照系統，若能兩相參酌思考，將更有利於深入掌握殖民地時期台灣文學與小說史的面貌。當然，有關台灣通俗小說的學習來源，包括從西方到東亞，包括日本、中國與西洋國家文學對台灣通俗小說的滲透與影響，也值得一一關照。再者，如日治時代銷售漢文通俗小說作品數量最多的嘉義蘭記書局，又是如何做為一個出色的介紹、販賣大陸漢文通俗小說的仲介者，在其跨界流通的消費管道中，又會引發出台人怎樣的小說知識生產經驗呢？台灣漢文通俗小說自身又有怎樣的發展變化階段，從日治初期至進入戰爭期後，通俗小說與帝國主義、國策性間的關係如何？

綜上，舉凡作品論、作家個案研究，或通俗小說之文化政治、類型論、文學藝術美學、生產/消費場域、作品傳播/消費途徑、讀者反應、小說史階段論等議題，在在都是令人亟欲一窺究竟的研究面向，而這正說明了日治時期台灣漢文通俗小說既是一新興研究範疇，但同時也是高度引人注目的問題叢所在。

台湾“新”身体：疾病、医疗与殖民

张　羽*

一、前　言

中国古代医儒不分，儒不必医，医必须儒，故称儒医，故中国古代即有“涉医文学”之称，孙思邈、李时珍、白居易、苏轼、曹雪芹、李汝珍等多是双栖于文学与医药学，创作了大量在内容或形式上涉及到中医药的作品。在日据台湾，则有医师文学、医事文学之称，日据台湾有许多医师（西医），毕业于专门的医学院校，如蒋渭水（1891－1931）毕业于台湾总督府医学校；赖和（1894－1943）台湾总督府医学校；吴新荣（1907－1967）东京医学专门学校；王昶雄（1916－2000）日本大学齿科专门部；周金波（1920－1996）日本大学齿科医学专门部；詹冰（1921－2004）日本明治药专毕业……台湾新文学中的疾病书写早自赖和开始，就书写了救治台湾民众身体和精神上的疾病，至蒋渭水更有随笔《临床讲义——对名叫台湾的患者的诊断》，直陈病态台湾所罹患的各种疾病，以及如何对症治疗。作为职业牙医的周金波，作品蕴含了牙医的职业观察；王昶雄则在作品中设置医生的观察视角……这些作家喜欢进行疾病叙事，并试图以文字来干预社会现实。此外尚有很多作家虽不具有医学背景，但写作中也涉及医疗、中医药等主题叙事，如杨逵《无医村》、张文环《阉鸡》、龙瑛宗《植有木瓜树的小镇》、

* 张羽：厦门大学台湾研究院文学所、台湾研究中心副教授。

《黄家》等作品，我们也将在论述中，有所涉及。

二、病体与隐喻

（一）不健全的“零部件”

阅读日据时期台湾文学作品，相当引人注目的，是大量生理疾病的感官意象，如“莫可名状的恶臭”、“侵蚀得一塌糊涂”的齿龈（周金波《水癌》）；患了肺病，“瘦得像白蜡”的林杏南长子（龙瑛宗《植有木瓜树的小镇》）、患了肺病，咳血而死的郑三桂（张文环《阉鸡》）；月里觉得“所遇见的男人之中最了不起”的阿凛脚残恰如“变形的竹笋根”（张文环《阉鸡》）；亦有患传染病，如患疟疾的秦得参，药物的副作用使脾肿得无法工作（赖和《一杆“秤仔”》）；阿勇患了急性疟疾，“大热天抱着火笼抖个不停”（张文环《阉鸡》）。一些作品更直接设置了医生的角色，来近距离地书写各种疾病，如周金波《水癌》和王昶雄《奔流》都有年轻医生每天面对形形色色的病人。

（二）被诅咒的人：疯狂、冲煞、“鸦片鬼”

除了生理上的疾病，行走于台湾的似乎还是一群受到诅咒的人，男人不像男人，女人被虐待的也不像人。典型的例子如翁闹（后死于精神疾病），其笔下的人都有疯狂的倾向，在写实性很强的《可怜的阿蕊婆》，完全开放的小城有很多精神失常的人，多是受虐待而致病，住在小城的人们“不久也会死亡吧。纵使不至于死亡，也非被诅咒不可吧”。又如张文环《阉鸡》中，药房的继承人阿勇整日“淌下口涎”、“傻乎乎地想着心事似的”；龙瑛宗在《宵月》（1940 年）中，描写了一个前来讨债的鸦片鬼，是个驼背，年过六十的老人，衣着褴褛，神经质地抖动那留了长指甲的手指头。这种不完整、不理智、不纯净的精神状态，暗示了殖民地台湾普通大众的精神状态。

（三）“患者”台湾

身体疾病与民族隐喻，是现代中国国族想像重要的一环。

1921 年 11 月 30 日，蒋渭水在台湾文化协会第一期会报上，用日语发表了《临床讲义——对名叫台湾的患者的诊断》，开篇列出“患者”台湾的基本资料如下：

患者：台湾
姓名：台湾岛
性别：男
年龄：移籍现住址已有27岁
原籍：中华民国福建省台湾道
现住所：日本帝国台湾总督府
职业：世界和平第一关门的守卫

关于台湾的既往病史，蒋渭水分析道：“幼年时（即郑成功时代），身体颇为强壮，头脑明晰，意志坚强，品性高尚，身手矫健。自入清朝，因受政策毒害，身体逐渐衰弱，意志薄弱，品性卑劣，节操低下。转居日本帝国后，接受不完全的治疗，稍见恢复，唯因慢性中毒长达二百年之久，不易霍然而愈。”至于当前病症：“道德颓废，人心浇漓，物欲旺盛。精神生活贫瘠，风俗丑陋，迷信深固，顽迷不悟，罔顾卫生，智虑浅薄，不知永久大计，只图眼前小利，堕落怠惰，腐败，卑屈，怠慢，虚荣，寡廉鲜耻，四肢倦怠，惰气满满，意气消沉，了无生气。”按照通常病例的方式，开列出“患者”台湾的“疾病大全”，形式相当前卫，成就了一个经典的“台湾病体”的文化隐喻。

此外，还有爱在作品中搬弄“疾病”意象的周金波，其疾病书写之首部，处女作小说《水癌》被看成是：“青年周金波从观念中产生出来的理想小说”，小说设置了“台湾疾病”——骄奢的心理疾病（“没教养又奢侈的”台湾女人，将幸福视为“金手镯、赌博、歌仔戏”）……这种台湾病体的描述，在最后被“升格”为“不干净的血液”，这种既有身体病态，又有人种优良，最终转为台湾文化落后，一系列隐喻和宏大叙述往往关切到民族性、文化和政治诸种领域。苏珊·桑塔格（Susan Sontag）曾指出社会混乱常被喻为流行病，人们对邪恶的感觉投射入疾病，复将充满意义的疾病投射入世界。日据时期的疾病叙事显然具有深刻的隐喻功能，或喻指殖民地台湾的病态落后和社会腐败，或喻指殖民宗主国的“首”与殖民地台湾的“体”难于“和谐”。李欣伦在其硕士论文《战后台湾疾病书写研究》指出：

在集体书写的脉络下，台湾文学场域形同疾病神话的仓库，作家借喻于疾病和病患，旨在批判、控诉病态社会的偏见，正由于疾病被视为健康世界的他者，病患被理解成“正常”轨道的异乡人，疾病被道德手势和医疗机构圈划出一个“它异的世界”。①

三、“医病”：选择戴着帝国面具的西医？还是选择乡土中医？

鲁迅以《父亲的病》宣示对中医的仇恨，那些奇怪的中医药引，如经霜三年的甘蔗、同窠中的原配蟋蟀一对，用打破的旧鼓皮做成的败鼓皮丸等，其父就在中医治疗中一病不起。鲁迅还描述了“奇观”药引的中医药理是：“水肿一名鼓胀，破的鼓皮自然就可以尅伏它”，鲁迅最痛切中医建立在“字义象征”而非科学的医理。这一“经典药方”经鲁迅的笔传播开来，后续影响“恶劣”而深广。鲁迅的中医无用论与20世纪初中国的社会文化氛围有关，当时门户开放，西学东渐，中国传统文化受到猛烈抨击，中医作为传统文化的一部分，概莫能外。② 相形之下，日据台湾中医命运则颇为复杂，如西医挤压中医、民众依赖中医、部分本土西医尊重中医等，“台湾病体”在寻求“对症治疗”的路途中，中医/西医、台湾本土医疗/日本殖民医疗体系的选择，也成为文化上的难题。

---

① 李欣伦：《战后台湾疾病书写研究》，“中央大学”中国文学研究所2002年硕士论文。

② 20世纪30年代的中国大陆，中医的整体发展状况不是很好，当时弃文从医的恽铁樵曾指出原因是：“其一是政府中人反对。其二是西医反对。其二是自身败坏。”（恽铁樵：《我们医学的将来》，《铁樵医学月刊》第2卷第2号，1935年2月，第1页。）

（一）操帝国面具进驻的西医与挤向边缘的汉方医

1895年前后，日本在对台出兵中，领教过台湾风土和传染性疾病的厉害，据台后，为了殖民便利，一方面，开始着手台湾医疗卫生等方面的改善，透过国家的运作和诠释来支撑，给予西医正面的标签和特殊的地位，台湾总督府积极着力培养西医医疗体系，1895年6月据台后，次年就公布“台湾医业规则”，第三年就在台北医院内设立医学讲习所（学生十数名），1899年3月公布“台湾总督府医学校官制”，1918年4月，设医学专门部，1919年4月，正式改制为台湾总督医学专门学校（医学校完全消失），5月改称为台北医学专门学校。1936年，台北帝大设置医学部，因此台北医专被吸收成为台北帝大附属医学专门部。

另一方面则着力于对台湾原有汉医采取渐禁政策。1897年，台湾中医1070人，其中博通医书，讲究方脉，有良好的声誉者29人，以儒学而兼施医者91人，自称祖传世医97人，其他则为稍有文字素养的一般时医，占绝大多数。日本据台医政的第一要务就是要贯彻西医为本的国策，马上处理台湾原有的汉医。1901年举办了中医考试，申请者多达2126人，考试及格者1097人；还有未经考试而有许可证者650人，以及考试虽不及格而给予同情许可者156人，严令台湾从事汉医和草药仙等医业行为者均应于1901年7月23日起至12月底，限期向管区警察官署登记《台湾医生许可规则》（1901年7月，府令四七号），以后就以警力取缔未有登记而擅自行医者。对未登记或新养成的汉医，均立遭严格取缔，即禁止新的汉医（中医）出现，这一点与日本国内自明治维新后所采取消灭汉医的渐禁政策相同。那些登记后的台籍汉医，被称为“医生”，与西医的“医师”有所分别，受警察管理和监督。此后没有举办中医考试，从此，三十多年间，中医师年年减少，乃至完全消灭。

1945年，台湾回归时，持有许可证的中医仅存10人。以申请登记制、考试、专业教育、证照制度等卫生法规，靠警力的铁腕强势来层层限制医生营业的许可，并有倾向地将资源转移到西医的训练。由此可以看出日据时期整体汉/中医受到相当的压制，西医成为台湾医疗体系的主流。

（二）面对“药命”的民间偏方，台湾民众为什么还是“求医不如求己”

在西医的强大攻势下，中医日渐边缘化，被总结出来的各种中医药方，也显然被纳入到不科学甚至愚昧的系列，试举当时“对症”治疗的几个药方：

1. 道士念咒驱除邪气或吞香灰喝符水治病；
2. 活埋癞痫病患者，防止癞虫在离开病体，传染他人；
3. 吃狗肉治疗胃胀、消化不良；
4. 摩擦破锅让幼儿啼哭治疗痉挛发紫；
5. 吃鸦片治疗气喘；
6. 道士做法施术治疗疟疾，做草人引鬼魔离开病人或震铃吹角驱鬼魔；
7. 用毛发、堇和山茶油涂抹全身治霍乱。①

举凡种种偏方不胜枚举，并未真实体现有药到病除效果的中医良方（保密机制），而多是那些靠骗术行走江湖的巫医的药方，使当时具备一定医疗知识的汉医被污名化。但是仍阻挡不了民间对中医需求的市场。一方面普通民众依然崇拜医药神保生大帝，有病就去当地一些庙宇，求拜药签，这些药签多是当地名医会集，对各种疾病的处方进行研究，然后用药签的形式记录下来，编成号，摆在保生大帝的神像前，由求签者向保安大帝求签，祈求这一医药神的明示。据统计，在台湾各地现有大小保生大帝庙 162 座，可见在台湾影响之深。普通民众就在中药和精神安慰中，病体痊愈。

另一方面，贫穷也是台湾民众愿意接受中医治疗的主要原因。赖和写于 1925 年的《一杆“秤仔”》真实揭示出台湾民众为何更多选择中医治疗，而不选西医，主人公秦得参徘徊于西医和中医之间，治疗疟疾，“诊过一次西医，花去两块多钱”，病症反复后，却不敢再请西医诊疗了，宁愿“求医不如求己”，自己在家里诊断，自己用中草药，真实揭示了日本殖民政府有系统的推行“西方医疗”体系，但中医仍然在民间市场有很大需求。

---

① 陈永兴：《台湾医疗发展史》，台北：月旦出版社，1997 年版，第 45 页。

（三）《蛇先生》持“中医有效论”

1925年，赖和在《一杆“秤仔”》中，轻描淡写地结合秦得参的“疟疾病体”，写出了中西医对疟疾的有效性和副作用：“经过有好几个月，才不再发作。但腹已经很胀满。有人说，他是吃过多的青草致来的，有人说，那就叫脾肿，是吃过西药所致。”（赖和：《一杆“秤仔”》）

五年后，赖和在《蛇先生》（1930年）中，对传统中医的知识性格进行了虽含蓄但实属褒扬的写作，一个蛇伤的农民，受过西医的医治，不见有药到病除那样应验，便转请蛇先生诊治，伤处痊愈。连西医都示弱地对蛇先生说：“不过你的医治真有仙方一样的灵验，莫怪世人这样传说。”小说设置了中医和西医双重治疗场域：西医对蛇伤束手无策，中医却非常有效。蛇先生治蛇毒的经验来自于蛇先生原来的工作——拿水鸡（田鸡），他深谙自然界的生物链：“蛇的大敌就是蜈蚣、蜈蚣又怕水鸡、水鸡又是蛇的点心”，对治蛇毒有合理的解说，运用这个道理，普获信赖的求医者络绎不绝。小说还多次描写了“执着”的西医医生一直缠着蛇先生，要他交出所谓的中医“秘方”后，经西医化验，结果“此次的研究、费去了物质上的损失可以不计、虚耗了一年十个月的光阴、是不可再得啊！此次的结果，只有既知巴豆，以外一些也没有别的有效力的成分……。”赖和倾力嘲笑了接受现代化教育熏陶的西医，科学虽然使人进步，有时却也容易让人失去理性判断或推理的本能，西医医生是依赖科学生活的人，仍然胜不过一位实实在在生活的蛇先生——“蛇先生是凡夫也是智者”隐然若彰。在中医系统中，“经验”作为中医知识论基础的重要部分。蛇先生累计下了这套生物链相克相生的智慧，证明了传统医理的可信性和科学性。

追索鲁迅与赖和两人同样接受过西医教育，为何对中医态度截然相对？与鲁迅弃文从医不同，赖和是终生悬壶济世，“鲁迅以各种不同的文学形式，揭露、解剖重重的黑暗，恰如医生操刀，目的是医疗病体。……赖和……也是将台湾的病症摊开来检视。由于赖和生存的时空，直接受到日本殖民体制之宰制，在这方面他比鲁迅表现得更为深刻。”① 由《蛇先生》可以看出，

① 林瑞明：《台湾文学与时代精神》，台北：允晨出版社，1993年版，第310、311页。

赖和对中医的看法显然比鲁迅复杂得多。1926年起，赖和负责主持《台湾民报》文艺栏，1928年7月1日《台湾民报》报道了杜聪明医师设立中医医院的计划，曾引发关于中西医的讨论①，其后，《台湾民报》连载了31期杜聪明的《有关汉医学研究方法的考察》的长篇论文，呼吁重视与珍惜中医的传统知识。赖和应当关注过，半年后，《蛇先生》亦发表于《台湾民报》（1930年1月1、11、18日），似可看作赖和以文学之笔，对杜聪明医师的支持。虽然赖和接受的是西方医学与药理知识训练，但《蛇先生》关注了西医挤压下的中医命运，未尝不是知识精英对本土医疗的关切和保护，对中医的现代化转化亦抱有希望。一些观念甚至影响到杨逵，《无医村》（1942年）指出：“很多草啰、树根啰，堆得很高。我把它拿一个在手里，只嗅出霉气以外，到底是什么树根却认不出来……但是她这么滥用民间药草，却使我觉得很可怕。现在我开始知道民间治疗法是泻肚就给止泻，发烧就给退热，肚子痛就用铜钱沾水来擦脊梁以麻痹神经。”不过，杨逵更大的述求是要求以科学态度对待中医，“需要把所有的民间药集中起来，而加以分析，究明其中的成分，然后才集大成地详加注明其适应病与使用方法，必要时也得到实地去应指导。”

（四）福全药房“阉鸡”的命运

张文环《阉鸡》中，乡村虽有西药的回春医院，“不过贵得村人们非有急症，便多半靠中药来医治。”药材便宜，是村人的首选，因为昂贵，回春医院显然不如福全药房的生意好。作品中，“福全药房”的门面设计很别致：

在招牌上写了“福全药房”四个大字，还在卸下了窗板的窗边搁了一只

① 《杜博士が汉医医院の设立计画》，《台湾民报》第215号，1928年7月1日，第12页。在该报道中，大量引用了杜聪明博士对中医的看法，当时欧美既有对汉医学的研究，台湾中医受西医的轻视和诬蔑为普遍状况，此次计划从病理、临床乃至处方对中医进行比较研究，用新方法重新评估汉医学，认为中西医同样都源于对症下药的医学，现代西方医学的高科技仪器检查来辅助传统的中医药，两者相辅相成，以提供更好的医疗，进而寻求传统中医的现代化发展。随后，第220、223号，刊登了署名启源的文章《杜博士の“汉医医院设立计画”》，反对中医。《台湾民报》第224号至254号，至1929年3月底分31期连载杜聪明《关于汉医学的研究方法考察》。发表文章皆为日文，笔者试译。

木雕阉鸡。不晓得这是为了让不认字的人认出“有柴阉鸡的店”呢，或者是为了避免与黄家的店子夹缠不清，不过不管怎样，做为装饰物来看，这家药店的宣传手法是十分成功的。村人们通常都不说福全药房，光叫“柴阉鸡”。(《阉鸡》)

这个类似吉祥物的“柴阉鸡”富有亲民色彩，一度给郑家带来了丰厚的利润，但算命先生说：“阉鸡是不会传种的，因此偌大的财产也不会有继承人”——福全药房的阉鸡命运，其实也象征了被阉割的汉医命运，不过，中药房的生意不好，张文环字里行间传答的信息并不是村民的不信任中医，而是郑三桂过分吝啬，对穷病的人，不肯乐善好施，因此，到了林清漂的手中，会有中药房的生意渐渐好转的情节转变，张文环揭示的是中药房的兴衰完全由主人的德性而决定，民间对中药房的依赖远胜过西药房。小说中，还写道以中药房维生的郑三桂在失去了药房后，罹患肺病，最后无望，“信了算命仙的话，愿意接受西医的医治，都显示了他的趋于软弱。”在当时，中医接受了西医的治疗，对中医来说，是种耻辱，郑三桂最后咳血而死，其实更大的原因不是肉体疾病，而是传统中医背弃德行，谋求私利，受到村人普遍的指责，又接受西医的治疗，最终精神折磨而死。

殖民政府在台湾所做的医疗卫生建设，归根结底，是为其殖民利益所做的有限度建设，西方医学进入台湾的基本方式都是由日本殖民者以帝国的语汇，来区隔现代/西医、落后/中医（以及相关民俗疗法），以殖民观点将中医污名化——理论有缺失、训练差、效果不彰……将中医置身于“现代/传统”、“西医/非西医”这一架构中，都是建立在便于殖民剥削架构之上的。中医虽在西医的层层进攻中，处于劣势，但在民间仍有其顽强的生命力。近年来，包括中医在内的台湾本土治疗受到重视。陈君恺《光复之疫》① 从“民俗医疗”的角度，探讨《民俗台湾》和《旧惯调查》中对台湾汉人、番人的零星医疗描述，正面肯定了台湾医疗，特别是有别于“正统医疗”的另类疗法。又如张珣的《疾病与文化一台湾民间医疗人类学研究论集》认为研

① 陈君恺：《光复之疫》，《思与言》31 卷 1 期，1993 年 3 月，第 111 – 138 页。

究台湾民俗医疗的意义有三：1. 是来自于人民大众的立场；2. 台湾特有的“多元医疗文化”的特质；3. 民俗医疗仍然在台湾社会中活跃。这些观点对长久以来对西医莫名崇拜与信任台湾知识界，有其启发性。①

四、为福尔摩沙会诊：“生活改善运动”、文化猛药与皇民之道

对社会病体的医疗行为一旦变成文字，就不再是单纯的医疗行为，而是使用各种美学手段（如隐喻），与人文、哲学、政治、抗议结合起来，这些社会疾病书写不仅在于赋予和确定疾病的内涵，也在于剥除和消解疾病的隐喻和想象。诸种医疗和救治话语，涉及到殖民者的具体操作，台湾本土医师精英“大病文人医”的文化抱负，以及那些坠入殖民陷阱的本土医师尊奉的“皇民之道”。如何“医人”乃至如何医治台湾病状问题，这之中真实蕴含了殖民地“现代化”过程中，现代化、殖民化与知识权力之间的勾连。

（一）模范村里的“苦恼”：殖民强力推动下的生活改善运动

日本殖民者认为在体质演化、种族位阶和文明程度方面，都远远胜过台湾人，因此“风土适应”成为初期赴台殖民者的最感忧虑的问题。日本据台后，为了避免传染病的流行，日本当局根据台湾公共卫生之现状，遂决定：一、改善台湾环境，以吸引日本移民；二、改善台湾人体质，以供日人驱使奴役；三、以台湾为其南进之医学试验场，开始着手规划各项医疗卫生政策和措施。②

所谓台湾“生活改善运动”，是台湾在被纳入殖民地制度后，由殖民政府所推行的现代化/日本化（同化）运动。蔡秋桐《夺锦标》（1931 年）中描写了农民被动员扑灭“寒热鬼”（疟疾），建设文化部落、模范部落的过

① 张珣：《疾病与文化——台湾民间医疗人类学研究论集》，台北：稻乡出版社，1989 年版。

② 陈君恺：《日治时期台湾医生社会地位之研究》，台湾师范大学历史研究所专刊（22）1992 年，第 21 页。

程，小说中以嘲讽的语调“褒扬”A大人所进行的严厉制度：“竹刺没刈到丈半高，罚金。竹节没修到光华，罚金。竹根没掘起来，罚金。窟仔没填平，罚金。草困要搬出庄外，不，罚金……”一个多月后，在村人的怨声载道中，“真是整顿到有点儿优雅精致了”，“然而这些代表现代国家的现代性的变貌，如果不是以人民的需要而是被强制实现的，那么‘进步’、‘现代’、‘改善’这些殖民者在现代性的引进时所宣传的字眼，就不可免地具有两面性的意涵”。[①] 大量农民荒废农事被迫投入到建设农村的公共卫生中来，在描写老狗母仔中村大人领导下来美化农村的《理想乡》，作者写道：“今日是美化日，庄众个个要去美化作业，庄的美化工程，是以钟声为号，如听着钟声一响，勿论谁人有怎样重要的工程，亦要放掉而服从这个美化工作。”事实上，“这种生活改善目的并非如A大人所言是‘专专为着你们，要保护恁的健康，为着恁放屎百姓的卫生上打算’，而是为了个人的升官发财。这样，这些以警察的掠夺作为殖民主义之代表的小说，深层来说，也即是为了日本帝国的殖民统治与盘剥之方便所做的‘铺路工程’。”[②] 蔡秋桐借由反讽达到对殖民者所带来的现代主义的荒谬性。《理想乡》也揭示了理想乡的完成只不过是为成就主事者的“政绩工程”，包含在“生活改善运动”里的台湾农村的“现代化”运动，其理论的基础在于殖民主义所宣称的殖民地“文化落后论”，但这种以日本殖民者利益为前提的“现代化”仍不脱其经济压榨的本质，其所以文化村落、模范农村、理想乡、夺锦标的达成就是以农民的盘剥破产为代价，影响更为深远的是文化的断裂。正如施淑所说，这些以自力更生、部落振兴等进步名目出现的“文化村落”所做的论断，它们莫不是“与传统文化脐带断裂，而又以农村破产为代价的措施”。[③]

---

① 陈建忠：《新兴的悲哀——论蔡秋桐小说中的反殖民现代性思想》，《台湾文学学报》2000年第1期，第250页。

② 同上，第251页。

③ 施淑：《日据时代台湾小说中的知识分子》，《两岸文学论集》，台北：新地文学出版社，1997年版，第37页。

（二）大病文人医：反殖民体制下开出的文化药方

萨伊德（Edward W. Said）在谈论知识分子时说，知识分子意识是一种反对精神，那是为弱势团体奋斗、勇于挑战现况的精神。知识分子不能是某种理念、运动或立场的傀儡和象征。知识分子最不应该的就是讨好群众，通常典型的知识分子不畏艰难险阻地代表某种立场的个人，他在大众认可的行业里奉献、冒险，乃至可能遭受伤害。日据时期，“真正使医生获得台湾人民近乎偶像崇拜的普遍尊敬，实为大批的台湾医生投身于1920年代以降的反殖民体制运动”。① 从日据时期开始，现代医学的训练已经强调了人格的养成。医师在治疗身体疾病的同时，也会“医人”。很多医师援引从西方医学、科学得来的“客观角度”来检讨台湾民众的劣根性，寻求痼疾病因，以引起疗救的注意。

蒋渭水和赖和虽是日本医学教育体制下的产物，并没有成为日本在台统治的应声虫。赖和深入地思考了殖民现代性带来的负面影响，殖民地台湾如果百分百地顺应这种器质性的现代化改变，将面临着丧失台湾本土文化的危险，不过，赖和也辩证地批判了台湾本土文化中封建、落后的一面。作为一个现代医师，赖和夹在这样的处境中，其小说就原生态地存留了大量的困惑，如何保留台湾乡土文化，而剔除那些鸦片、小妾制度、迷信的成分？如何尊重中医精华文化，而抛弃中医中的糟粕等一系列复杂的问题。《棋盘边》（1930）就批判了旧士绅终日无所事事，“吸食阿（鸦）片”堕落的生活、纳妾恶习。

为了补给大量知识营养剂，1921年10月17日，蒋渭水等人发起创立“台湾文化协会”，蒋渭水曾描述创办文化协会的动机：

> 台湾人现时有病了。我诊断的结果，台湾人所患的病，是智识的营养不良症，除非服下智识的营养品，是万万不能治愈的，文化运动是对这病唯一的原因疗法，文化协会就是专门讲究并施行原因疗法的机关。

---

① 陈君恺：《新兴的悲哀——论蔡秋桐小说中的反殖民现代性思想》，《台湾文学学报》2000年第1期，第2、144页。

在《临床讲义——对名叫台湾的患者的诊断》中，基于对症治疗，开出五味良药，即：正规学校教育、补习教育、幼稚园、图书馆、读报社，则二十年内，智识营养不良症可以霍然痊愈。该散文被赞誉为“艺术构思别出心裁，堪称历来散文形式的创举。内容则以平易浅近的医事譬喻，蕴涵对日本帝国的讽刺与对台湾同胞的劝谏，讽谏寓言体散文的佳作。”①

自1921—1927年，“文协”始终扮演文化启蒙的角色，希望借以改造台湾同胞的思想——以根治社会的病症，“文协”广纳各个领域的知识分子，值得一提的是开办文化书局发行《台湾民报》、设置读报社与举办各种讲习会。举办各种讲习会，蒋渭水扮演能说善道的宣传家，深受民众欢迎。如自1923年11月21日至12月5日的“通俗卫生讲习会”，借以启发民众的卫生知识。又如1923年12月8日至1924年9月27日的“通俗学术讲座”充分发挥文化启蒙的作用。②

赖和们葆有“为大众而存在”的使命感③，希望靠接受的医学知识来扳回被殖民的劣势，完成“医者、政治、文学”的三位一体④，他们希望台湾现代化，但批判殖民化，希望保留本土化，但批判封建化，这四个维度的切割，显然是殖民地台湾的难题。

（三）落入现代性的陷阱：迈向皇民之道的“启蒙者”

曾有日本学者将周金波与蒋渭水并行论述，指出：

从外表看来，周金波似乎只是一个甘愿为总督府木偶的“皇民作家”，

① 林秀蓉：《一篇诊断日治时代台湾社会病症的政治文献——蒋渭水〈临床讲义〉探析》，宜兰县立文化中心出版，《宜兰文献杂志》第45期，2000年5月，第135页。

② 林柏维：《台湾文化协会之研究（1921－1927）》，中国文化大学史学研究所硕士论文，1984年，第115－118页。

③ 吴新荣：《社会医学短论》：“或者有人说政治家和医生不可同日而论，那么他们曾否考虑到政治家和医生的存在理由与社会意义。他们两者均不是以大众为对象吗？可是大众不是为他们而存在的，反之他们才是为大众而存在的”。收录于吴新荣著《吴新荣选集》（二），台南县文化局，1997年版，第7、8页。

④ 陈芳明：《吴新荣：左翼诗学的旗手》，收录陈芳明著：《左翼台湾》，台北：麦田出版社，1998年版，第193－195页。

与民族运动者蒋渭水可谓两个极端；但在方法上，一方是直接诉诸民族、政治运动，一方是透过文学作品将诉求直达人心，仅管方法有异，却同样是出于关怀而忧虑台湾的现状、期望台湾能够现代化，周金波与蒋渭水在这一点上岂不可谓殊途同归？①

在隐喻台湾病体方面，二者的确有相似之处，然而，不同的是，《水癌》主人公和作者基本没有距离，可以认为是周金波观点的真实呈现。青年医生秉持的是“日本精神”，俯视病痛中的台湾，其毫不怀疑的皇民化倾向，与蒋渭水的深痛悲切，显然不能同样看待。有台湾学者指出：作为“启蒙者”的医生，他的高高在上的姿态，和他对他要启蒙的“庶民”那种极其藐视的态度，都让人感到吃惊。②

周金波多次表现出对台湾民众的轻蔑，虽然有“成为医治同胞心灵的医师”的愿望，但是其寻求的路径显然是以顺从的皇民之道来改造台湾，在处女作《水癌》中，主角是一个在台湾执业的年轻台湾牙医（或许正是作者的化身）。因为“知识上，生活样式完全学会了日本式近代合理主义，那是被视为肯定的东西和理所当然的事。于是，以这种日本眼光来看台湾时，总体上，当然反映出比日本还落后。因此，‘皇民练成运动’在台湾也只限于‘烧毁迷信’、‘打坏陋习’的必要而已。”③ 周金波一直以居高临下的启蒙姿态，对台湾进行由身体到心理的控制与改造。但还是在字里行间渗透了周金波行医与皇民化实践中的一些真实体会。在台湾进入战争体制，殖民者安置“国民道场”，让台湾人修炼以准备成为日本国民，周金波创作的动员小说《助教》，表现了山田教官对于修练生所提示的成为日本人的基本教养的条件，重要的是“卫生观念”，第一，“每天要带卫生纸，大小便后一定要洗

① 冢田亮太著，黄毓婷译：《阅读〈周金波日语作品集〉：一位台湾“皇民作家”的精神轨迹》，《台湾文学学报》第3期，2002年12月。

② 吕正惠：《殖民地的伤痕：“脱亚入欧”论、皇民化教育与台湾文学中的认同危机》，《文艺理论与评论》1999年第3期。

③ 中岛利郎：《周金波新论》，《台湾作家全集·别集·周金波集》，台北：前卫出版社，2002年10月版，第2页。

手，把手洗干净。”此外在《喰人种の言葉》（《贪吃人的话》）、《粪尿谭》、《志愿兵》、《团仔の弁解》（《团仔的辩解》）、《気候と信仰と持病と》（《气候、信仰与宿疾》）等作品中，依然在行文中，刻意地加入了公共卫生、现代化与公民化等重要论题。

日治时期，医师是台湾少数能够接受日本语与技术教育培育的阶层，日本垂水千惠发现周金波对“皇民化”所提倡的“进步文明”欣然接受①，周金波抱持着“异文化性不是问题，落后性才是唯一问题的信念投入皇民运动”②。周金波等日据时期新世代作家对于台湾文化的认识，远不及对日本文化的了解那样深刻。他们共同的见解是，日本文化肯定是比台湾文化还优越；在语言方面，在近代思想方面，双方最大的落差就是受到现代化洗礼的程度。那么，如何进行人格的改造与升华？答案非常清楚，那就是要投入现代化的转化过程。于是，皇民化 = 日本化 = 近代化的思考逻辑就如此建立起来，要达到现代化的目标，首先日本化；而皇民化运动的推展，正好提供台湾人很好的改造机会。③

从处女作《水癌》、《助教》到《气候、信仰和宿疾》等小说，都出现了一系列疾病书写：口腔炎、感冒、神经衰弱、脚疾，连带及医院和公共领域的卫生状况成为小说中经常关注的问题。这里面有“周金波感受到的那根深蒂固难以解救，落后台湾的‘迷信’，同时是象征‘陋习’的心境描写。”④ 在周金波看来，有效率就是日本现代化的表征。与此相对照，其小说中一再描写台湾生活的无效率、无质量，如拖延病情、无秩序、无意义的奢侈，台湾民众被他视为非现代与落伍的，解救之道即在通过医病关系，由医师来积极加以治疗。如此一来，周金波认为医师阶层在知识上的优越性与

① 请参阅垂水千惠《台湾的日本语文学》（台北：前卫出版社，1998 年）中《日本化与近代化的夹缝——吕赫若的清秋》一文。关于垂水千惠论台湾文学的偏颇，可参看陈建忠《徘徊不去的殖民主义幽灵——论垂水千惠的“皇民文学观”》一文，见《联合副刊》1998 年 7 月 8、9 日。

② 垂水千惠：《战前“日本语”作家——王昶雄与陈火泉、周金波之比较》，黄英哲编、涂翠花译：《台湾文学研究在日本》，台北：前卫出版社，1994 年版，第 100 页。

③ 陈芳明：《殖民地伤痕及其终结》，《联合文学》191 期，2000 年 9 月，第 131 – 132 页。

④ 中岛利郎：《周金波新论》，《台湾作家全集 · 别集 · 周金波集》，台北：前卫出版社，2002 年 10 月版，第 2 页。

医病关系，理应崇慕日本的“现代化”。

周金波的作品强化了进步VS落后、文明VS野蛮的善恶二元逻辑，但是这里面存有的误区，正如如吕正惠所言，“作为殖民者的日本并不是‘原型’的西方进步的资本主义国家，而是这些国家的‘仿效者’”，试图将欧洲的殖民压迫逻辑带入亚洲，以追求进步的“脱亚入欧”论点说服台湾人否定自我，向现代化的路途迈进，而根据这样的逻辑，“皇民化”等于进步，流着台湾人的血就是自甘落伍，所以要毫不迟疑的“洗干净”，这也就是何以“皇民炼成”的策略能够吸引部分追求“进步”及“现代化”的台湾民众。① 在另一篇文章《皇民化与现代化的纠葛——王昶雄〈奔流〉的另一种读法》，② 吕正惠认为“皇民化”的表象下，其实还暗含了“现代化”的问题。因为对“皇民化”和“现代化”的纠缠不清一时产生混淆，才让台湾日语世代的知识分子表现出一种奇特的焦虑与不安，不知道要以何种“明智”的态度去面对“皇民化”问题。周金波的作品中，也包含了大量现代性、殖民性的纠葛问题。

日本殖民以文化霸权的方式带来的西方医学，一方面它代表着确保健康、治疗疾病有效率，另一方面更是广泛地代表殖民政治和文化霸权，关于医学和疾病的名词和意象，渗透着浓浓的帝国味。在帝国的强力召唤下，殖民地台湾知识精英被迫“使用一种语言就意味着‘接受了一种文化’”（《黑皮肤，白面具》西方殖民主义批判者弗朗兹·法农，曾为精神病医师。）他们如何保持独立思考和批判性？其复杂性亦由此成为现实和精神抉择的难点。在殖民教育体系中，知识分子的自觉的抵抗或自觉的归顺，赖和与周金波可以各代表一翼，赖和在知识养成的同时，能自觉地抗拒知识承接时所移转的日本合理主义的价值观，批判殖民合理主义；周金波则全盘接受知识利器和日本价值观，如此对照来看，赖和等人疾病书写的文化意义与历史意义彰显出来。

---

① 吕正惠：《殖民地的伤痕：“脱亚入欧”论、皇民化教育与台湾文学中的认同危机》，《文艺理论与批评》1999年第3期。

② 吕正惠：《皇民化与现代化的纠葛——王昶雄〈奔流〉的另一种读法》，《文艺理论与批评》1998年4月。

钟怡雯散文的感性与知性
——兼谈台湾女性文学

徐　学*

（一）

感性与知性是散文创作中必须兼顾的两翼，在现代散文创作中，它越来越为散文作家与评论家所关注。

感性，指的是敏锐和丰富的感官经验，一篇感性十足的散文，会引领读者的想象，使之如见其景，如临其境，如历其事，感性绝佳的散文作者甚至在视觉之外，还能够调动读者听觉、嗅觉、味觉、触觉。

知性，指的是对感官知觉加以综合、提炼的综合思考能力，在散文创作中，它表现为知识的融汇，精警的议论和开阔的思考。

简而言之，感性是情感，情绪和激情的活动，知性是分析思考和转化的能力与观照，从创作发生学上看，是感性在前，知性在后；就散文审美的内在机制而言，则知性为骨骼，感性为血肉，知性需要充分的感性来支持，在

* 徐学：厦门大学台湾研究院、台湾研究中心副教授。

知性的骨架上应不忘着意经营富足的意象。①

就中国女性文学而言，长期以来，因为女子地位的低下和生活的封闭，造成了女性文学创作中一种哀怨愁惘的传统，在漫长的中国等级社会中，不论是痛惜红颜薄命的才女，还是“娇多无事作凄凉”的贵妇，乃至广大的底层妇女（有各地凄婉的山歌民歌为证），女性作者总是无法摆脱“闺阁哀怨”的。中国古典文学本来有“凄怆感伤”的美学因子，“伤春”、“悲秋”“强说愁”的审美特征在男性作家的笔下也是屡见不鲜的。但是，这一事实并不足以否定这样的现象：在男性本位尤其是礼教盛行的传统中国社会环境中，感伤哀怨的情感一直占据和侵蚀着广大女性，歌吟愁苦凄清的诗词歌赋也是最为广大女子所欣赏和仿效，因为它们才最能引起她们深深的共鸣。当一个女性“足不逾闺阁，见不出乡郊”，囿于小天地中，生命没有了燃烧的激情，仅剩下一点呻吟哭泣的微弱之力，发出哀怨之声，也是值得同情的。在暗夜如磐的年代，我们又能要求她们有什么超越时代的壮举吗？

哀怨，长久以来盘踞着中国女性的心灵。因此，翻开近代以来的女性散文，我们可以见到许许多多的“断肠”，“销魂”；至于“啼”、“哭”“病”、“憔悴”、“凄切”、“凄凉”，更是俯拾即是。

这种“闺阁哀怨”造成了文学创作中感性与理性的不平衡。表现是多感伤而少思考，多抒情而少见地。

上个世纪80年代以来，女性主义思潮在台湾日渐抬头，女性团体更加活跃，女性的声音更加强烈，女人对政治文化以及社会各个层面的参与更广泛深入。在这种情势的推动下，女性主义文学也更加蓬勃，呈现出与此前女性文学极为不同的新风貌。钟怡雯的散文就是这一文学潮流中的一朵浪花。

---

① 这里需要指出的是，台湾学界所使用的知性一词与大陆文论界的知性有概念上的不同。在大陆，知性是从黑格尔、马克思那里找来的，是德文 Verstand，又曾译作悟性或理解力，它是介于感性与理性的中间阶段，是“分析的理智所作的一些简单的规定”，它“将对象的具体内容转变为抽象的、孤立的、僵死的”，需要借助理性才能克服知性分析方法所形成的片面性和抽象性，而使一些被知性拆散开的简单规定经过综合，恢复其丰富性和具体性，从而达到多样性统一。台湾学界的知性来自英文的 Intelect，指的是人类的精神作用中，相对于感情和意志的一种知的机能或思考力，指人类对感觉和知觉所取得的素材加以整合。相对于感性，知性指的是对感官知觉所提供的素材，加以综合认识的创造能力。

本文以此为样本，从感性和知性两个方面加以分析，尝试从中观察当今女性创作的某些特点。

钟怡雯，1969 年出生于马来西亚，19 岁到台北，从中文系本科一直读到文学博士，毕业后在台湾多所大学任教。

在文学世界中，她钟情于散文，不仅主编散文选，写散文研究专著，更是出色的散文作者，著有《河宴》、《垂钓睡眠》、《听说》等散文集，她的散文不但在台湾也在新加坡和马来西亚获得大奖，仅 1997 年，她就获得台湾最为人瞩目的中国时报和联合报的文学奖，同时也获得梁实秋散文奖、星洲日报文学奖和华航旅行文学奖。著名作家、学者余光中、痖弦、柯庆明、李瑞腾对她的散文创作都有好评。①

在台湾或者海外，钟怡雯从来不是一个女性主义活动的积极参与者，从散文的文本上看，钟怡雯与女性主义（或女权主义）似乎也是相去甚远，在她的散文中，不见那种出于性别自卫或者自强的咄咄逼人，也没有长篇累牍的两性议论，也许正是如此，众多的女性主义批评家从不将她的散文作为女性文学的样本。

可是，如果我们真能证明，钟怡雯的散文与当今台湾女性文学潮流有千丝万缕的暗合之处，那么，这种不露声色或无意而为的女性作品，更能证明女性主义文学的渗透力和无所不在，

（二）

女性文学的一个特质当然是更为细致的感性世界。女人有更敏锐的直觉，有更丰富的情感，这是自然的造化，也是上苍对人类的恩赐。在由女性敏感的感官构筑起的世界里，有多少虚构或者神话，我们不能判定。但可以肯定的是，女性对于自己和世界，要比男性细致许多，殷勤许多。她可以为一束花，一块蛋糕着迷；她喜爱歌曲和笑声；她无须准备便会伴着随风而来

① 具体评价可参见《垂钓睡眠》一书的附录和序言，台湾九歌出版社，1998 年版。《听说》的序言，台湾九歌出版社，2000 年版。

的韵律摆动身躯。她得意于亲手布置好的餐桌和家宴，她沉浸于和女友的絮絮叨叨中，她会把一本老相册翻上半天；街上色彩缤纷的人流，空中变幻不定的云朵，总会引动她莫名的悸动；一份请帖，一张贺卡，都让她欢喜半天……由于女性总免不了在比较粗糙的男性世界里讨生活，为了补偿在这粗糙世界里大量心理和感觉的流失，她们总要尽其所能地携带自己的“私房”和“细软”——她收藏各种小摆设和小饰品；她有缤纷多姿的衣橱和书房，她喜好电影院的浪漫情调，她愿意在幽雅的咖啡厅里读读写写，她也会利用周末黄昏的闲暇，开启老式唱机，静静地听一些老歌，漂浮在旋律与追忆的起伏之间。在生活中，男人常常会抱怨女性的过分讲究，出门之前过分装修“门面”，在超级市场里为挑拣几件小物品而花费半个上午，诸如此类，但他们也不能不承认，女性的这种癖好也产生出一些细致乃至精致的东西。

在钟怡雯的散文创作中，女性特有的心理和癖好都表现得非常醒目。为论述方便，我们从题材、表现手法和结构几方面着手分析。

题材的选择集中表现出作家的视界和关注点。与男作家不同，女作家更加关注身边琐事描写，一些细微的感觉，女性特有的感觉。钟怡雯似乎有意避开了关乎家国社会所谓的大题材，沉迷于一个女子特有的世界。[①] 她写自己的洁癖（《浮光微尘》），写自己的慵懒、赖床（《懒》），写自己对巧克力美味的不可抑制（《非常馋》），写对袜子的恨与爱（《鬼祟》），写猫，那些被毒死了的巷子里的流浪猫和家里心爱的宠猫（《摆脱》、《拽》、《祝你幸福》）。还有流言对于女人的诱惑与损伤（《听说》）。《发诔》是对剪去的长发的追忆，写尽了一个都市女子蓄发剪发之间的爱恨交加；甚至脸面上不小心的搔抓痕和心不在焉的撞伤都成为她深入开掘细微描状的题材（《痒》、《伤》）。而且，值得注意的是这种体现女性细微心理的题材，在她的第三本散文集中占了较大的篇幅，有激增的趋势。

从结构上看，她的散文有些散漫。在 19 届联合报文学奖散文决审时，

---

① 钟怡雯：《亚洲华文散文的中国图象》，台湾万卷楼图书有限公司，2001 年版。书中列举了充满中国图像和符号的散文创作，如三三，神州，作者并无效法之意，而是认为它们“架构起一个抽离当下的现实”。

评委杨牧等人认为她《给时间的战帖》焦点不集中，结构略显零乱，① 以此观之，类似的篇章还有《芝麻开门》，从锁匙的丢失，一直谈到电梯的底层，梦的深渊，童年的井，语言，忧郁症，奶奶……有些漫无边际。其实，这正是女性文学的一个特点。女性言谈的特征之一就是感触性，由于感触的流动，也由于感触对概念和逻辑的背离，女性文学的结构常常破坏男性中心的逻辑思考及其二元对立的封闭性。它总是点到为止，不断地从头再来，充满着神秘的想象，恍惚忘形。

描写方法表现手段中也可以看出作家情感的投射方式，在这一方面，钟怡雯表现出鲜明的女性特征。比如，她的记忆总是由一连串的气味化成，童年的记忆是“带着青苔的清香”的井水味，中学记忆里有“强烈的日照蒸出一种发酵的酸气，那气味来自空地上曝晒的可可果”，② 而所喜欢的男孩留给她的最深印象是他身上有“由汗水、泥土、青草调配出来的青春气味，像刚从树上摘上的青芒果”。③

如果说，这细微的感触也并非女作家的专长，有些兼容两性之长的男性散文家的笔下也时时出现；那么，她对童话式比喻的喜好和频繁使用应该更能证明她的女性感觉。幼小的生命和梦幻色彩是具有母性关爱本能少女爱娇心态的女子所喜爱的，在钟怡雯那里，它表现为一种类似童话的观照和描写。

《失魂》中说自己的魂被爱人牵走了。把魂比做可爱的小孩，“它以前也曾有多次走失的不良记录……很快地它就乖乖地回到我身边，用可怜兮兮的声音好言求我原谅。带着婴儿乳香柔软身体挪啊挪，慢慢地挪进我的心房，钻进温暖的被窝，伸个懒腰，很快就发出沉稳的鼻息。”④

《垂钓睡眠》一文把自己的睡眠比喻为离家出走的小孩，“此时无数野游睡眠都该已带着疲惫的身子各就其位，独有我的不知落脚何处。它大概迷

---

① 见《第十九届联合报文学奖散文决审纪要》，收入钟怡雯《垂钓睡眠》，台湾九歌出版社，1998 年版。

② 钟怡雯：《听说》，台湾九歌出版社，2000 年版，第 28、50 页。

③ 钟怡雯：《垂钓睡眠》，第 95 页。

④ 钟怡雯：《听说》，第 191 页。

路了，或者误入别人的梦土，在那里生根发芽而不知归途。”①

《伤》描写手臂上的伤，“像小妖一样玩起变色游戏”；说脚趾受伤，是“脚趾头戴了一顶俏皮的艳红小帽，伤口龇牙咧嘴对我笑”。②

在钟怡雯的散文中，植物“老是蠢蠢欲语”，金鱼会“吐闷气”，还会和人拌嘴对话；袜子有鬼鬼祟祟的性格，鼠性十足的贼兮兮的形象；阳光也很有“脾气”，它或者是一头“性嗜伤人的暴兽”，“翻天覆地不甘心的喧闹”，或者“像条大白舌头，舐走希望，留下日益深厚的困惑和沮丧”。③

钟怡雯对自己敏锐的感官经验也并不隐晦。在《垂钓睡眠》的后记中，她特别指出：“我学会了以气味去记忆。每个人每一样东西都有它的气息，只要记住了那独特的味道，就等于拥有。”④

许多男性作家喜好在作品里书写标语和大纲，突显自己的主流地位和家国话语，比较忽视生活中的细微之处，尤其是那种千丝万缕，当灵魂与生活互相碰触互相刺入的种种感觉。而女作家，特别是那些标榜女性主义的女作家却对细节有特别的兴趣和关注，并以此表明她们游离于中心之外的不羁，她们以这种特有的话语方式实现了对国家话语和主流写作的放逐（或自我放逐），那些堂而皇之的概念和惯用名词，在富于感性的女性写作中，被细致地分解和消融了。

（三）

保持着丰满的感性的同时，钟怡雯的散文也显出了新女性特有的思考，这使她的散文具有知性的品格，摆脱了纯情的唯美。

钟怡雯在散文中虽无意深究和描写亲情、爱情、婚姻等女性散文历来关注的焦点，但也不可避免地在字里行间透露出她对女性角色，如妻子、情人、女儿的思考。

① 《垂钓睡眠》，第34、64页。
② 《垂钓睡眠》，第21、73、81、180页。
③ 《垂钓睡眠》，第243页。
④ 《听说》，第115页。

先说亲情。作为女儿（孙女），钟怡雯对于长辈有尊重有眷恋，但也不时亮起叛逆之旗，并不一味顺从，以仰视为最佳视角。

她大胆地采用平视甚至审视的态度写出自己对前辈的真情实感：《凝视》一文中，曾祖父和曾祖母的遗像一直庄严地供奉悬挂在大厅高处，但没有唤醒她的依恋仰慕，这种令人畏惧的逼视，在她稚嫩的心理中，一度成为梦魇般的纠缠；①《渐渐死去的房间》里更如实写出曾祖母临终前几年的尴尬场景，排泄失控的老人所散发出的混浊气味是她孩提时期深以为耻之事。②

对于父亲，钟怡雯与他有相似的刚硬性格，所以两人相处时纷争不断。在《候鸟》中，她对父女之间的真实关系有细致而不加粉饰的表现：她喜爱父亲年青时的英俊，喜欢父亲的慷慨，但也暗自抱怨，父亲“把坏脾气和怪个性遗传给我”。她甚至大胆写出：“打从十几岁开始，就有人误以为我们是兄妹，可是一言不合吵起来，别人会以为我们有什么不得了的深仇。邻居一说起我们，都先要笑着摇头。”她并不回避这复杂的纠葛，写出在短暂的回乡相聚时刻，父女两人都小心地控制自己，曲折拐弯的说话，“没说的又比说出来的更崎岖”。③

在钟怡雯的散文中，还可以看到真实的母亲形象，这是一个单纯而善良的女性，她坚持着传统的妇道，并企图以此塑造女儿，哪怕远隔重洋，她也要在电话中再三提醒女儿，唠叨一些诸如只有管住丈夫的胃才能留住丈夫的心之类，对于这种厨房宿命，钟怡雯不是回嘴顶撞就是内心抵触，她说，“我在竭力避免重蹈母亲、祖母那一辈女人的命运，她们永远脱离不了油烟的魔掌，把青春轻易地典当给厨房。”④

再看爱情。对于男女之情，钟怡雯并不热衷于情欲的描写，然而也同样以游戏的姿态颠覆“纯情”。

《惊情》一篇记述少女时期收到第一封情书的心情，全文充满了戏谑。

当“我”发现写信人是隔壁班那个连续两年保持第一名的男性，“我”

---

① 《垂钓睡眠》，第193页。

② 《听说》，第193页。

③ 《垂钓睡眠》，第209页；《听说》，第41、42页。

④ 《垂钓睡眠》，第96页。

竟然产生了把他的头扭下来的冲动，“凭我杀球练就的腕力，两下，我相信，只要两下，就可以轻易把他填满课文和考试的头颅扭下来”。①

《换季》细述与情人分手的复杂心理，有缱绻不舍，更有壮士断臂，在曲折的心路迂回之后，清明的理性终于压倒了微微的感伤，从动作上看，是“换上运动衣穿上球鞋，我以汗代泪，让腿肌发挥它的长才，…… 甩掉坚随我的记忆残骸。冷风让我神情严峻，既无快乐亦无悲戚，五官拒绝演出任何情绪的戏码。”是“且以酒一杯相送过往，我该收拾起夏的慵懒，起身，为橱子里的衣服换季了”。② 这种抚平情爱伤痛的姿态既有刮骨疗伤的决绝，也有蝉蜕的轻快，也让人想起另一位台湾女作家的描绘：“原来就是这么容易，也容许这么容易，单纯得像一种牙痛，拔掉它，也许就痊愈了。”③

就是谈现在的丈夫，她也不愿意仿效“我那可爱另一半”写作模式。在《懒》这篇文章中，半真半假地说，自己是因为懒，所以大学交的男朋友都懒得换，后来大学男友就变成了丈夫。④

钟怡雯散文的知性品格不仅表现于对女性角色定位的思考，也表现于她对华人历史，对民间信仰的剖析中。

她敢于大胆质疑，质疑甚至颠覆历史教科书的现成结论，在《叶亚来》一文中，她把教科书中立为典范的一位华人英雄还原为活生生的人，写出他被社会磨炼出来的聪明世故，他的生意野心，他的商人气质甚至长袖善舞的政客姿态……她说：“徒然的惋惜和追悔对历史不具任何意义，不需要无谓的哀悼，那并不能改变已成定局的过去。只有从历史中读出闪烁的智慧，才有资格作个真正的读书人。”⑤

她也思考周遭生活中流布的民间宗教与禁忌。《神在》描写宗教的两面：对于大众心灵的抚慰和神棍利用宗教诈财的事实。一个本是学术的命题由一篇散文来完成，本是不易，但作者却能化险为夷，由于形象的生动使之不显

① 《垂钓睡眠》，第 81 页。
② 童大龙：《交谈》，载《台湾散文选》，中国友谊出版公司，1986 年版，第 381 页。
③ 《听说》，第 82 页。
④ 《垂钓睡眠》，第 152 页。
⑤ 《垂钓睡眠》，第 109 页。

枯瘦，而知识和思考又避免了飘浮。在信佛者的虔诚面影之后，作者适时地穿插自己的多重思考：“夜里，斜对面神坛的两盏红灯笼格外耀眼，像神的火眼金睛。想起神棍的恶行，我觉得它们是一对邪恶之眼，看透了人性的弱点，恣意地搅拌人类稀薄的理智和脆弱的感情；母亲捻香拜佛的身影出现，我又觉得它的灯光分外温暖安详，在众生心灵受创时给予无可替代的慰藉和力量。”①《禁忌与秘方》写一个93岁的老妇，躲避都市喧嚣往荒郊度假的“我”和她成了邻居。老妇告诉“我”许多禁忌和秘方，谆谆告诫“我”不得违抗。作者写道：“老人家的那套生活哲学充满不可理喻的规范”，她“从那个古朴的年代走来，那个充满秘方和禁忌的时代，就像老太太一样热情，好奇，分不清自己和他人的界限，还不懂得要求过分膨胀，要求令人敬而远之的自我和权力。她和那个被淘汰的时代一样，对‘情’的体悟和施舍远胜于冷硬的‘理’”。②

对于生活之外的一些经院思考的命题，钟怡雯的散文也时时向它们伸出思辨的触角，比如时间，在《芝麻开门》、《浮光微尘》中，她从钥匙的丢失，厨房的挂钟等生活细节中展开对时间的联想和感悟；《节奏》一文中更是连篇累牍地对时间议论不休，思考自己与时间的暧昧关系。又比如语言，她也有精辟的析论：“语言既是锁，也是匙。谜就是语言的锁，猜谜先要被囚禁在语言的迷宫里，转啊绕啊，在茫茫的辞海里寻找解谜之匙。我们不时要求暗示和指引，有时好像靠近了谜底，仿佛一伸手就摘到了结果，有时又像在沙滩寻找一颗遗落的珍珠，茫然无头绪，这样的语言游戏不正是成人世界的模拟。”③

（四）

对于女人，常见的偏见有两种，一种是只见“女”而不见人。把女人视

① 《垂钓睡眠》，第221页。
② 《听说》，第27、53、63页。
③ 《听说》，第27、53、63页。

为工具——生儿育女的工具，纵欲解闷的工具，持家理家的工具。在这种观点里，女人只能是规规矩矩的贤妻良母，甚至只是一双操持家务的手，一个让男人冲动的肉体。另一种观点则是只见“人”而不见“女”。持有这一观点的有男有女，男人以“解放妇女”为由，抹杀了女人的性别存在和性别特征，炮制出“铁姑娘”、“假小子”，投合了激进的女人，她们认为，“女”与“人”犹如鱼与熊掌不可兼得，依违二者之间，只能“舍女取人”了。

在后一种观念的影响下的女性文学家，不惜男性化甚至超男性，在创作上的表现就是抹杀或者躲避女性特有的典雅、温情、弹性，制造出玩世不恭，乖戾凶悍，百无禁忌。

在20世纪80年代中期以前，大部分女性散文中，都有一个“淑女”或者“才女”的形象，她是矜持的，克己的，容或有些微反叛也很快就回复了传统故道。在80年代中期以后，台湾文坛掀起了一阵反叛“淑女”的潮流，诗歌首先发难，小说紧随其后，散文也受到波及。针对纯情甜美或忍辱负重，在女性作家中发展出种种“反婉约”的风格，似乎要与过去的女性文学传统一刀两断。

矫枉过正是难于避免的，也是可以理解和谅解的。同时，我们也应该探讨女性文学的中庸之道，在固守传统的“孝女”文学和抛弃传统的“浪女”文学之间，寻求一种纵身现代亦不昧于传统的新女性文学。这种女性文学，应该是敏感而不伤感，深情却不怯弱，典雅不流于陈腔，有清醒认知亦避开了说教。在创作中，就是知性和感性的调和鼎鼐，既保有传统女性的细致优雅，又容纳现代女性的开阔不羁。这种创作路数，在散文中，有简媜开路，钟怡雯等应和，她们的努力和实绩，对于女性文学的发展，具有积极的启示。

如果说，“抒情，分享与滋润”是阴性价值，而“控制、结构和占有”是阳性价值，那么，文学艺术和科学技术，东方与西方，边缘与中心似乎也都可以视为分别处于阴阳的两极。虽然，女性文学的先行者伍尔芙，强调了文学书写的双性交融，主张摒弃“阴柔”与“阳刚”的二元对立。[①] 还有更多的论者认为，文学艺术是只分“好坏”，不必论“阴阳”的。然而，我还是想说，在阳盛阴衰阴阳失调的今天，阴性价值的强调，应该是一条引导我们走向沟通和理解，最终走向平衡的大道吧。

---

① 维吉尼亚·吴尔芙著，张秀亚译：《自己的屋子》，台北：纯文学出版社，1973年版，第35页。

走向台湾学
——以华勒斯坦“开放社会科学”为理想型

蒋小波*

在任何社会环境下，解决价值冲突的办法都只有寥寥几种。一种办法是通过地理上的隔绝。另外一种更主动的办法是退出。弥合个别的或文化上的差异的第三种办法是通过一种积极的征象，也就是说，能够成为增进交流和自我理解的手段。最后，价值冲突也可以通过使用武力或暴力来加以解决。在我们今日生活于其间的全球化社会里，这四个选择有两个已经急剧地减少了。

——Anthony Giddens, *Beyond Left and Right* Cambridge, 1995, p. 19, 转引自《开放社会科学》，页 75。

一、情报与学术

陈孔立先生在《台湾学导论》一书中提出：中国大陆的台湾研究“现在还只是‘台湾学’的初阶”，并希望“现在能够开始从‘台湾研究’向‘台湾学’过渡。”① 陈先生的倡议带出一个问题，何谓台湾学？它与台湾研究的关系是什么？难道从“台湾研究”到“台湾学”这一名词的转换仅仅意味着学术等级秩序中的一种“高级化”或“贵族化”吗？还是它意味着

* 蒋小波：厦门大学台湾研究院文学所。

① 陈孔立：《台湾学导论》，台湾：博扬文化事业有限公司，2004 年版，第 7 页。

一种研究心态、研究范式的转换？

深入地思考这个问题，我们将会发现，名词上的纠缠其实并不具有实质性意义。一个很好的范例便是所谓“中国学”。国际上关于中国的研究有两个通行的名称：sinology 与 chinese studies。一般分别译为“汉学”与“中国学”或“中国研究”。前者的历史相对古老，它代表着西方对传统中国的认识，多少带有一点传教士附庸风雅的味道。而后者则是在二战以后迅速崛起于美国，以解决实际问题为出发点，并在冷战时期得到发展壮大。现在学术界基本上认同“汉学”为以中国典籍为对象的经典研究，而“中国学”则以近现代中国政治、经济、文化为研究对象，两种研究模式及由此衍生的知识话语既互相补充又互为支援。据说现在关于台湾研究也已有了两个相对应的名词：taiwanology 与 taiwanese studies。但是，如果我们以 taiwanology 对应 sinology，我们就会发现这种对应多少有些不对称。因为台湾的古典研究将会严重地依附于中国古典学并构成对后者的重复。而台湾研究的特点恰恰在于，“台湾”是一个典型的现代事物，它的文明史基本上始于 16、17 世纪的全球性地理大发现，台湾所位于的大陆板块的边缘性位置决定了它长期置身于东亚大陆文明冲突的历史之外，换用一种黑格尔式的说法：在明朝的中国人，以及日本人、荷兰人发现它的重要性并试图在此进行殖民活动之前，它没有自己的历史。从文化学的意义上说，台湾是现代性的产物。所以，从内涵与外延上讲，taiwanese study 这一名词完全可以覆盖台湾研究的全部领域，并与 chinese study 这一即有研究范式对接，与之构成平等或从属的关系。而生造一个 taiwanology 实属多余。①

但陈孔立先生的意思似乎并不在此。在陈教授看来，台湾研究与台湾学的区分，似乎意味着从“对策性的实用研究”向“学术性的基础研究”的

① 相比较于 taiwanology 与 taiwanese study 的分类，我以为陈孔立先生的分类方法要高明一些。陈先生将台湾学做了广义与狭义两种定义，广义的台湾学是“以整个台湾为研究物件的一门学问，包括历史地理、语言文字、哲学、宗教、政治、经济、社会、文化、军事等方面，涉及历史学、地理学、人类学、社会学、政治学、经济学、哲学、宗教学、民族学、新闻学等学科，涵盖人文科学、社会科学各个领域（不包括自然科学），从古到今，研究范围十分广泛。”而狭义的台湾学则是“以现代台湾为物件的一种‘区域研究’，包括当代台湾的政治、经济、社会、文化、事军、对外关系等领域。”陈孔立：《台湾学导论》，台湾：博扬文化事业有限公司，2004 年版，第 25 页。

过渡①。如果笔者没有误解陈先生意思的话，陈先生倾向于将智囊、宣传性的工作归于台湾研究，而将基础性的政治、历史、文化研究归于台湾学，前者适用于处理应对两岸关系中的一些急务与突发事件，而后者通过对台湾全面、深刻的认识来解读一个“真实的台湾”。换言之，陈先生试图通过同现实政治保持距离、从政治的防线上适当撤退的方式来维护学术的自律性，从而建构一门具有自身独特规范、性质与方法的台湾学。这里便带出一个问题：如何区分政治性的对策性话语与学术性话语。

笔者浅见，以为陈孔立先生在这里事实上区分了知识的两种类型：情报性知识与学术性知识。我以为回溯所谓“区域研究”（regional study）的起源，有助于我们理解这两种知识类型的区别。区域研究起源于二战时期的美国，以中国学为例，当时美国出于国家安全的战略需要，动员一批在高等学校从事东方学教学与研究工作的人员进行远地区的情报收集与分析工作。所以，最初从事区域研究的中国学家们往往具有“学者”与“特务”②的双重身份，区域研究自从其诞生之日起，也就一直面临着学术与情报，公开与机密之间的尴尬。比如说美国的第一代中国学家如拉铁摩尔、费正清等人都曾在战时服务于美国情报局，并负责为美国政府收集远东地区的情报，他们既是学者，又是情报人员。这种双重身份所遭遇到的第一次重大打击发生20世纪50年代冷战初起时，当时美国的大批中国学家遭到麦卡锡主义的指控，认为他们在言论与著述中大量出卖国家机密，并导致美国在远东的利益受到重大损失。其中受到指控最多的是著名中国学家拉铁摩尔，他被怀疑为苏联情报部门渗入美国政府机构内部的特务，其证据是他在二战后期的大量著述与言论中将有关美国政策的情报透露给敌国。后来事实证明针对包括拉铁摩尔在内的中国学家的指控都毫无根据，因为拉铁摩尔等人所披露的资迅，都

---

① 陈孔立：《台湾学导论》，台湾：博扬文化事业有限公司，2004年版，第18页。

② 关于美国第一代中国学家“特务”身份的争议，是一个饶有意思的话题。20世纪50年代，中国大陆学者指责费正清等人为“美国特务”（参周一良《西洋“汉学”与胡适》，《历史研究》1955年第2期），而台湾方面也指责美国汉学家为“红色间谍”，同时美国国内也有人指控多名中国学家“出卖情报”。现在看来，大可不必急于为费正清等人“平反”，事实上他们所遭遇的尴尬是由他们的双重身份决定的。或者说，费正清一代中国学者所经历的是中国学由“情报”向“学术”的转型。

是通过公开的著述，而从未涉及任何秘密接触，所以他们也就理直气壮的援引“言论自由”的权利为自己辩护。麦卡锡主义对中国学的指责与迫害所导致的一个直接后果则是中国研究从情报彻底向学术蜕变，并间接地促成了20世纪60年代以来美国中国学的繁荣。

广义的理解，情报的范围可谓包罗万象。从最原始的军事情报，到经济情报、政治情报，到大众传播时代的新闻情报，甚至学术活动一开始也必须经过一个“情报收集”的过程。但是，学术与情报之间确实还存在着一些本质的区别。首先，情报的生产与传播方式迥异于学术；第二，情报性知识不具备自反性思维的能力。我们以下图来演示情报与学术的区别。

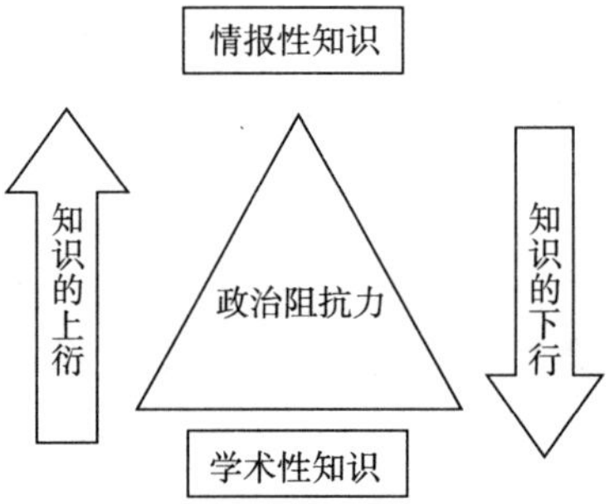

从上图我们可以看出，如果把人类的全部知识生产活动比做一个金字塔结构的话，这一金字塔的塔尖或者说知识活动的源头指向“情报性知识”，而它无限开阔的塔底则朝向学术性知识开放。而这一金字塔结构的内部介质则并不透明，我将这种不透明介质单纯地概括为“政治阻抗力”显然有失偏颇，事实上文明发展史上有许多因素在阻止知识的传播。有些是技术方面的，在印刷术发明与普及之前，书面知识注定只能垄断在少数人手里，而现代社会对商业利益的争夺无疑也构成知识普及的障碍，但是在所谓区域研究中，这种阻抗力主要来自政治层面。

德国社会学家马克斯·韦伯韦伯将“学术”表述为“理解的能力”，而将“政治”表述为“行动的能力”。“行动者只能从知识中获取手段，但是他的目标所依靠的，并不是他的知识，而是他的意志，在这里，有待实现的价值有着决定性的意义。”① 从逻辑上讲，理解与行动是一枚硬币的两面，采取相应的行动总是建立在对环境、对象以及行动主体的知识掌控的基础上。所以行动者往往力求知己知彼，三思而后行。但是在实际的操作中，行动与理解的区别仍然是明显的，行动是一种注重效果的行为。也就是说，一个行动的价值取决于它的效果，但理解的行为却不一定要有相应的效果。由此决定了情报与学术知识在生产、传播、评价及接受方式上的重大区别。学术话语主要通过公开的访问、对话、阅读、著作、批评等一系学术链条生产出来。在这里，文本（或者说信息）在理论上公开的，对于每个需求者而言是机会平等的，所谓“学术乃天下公器”意思正在于此。虽然在某些时代与特定的时候，由于技术手段的限制或出于少数人的私心或私利而形成对学术资讯的垄断（比如说印刷术未普及之前僧侣阶层垄断读书与写作的权力，而近代“敦煌学”的发展也见证了学术与利益之间的交易），但是总的来说，随着传播技术的日益大众化，“金柜石室”的故事终将成为传说。而且，著作者总是以向公众发布与传播资讯而建立自己的成就。但“情报”的收集与传播渠道则是秘密的，在这里，“保守秘密”这一古老的原则仍然受到同志的维护，并受到旁人的尊重。适用于情报的价值定律是：愈少人知道愈有价值（保密级），而适用于学术知识的价值定律是：愈多人知道则愈有价值（引用率）。今天，随着政治民主化的趋势，大众对“情报”的窥探欲望将越来越冲破“保密”的樊篱，而“情报”得以生产与传播的范围也将会愈来愈小。同时，情报对社会生活的影响力也将愈来愈弱。因为受权利意识熏陶的民众可能会对情报的可靠性与情报渠道的合法性产生怀疑，并从感情上对这种秘密的资讯传播方式感到厌恶，这些因素都会使情报的效力大打折扣。但即便是在标榜最民主的美国，情报的生产与传递方式依然最到法律的保护，并凌驾于公民的“知情权”之上。也许只要有政治存在，就会有情报生产流通的秘密渠道。在政治家看来，他们为国家利益而做出的某些决策不应让人民知情，因为一旦付诸民主程序与公众舆论，漫无边际的口水与扯皮

① 李凯尔特：《马克斯·韦伯的科学观》，收入马克斯·韦伯著，冯克利译：《学术与政治》，生活·读书·新知三联书店，1998 年版，第134 页。

就会让政治家的运筹帷幄付诸东流。而且，某些“政治正确”的目标可能需要通过某些不太“正确”的手段，在政治的领域里，马基雅维里定理（为达目的不择手段）可能始终有效。所以无论是在民主国家还是极权国家，都会许可一套合法的保密措施以保证一些特殊资讯的生产与流通。

在某种意义上，我们可以将学术看作情报的“解密化”过程，比方说，故宫博物院里堆积成山的档案，可能曾经是许多人以脑袋担保的机密，但现在却成为供学者研究的资料。所以，在知识的“解密化”过程中，学术又构成对情报的反讽，情报告诉我们：这是真的！但学术对此的反应却是：它很可能是假的。这种自反性恰恰构成学术知识的一个基本特点，自反性思维是学术话语的本质特征，所谓自反性思维，指思维活动指向自身的趋向，在对象中观照自身，并反思自身的价值立场。孔子所谓“日三省乎己”，孟子所谓“自反而缩”，以及柏拉图的“洞穴比喻”都是对自反性思维的形象概括。情报指向一个单一的、确保正确的结论，而学术性知识却指向多元的、开放式的价值判断。

二、作为理想型的“开放社会科学”

“开放社会科学”是由“古本根基金会”在 1997 年发布的一个针对社会科学的现状与未来的研究报告①。该报告的主题思想是对社会科学中知识生产方式的现状进行反思并提出重建社会科学知识系谱的建议。报告中针对人与自然、国家在学术研究中的地位、跨学科研究与区域研究都提出了许多富有启发性的思考。

《开放社会科学》在一定程度上认同当代法国哲学家福柯对现代知识学的批判。在福柯看来，启蒙时代以来形成的一整套知识体系迎合甚至是创造了以民族国家为核心的现代世界秩序中的权力结构，因而，知识带来的不是解放，而是内置化的权力牢笼，“话语不仅仅是语言。一种话语就是一种调

① 华勒斯坦等著，刘锋译：《开放社会科学：重建社会科学报告书》，三联书店、牛津大学出版社，1997 年版。

控权力之流的规则系统，无论这种权力是肯定的，还是司法的。”① 但是，在华勒斯坦等人看来，福柯对人类知识万劫不复的缩命论概括显然过于悲观，因而他们试图通过对社会科学体系的重构来解放知识，在《开放社会科学》报告中，他们提出了种种改革社会科学的方案，包括重新审视人与自然的对立，质疑各门社会科学之间的区分，鼓励和培植交叉学科的发展，以及挑战国家作为社会科学的基本分析框架的有效性等等。

《开放社会科学》将二战以来兴起的区域研究作为未来社会科学的理想型②，将其视作战后世界社会科学领域出现的一种“新的制度性范畴”。③ 在华勒斯坦等人看来，这一新的社会科学模式具备以下特点：

第一，区域研究突破了18世纪以来社会科学领域的“劳动分工”，而是创造了一种多学科“联合经营”的知识生产模式；首先介入区域研究的大部分是历史学家，但是，区域研究的对象是要求研究者掌握研究对象的文化、地理、经济、政治等方方面面的知识，这样语文学、文化学、地理学、人类学、经济学、政治学等方方面面的专家陆续加入进来，“这些多学科多方面的重合产生出一个双重后果。一方面，无论是依据研究的对象还是依据处理数据的方法，要想为这几门学科找到明确的分界线越来越困难；另一方面，由于可接受的研究对象有了范围上的扩大，每一门学科也变得越来越不纯粹。这样便导致了对这些学科的统一性和学术前提的合法性的不容忽视的内在质疑。”④ 总之，一个让人乐观的结果是，不同学科的学者们在该领域有效的合作或同一学者“身兼数职”的情况势必改变原来的学术职业分工，从而熔铸成一种杂糅的、综合的新型知识生产模式。

---

① ［美］艾莉森·利·布朗著，聂保平译：《福柯》，中华书局，2002年8月版，第38页。

② “理想型”或“理想类型”（ideal type）一词为马克斯·韦伯所首创，是韦伯社会学理论中的重要概念之一。简单点说，就是试图仿效自然科学研究中普遍采用的“理想模式”的方法，先进行超验的、纯观念的研究，然后再以这种研究所假设的“理想类型”作为参照来解释经验的、现实的对象或关系。参马克思·韦伯著，于晓、陈维纲等译：《新教伦理与资本主义精神》，生活·读书·新知三联书店，1992年版，第51页。

③ 华勒斯坦等著，刘锋译：《开放社会科学：重建社会科学报告书》，生活·读书·新知三联书店、牛津大学出版社，1997年版，第40页。

④ 同上书，第50页。

第二，区域研究突破了即有的政治与地理国界而重新划分了世界地图；区域研究的研究对象可以是一个国家（事实上在“中国学”研究中，尤其是在以拉铁摩尔等人为代表的“中国边疆史”研究中，国家的“边界”也已经突破了其“现在的”政治地理范畴）、可以是一个大于国家的文化或地理区划（比如说阿拉伯地区研究，拉丁美洲研究，非洲研究、东南亚研究、欧共体研究等等），也可以是一个小于国家的政治地理区划（比如北爱尔兰研究，科索沃研究，台湾研究等等），也可以是跨国或跨文化的（比如儒家文化圈研究，伊斯兰文化圈研究，丝绸之路研究，十字军东征研究等等）。换句话说，通过区域的重构，区域与区域之间的重叠、交错，世界还原了它的多样性与变动性，并通过板块与板块之间的撞击、勾连而重构了一幅多元而共通的世界地图。

尤其值得一提的是，《开放社会科学》认为区域研究的知识实践已经极具挑战性地质疑了国家的权威。长期以来，“社会科学一向都是围绕着国家这个中轴运转着。之所以这样说，是因为国家构成了一个假想的无需证明的框架，作为社会科学的分析对象的种种过程便发生于其间。”① 但是，自从二战以后区域研究等新兴研究模式兴起以来，有一些社会科学家开始对此持反对意见，他们并不认为国家是如此自然的一个单位，以至于它在分析上的优先性只需假定而无待证明。特别是从20世纪70年代开始，人们对那种认为国家不言而喻地构成了社会生活自然边界的观点提出了更严肃的质疑。华勒斯坦等人认为，这种局面的出现，乃是由于两个变化的结合所致。“第一个变化发生于现实世界，国家似乎丧失了成为现代化和经济福祉的中介的希望，因此不再受到大众和学者的尊重。其次，知识领域里发生的某些变化，也促使学者重新审视以前不容置疑的种种预设前提。”② 由于当代世界在政治、经济、文化与军事等方面的联系日益紧密，以至于某些局部的变动或冲突往往会引发全球性的效果，因而要求行动从国家的层次上转移到了全球和

---

① 华勒斯坦等著，刘锋译：《开放社会科学：重建社会科学报告书》，生活·读书·新知三联书店、牛津大学出版社，1997年版，第87页。

② 同上，第87－88页。

地方的层次。“思想上要立足全球（总体），行动上要立足于本地（局部）”。因此，自然科学家和文化研究的倡导者们所采取的新的分析方法提供了更为合理的模式。两种分析模式都把不确定性（和局部性）当成是极其重要的分析变量，认为它们不应当被淹没在决定论的普遍主义之中。这样一来，国家作为概念容器的自明性，便遇到了严峻的挑战，成为一个聚讼不已的问题。①

第三点可能也是本文最需要强调的一点是，区域研究通过从情报到学术的演绎创造性地开放出一种自反性知识样式；区域研究的出现带有强烈的现实主义动机与明显的帝国主义色彩，从起源上讲，它是一种毫不遮掩的情报收集与分析工作。美国因其在全球范围内所发挥的政治作用，亟须了解不同地区的当前形势，从而也就需要这方面的专家，地区研究的宗旨就是要培养这种类型的专家。并且，从学术层面来讲，地区研究一开始带有极强的西方中心主义色彩。最好的例子便是费政清的“刺激－反应”模式，该模式将中国以及非西方世界的现代化过程武断地解释为在西方的“刺激”下向西方模式趋近的“反应”链条。但是这一模式自从20世纪60年代以来不断受到挑战与突破，新的研究者开始注意中国自身的因素在其中所起的作用，比如说费正清最重要的批评者柯文对费氏的批评便从如下两个方面质疑费正清模式：一是“费正清模式”过度关注于沿海贸易的地区，而没有把中国的其他地区如内陆的情况纳入观察视野；二是一些中国内部的变化全部归结于“西方冲击”，从而忽视了从中国人自身立场出发理解历史真相的可能性。这一批评引发了以中国为中心的新型“地方史”研究的浪潮，其与传统“地区研究”的差异表现在逐渐淡化中国研究强烈的对策性色彩，而形成相对独立的对中国历史与传统发展的认识脉络，柯文将这种转向概括为“内部取向”和“移情理论”。从方法论角度而言，这次转向明显地受到了人类学“民族志”方法的影响，即强调历史研究也应重新界定研究对象的范围，通过细致入微的对基层社会生活复杂图景的复原，深化对下层历史的了解。② 如果说

---

① 华勒斯坦等著，刘锋译：《开放社会科学：重建社会科学报告书》，生活·读书·新知三联书店、牛津大学出版社，1997年版，第89页。

② 参杨念群：《美国中国史研究的范式转变与中国史研究的现实处境》，收入张西平编：《他乡有夫子——汉学研究导论》（下册），上海人民出版社，2002年版，第365页。

柯文的研究代表了西方汉学研究从外部转向内部的趋势，那么最近以来兴盛于汉学界的“传教士学”则更有趣味地昭示了中国学的自返心态，透过对传教士的研究，研究者所看到的将既不是对象，也不是自身，而是介于对象和自身之间的那面“镜子”。

三、建构开放的台湾学

以“开放社会科学”的理想模式来型范大陆的台湾研究，我们在认识与思考方式上尚需突破许多障碍。显然，台湾学知识范式的建构许多人共同努力，笔者作为一名台湾研究领域的后学，管窥蠡测而率作大言，试提出一些个人的思考。

正如扬念群博士所说的，费正清所谓“刺激－反应”模式所遵循的实际上是西方宏大叙事的语法逻辑，而中国的近现代史叙事则可以看作是对这一语法逻辑的回应。① 所谓宏大叙事，指称规范近现代历史书写的一套核心话语。这套话语将历史看作是一个具有明确目标的发展过程，并以此为坐标来规约非主流的“从属性知识”。这套核心话语发源于西方，带有基督教原教旨主义的特征并结合近代科学主义世俗价值观咄咄逼人的进取精神。而中国在回应这套价值体系的过程中也相应地衍生出自己的宏大叙事。中国式宏大叙事有两套互换的叙事语法：其一是革命的宏大叙事，革命叙事将中国近现代史的事件、人物、历史分期与解释编码为一个“不断革命”的故事。显然，自从上个世纪 80 年代以来，这一宏大叙事在遭到历史学、文学的不断解构之后基本上已面目全非，代之而起的是民族的宏大叙事。其实，在中国近现代史上，民族的宏大叙事比革命的宏大叙事更具原生性，也更有生命力，从同盟会“驱除鞑虏，恢复中华”的童稚形态到今天“民族复兴”的意识形态，这套话语一直在以不断变化的修辞形式散发其“知识魅力”。在此笔者无意否定宏大叙事的语法功能与社会动员的正面价值，但是，宏大叙

① 杨念群：《美国中国史研究的范式转变与中国史研究的现实处境》，收入张西平编：《他乡有夫子——汉学研究导论》（下册），上海人民出版社，2002 年版，第 365 页。

事的缺陷在于，他预设了一种未经检验也无须检验的历史命定论，而历史发展的开口很可能是多元的。其次，宏大叙事对地方性知识基本上采取削足适履的办法以屈其就范，这很可能造成对地方性知识的误解或曲解。比如陈孔立先生就指出，大陆许多学者在研究台湾文化历史时常常会犯“先入之见”、“以己度人”的错误，笔者以为，这种错误的根源是一种大陆中心的宏大叙事观。在这一宏大叙事的主导下，台湾史被看作是对中国近现代史正统叙事“偏离－回归”的运动轨迹。同样经不起推敲的是，“台独史观”则通过对一系列事件的重新命名，将台湾的近现代史解读为一部台湾人争取“民族独立”的历史，笔者以为这同样是一种民族主义的宏大叙事，并且是在前一宏大叙事“刺激”下的“反应”。“台独”史观看似尊重地方性知识，其实他们对地方性知识的解释无异于抽刀断水，比如说，前几年在岛内引起“热烈”争论的“台语”大讨论中，一部分论者将“台语”意识形态化为台湾人民的“母语”，并提出“母语建国”的口号，而只要稍作分析，我们就会发现这套民族主义叙事很难自圆其说，遑论台湾的族群与语言成分十分复杂，单以“台语”论者视为母语的闽台方言而论，正如连雅堂早就指出的：闽台方言源于彰、泉，而其远源则可溯自河洛，“无一语无来历，无一字无出处”。① “台语”论者将地方性知识文物化的本土主义心态，其结果势必窒息地方性知识的发展。②

作为一个局外的研究者，要渗入地方性知识的谱系，一个曾经备受推崇的基本的方法是移情，关于移情（emlathy）方法的使用。柯文曾有一段相当精彩的论述，柯文认为：移情不等于同情。移情是为了理解对方，设身处地体会对方的思想、感情与处境，它并不意味着就赞同对方的思想感情。史家通过移情探知的经验，实际上是以史家自身的经验为基础的。在此意义上可以说移情方法是深深地嵌在“纯粹”经验的主观世界之中的。正如马克斯·韦伯所说的：“移情就是把‘自我’全部渗入移情的对象之中。”但是，移

① 连横：《雅言·三》，《台湾文献史料丛刊·第八辑》，第165册，台湾：大通书局，1987年版。

② 关于“台语”论述的详细分析，可参拙作《语言·族群·意识形态》，《台湾研究集刊》2007年第1期。

情论的缺陷在于：首先，一旦史家进入“局中人”的世界，他就失去了“局外人”的优势，失去了从历史全局上，从整体上把握这一事件的可能。柯文曾指出西方人从来没有从外部观察过自己，而是被囚禁在自己近代经验的狭隘牢笼中。以至成了当代伟大文明中目光最为狭隘的文明。① 有鉴于此，笔者以为“解释的循环”更适于作为地区研究的方法论。

“解释的循环”是一个解释学用语。指在对文本进行解释时，理解者根据文本细节来理解其整体，又根据文本的整体来理解其细节的不断循环过程。德国哲学家施莱尔马赫正式提出这一概念。后来，经过狄尔泰、海德格尔、尤其是伽达默尔等人对此一概念的发挥，“解释的循环”在意义上超出一般性的阅读活动，而上升到对人类认识活动的本质性描述。这种认识论意义上的解释学认为：传统（就是从过去传递下来的东西）构成理解者的即定文本，我们理解时，一定会受传统的影响去认识事物而且在认识事物之后所得到的解释又转变成为以后认识的传统，这种循环是不断存在的。但这不是坏的循环．而是人的人识所必需的。将这种解释学理论应用到区域研究中，如果将研究者与研究对象看作一个文本，那么这两个文本并不是封闭的，而是在互相的阅读活动中丰富与改写自身，这样，研究（阅读）活动的终点就既不是落在主体身上，也不是落在对象身上，而是可以看作两个文本打开自身与改写自身的开放式结构。显然，台湾的现代性经验与大陆既相似又相异，我们在建构“大陆－台湾”的想象性图像时，与其先入为主地固定某个“中心”或“焦点”，不如采取一种“去焦化”处理淡然应之，让二者在互相打开、互相阅读的同时互为“镜子”。

---

① ［美］柯文著，林同奇译：《在中国发现历史——中国中心观在美国的兴起》，中华书局，1991年版，第81页。

总结近代以来中国特殊历史经验的“台湾学”

——刍议“台湾学”的建立及其研究方法

朱双一*

一、作为“当代”和“历史”知识总和的“台湾学”

陈孔立先生所著《台湾学导论》堪称正式、系统建立“台湾学”的奠基之作。书中指出：“台湾学”作为区域研究，重点当然在于当代，除了对当代各个学科领域进行分别研究之外，还应当强调各个学科间互相渗透、密切联系的科际综合研究。② 这些说法显然是精辟的。笔者想要进一步强调的是：“台湾学”在实际内容上应代表着有关台湾的所有“知识”的总和；它固然要以“当代”为重点，但同时也不能忽略了“历史”。所以这样讲，实在是因台湾的“当代”与台湾的“历史”有着密不可分的关系。

从历史上看，台湾问题从来就不是单独的台湾的问题。1895 年台湾沦为日本殖民地，是近现代中国半殖民地化历史过程的一环。甲午战争发生于千里之外，本来与台湾无甚关系，台湾之所以被割让，就因为它是中国的领土，且因其地理位置的重要而被日本垂涎已久。日本的“胃口”也不仅限于此，侵占台湾只是它片片切割中国企图的开始——第一刀落在台湾，第二、

* 朱双一：厦门大学台湾研究中心、台湾研究院教授，博士生导师。

② 陈孔立：《台湾学导论》，台北：博扬文化事业公司，2004 年版，第 21、26 页。

第三刀落在东北、华北……最终目标则是吞噬全中国。既然台湾沦为殖民地的根源在此，它想要摆脱被殖民、被支配命运，就有待于整个中国、整个中华民族整体上摆脱被殖民、被支配的状态，走上民族独立、国家富强的道路。历史难道不就是这样发展过来的吗？日据之初台湾民众将希望直接寄托于祖国收回台湾；日据中期台湾文化协会等因祖国自身战乱、一时难以顾及台湾而引领台湾民众避敌凶焰，从武装反抗转入文化斗争；1937 年后在战时体制和“皇民化”的威逼下被迫改姓氏、说日语、拜神社，废弃祖宗牌位，征召入伍送往南洋战场……只有当 1945 年中国人民取得了抗日战争的胜利，台湾才最终摆脱了日本的殖民统治。紧接着又出现了受美国觊觎和支配的问题。对战后台湾社会性质的判断，陈芳明宣称国民党的到来是中国对台湾的“再殖民”①，陈映真则认为战后台湾为受美、日新殖民主义入侵和掌控的“新殖民地半边陲资本主义社会”②。前者是一种扭曲“殖民”概念的“去中国化”论调；后者则有社会科学理论分析的深刻性。仔细回顾一下 1970 年代的情况，可以发现美国对台湾的支配企图和支配力的减退，是与中国国力和国际地位的提升、中国在美国对抗苏联的全球战略中重要性的凸显同步的。很有象征意义的，70 年代美军撤出台湾的安排，都是在中美联合公报和美国与中国建交声明上宣布的。如果联系当时美国在撤军问题上的官方说法反反复复③，令人相信美国是在与中国大陆交好或是继续支配台湾二者之间作出了艰难的抉择。出于自身利益考虑，当时美国就已不愿或不敢而且将越来越不敢为了染指台湾而激怒中国大陆。由此可知，中国的发展和强大，才是作为中国之一部分的台湾摆脱外国支配和威胁的根本保证；反过来说，没有整个国家、整个民族的强盛，台湾绝难摆脱被殖民、被支配的命运，遑论“独立”？显然，只有将台湾问题放到近代以来中国历史发展的脉络中加以考

---

① 陈芳明的台湾“战后再殖民论”（或称“殖民三阶段论”）见于其至今尚未完稿的《台湾新文学史》的第一章《台湾新文学史的建构与分期》，台北《联合文学》第 178 期，1999 年 8 月。

② 陈映真：《“台独”批判的若干理论问题——对陈昭瑛〈论台湾的本土化运动〉之回应》，台湾：《海峡评论》第 52 期，1995 年 4 月。

③ 参见何迪、熊志勇：《美台关系大事记（1949—1988 年）》，资中筠、何迪编：《美台关系四十年（1949—1989）》，人民出版社，1991 年版，第 326－350 页。

察，建立起正确的史观，才能真正了解台湾问题的来龙去脉、关键所在以及解决之道。

除了历史的纵向知识外，台湾学当然更含括了现实的横向知识，且强调全方位的知识把握。由于台湾社会是一整体，各方面因素错综纠结在一起，解决台湾问题单靠政治、单靠经济或单靠文化都不行，而是要“多管齐下”。就“台独”势力的形成而言，当其初萌而在现实政治中毫无立足之地时，首先寄身于文学文化领域，表现为一种意识形态，然后伺机向现实政治领域扩张，这就是早期的“台独”分子（如廖文毅、彭明敏、王育德等）往往是文学作者、文化人的原因。于是从20世纪七八十年代以来，我们看到了“台独”经过长期的意识形态准备，开始从文化领域向现实政治版图挺进，并最终在世纪之交时夺得执政权的一幕幕活剧。原本在政权机构中资源极少、在经济上实力也很有限的民进党之所以能击败国民党夺得政权，除了国民党方面的一些原因（如“黑金”政治、内部分裂、李登辉的暗中支持等），几乎完全靠的是意识形态的操弄。试想如果没有操弄“台湾主体性”、“台湾人出头天”、“爱台湾”、“台湾之子”等概念和命题，没有宣扬“三四百年来台湾屡遭外来政权的统治”的“台独史观”以及与中华民族主义相抗衡的所谓“台湾民族主义”，没有鼓动“日本统治带给台湾现代化”等亲日仇华论调和思潮，没有歪曲二·二八事件等的历史真相以挑拨省籍、族群矛盾，由此获得了相当多台湾民众的同情、认可和支持，且这种同情和认可最终转化成选票，民进党、陈水扁的上台是不可能的。民进党上台后，实现了由意识形态向现实政治领域的转进，但它并没有放弃或减少对文化、意识形态的关注和重视。在其执政的八年中，“法理台独”的推行屡屡受挫，于是种种“去中国化”的“文化台独”的伎俩和闹剧，几乎成为陈水扁当局的看得到的主要“政绩”，文化、意识形态领域也成为“台独”推行最有实效、其危害最为深远，以致让有识者（如左翼统派作家陈映真）最感忧心的所在。2008年民进党“大选”失利，失去了执政权，这意味着“台独”有可能从现实政治领域又向意识形态领域“疏散”。以笔者浅见，此后数年中在政策层面上强力推行“台独”、“去中国化”的现象可能消失或收敛，但问题并没有解决，“台独”意识形态绝不会跟着消失，而将长期存在下去，并成为“台独”政权伺机再起的思想和社会基础。我们与此的斗争将任重而道远。

既然“台独”与文化、意识形态有如此密不可分的关系，既然它往往披着“学理”的伪装，打着“学术”的旗号出现，以“攻心”（攻占台湾人民之心）为主要策略，我们应“以其人之道还治其人之身”，立足于从学理上加以批驳，才能击中其要害，使台湾民众信服。事实也充分证明，对“台独”意识形态单靠“大批判”是无法达到应有的效果的，需要我们通过建立“台湾学”，展开对台湾情况的全方位的细致研究，掌握摆事实讲道理的能力，才有可能胜任这一工作。

二、在总结近代以来特殊历史经验的意义上建立“台湾学”

到了现在，人们已确信中国的统一将是历史的唯一的选项。但我们不能满足于一般意义的统一，一种能够真正带给两岸人民福祉的、高质量的统一，才是我们追求的目标。如果说遏制“台独”、捍卫国家领土主权完整的现实需要乃是“台湾学”建构的初始动机，那更为深层次的目的，应建立于总结近代以来中国历史特殊经验的意义上。或者说，探讨和总结台湾自近代以来被列强从中国主体强行剥离以及其后的种种特殊经历和累积的特殊经验，将是“台湾学”的重要内容和研究的重要目的、价值之所在。

近代以来台湾确实有着特殊的历史际遇，然而再特殊，也并未脱离中国历史的整体脉络。甲午之前，台湾是中国的一个府或省，无论是政经制度或文化传统，都与中国其他地区无异。割台之后，尽管台湾人沦为日本的“次等国民”，在日据末期“皇民化”的强势推行中，也确有部分台湾人产生了国族身份的困惑和摇摆，但就整体而言，台湾人并没有也不可能成为真正的“日本忠良臣民”，整个台湾也始终没有脱离中华文化的基盘和根柢。光复之时，大多数台湾同胞兴高采烈、义无返顾地恢复了“中国人”的身份。因此50年沦日的经验，也就是部分中国人的半个世纪的被殖民经验，并融入近代以来全体中国人的形式有所不同、程度有所差别，但实质内涵却十分相似的被欺侮、被奴役、被殖民的集体历史经验中，成为其中颇为特殊的组成部分。乙未之后的数十年中，中国有不少地区先后遭受日本侵略铁蹄的蹂躏，但没有一个地区如台湾的殖民地化程度如此之高，遭受苦难的时间如此之长。虽是不堪回首，却也是绝无仅有的特殊经验，台湾同胞的苦难，抗争，甚至他们的犹疑和动摇，都给全体中国人以深刻的警示，是全体中国人共同的经验财富——尽管被殖民的时代可能一去不复返了，但这段苦难和抗争并存的经历，无疑仍可增强中国人民面对历史风浪与横逆的勇气和能力。

1945－1949年是20世纪百年中两岸真正“统一”的短暂五年，却不幸发生了影响巨大和深远的二·二八事件。事件是当时官僚统治阶级和广大民众阶级矛盾激化的结果。尽管经验是惨痛的，但对它的研究，仍能给后人无穷的有益启示。正如一位台湾统派学者所说的：致力于1940年代后期这一段台湾文学历史的研究，乃因这是一个祖国统一、两岸文化交汇的时期，后来两岸虽暂时分割，但中国总有一天要实现统一。40年代后期发生的事，无论对于台湾同胞或是大陆同胞，都可作为一种经验或教训，使他们在统一再次到来时避免历史悲剧的重演。

不过，近代以来中国历史特殊经验最具现实意义的部分，或许还在于当代。1950年以后，在冷战和内战的交叠结构下，暂时分离的两岸却得以同时推行各自不同的社会制度。双方都有许多成功的经验，也有一些失败的教训，如果能更多地看到对方优点，对照、反省自己的不足，取长补短，无疑将极大地造福于两岸人民。这也许就是胡锦涛总书记所说的“台湾文化丰富了中华文化内涵”的真正含义之一。30年前，大陆更多地向台湾学习如何发展市场经济、个体经济以及先进的管理经验。台湾的“经济起飞”说明：近代以来屡遭列强欺侮的中国人同样能发展市场经济，同样能较快地迈向现代化。试想如果没有这一启示，我们也许将在是否实行市场经济等问题上多踌躇一些时候。而现在，大陆也有很多做法值得台湾好好学习，比如高效率的救灾、和谐社会的建设，以及领导人的为人民服务精神，等等。由于历史际遇与社会制度的不同所引发的特殊经验，不管它是正面的或是负面的，都可汇入中华民族的经验宝库中，对于今后国家和民族的发展，提供有益的借鉴或警戒。

海峡两岸在20世纪的被分割，是殖民主义和帝国主义一手造成的，这固然是一件“坏事”，但根据毛泽东的名言，在一定条件下，“坏事”可以变成“好事”。两岸的分割无形中使台湾成为中国的一块不可多得的“试验田”，为中华民族提供了十分特殊的经验。全面总结这种经验，促使“坏事”变成“好事”，不能不说是建立“台湾学”的重要意义之一。

总的说，如果只是追求一般意义上的“统一”，那只要“台湾研究”就够了，并且在一定的时期内就可完成其历史使命；如果要进一步总结近代以来中国历史特殊经验作为民族今后发展路向的提示，使我们能创建出更为合理、更为美好的社会，使“统一”能给两岸人民带来切切实实的利益和好处，则需要“台湾学”的长久、系统的研究。“台湾学”也将在较长远的时间内仍保持其理论活力和研究价值，也许几百年后它都还将是一代又一代学者不断探索、研究的学问。

三、叙事与认同：“文化研究”作为台湾学的重要方法

台湾学的建立还需具有学科特色的方法论。笔者以为，“文化研究”或许是特别适用于台湾学研究的方法之一。① 欲全面了解和把握台湾情况、台湾问题，任何单一的传统学科方法都会显得力不从心。如一般社会学或政治学的方法，倚重于民调、选票等数据，但这些数据只能回答“是什么”（即现在是什么情况），却无法回答“为什么”（即为什么会变成这样）以及

① 严格说来，“文化研究”并非一种“方法”，这里因其鲜明的跨学科特性而权宜地用来指称一种科际整合的研究方法。

“怎么办”（即我们如何促使它改善）的问题。比如，选前的民调往往只能“预知”而无法“改变”选举的结果，如要了解部分台湾民众为何会产生某种认同上的偏差，也许只有从历史中去寻找最根本、最深层的原因。至于要对民众的认同取向产生作用，文学（广义的还包括报刊、广播、影视等现代传播媒介）则具有举足轻重的意义。试举两个例子。早在20世纪三四十年代，阅读了鲁迅等左联作家作品而奔赴延安的青年学生，不知凡几，甚至使蒋介石后来在总结大陆失败的原因时，将之归于国民党文艺工作上的失策，称其为“一捆一条痕”的教训。① 又如，笔者于2007年上半年在彰化师大客座时，目睹某亲绿电视台在其专题节目中以1948年军警当局在上海枪毙共产党员，以及德国法西斯在二战中杀害犹太人、尸体堆积成垛的画面当作台湾二·二八事件时“国军”“血洗基隆港”的“证据”，由此深刻体会现代媒体——特别是当它有意散播一些虚假内容时——在塑造或扭曲民众认同时可能发挥的巨大作用。

由此可知，“台湾学”需要跨学科的研究方法，而所谓“文化研究”正以“跨学科”为其主要特征。理查德·约翰在回答“究竟什么是文化研究”问题时就曾指出：“任何一门学科都不能掌握这种研究的全部复杂性（或严肃性）。文化研究就发展倾向来看必须是跨学科的（有时是反学科的）。”②台湾学本身的多学科、跨学科性，正与“文化研究”的这种特征有着深深的契合。

除了“跨学科”外，“文化研究”的另一重要特征——它的政治学的取向和批判介入立场，颇符合于“台湾学”的根本的目标。聚集于“文化研究”旗下的不同学科、不同观点的学者，却有一个共同的“灵魂”，即洞悉文化（知识）与权力之间的关系，致力于抵制权力话语、反抗文化霸权。③常有人热衷于宣扬“知识”、“文化”与权力、政治无关的纯粹性，其实，这至多只是个别特例而非普遍现象，即如日据时代“在台日人文艺总管”西

① 国民党中央文工会编：《第二次文艺会谈实录》，1977年版，第13页。

② 理查德·约翰：《究竟什么是文化研究》，罗钢、刘象愚主编：《文化研究读本》，中国社会科学出版社，2000年版，第206页。

③ 于文秀：《“文化研究”思潮导论》，人民出版社，2002年版，第13页。

川满标榜其作品的与政治无关的唯美、纯粹品格，其实难掩与殖民政治的某种共谋关系。[①] 从事“文化研究”的学者们认定：“知识即权力”（福柯语），民族是一“想象的共同体”（本尼迪克特·安德森语），文化并非自治的领域，文化秩序与话语是历史地、人为地建构的，在此建构过程中，权力纽结其中。[②] 在当代台湾文学的发展中，“反共文学”、现代主义文学、乡土文学、都市文学等先后成为文坛“主流”，1980 年代以来，一些“台独”倾向的文学、文化论述成为具有“文化霸权”性质的话语，在在都说明了文学、文化归根结底与政治脱不了干系。因此，有关台湾文学、文化的研究，最终也都会——必然也是必须地——指向“政治”这一台湾学的“终极”的任务。

这种具有科际整合特点和“政治”旨趣的“文化研究”，近年来在台湾学界蓬勃展开并取得了可观的成果。围绕“认同”问题——“认同”将决定投票给谁，所以它其实是政治问题——的一些著作，就是明显的例子。如社会学博士方孝谦的《殖民地台湾的认同摸索——从善书到小说的叙事分析，1895－1945》（巨流，2001），台湾大学政治系博士陈翠莲的《台湾人的抵抗与认同：1920－1950》（远流，2008），研究日本文学出身的荆子馨的《成为日本人——殖民地台湾与认同政治》（麦田，2006），历史学博士周婉窈的《海行兮的年代：日本殖民统治末期台湾史论集》（允晨，2003），社会学出身的“总合文化研究”博士陈培丰的《“同化”の同床异梦：日治时期台湾的语言政策、近代化与认同》（麦田，2006），历史学博士卢建荣的《分裂的国族认同：1975－1997》（麦田，1999）、《台湾后殖民国族认同：1950－2000》（麦田，2003）等等。可以看出，这些作者含括了社会学、政治学、历史学、文学等不同学科领域，但都广泛选择和采用了游记、善书、小说、民间传说、日记、杂志、语文教材、报纸社论与专栏等各种叙事性材料作为其论述的主要论据。作者中的历史学者已不再全靠那些似乎具有无可辩驳真实性的档案资料，社会学者也不再局限于惯用的当代社会的种种调查

---

① 参见朱双一：《西川满殖民文学的后殖民解读》，《华文文学》2002 年第 1 期。

② 于文秀：《“文化研究”思潮导论》，第 12－13 页。

数据，反而采用了以前被认为仅是虚构的、不足为证的文学资料。这种现象与数十年来国际学术界的“语言的转向”乃至近二三十年来的“叙事的转向”紧密相关。原来社会学、政治学等社会科学学科，与偏重于叙事（即所谓“说故事”）的人文学科——主要是历史学和文学——在研究方法和研究范式上是格格不入的，然而近二三十年来，广及人类学、社会学、性别研究、社会心理学、心理分析理论、教育、法律、医学、生物学、物理学等领域的诸多学者转而十分重视“叙事”，甚至将“叙事”作为其方法论的基础。

供职于“中研院”社会学所的萧阿勤著写的《回归现实——台湾1970年代的战后世代与文化政治变迁》一书，便是采用“叙事认同理论”来研究战后世代“国族认同”问题的煌煌巨著。这种理论认为，人们通过叙事活动理解个人生命的性质与意义，建立起自我认同。人们所诉说关于自己生命的故事，通常显示他们如何回答一连串与自我存在、自我实现有关的问题，借着诉说故事和实践故事中的暗示与期望，人们逐渐变成他们后来所呈现的样子。关于个人自我生命的故事，通常镶嵌于更大的、关于某种集体的公共叙事，从后者取得主要的参考架构。简单说，“认同”问题紧密关联着历史或文学的叙事，这种叙事可以塑造或转换一个人乃至一群人的“国族认同”。为此，萧阿勤以大量、翔实的文坛第一手资料来研究“战后世代”在20世纪70年代的“国族认同”状况及其在80年代后的转变，由此得出结论：80年代中期以后鼓吹“台湾民族主义”的作家们，他们70年代及之前的文学理念与活动，呈现着一种尝试结合“中国的”与“现代的”创作理想，与当时台湾一般的文化潮流无异；他们参与反对运动，主要是美丽岛事件的刺激，并非像他们自己所标榜的，他们本来就有“台湾民族主义”和“本土化”的理念，只是由于国民党的高压统治而被迫长期“潜隐”。换句话说，“实际的过去，与（台湾）民族主义的历史叙事或政治认同故事所描绘者不同”①。这等于撕掉了这些人自我标榜的一贯坚持“台独”理念、长期为

① 萧阿勤：《回归现实——台湾一九七〇年代的战后世代与文化政治变迁》，台北：“中央研究院”社会学研究所2008年版，第30、390页。

“台独”而奋斗的“台独英雄”的伪装，还他们的投机者的本来面目。萧阿勤能获得如此富有价值的成果，显然得益于他并不局限于社会学的本行领地，而是大胆“越界”来到了政治、历史和文学的领域。

四、“台社”与陈映真：知识介入两岸问题

致力于跨学科的“文化研究”并取得良好成效的另一例子见于近年来的“台社”①。1994 年陈光兴发表《帝国之眼：“次”帝国与国族－国家的文化想象》一文批判李登辉的“南进论”，得到陈映真的肯定，这或许是“台社”正式与台湾文坛左翼统派链接之始。2005 年陈光兴编辑《批判连带》一书首篇选载了陈映真《对我而言的“第三世界”》一文，说明“台社”在谋求华人批判性知识分子的联结时，采用了陈映真的“第三世界文学论”的思想理论资源。“台社”与文学的最明显、最重要的链接之一是其 20 周年研讨会上的“超克分断体制”专题。所谓“超克分断”的概念，就来自韩国“民族文学论”的创始人与奠基者、著名作家白乐晴。陈映真很早就曾提到白乐晴②，并自我反省：与韩国相比，台湾的“统一派”就不免太用功不足，太懒惰了……③

“台社”20 周年会议上“超克分断体制”专题的首篇文章，就是陈光兴的《白乐晴的“超克‘分断体制’”论：参照两韩思想两岸》④。文章透露，台社成员一起阅读了白乐晴的著作，结果所有同仁都深受触动，决定 20 周年会议以“超克分断体制”来定调。而这正代表着“台社”首次正式“介入”两岸问题。白乐晴提出“第三世界文学”概念以及民族文学是面对帝国主义威胁所产生危机意识的产物等说法，曾深深启发了陈映真，后来陈映

---

① “台社”为《台湾社会研究季刊》的简称，也指集合于这一刊物的来自不同学科领域的研究者群体。

② 蔡源煌：《思想的贫困——访陈映真》，《思想的贫困（陈映真作品集 6）》，台北：人间出版社，1988 年版，第 123 页。

③ 陈映真：《肃穆的敬意》，台湾《中华杂志》第 208 期，1980 年 11 月。

④ 陈光兴：《白乐晴的“超克‘分断体制’”论：参照两韩思想两岸》，《超克当前知识困境》（台社 20 周年会议论文集），台北：世新大学，2008 年 9 月。

真的许多理论与之遥相呼应并有进一步的阐发。

可以看到，“台社”从原来的只讲“左右”不讲“统独”到介入两岸问题，其实就是受到白乐晴、陈映真影响的结果。在韩国，克服国家分裂这么一个政治的议题，却是由一位文学家首先提出；而在台湾，批判“台独”走在最前头也是作家陈映真，非常相似。

“台社”与文学的链接，一方面表现在他们从白乐晴、陈映真那里获得许多宝贵的思想资源，另一方面，也表现在他们并不单纯依靠数据来写文章，而是不吝于采用文学作品作为其立论的根据。如郑鸿生《台湾人如何再作中国人——超克分断体制下的身份难题》① 一文中，不仅以闽南话这一语言问题来谈认同问题，也重举了他在一年多前的论文《台湾的文艺复兴年代》中的观点和资料。文学在“台湾人如何再作中国人”这么一个身份建构过程中，显然具有举足轻重的作用。

陈光兴等于2009年11月筹组召开“陈映真思想与文学学术会议”，使“台社”与文学的链接达到一个高潮。会议的《缘起与组织》写道：

> ……学界以往对陈映真的研究仅仅只把他归入台湾文学或是“港台文学”的范畴，这种研究方式有其局限，无法彰显他的创作与思想是亚洲、第三世界在全球现代进程中的独特体验与思考……②

可以看到，“台社”并不仅将陈映真当做一位作家，而是更注重从陈映真那里吸取其深刻的思想。无论在韩国或台湾，扛起克服国家分裂，争取祖国统一大旗，并在理论上和思想上进行了卓越工作的，竟然都是著名的作家，这似乎是一种巧合，但也许更是一种必然：社会科学家经常是美国式、学院式地依靠数据做学问，作家却是靠对人的深入了解来获得他对世界的理解和寻求改造世界的方法。后者的思想成果经常更有其深度和实践意义。

---

① 郑鸿生：《台湾人如何再做中国人——超克分断体制下的身份难题》，见于《超克当前知识困境》论文集。

② 《缘起与组织》，《陈映真：思想与文学学术会议》论文集，新竹：交通大学，2009年11月，第5页。

东海大学社会学系教授赵刚撰写的《分断体制下的悲剧与“喜剧”》一文，可说是一位新左派学者从认知和超克“分断体制”的视角和高度对陈映真小说《第一件差事》的重新细致解读。文章指出：本省人陈映真，以其旷大的胸怀，要求大家一起对世变国难家变下的外省流离者要有同情、要有理解。这比后来台湾的政治人物提出族群“大和解”早了30年。① 陈映真的一篇多年前的作品由一位社会学学者分析起来，却达到了空前的深度，也让人再次感受到社会科学学者“入侵”文学研究领域的所谓“文化研究”的魅力。

作为一位台湾文学研究者，笔者写作本文的目的更在于对文学研究自身的反省。受“文化研究”和“知识即权力”等观点的启发，文学研究者有必要认清“文学性”绝非只关审美，而是与政治、意识形态具有不可分割性。从20世纪中国文学的发展历程看，当文学与社会现实乃至“政治”（非指政客争权夺利的“政治”，而指事关国家、人民利益的“众人之事”）保持着某种关联——或成为反封建的启蒙明灯，或成为抵抗阶级压迫的革命武器，或成为抗日救亡的光辉旗帜，或成为拨乱反正、改革开放的号角——就能造成“轰动效应”，其社会作用就得以凸显；而当与社会现实、政治的关系疏远了，文学进入象牙之塔或沉迷于个人方寸之中，文学也就风光不再，甚至难免被边缘化的命运。这在20世纪以来中国新文学的发展过程中可说屡试不爽。“台社”提倡“知识介入”，文学作为“知识”之一种，恐怕也只有“介入”现实生活才有出路。何况由于台湾特殊的历史际遇，百多年来的台湾文学本身就与现实、政治有着格外紧密的关联，台湾文学研究者更难以与时代脉搏和社会现实相脱离。

上述有关台湾学方法论的讨论，进一步说明“台湾学”的提出并非一个耸动视听的噱头，而是符合深化学术研究乃至推动学术研究更好为现实服务之迫切需要的意义重大的举动。

---

① 赵刚：《分断体制下的悲剧与“喜剧”》，台湾：《台湾社会研究季刊》第75期，2009年9月。

跋

厦门大学台湾研究院（台湾研究所）成立30年来，先后在10周年庆典、20周年庆典、25周年庆典和30周年庆典之前出版《台湾研究十年》、《台湾研究论文集》、《台湾研究25年精粹》和《台湾研究新跨越》系列文集，在台湾研究界产生了较好的反响。本书的出版，一方面是为了继续厦门大学台湾研究院的团队精神，将研讨会上较具学术创见的研究成果汇总起来，进行集中展示，以进一步了解当前台湾研究的最新成果和思想前沿；另一方面则是希望藉此激励全院师生在台湾研究新的学术征程中确立新坐标，找到跨越研究难题新的着力点和方向。

多学科交叉融合是厦门大学台湾研究院相对来说比较明显的优势。2006年12月24日，中共中央政治局常委、全国政协主席贾庆林一行前来观察，在向他做简报时，我谈到了自己在研究中的一点感想："对于我们这些研究台湾问题的学者来说，如果不知道台湾的历史，我们的研究是不会有深度的；如果不知道台湾的文学，我们的研究是缺少人文关怀的；如果不知道台湾的经济，我们的研究是不能说有深度的；如果不知道台湾的政治，我们的研究是很难有高度的。"这段话是个人在对台交流交往和研究工作中比较强烈的感受，对于任何研究者来说，要跨越这么多学科去认识台湾问题实属不易。

1895年清政府被迫割让台湾，进一步激发了中国人变法图强的坚定意志。100多年来，两岸中国人为此不懈努力，经历了无数的挫折，也走了许多弯路。回顾过去的历史，我们可以总结出许多经验和教训，其中知识的偏颇和缺乏系统性的思维可能是值得检讨的众多问题之一。作为政治精英个体，两岸的许多前辈先贤，他们各自都有对国家和民族问题极其深刻的洞察和体会，他们提出的主张也都有一定的合理性。但是，在如何吸纳其他人的观点，在如何采纳其他政党的合理主张方面，我们太需要能够调和鼎鼐、博采众长的精英。学会欣赏对方的优点，真正做到有容乃大，其实并非易事，除了要有高尚的道德精神外，更需要有全面的知识和能力。这一点对于从事台湾研究的专家学者来说同样是适用的，当我们的国家拥有一大批知识渊博且胸怀宽广的两岸关系研究精英群体时，我们就有可能实现 100 多年来的梦想。

厦门大学台湾研究院有 30 位研究人员，分别隶属 5 个研究所和政治、经济、历史、文学、法律、教育 6 个不同学科。虽然平时有不少机会一起工作和生活，但跨学科知识整合和合作研究的机会仍然很有限。两岸签署 ECFA 后，民间关系发展更加迅速，涉及两岸人民生活的研究领域已扩展到法律、教育、宗教、社会等学科，进行跨越学科研究已不仅是寻找学术增长点的问题，更是台湾研究工作者无可回避的挑战。期待这一套会议论文集的出版，将进一步促动全体师生研究观念的变革和研究视野的跨越，或许不久的将来，多学科的知识整合将给我们的研究带来新的收获和喜悦。

感谢所有关心厦门大学台湾研究院的朋友们，同时也感谢全院教职工多年不懈的努力和奉献!

厦门大学台湾研究院院长　刘国深